Martin Mosebach, geboren 1951 in Frankfurt am Main, war zunächst Jurist und lebt seit 1980 in seiner Geburtsstadt als Schriftsteller. Sein erster Roman «Das Bett» erschien 1983; seitdem sind zehn weitere hochgelobte Romane entstanden, dazu Erzählungen, Gedichte, Libretti und Essays. Sein Werk wurde vielfach ausgezeichnet, u. a. mit dem Heinrich-von-Kleist-Preis, dem Großen Literaturpreis der Bayerischen Akademie der Schönen Künste und dem Georg-Büchner-Preis.

«Man liest dieses außerordentliche Buch derart gebannt, dass man fast enttäuscht ist, sich nach rund 370 Seiten im eigenen Alltag wiederzufinden. Was natürlich daran liegt, dass Mosebach ein begnadeter Erzähler ist. Seine Leser wissen das längst, doch ‹Mogador› bildet einen neuen Höhepunkt seiner Kunst.»
ULRICH GREINER, DIE ZEIT

«So klug, so kenntnisreich und anschaulich wurde in der deutschen Gegenwartsliteratur lange nicht mehr über die arabische Welt geschrieben.»
DENIS SCHECK, DRUCKFRISCH

«‹Mogador› handelt von Realitäten, die sich unserem Begreifen entziehen und die erst in der Erzählung sichtbar werden – vorausgesetzt, man kann so erzählen wie Martin Mosebach.»
WALTER VAN ROSSUM, DEUTSCHLANDFUNK

«Fabelhaft.»
JUDITH VON STERNBURG, FRANKFURTER RUNDSCHAU

Martin Mosebach

MOGADOR

Roman

Rowohlt Taschenbuch Verlag

Der Autor war von Oktober 2015 bis September 2016 Gast der
Carl Friedrich von Siemens Stiftung, München, und dankt der Stiftung
für die Unterstützung seiner Arbeit an diesem Buch.

Veröffentlicht im Rowohlt Taschenbuch Verlag,
Reinbek bei Hamburg, Februar 2018
Copyright © 2016 by Rowohlt Verlag GmbH,
Reinbek bei Hamburg
Lektorat Ulrike Schieder
Umschlaggestaltung any.way, Hamburg,
nach einem Entwurf von Anzinger und Rasp, München
Umschlagabbildung Cina F. Sommerfeld
Satz aus der Trinité bei Pinkuin Satz und Datentechnik, Berlin
Druck und Bindung CPI books GmbH, Leck, Germany
ISBN 978 3 499 27243 1

MOGADOR

Erster Teil

1

Hitze, den ganzen Körper köstlich durchglühende Hitze. Er lag, nur mit einer klatschnassen weiten Badehose bekleidet, die ihm nicht gehörte, auf durchwärmtem feuchten Kachelboden, ausgestreckt wie ein Erschossener mit ausgebreiteten Armen, und blickte zur Decke, blinzelnd, wenn ihm der salzige Schweiß in die Augen rann. Ein Tonnengewölbe erhob sich über ihm; in Jahrhunderten und Jahrzehnten immer wieder neu verputzt, von einer blätternden Farbkruste bedeckt, die sich da und dort löste, da und dort auch heruntergefallen war – die letzte Farbschicht war weiß, darunter gab es ein erdiges Rosa, darunter ein löschpapierfarbenes Hellblau, darunter ein sattes Gelb, nur an einer Stelle hoch über ihm war der Ziegelstein freigelegt, weich vom aufsteigenden Dampf verwischt.

Der junge Mann war nicht allein in diesem Dampfbad. Um ihn herum ein wirres Stimmenkonzert, Rufe, durch das Gewölbe zum Lärm gesteigert; wenn die Henkel auf die Wassereimer herabfielen, wurde das Geklapper zum Knall. Der Hall, der jedem Wort ein Echo mitgab, nahm den Stimmen die Schärfe – er erzeugte ein abgerundetes, brunnenhaftes Dröhnen, als rede der Raum selbst, als sei er eine angeschlagene Riesenglocke. Dabei blieben dem Liegenden die Hervorbringer des Lärms verborgen; was sich rechts und links von ihm und zu seinen Füßen tat, geschah außerhalb seines Gesichtsfelds. Ab und an traf ihn ein im Fallen leicht abgekühlter Wassertropfen, der sich vom Gewölbe gelöst hatte; nein, er sah ihn nicht näher kommen, wie auch, und dennoch gelang es ihm immer, die Augen rechtzeitig zu schließen – er wandte seine Aufmerksamkeit allein diesem Tropfenfall zu. Ein Spiel mit einem unbelebten Partner oder doch nur Einbildung? Er spürte seinen Körper schwer auf dem harten, heißen Boden ruhen, mit ihm geradezu zusammenwachsen – unvorstellbar, sich aus dieser steinernen Ruhe wieder zu erheben. Und zugleich ließ der Hall eine Empfindung von Schwerelosigkeit entstehen, ein Schweben in dem durch das Getöse grenzenlos werdenden Raum.

Dieser Zustand war unerwartet. Ruhelosigkeit und unablässige Bewegung waren ihm vorangegangen, ein Zurücklegen großer Entfernungen in einer Verfassung, die jedes Innehalten verbot, ein panisch gedankenloses Voranstürzen. Es war ein Wunder, wie das durch sein Gegenteil ausgetauscht worden war. In dieser Lage gab es nur Vergessen. Alle Grübeleien lösten sich in der Hitze auf.

Der Saal war nur mäßig beleuchtet. Zwei schwache Birnen, deren Licht ein Hof von Dampfschwaden umgab, wie von Wolkenschleiern umwehte Monde, beschienen die auf dem Boden ruhenden Männer. Andere waren mit dem Waschen beschäftigt, sich methodisch einseifend, sich aus Eimern heiß übergießend, dann wieder aus einem großen Trog, in den es gurgelnd hineinplätscherte, neues Wasser schöpfend, das allzu heiße mit kälterem aus einem zweiten Trog mischend, ihm den Biß nehmend, im kunstvoll erfahrenen Hin-und-her-Gießen eine erträgliche Temperatur erzeugend: ein konzentriertes Tun, allein der Steigerung der Badewollust gewidmet.

Ein Stoß ließ den jungen Mann den Kopf heben. Neben ihm kauerte ein kleiner kahlgeschorener Greis, entfleischt, uralt und dennoch von sehniger Körperkraft, die Rippen waren zu zählen, die Lippen eingefallen, die Zähne dahinter bis auf einen einzigen verschwunden. Er wollte seine Arbeit beginnen; die Hitze lähmte ihn nicht, sie war sein Element, seine Finger fühlten sich kühl an. Er hatte einen Handschuh aus kratzigem Stoff, ein wahres Reibeisen, und begann damit, erst den Oberkörper, dann Arme und Beine des jungen Mannes zu traktieren, roh und gleichzeitig wohltuend. Um seine Effizienz zu beweisen, hielt er ihm ab und zu den Handschuh unter die Nase, der voller Hautfetzen war; nicht einfach nur Schweiß und Schmutz sollten abgewaschen werden, es ging vielmehr darum, die Epidermis, die davon bedeckt gewesen war, systematisch abzutragen. Auf dem Rücken bereitete die Gommage das größte Wohlbehagen. Der junge Mann erlebte eine Häutung – war jemand, der dieser Behandlung unterzogen worden war, eigentlich noch dieselbe Person? Liegen Gutes und Böses nicht vor allem auf der Oberfläche eines Menschen und haben mit der Tiefsee darunter vielleicht gar nicht so viel zu tun? Ein flüchtiger, absichtsloser Gedanke war das, als habe die Vorstellung, ein anderer zu werden, der abgeschüttelt hat, was hinter ihm lag, gar keinen besonderen Reiz für ihn, als sei sie nur ein müßiges Spiel im Reich der Zeitlosigkeit.

Draußen war es trüb und naß. Der Wind pfiff durch die Straßen, er ließ die Markisen über den Läden wie Fahnen knattern. Noch vor wenigen Stunden war die feuchte Kälte bis auf seine Knochen gedrungen. Bei seiner Ankunft in der Stadt hatte er in seinem leichten Nadelstreifenanzug längst aufgehört zu schlottern, er war erstarrt gewesen, das freundliche offene Gesicht grau, die Nase rot. Schon als er aus dem Omnibus stieg, in der abweisenden Öde des Busbahnhofs, hatte er die Knochen kaum mehr unter Kontrolle gehabt; noch nie im Leben hatte er so gefroren. Aber diese vielstündige Tortur war eben die Voraussetzung für den überwältigenden Genuß – das Eingießen heilsamen Feuers in alle Glieder und Zellen, man meinte es knacken zu hören, etwas faltete sich auseinander wie eingeschrumpelte Kamillenblüten, die wieder zu frischen kleinen Blumen werden, wenn das kochende Teewasser über sie gegossen wird.

Für die Männer in diesem Hammam war das offenbar ein sich häufig wiederholendes Erlebnis. Sie hausten in unheizbaren Zimmern ohne heißes Leitungswasser, von Badezimmern zu schweigen, jedenfalls wenn es in den übrigen Häusern der Stadt auf dem von Atlantikwellen umrauschten Felsen so ähnlich aussah wie in seiner eben gefundenen Unterkunft. Da war man sicher versucht, sich nicht täglich zu waschen, überhaupt so wenig wie möglich auszuziehen, um dann einmal in der Woche die Befreiung von allen Entbehrungen zu erleben, vom Gluthauch des Badeofens angeblasen, von den abgestorbenen Schichten der Haut erlöst. Das Ein- und Ausatmen war das Gesetz hinter jeder großen Freude, der Wechsel von Druck und Erleichterung, Entbehrung und Erfüllung. Es gab dramatische Konversionen: Menschen, die durch Eingreifen höherer Mächte von einem Augenblick zum andern alles aufgaben, was sie gewesen waren, um zu neuen Menschen zu werden – ein staunenerregender, auch unheimlicher Vorgang. Der junge Mann bekannte sich, stets im verborgenen gebetet zu haben, daß es ihn niemals derartig packen und erwischen möge – war er nicht mit sich selbst so zufrieden gewesen, wie er das als wohlgestalter und vielfältig begabter, schnell von Erfolgen verwöhnter aufsteigender Bankmann auch sein durfte, ja sein mußte? Solcher Aufstieg wird nicht den Selbstzweiflern zuteil, zur Berufsbeschreibung gehört ein für altmodische Verhältnisse schon unverschämt zu nennendes Selbstbewußtsein.

Inzwischen hatte die Neuschaffung seiner Person, soweit das von außen und ganz materiell möglich war, den Zustand der Vollendung erreicht, mit Wasser und Feuer und rabiater Abreibung. Ein Schwall heißen Wassers traf ihn ins Gesicht, ein zweiter und ein dritter, eine Totalüberflutung. Kein Eintauchen im Meer konnte den Eindruck solcher Wasserfülle hervorrufen wie die Güsse des uralten Badedieners mit den Stahlseilmuskeln. Er taumelte aus dem Saal hinaus, storchenartig über die ausgestreckten Beine der anderen Badenden steigend. Männer allen Alters und aller Körperverfassungen lagen nebeneinander: dicke weiße Bäuche, flache braune, Väter mit ihren Knaben, die im Abreibungs- und Reinigungsgeschäft ebenso ernsthaft unterwiesen wurden wie beim Unterricht in der Medrese im Gebet. Alte Männer zeigten hier ohne Scham ihre Verwachsenheit. Ein traurig blickender Zwerg mit nach vorn gewölbter rachitischer Brust, die dünnen Beinchen verschränkt, goß Wasser hin und her zwischen zwei Eimern, als sei es das Spiel eines verlassenen Kindes. Der mahagonibraune Badediener, dieses schwitzende Skelett, beugte sich soeben über einen Mann seines Alters mit tief zerfurchtem dunklen Kopf und verblüffend dagegen abstechenden weißen jugendlichen Beinen, die von den Daumen des Masseurs durchwalkt wurden, ohne daß er sich Schmerzensrufe entlocken ließ. Der Greis wandte den Kopf nur geduldig und mit einer Demut zur Seite, als sei mit diesen weißen Beinen eine Art

Schuld sichtbar geworden, deren Bestrafung er nun schweigend hinzunehmen hätte.

Hinter einer Plastikmatte ging es zum Frigidarium, alles in diesem Bad glich einer antiken Therme. Hier empfing kühle Luft den jungen Mann freundlich und schmeichelnd, er fühlte erst jetzt, wie anstrengend der Aufenthalt in der Hitze gewesen war. Und dort erwartete ihn Karim, so nannte er ihn schon ganz vertraut, nicht ausgekleidet, im Gespräch mit einem Mann mit mächtig vortretendem Bauch, der sich von einem schlanken Jüngling die Achseln rasieren ließ – so etwas als Statuengruppe mußte es im Hellenismus doch gegeben haben, dachte er und bewies sich damit selbst, daß er ein so anderer doch noch nicht geworden war. «Silen empfängt den kosmetischen Dienst eines jugendlichen Korybanten.»

«Du findest es heiß, aber es gibt Hammams, die noch heißer sind. Die werden mit alten Autoreifen geheizt. Dieser hier nur mit Holz.» Karim wies auf den eifrig und sorgfältig Rasierenden. «Für ihn ist es im großen Saal zu heiß. Er ist herzkrank. Der Doktor hat ihm die Arbeit hier eigentlich verboten. Armer Kerl ...» – seine Miene war mitleidig und zugleich herablassend, als wolle er sagen: ein schöner Apfel voller Würmer.

Der junge Mann stützte die Stirn in die Hände. Er dampfte, aber die Kühle beruhigte und weckte zugleich. Der Zustand der Zeitlosigkeit, das Vergessen der eigenen Herkunft und von allem, was der Reise vorangegangen war, wich allmählich. Seit bald sechsunddreißig Stunden hatte er nicht richtig geschlafen, gedämmert schon, war auch manchmal in tiefere Zonen weggeglitten, aber stets nur kurz, bereit hochzufahren. Bei diesem ruckartigen Erwachen kehrte dann alles eben Vergangene auf einen Schlag zurück. Und immer vor dem Generalhintergrund der Kälte: Sie gab der Reise einen bedrohlichen Akzent, weil sie ihn an die Grenzen seines Durchhaltevermögens geraten ließ.

Spätabends war er am Vortag in Casablanca gelandet, die Ausweiskontrolle hatte er ohne weiteres passiert, aufatmend nach heftigem Erschrecken – er hatte gar nicht bedacht, daß Marokko einen Paß bei der Einreise verlangte –, da fand er in der Brusttasche, angstvoll tastend, den Paß von der letzten Amerikareise her. Welch ein Glück, welch ein Zeichen für den Erfolg seiner Reise, jetzt schon hätte sie gescheitert sein können. Sie war also gewünscht, sie sollte sein, das Schicksal blies Wind in seine Segel. Aber von nun an durfte der Paß keine Rolle mehr spielen. Es mußte jetzt gänzlich ohne Paß gehen. Ab sofort durfte er keine Spuren mehr hinterlassen, anonym und inkognito wie in den noch nicht so lange zurückliegenden Studentenjahren wollte er sich weiterbewegen, aber das war mühevoll und mit dem verbunden, was ihm in seiner gegenwärtigen Verfassung am wenigsten gelang: mit Warten.

Am verlassenen Busbahnhof von Casablanca stieß er auf ein Grüppchen Männer in einem Schuppen, die sich um einen Gaskocher mit Wasserkessel versammelt hatten. Herzlich war die Aufnahme in diesem Kreis nicht gerade, er fiel mit seinem Anzug auch ungut auf, die anderen waren abgerissen mit Baseball-Kappen und schwarzen Kunstlederjacken, aber sie verwehrten ihm nicht, seine Hände über dem Kessel auszustrecken. Das war mehr eine Erinnerung an Wärme als wirkliches Auftauen, die Bestätigung der Hoffnung, daß es irgendwann einmal gelingen werde, die steifen Glieder zu lösen.

Die Fahrt dann am frühen Morgen, nach Stunden, von denen er sich jetzt noch fragte, wie er ihr Verstreichen hatte ertragen können, im dichtbesetzten Bus, zwischen schweigenden Passagieren mit viel Gepäck, zog sich dahin, der Bus hielt oft, er fuhr am Meer entlang, das Wasser war grau, der Himmel darüber noch mehr, und immer wieder verbanden sich die Meeres- und Himmelsgewässer im Sturzregen, der die Scheiben undurchsichtig werden ließ. In Safi stiegen Fischer und Arbeiter aus der Sardinenfabrik zu, ein intensiver Fischgeruch haftete an ihrem Ölzeug, die Männer waren gut gelaunt und weniger reserviert als die übrigen Reisenden, eine wilde Truppe, bronzebraun gebrannt und wie von Vorfreude erfüllt – auf die Ausfahrt oder auf die Heimkehr?

Dies war eine Reise ins Ungewisse. Die Fahrkarte galt bis Mogador, aber was ihn dort erwartete und wie er sich dort durchschlagen würde, das war völlig unklar. Er hatte ein Ziel; danach wußte er nicht weiter. In Mogador mußte sich alles entscheiden – aber was konnte er selbst noch dazu tun? Die Kälte, die in der Nachbarschaft eines von Schaumkronen bedeckten Meeres immer feuchter wurde, hatte auch ein Gutes. Mit solchen Fragen hätte er bei freundlicheren Temperaturen die fünf Stunden im Bus zergrübeln können, statt dessen brauchte er all seine seelischen und physischen Kräfte dazu, im Stillsitzen nicht die Nerven zu verlieren. Konnte man nicht durch Selbstsuggestion Wärme im Körper erzeugen? Einfach beschließen, unter Aufbietung des ganzen Willens: Ich friere nicht? Dem Vernehmen nach war das möglich, aber das hätte vorbereitet sein müssen. Er hatte die letzten Jahre nur nach außen gewandt gelebt. Er versuchte, sich in sich zu versenken, aber er zitterte dabei so stark, daß es seinem Nachbarn, einem Mann mit weißem gehäkelten Käppchen, auffiel. Stumm schob er ihm einen kratzigen Schal zu, das erste fremde Kleidungsstück, mit dem das Land den Reisenden ohne Gepäck begrüßte.

Wie richtig es war, sich keine Gedanken über den weiteren Verlauf nach der Ankunft zu machen! Er fühlte sich ungewaschen, er war unrasiert und ungekämmt. Als er aus dem Bus stieg, waren die Beine so steif, daß er sich auf den hohen Stufen ungeschickt anstellte. Ein eisiger Wind pfiff. Er zog die Anzugjacke eng um sich und stellte den Kragen hoch. Für die Verhältnisse, die er antraf, war er dennoch eine auffällige Erscheinung, nur die blonden Bartstoppeln halfen, ihn besser ins Gesamtbild einzufügen; rasiert war kein einziger seiner Mitreisenden.

Ein kleiner Mann trat an ihn heran, mit großem Kopf und großen Händen, von unbestimmtem Alter, die Falten auf der Stirn ließen vorgerückte Jahre vermuten, er war aber nicht älter als er selbst, das stellte sich bald heraus, ein Bauerngesicht mit runden Augen und dicken Lippen, Persianergelöckel auf dem Kopf, das Männliche und das Kindliche waren bei ihm seltsam gemischt. Ob Monsieur schon ein Zimmer habe? Etwa eines suche? Nicht zu teuer? Mitten in der Medina?

Es gebe eine Schwierigkeit – der junge Mann war stolz auf seine Geistesgegenwart, ganz vereist war das Gehirn noch nicht –, er habe seinen Paß verloren.

«Vergiß den Paß!» «Monsieur» ging bei dem kleinen Mann mit «Du» zusammen. Die Sorge war nicht der Rede wert, das mußte gar nicht vertieft werden. «Aber halte dich bitte ein paar Schritte hinter mir, die Polizei mag die freien Vermittler nicht» – auch das war beruhigend, offenbar verstand er sich nicht als Gehilfe der Ordnungsmächte.

Das verfallene Haus, zu dem er ihn führte, schien unabsehbar weitläufig, mit großem Innenhof, um den sich in drei Stockwerken Arkaden zogen, rutschiger, enger Treppe, Frauen, die auf den Galerien vor Holzkohleöfchen hockten und kochten, Plastikplanen, die die Arkaden behelfsmäßig verschlossen und im Wind flatterten, die Regentropfen rannen daran herab. Das Gemäuer hatte etwas von einer alten Burg. Das Zimmer, das Karim, so stellte sich der Vermittler vor, aufschloß, war fensterlos und völlig leer.

«Wir werden dir hier etwas hereinbringen, es gibt genügend Decken. Heute Nachmittag ist alles bereit.»

Bis dahin bin ich tot, dachte der junge Mann.

«Und bis dahin gehst du in einen Hammam und wärmst dich auf.» Aufmerksam war Karim, seinem Blick entging das Wesentliche nicht.

Der Badediener war ihm ins Frigidarium gefolgt und reichte ein feuchtes Handtuch, Karim brachte die Kleider, die in einen Plastikeimer gestopft worden waren. Es wurde Ernst gemacht mit dem neuen Leben. Was gestern war, das hätte der junge Mann jetzt durchaus erzählen können, aber wie einen Roman, mit Wirklichkeiten gemischt und doch selbst ihm im Ganzen unwahrscheinlich.

2

«Unten sind ein paar Reporter für Sie – wir lassen die Presse grundsätzlich in der Halle warten.»

Der Beamte im Vorzimmer des Kommissars blickte kaum von seinem Schreibtisch auf. Nichts Bemerkenswertes lag für ihn in einer Mitteilung, die dem jungen Mann in die Glieder fuhr. Nach dem Gespräch eben war er ein anderer – kein Nachdenker, kein Argumentierer, kein Abwäger, kein Taktierer mehr. Jedes Wort wurde in seinem Kopf sofort zum Bild, unter Überspringung aller Zwischenschritte. Gerade war ihm die Falle gezeigt worden, mit gezähnten Backen – noch geöffnet, aber zum Zuschnappen gespannt. Der Kommissar hatte ihn nicht ganz bis zur Tür begleitet; in der Mitte des Raumes hatte er innegehalten und ihm eine trockene Hand gereicht. Wollte er ihn allein in sein Verhängnis laufen lassen? War dies ein Spiel mit verteilten Rollen: Sollte es an den Reportern sein, die eigentlichen Fragen zu stellen? Würde er von jetzt an alles falsch machen?

Da war der Waschraum, die Reihe der Urinale: eine Zuflucht im Feindesland, in die keine Fragen drangen. Das Fenster stand offen, Januarluft strömte herein. Im Büro des Kommissars war es sehr warm gewesen, sein vorgerücktes Alter ließ ihn offenbar leicht frösteln. Der junge Mann hatte keinen Mantel an, mochte Mäntel nicht, war ohnehin mit dem Wagen da. Er sah aus dem Fenster: Er befand sich im zweiten Stock, aber es gab ein kiesbestreutes Vordach in drei Meter Tiefe ... Drei Meter sind nichts, aber wenn man nach unten blickt, werden sie viel. Er spannte die Muskeln an und ließ sich behutsam hinab. Als er ausgestreckt an der Wand hing, war nur noch ein Meter zu überwinden. Er ließ sich fallen.

Die Fenster gegenüber waren grau erleuchtet, Frauen gingen darin auf und ab, hinter einer Pflanze saß ein Mann in Hemdsärmeln am Schreibtisch und blickte auf seinen Bildschirm. Niemand sah zu ihm herüber, er war unsichtbar wie ein Fensterputzer. Jetzt der Sprung auf einen Müllbehälter, dann stand er im Hof. Er blickte hinauf zum zweiten Stock – eine unüberwindliche Steilwand. Der Kalk des Verputzes hatte weiße Spuren auf seinem dunklen Anzug hinterlassen, im Laufen klopfte er sich ab. Es war viel schiefgegangen; sollte jetzt wieder etwas gelingen?

Auf der Straße hielt ein Taxi. Er fühlte sich geführt, er stieg ein. Immer noch hatte er keinen Plan, der über die nächste Sekunde hinausreichte. Die Frage des Fahrers nach dem Ziel war die erste Unterbrechung seiner hellwachen Benommenheit. Wohin? Er dachte tatsächlich: Weiß der das nicht? Da war sein verwirrtes Gesicht im Rückspiegel, Schweißtropfen standen ihm auf den Schläfen an diesem Wintertag. Wohin? Aber das war doch ganz einfach ... nach Hause oder ins Büro? Sagen hörte er sich: «Bringen Sie mich zum Flughafen von Brüssel – schaffen wir das in drei Stunden?»

Eben noch war alles Bewegung gewesen; was in ihm vorging, hatte sich restlos in Handlung umgesetzt. Was, wenn er mit angeknackstem Knöchel liegengeblieben wäre? «Was wäre, wenn ...», das gab es nicht. Im Taxi wurde ihm Ruhe aufgezwungen. Wenn er nur am Steuer hätte sitzen können, wie gewohnt zügig die Verkehrshindernisse nehmend, immer hart am Verbotenen vorbei, mit einer Konzentration, die den Genuß nicht ausschloß und riskante Manöver erlaubte. Auto fahren konnte er, das durfte er in aller Bescheidenheit von sich behaupten.

Jetzt mußte er dankbar sein, daß die Ungeduld sich nicht ausrasen konnte. Bloß nicht auffallen, das war alles, was er wünschte. Erst handeln, dann nachdenken – leider nie seine Stärke –, aber wer schnell sein mußte, durfte das Risiko nicht scheuen. Der Erfolg rechtfertigte jede Kühnheit.

War seine Flucht ein Erfolg?

Der Anruf mit der Bitte, ins Düsseldorfer Polizeipräsidium zu kommen, hatte ihn erreicht, als er am Vormittag gerade die Bank verlassen wollte, um mit einem dicken Geldscheinbündel das soeben ersteigerte Motorrad bar zu bezahlen und abzuholen, Erfüllung eines in mageren Studentenjahren vergeblich gehegten Wunsches, der vielleicht zu spät Wirklichkeit werden sollte. Alles hat seine Zeit. Wenn er an seinen Kauf dachte, lächelte er über sich, aber in die Selbstironie war Freude gemischt. Die Eroberung des Motorrades bildete eine Insel in der Sorgenstimmung, die ihn seit zwei Wochen mit unbestimmten Befürchtungen erfüllte: daß etwas eintreten werde, etwas Unbeherrschbares, Gefährliches.

Zwei Wochen zuvor war Doktor Kurt Filter an einem Heizungsrohr erhängt aufgefunden worden. Das hatte im Büro für beträchtliche Unruhe gesorgt. Er hatte in jener Abteilung gearbeitet, welcher der junge Mann vorstand, man kondolierte ihm als dem Chef. Er war zwanzig Jahre jünger als Filter; der galt als Relikt einer guten alten Zeit, als man noch von «Bankbeamten» sprach, ein Mann von der glanzlosen Zuverlässigkeit, die einstmals das Kapital eines Hauses darstellte. Wie er es in einem Testament, das sonst keinerlei Verfügungen enthielt, angeordnet hatte, sollte er eingeäschert werden, lag in der Kühlkammer aber noch in seinem Sarg, mit einem weißen Schal um den Hals, um die blauen Druckstellen zu verdecken; noch schien er nicht ganz gestorben. Es spannen sich, woher, war unbekannt, Gerüchte um sein Ende. Die Stimmung in den Konferenzen verdichtete sich. Der junge Mann sah sich Fragen nach ihm ausgesetzt, die er beim besten Willen nicht beantworten konnte.

«Unser Verhältnis war von Diskretion geprägt», sagte er bei solcher Gelegenheit in einem getragenen Ton, als zitiere er aus einem Nachruf. «Er war ein Mann der Diskretion, man konnte bei ihm lernen, was Respekt heißt.»

Es war gut, daß er diese Formeln schon ein paarmal ausprobiert hatte, jedesmal eine gewisse Verlegenheit damit erntend. Sie würden ihm im Kommissariat, wohin er sich jetzt aufmachte, ebenso sicher zu Gebote stehen.

Im Dienstzimmer des Kommissars traf er auf eine für ihn längst versunkene, aber wohlvertraute Welt. Wo bei ihm in der Bank ein unruhiges, mit Pinselhieben ausgeführtes Gemälde eines bekannten amerikanischen Künstlers hing, schmückte hier der Abreißkalender einer privaten Detektei die Wand. Er war weit davon entfernt, das Fehlen von schwarzen Ledersophas mit Herablassung zu registrieren; sein Vater war Richter gewesen und hatte im Landgericht ähnlich karg residiert. Im Gegenteil, die Autorität teilte sich in der Sprache solcher Dürftigkeit nur eindringlicher mit. Beim Vater hatten noch die Wolken zahlreicher Zigaretten in der Luft gehangen und dem Zimmer ein weich-bläuliches Licht verliehen. Das war jetzt verpönt, dafür war der Geruch des Kommissars in säuberlicher Eigentümlichkeit zu erschnuppern, nicht unangenehm, wie nach alten, in einem Schrank pfleglich aufbewahrten Kleidern. Das Schönheitsbedürfnis dieses Mannes war durch eine widerstandsfähige afrikanische Pflanze mit dolchspitzen Blättern offenbar zur Genüge befriedigt. Er war sehr höflich, schien in Wirtschaftssachen erfahren und den Umgang mit weltläufigen Leuten gewohnt, obwohl er nie versucht hatte, von deren Auftreten selber etwas anzunehmen; sein Anzug umgab ihn starr, wie aus Ofenrohren zusammengeschweißt. Zwar glomm ein Bildschirm auf seinem Tisch, aber es war klar: Man betrat hier noch ein Reich des Papiers. Akten türmten sich auf einem Ständer, und auf der Schreibtischplatte waren sie übereinander ausgebreitet, das sah geradezu nach Unordnung aus. Holzhaltige, schnell vergilbende Formulare mit akkuraten Textblöcken und Zahlenkolonnen: die hatten auch auf dem Schreibtisch des Vaters gelegen. Das Transportmittel für solches Papier war die abgeschabte Aktentasche, die am Schreibtisch lehnte – eine ganz ähnliche hatte der Vater besessen. In dieser Abgeschabtheit verkörperten sich Pflichtbewußtsein und Unbestechlichkeit; war nicht auch Doktor Filter mit einer solchen Tasche aufgetreten?

Der Kommissar hatte sich erhoben, als er eintrat.

«Herr Doktor Elff, ich danke Ihnen, daß Sie meiner Einladung so schnell Folge geleistet haben.» Gewiß habe der tragische Fall die Kollegen sehr bedrückt.

Das konnte der junge Mann nur bestätigen.

Man frage sich in solchen Fällen doch immer, ob man versäumt habe, zur rechten Zeit Signale wahrzunehmen, «Hilferufe sozusagen».

Der Kommissar bediente sich eines psychologischen Terminus in bewußter Distanz zu solchen Sachverhalten, er war schließlich Spezialist für Wirtschaftsfragen. Ein vollständig trockener Mensch, die Haut aus Seidenpapier, zart zerknittert, im Mund nur ein Tropfen Speichel, um hin und wieder mit einem rosigen Schildkrötenzünglein die Lippen zu befeuchten. Aber eben nicht die Finger, wie es früher manche Leute taten; wenn die eine Zeitschrift gelesen hatten, waren die unteren Ecken der Seiten verfärbt. Unvorstellbar beim Kommissar die Verbindung von Papier und Speichel. Die Aktenstücke kamen seinen Fingern entgegen zu einer keuschen, geschwinden Berührung, die keine Spuren hinterließ. Spuren hinterließen andere; und waren sie noch so flüchtig, dem Kommissar würden sie nicht entgehen.

Er entschuldigte sich noch einmal ausdrücklich, Herrn Doktor Elff aus der Arbeit gerissen zu haben. Aus seinen grauen kleinen Augen sprach die Sorge, er könne behindern – gab es doch keinen anderen Daseinszweck für den Menschen als die Arbeit; dabei zu stören rührte an ein erhabenes Gesetz, selbst wenn es um die Hilfe bei einer polizeilichen Ermittlung ging.

Der Dahingeschiedene habe äußerst bescheiden gewohnt, in einem Hochhaus aus den siebziger Jahren am Stadtrand mit Ein-Zimmer-Apartments, penibel aufgeräumt, ohne die Hilfe einer Putzfrau offenbar, und deshalb habe das Durcheinander im Raum zunächst verdächtig gewirkt, der umgestürzte Stuhl, die zu Bruch gegangene Stehlampe, die von dem Tischchen heruntergefallene zersprungene Flasche. Diese Details entnahm der Kommissar einem Protokoll; es gelang ihm, das Wort «Kampfspuren» wie in Anführungszeichen auszusprechen, es gehörte ebenfalls nicht zu seinem täglichen Vokabular. Alles hatte eine einleuchtende Erklärung gefunden – den Stuhl habe Herr Doktor Filter wohl selber umgestoßen, nachdem er sich die Schlinge um den Hals gelegt hatte, die anderen Sachen seien durch den Stuhl in Bewegung geraten.

Zum wievielten Mal las er das Protokoll? Niemals würde

ihn etwas Geschriebenes langweilen. Überdruß war eine ihm unbekannte Empfindung. Dann löste er sich aus dem Bann, in dem die Buchstaben seinen blassen Blick gefangenhielten, und sah sein Gegenüber an.

«Er war manisch-depressiv, wußten Sie das?» Herr Doktor Filter habe es eine Weile mit einer Therapie versucht, sei aber zu einer rein medikamentösen Behandlung übergegangen, als die Gespräche mit dem Arzt nach Jahren fruchtlos blieben.

«Man ist in unserem Beruf mit dem Bekenntnis eines solchen Leidens sehr zurückhaltend.» Elff wollte den Eindruck eines verständnisvollen, aber auch reservierten Vorgesetzten erwecken, den die Privatangelegenheiten seiner Untergebenen nichts angehen. Der Weg, auf dem die Unterhaltung voranschritt, beruhigte ihn.

Der Kommissar studierte die offenen, harmlosen Züge seines Gastes, der sich bemühte, reif und erwachsen zu wirken, nickte aber ermutigend.

Filter sei so zuverlässig gewesen, fügte Elff hinzu, daß der Gedanke an Stimmungsschwankungen gar nicht erst aufgekommen sei. Er könne sich vorstellen, daß der Kollege sie mit äußerster Disziplin unterdrückt habe. Jetzt wagte er etwas: Disziplin könne eben auch zur Selbstzerstörung führen.

Der Kommissar zog die Augenbrauen in die Höhe. Kein Gedanke konnte ihm ferner liegen; der exquisiten Seelenkunde seines Gastes wollte er gleichwohl gern folgen. «Daß er nicht verheiratet oder geschieden war, ist Ihnen gewiß aus der Personalakte vertraut –»

Elff beeilte sich zuzustimmen.

«Und sonst ... Menschen ... irgendeine Form von ... Partnerschaft?» Wieder ein Fremdwort für den Kommissar, der zwar wußte, daß es dergleichen gab, dem Phänomen aber nicht näherrücken wollte.

Nein – keine «Partnerschaft». Nichts davon war Elff bekanntgeworden; aber in ihm wuchs eine stille Sorge, auf diesem Punkt könnte länger verweilt werden.

Doch der Kommissar sah sich vor anderen Schwierigkeiten. Die Vermögenswerte, die Doktor Filter hinterlassen habe, seien nicht unbeträchtlich, ein Erbe nicht in Sicht.

Elff bedauerte das. Es sei ihm klar gewesen, daß Herr Doktor Filter aus soliden Verhältnissen stammen müsse.

«Warum?» Der Kommissar fand das wohl weniger klar.

«Es war etwas in seinem Verhältnis zum Geld – er war wie ein Mann, der sich nie darum hat sorgen müssen ... Geld war für ihn nur ein theoretisches Problem – so wirkte er auf mich ...» Das war tatsächlich sein Eindruck gewesen.

«Herr Doktor Filter stammte aus kleinen Verhältnissen, wie man so sagt. Der Vater war Eisenbahner, die Mutter Verkäuferin –»

Elff hatte einen Einfall: «In einem Textilgeschäft etwa?»

Der Kommissar staunte verhalten – man kannte sich offenbar doch recht gut?

«Nein, es ist nur so eine komische Assoziation: Er war sehr gewählt, ich meine, etwas zu sorgfältig gekleidet – und immer ganz in Grau, Anzug, Hemd und Krawatte in verschiedenen Grautönen. Ich erinnere mich sogar einmal, im Sommer, an graue Schuhe. Ich mußte bei seiner Erscheinung an das Wort Garnitur denken – das stammt doch wohl aus dem Handel ...»

«Sie vermuten richtig: Die Mutter arbeitete in einem kleinen Textilkaufhaus in Bielefeld.»

An diesem Punkt der Unterhaltung war es dem jungen Mann, als ob die eisernen Reifen der Beklemmung, die bis dahin um sein Herz gelegen hatten, absprangen. Warum war er mit dunklen Ahnungen in dieses Gespräch gegangen? Es ging hier doch anscheinend nur um den säkularen Erinnerungsdienst an einem Verstorbenen aus dem benachbarten Büro, der nüchternen Natur des Kollegen entsprechend nicht überschwenglich, sondern in stiller Nachdenklichkeit. Erwachsene Männer wissen ihre Empfindungen in Gesellschaft zu zügeln.

«Ich kann mir vorstellen, daß er sparsam war. Er hatte keine Verpflichtungen und ein sehr gutes Gehalt, da kommt mit den Jahren etwas zusammen.»

Elff meinte, mit dieser Bemerkung an Erfahrungen seines Gegenübers zu appellieren, bei dem er gleichfalls ein ökonomisches Temperament vermutete. Die Erleichterung machte ihn redselig. Leute, die nichts brauchten, konnten sehr viel haben – ging nicht ein größerer Besitz oft mit einer Neigung zur Bedürfnislosigkeit einher? Kannte man nicht die asketischen Mönche in reichen Klöstern, die Monarchen, die auf Feldbetten schliefen? Besitzlosigkeit hält die Phantasie wach – alles, was man nicht besitzt, ist begehrenswert. Er war mit dieser Gefühlslage vertraut.

Der Kommissar stimmte dem zerstreut zu, meinte dann aber, wieder aufmerksam werdend, daß es sich angesichts des Umfangs des bei weiland Herrn Doktor Filter vermuteten Vermögens – leicht sei es nicht, es zu beziffern – doch wohl verbiete, von «Ersparnissen» zu sprechen. Wenn man die Vermeidung von Steuern nicht auch gleich als Ersparnis bezeichnen wolle, was sich einbürgere ... widersinnigerweise, denn die Ausnützung gesetzlich eingeräumter Steuervorteile entspreche keineswegs dem Wortsinn der Ersparnis. «Wir haben uns daran gewöhnen müssen, daß die Begriffe falsch verwendet werden, obgleich diese Gewohnheit nicht ganz unbedenklich ist.»

Eigentlich hätte Elff sich auf solche zeitkritischen Betrachtungen gern eingelassen, aber ihm gefiel die Richtung nicht, die das Gespräch nun nahm. Die Entspannung, eben noch so wohltuend, wich wieder der Unruhe und gesteigerten Wachsamkeit. Wäre er ein Hund gewesen, er hätte sich aufgerichtet und die Ohren hochgestellt. Was wäre dafür zu geben, jetzt ein Hund zu sein. Würde es noch einmal gelingen, dem Gespräch eine andere Richtung zu geben?

Daß Doktor Filter seine Möglichkeiten ausgeschöpft habe, halte er für wahrscheinlich – Elff wollte wieder ins Psychologische hinüber –, aber stets im Rahmen der Gesetze. Da sei er geradezu pedantisch gewesen, übervorsichtig, jeden ungewohnten Gedanken sofort durchkreuzend. Die Stürmer und Dränger – die Abteilung sei vorwiegend mit jüngeren Leuten besetzt – hätten ihn oft als Belastung empfunden. Er habe auch einen Preis dafür gezahlt: Seit Jahren sei er nicht mehr befördert worden, habe in einer Nische gelebt, man habe ihn dort auf die Pension warten lassen, ihn nicht mehr ernst genommen ... Elff ließ Trauer durchblicken. In Firmen könne es so grausam zugehen, der Kommissar wisse da sicher Bescheid. Er schwang sich zum späten Protektor Doktor Filters auf, den er «menschlich», wie das gern hieß, sehr geschätzt habe.

Der Kommissar stutzte. Man sei sich also doch etwas nähergekommen?

Eine Devise des Dahingegangenen, sagte Elff, habe er immer bewundert, während die jungen Kollegen darüber bloß hätten höhnen können: «Ich will nur Geschäfte machen, die ich verstehe.» So einfach es klinge, heute sei das eine schier unfaßbare Provokation.

«Das hat er gesagt?» Der Kommissar zeigte zum ersten Mal die Andeutung eines Lächelns. «Wie er das wohl aufgefaßt haben wollte ...»

Elff fühlte sich wieder sicher. Ob es nicht ein trauriges

Zeichen sei, wenn man einem Vermögensverwalter Achtsamkeit, Zögern und das Bestehen auf Sicherheit zum Vorwurf mache?

Hierauf wollte der Kommissar nicht eingehen. Er wirkte wieder abwesend, war für Wohlfeiles vielleicht auch zu anspruchsvoll. Dennoch schien es, als er wieder zu sprechen begann, als wolle er noch ein wenig bei allgemeinen Besinnlichkeiten verweilen. «Der Tod jedes Menschen ist ein Rätsel. Jeder Mensch hinterläßt etwas Ungelöstes und nimmt den Schlüssel dazu mit ins Grab.»

Ein unlösbares Rätsel – das mußte nicht nur Ratlosigkeit bedeuten, ging es Elff durch den Kopf. Das war auch eine Verheißung.

Der Kommissar hatte in den Akten geblättert und einzelne Seiten daraus herausgelöst, die er nun eine nach der anderen in die Hand nahm; er ließ den Blick darübergleiten und legte sie dann wieder hin. Worauf sein Auge fiel, das blieb daran haften, so meinte Elff das zu beobachten – ja, die Zeichen verschmolzen geradezu physisch mit seinen Sinnen, wie Blattgrün das Sonnenlicht in sich aufnimmt. Er war einer der letzten aus jener vieltausendjährigen Dynastie, die von den Schreibern der ägyptischen Pharaonen abstammte, ein uraltes, dem Papier zugeordnetes Geschlecht, in Symbiose mit dem Papier wie einst die Reiter mit den Pferden. Auch diese Zeit ging ihrem Ende entgegen, denn wenngleich die elektronischen Nachrichtenträger den Verbrauch von Papier kaum vermindert hatten, so war seine Magie doch verloren: Das Außerordentliche, Erregend-Neue stand nicht mehr auf Papier. Was aufs Papier gelangte, war schon halb veraltet; Zahlen und Buchstaben verbanden sich nicht mehr mit Materie, sondern schwebten vor einer Fläche, flitzten und huschten darüber hinweg. Für den Kommissar waren die Zeichen auf dem Bildschirm zierliche Körperchen auf der Flucht, erst auf dem Papier schienen sie gefangen, wo er sie mit der Kennerschaft eines Sammlers von Käfern erforschen konnte. Und in der Versunkenheit eines solchen Kenners murmelte er beim Lesen vor sich hin.

«Es scheint, als sei Herr Doktor Filter auch außerhalb seiner Tätigkeit für die Bank geschäftlich aktiv gewesen. Er taucht als Teilhaber, Geschäftsführer, Anteilseigner verschiedener Gesellschaften auf, vielmehr taucht er eigentlich nicht auf – ich denke da an sein Diktum von den Geschäften, die er nur machen wolle, wenn er sie verstehe. Also, ich komme zu dem Ergebnis, daß er sehr viel verstanden hat. Er gibt uns harte Nüsse zu knacken. Sie sind doch gleichfalls im Gesellschaftsrecht beschlagen, nicht wahr?»

Elff bekannte, daß er in der Beratungsfirma, bei der er nach seiner Promotion eine Traineezeit zugebracht hatte, in Gesellschaftsrecht habe Erfahrungen sammeln dürfen. Das sei schließlich sogar fesselnd geworden – man müsse darin nur erst einmal die ästhetischen Prinzipien entdecken, die Architektur. Aber das war schon in weniger gleichmütigem Konversationston gesprochen; er fragte sich, ob in seiner Stimme nicht gar so etwas wie Eifer und Werbung gelegen habe, ein letzter Versuch, die dem Loch entgegenrollende Kugel unauffällig abzulenken.

Der Kommissar fand den Vergleich mit Architektur «zutreffend» – er wollte aber in Doktor Filters Anlagen weniger lichterfüllte Hallen als weitverzweigte Kellergewölbe sehen. «Ich habe darüber brüten müssen, um zu verstehen, wie die *Alcam Banking Association* mit der *Vortex* in Liechtenstein, der *Interflam* auf den Bahamas, der *Mare Holding* in Singapur und der *Eclipse Limited* auf den Kaimaninseln zusammenhängt. Das sind doch sämtlich nicht Beteiligungen Ihres Hauses?»

Elff zog es vor, verwirrt zu blicken, mit der stummen Bitte «Helfen Sie mir», aber der Kommissar hob nicht den Kopf. Er stand im Bann des Papiers. Seinen Augen wäre sonst nicht entgangen, daß jedes der Kunstwörter, die er da aneinandergereiht hatte, dem jungen Mann einen kleinen Stoß versetzte. Der fühlte sich auf eine abschüssige Strecke geraten, spiegelglatt. Das sanfte, beinahe flüsternde Sprechen und das Papierrascheln erzeugten einen Sog. Im Kopf des Kommissars ordneten sich die Figuren; der Anblick seines Nachdenkens, das sich schrittweise dem Verstehen näherte, lockte Elff zu ihm hinüber: Die Gedanken der beiden Männer wären gar nicht mehr zu trennen gewesen. Eine Zauberstimmung war entstanden, aus der es kein Ausbrechen gab, weil alles schon auf dem Tisch lag.

«Diese Konstruktion ist eine beträchtliche intellektuelle Leistung», aus den Worten des Kommissars sprach Bewunderung, «aber sie wurde nicht um ihrer selbst willen erbracht. Nach meiner bisherigen Einsicht, ich bin freilich noch nicht ans Ende gelangt, sind über die Konten dieser Firmen knapp dreizehn Millionen gewandert – nur wohin, das ist mir noch nicht klar. Zum Woher habe ich immerhin schon eine Theorie.»

Er sah dabei eigentümlich stumpf aus, in Meditation versunken. Dies war kein Verhör, und anscheinend erwartete er von Elff auch gar keine Hilfe, wozu auch? Es handelte sich um die Angelegenheiten eines Toten, die womöglich dunkle Seiten offenbaren würden. Was hatte der hoffnungsvolle, in der Bank schon hoch hinaufgelangte, souveräne junge Mann damit zu tun?

«Ich muß an der Sache noch etwas arbeiten.» Der Kommissar heftete die Blätter wieder in die Akte. Und dennoch, sollten sich Fragen ergeben, bei deren Beantwortung er vielleicht helfen könnte, dürfte man ihm dann noch einmal die kostbare Zeit stehlen?

Aber während der Kommissar ihm noch überaus höflich für den Besuch dankte – der Händedruck beim Abschied war fest, und in der sonst so verschlossenen Miene blitzte ein winziges Lächeln auf, war das Sympathie oder Ironie? –, da wußte Elff bereits, daß es sehr bald zu einem zweiten Treffen kommen und daß dieses Treffen ganz anders verlaufen würde. War es nicht, als ob der Ältere dem ihm an Erfahrung derart unterlegenen Jüngeren noch ein kleines Fenster offenlassen wollte? War die Entlassung in die Freiheit nur eine grausame Verzögerung oder vielmehr ein Angebot?

3

Im Fond des Taxis hatte er viel Zeit, das Gespräch Revue passieren zu lassen. Ihm half ein Gedächtnis, das, ohnehin gut, im Zustand der Alarmiertheit schon fast photographisch war. Sein Weglaufen vor den Reportern war von Panik diktiert gewesen, aber wenn er jetzt, in der erzwungenen Ruhe im Auto, darüber nachdachte, dann hatte er richtig gehandelt. Aus der Behörde war offenbar schon etwas herausgesikkert, eigentlich unvorstellbar bei einem Mann wie dem Kommissar; in Fällen, die das Publikum interessierte, geschah so etwas immer häufiger. Daß die Bank nicht gut dastand, war bekannt. Nun kam der Selbstmord eines höheren Angestellten hinzu, und – wer weiß – vielleicht hatte der Kommissar die Befragung durch die wartenden Reporter gar als zweiten Teil seiner Untersuchung angesehen? Wie viele Leute hatten sich vor der Presse schon um Kopf und Kragen geredet!

Es war Freitag, früher Nachmittag. Noch war er frei. Sein Verschwinden würde wie ein Geständnis wirken, aber rückte ein solches Geständnis nicht ohnehin auf ihn zu? Einen Verdacht hatte der Kommissar schon gefaßt; in ein paar Tagen hätte er die Gewißheit. Warum den letzten Zug, der ihm auf dem Mühlebrett noch geblieben war, nicht tun – verschwinden?

Daß sie die belgische Grenze passierten, war nur auf einem Schild zu lesen, und doch war damit ein erster Schritt in eine neue Sicherheit getan. Er mußte damit rechnen, daß er beobachtet wurde, aber ein Haftbefehl war bisher nicht ergangen, und Belgien hätte davor auch einen gewissen Schutz geboten, eine Verlangsamung, einen kleinen Zeitgewinn, und mochte Zeitgewinn in seiner Lage nicht Entscheidendes bewirken? So war sein Denken immer noch auf Bewegung eingestellt: Die Rettung sollte aus der Bewegung kommen. Sobald er innehielt, konnte die Falle zuschnappen. Da erschien ihm schon das Stillsitzen im Fond des Taxis als gefährliche Passivität, obwohl der Taxifahrer schnell fuhr. Elff hatte ihm ein gutes Trinkgeld versprochen.

Gab es bei seiner forcierten Bewegung denn gar nichts anderes zu bedenken als die Flucht vor dem Zugriff des papierenen Kommissars? Er rannte davon und hatte dafür gute Gründe, aber er war nicht allein auf der Welt. In welche Lage geriet die Frau, die er vor drei Jahren geheiratet hatte nach langem Sichkennen, langem Sichumkreisen, auch Getrenntsein, bis ihr schließlich keine Argumente mehr gegen die Hochzeit einfielen? Denn sie war es gewesen, die sich schwer entschließen konnte. Er selber war früh schon in eine Verliebtheit geraten, die keine Bedenken mehr gelten ließ. Wenn Zyniker festgestellt haben wollen, eine Frau heirate stets den zweitbesten Mann, nachdem der eigentliche Kandidat unerreichbar geblieben, treulos gewesen oder davongegangen sei, dann stimmte das in ihrem Fall wahrscheinlich nicht … Soweit er sah, hatte es den vollkommenen, den ersehnten, restlos allen Ansprüchen genügenden Mann in ihrem Leben nicht gegeben. Und dennoch fand sich in ihrer Verbindung keine Selbstverständlichkeit; ohne das so auszusprechen, vermittelte sie ihm stets das Gefühl, sie habe ihn ad experimentum geheiratet – um etwas herauszubekommen, wovon er selber nichts wußte. Wer die beiden sah, dachte an eine Ehe, die zur Hogarth-Zeit «mariage à la mode» genannt worden wäre: der schon hoch hinaufgestiegene Jungbankmann und die elegante Immobilienmaklerin, eines jener Paare scheinbar ohne Vergangenheit und ohne überkommene Lasten, auf den Erfolg konzentriert, zu lässigem Genuß aber nicht unbegabt. Für den Beruf allein mußte man nicht so hübsch sein.

Doch die Vergangenheit kann man nicht abschütteln. Die eigene Kindheit ist schon Vergangenheit genug, da braucht man nicht in Jahrhunderten zu schürfen. Elff stammte aus der Thomas-Christian-Andreas-Generation, Namen, die zu einem sportlichen, modernen, mit nicht zuviel Virilität ausgestatteten Männertypus paßten, dem frischen, anständigen, etwas harmlosen, deswegen aber zuverlässigen Mann von betont bürgerlichem Habitus, bei dem auch die schönen Seiten des Lebens nicht zu kurz kommen. Was ließ zwischen 1960 und 1980 viele Eltern aus der akademischen Sphäre solche Söhne erhoffen? Jedenfalls kam Elff zu einem Namen, der in diese Reihe paßte, aus ihr aber auch schon wieder etwas herausfiel: Patrick – höchst selten dürfte der irische Heilige vor dem Zweiten Weltkrieg bei einem deutschen Knaben Pate gestanden haben. Der Name macht den Mann. Aber die Eltern hatten nicht vorhergesehen, wie gut sich «Patrick» im Umgang mit amerikanischen Geschäftsleuten bewähren würde, dazu in Verbindung mit einem Nachnamen, der Ausländern keine Schwierigkeiten bereitete.

Der Name der Frau hingegen klang exquisit in deutschen Ohren, ausgefallen selbst in Zeiten eines Allerweltskosmopolitismus, und war zugleich durch eine Familientradition gerechtfertigt: von der argentinischen Großmutter her. Pilar heißt Säule – ebenjenes zierliche Säulchen, das mit einem

Gnadenbild der Jungfrau in Verbindung gebracht wird. Und ein solches feingeschwungenes Säulchen war die Frau tatsächlich geworden, schlank, nur einen halben Kopf kleiner als er, hart oder jedenfalls fest, wenn hart zu unfreundlich klingen sollte, und wie die Säule der Jungfrau nicht in eine Architektur eingegliedert, also nichts stützen müssend, zu nichts dienend, in nichts einbezogen.

Die argentinische Großmutter, die mit ihrer Tochter immer beim Spanischen geblieben war, hatte auch das Romanistikstudium der Enkelin angeregt, Elffs Nebenfach bei seinem Literaturstudium. In der Seminarbibliothek hatten sie sich kennengelernt, ein glücklicher Zufall, denn Pilar betrat sie nicht oft. Im Zeichen studentischer Egalität schienen sie, von außen betrachtet, wie füreinander bestimmt, und es sah tatsächlich so aus, als sei das einzige, was sie trennte, das Geld, das er nicht hatte und über das sie in schöner Fülle verfügte, schon als Studentin; würde sie dereinst die Erbschaft des noch mit fünfundsiebzig kerzengerade zu Pferde sitzenden Vaters antreten, käme noch viel mehr auf sie zu. Es heißt, eine solche Konstellation sei nur in Deutschland, dem Land, das eine *Minna von Barnhelm* unter seine Komödien zählt, ein Problem, aber die ungleichmäßige Verteilung der Glücksgüter drang niemals in die Gespräche des Paares ein. Sie schienen sich beide verpflichtet zu fühlen, nicht daran zu rühren. Bei ihnen war die bürgerliche Substanz noch so stark, daß das Geldhaben von eminenter Wichtigkeit für sie war, aber dennoch mit größtem Takt behandelt werden wollte, wie ein peinliches Leiden oder ein Verbrechen in der nächsten Verwandtschaft. Gegenüber jedermann hätten sie den Unterschied ihres Vermögensstandes als für ihr Verhältnis gänzlich bedeutungslos erklärt, obwohl er ihn nie vergaß, überzeugt, daß auch sie sich dessen immer bewußt war. Gehörte es nicht zu ihrem

Wesen, allem, was er tat, mit leichter Ironie zu begegnen, einem freundlichen Spott, der nicht verletzen wollte, aber doch wohl meinte: Was immer er ins Werk setze, sei nicht gar so ernst zu nehmen?

Beide studierten sie ein Fach, das später kaum zu Reichtümern führen würde, sie, weil es nahelag, ihre Verbindung zu Argentinien zu stärken – mit Mutter und Großmutter hatte sie doch nur ein Kinderspanisch gesprochen, eine Familiensprache, Deutsch und Englisch durchmischt, da war eine Vertiefung sinnvoll –, er aus Leidenschaft, wie er sein lebhaftes Interesse etwas pathetisch nannte. Damals hatte er sich ein hochfahrendes Bild von sich selbst entworfen, eine Anmaßung, um die darunter lauernde Unsicherheit niederzuhalten: Leute, die auf Geld aus seien, verdienten Verachtung, es gebe eine Reihe von Berufen, die man – «ein Ehrenmann», hätte er beinahe altmodisch gesagt – keinesfalls ergreifen dürfe. Alles, was mit Verkaufen zu tun hatte, fiel darunter. Verkaufen war schon fast soviel wie Betrügen, und das Hin-und-her-Schieben von Waren fand er auch ohne kriminellen Aspekt unwürdig. Seine Eltern gaben ihm genug Geld für die Bücher und ein kleines Auto, doch er verschmähte auch Hilfsarbeiten für Studenten nicht, gab Nachhilfestunden und kellnerte sogar einmal ein Semester lang. In dieser Zeit kam sie ihn treu in dem Bierlokal besuchen und wartete, bis die Stühle auf den Tisch gestellt wurden, und auf dem Heimweg war sie gut gelaunt und erklärte ihm, wie komisch er aussehe, wenn er Gäste nach ihren Wünschen fragte, wenn er versuche, so professionell wie möglich zu wirken – «du läufst, als ob du den Laden mit den Füßen antreiben müßtest ...»

Sie hatte da etwas gesehen: Es war sein Ehrgeiz, ein guter, ja ein besserer Kellner zu sein als die hauptberuflichen, er erhob die Sache zu einem Sport, der das Geldverdienen nebensächlich erscheinen ließ. Sie lauschte seinen asketischen, geldverachtenden Reden mit verhohlenem Vergnügen, denn er war dabei auch witzig, und wenn er sich erregte, gefiel er ihr besonders gut. Für beide war es unausgesprochen klar, daß sie, wenn sie zusammen waren, in dem ihm möglichen Rahmen blieben; nie hätte sie ihn verleitet, über seine Verhältnisse zu gehen, und zugleich hielt sie etwas davon ab, das Fehlende mit ihren eigenen Mitteln zu ergänzen. Was sie über ihr Zusammensein hinaus in der Welt ihrer Eltern in Landhäusern und südlichen Ferienresidenzen erlebte, geschah in Parenthese und blieb von dem, was nur sie beide betraf, strikt geschieden. Die Eltern waren denn auch lange im unklaren darüber, daß es da längst einen Freund der Tochter gab, der keine Konkurrenz zu fürchten hatte.

Das wußte der Student der Literaturwissenschaften übrigens selber nicht. Pilar war überaus zärtlich in den Liebesstunden, aber war sie wirklich verliebt? Es kam zwar vor, daß ihr in seinen Armen Tränen in die Augen traten – auch feinfühligere Männer kennen die Empfindung männlichen Stolzes beim Anblick derartiger Tränen –, doch sie durchkreuzte jede Anwandlung von Sentimentalität und Eitelkeit sehr schnell: Das seien Tränen wie beim Zwiebelschälen, «rein physiologisch!». Diese Kühle beeinträchtigte nicht ihre Beharrlichkeit. Irgendwann recht früh mußte sie den Entschluß gefaßt haben, bei ihm zu bleiben, eine Entscheidung, die sie ihm lange nicht mitteilte und die offenbar nichts mit Glück und Rausch zu tun hatte. Zu den Leuten, von denen geschrieben steht, «sie hätten sich nie verliebt, wenn sie nicht hätten von der Liebe reden hören», gehörte sie sicher nicht, denn sie übernahm keine Liebeskonventionen, Kinodialoge, sie spielte kein Liebestheater, wie es sich im Repertoire der aus zweiter Hand Liebenden findet.

Ihre Haltung blieb auch in der Ehe unverändert, für die sie im Elternhaus erheblichen Widerstand überwinden mußte, nachdem sie ihren eigenen besiegt hatte. Dabei war er damals schon bei der amerikanischen Beratungsfirma angestellt, ausgewählt nach einer strengen Prüfung unter vielen Mitbewerbern. Eine akademische Laufbahn – der Doktorvater hätte ihn gern als Assistenten behalten, nach weiteren fünf schmalen Jahren wäre eine Habilitation nicht ausgeschlossen gewesen – war plötzlich gar keine Versuchung mehr gewesen; wo war die Geldverachtung geblieben? Der Schwiegervater mochte Beratungsfirmen aus den Vereinigten Staaten vermutlich noch weniger als einen «mäßig hungernden Privatdozenten», wie er sich ausdrückte – es sei halt «nichts Richtiges» –, und das war schwer zu widerlegen, wenngleich schon das Anfangsgehalt die akademischen Dimensionen deutlich überstieg.

Hatten der überraschende Wechsel in eine Privatbank und der noch unwahrscheinlichere Sprung von dort in eine noch größere Privatbank dann nicht doch zu «etwas Richtigem» geführt? Der Schwiegervater grummelte jetzt leiser, ließ jedoch durchblicken, «der Junge hat das Geschäft nicht erlernt, hat letztlich keine Ahnung», er sei neugierig, wie lange das gutgehe. Davon erfuhr der aber nur aus spöttischen Bemerkungen seiner Frau: weil eben ihr Spott dem Alten galt.

Pilar dagegen hatte den Wechsel ihres Mannes von der Universität in den Kommerz mit spielerischer Verwunderung zur Kenntnis genommen und weder gelobt noch getadelt: Er sei ein freier Mensch, der nach Belieben handele und auf sie keine Rücksicht nehmen müsse. Auch sie hatte ja die Wissenschaft, kaum daß sie ihr nahe gekommen war, wieder verlassen: Auf den von zu Hause fließenden Subsidien wollte sie sich nicht ausruhen, und als sich die Möglichkeit auftat, für einen großen Immobilienmakler zu arbeiten, war sie mit

Eifer dabei und wandte bald ebensoviel Zeit an ihren Erfolg wie ihr Mann an den seinen.

Das Verkaufen von Häusern und Wohnungen war wie geschaffen für sie, das entdeckte sie jetzt. Ihre ästhetischen Bedürfnisse hatten bis dahin über den eigenen Körper nicht hinausgereicht. Da wurde an Pflege von Haut und Haaren nichts versäumt, obwohl sie ihrem Mann morgens früh, wenn sie neben ihm mit Katzengähnen erwachte, am schönsten erschien. Zu ihrer gesunden Blässe und ihrem eher farblosen als blöndlichen Haar trug sie verwaschene Pastellfarben – Etuikleider aus Seidenrips, stumpf wie gebleichtes Löschpapier – und außer dem schmalen Ehering nichts aus der mit hübschen Sachen gefüllten Kassette der argentinischen Großmutter. So etwas trage man nicht mehr, Schmuck sei spießig ... Sonst immer von lässiger Skepsis, war sie hier einmal apodiktisch.

Aber schon die Einrichtung des Schlafzimmers war ihr gleichgültig. «Am liebsten würde ich im Hotel wohnen», sagte sie, als es um die erste gemeinsame Wohnung ging. Das war leider ausgeschlossen. Patrick brauchte Platz für die inzwischen angehäuften Büchermengen, zum größten Teil in Kisten in verschiedenen Kellern gelagert – er käme in den nächsten Jahren zwar kaum zum Lesen, aber sehen wollte er die Bücher wenigstens –, und dann gab es noch das Klavier. Mehr als ein bißchen nächtliche Improvisation würde kaum mehr möglich sein, aber er wollte sich diese kleine Zuflucht nicht verbauen.

Als sie für den Makler zu arbeiten begann, fand sie zu ihrer Überraschung, daß die Umgebung, die Menschen sich schufen, eine Sprache war, in der sie oft genug etwas ausdrückten, was sie nicht ohne weiteres ausgesprochen hätten. Menschen erweiterten sich in die Zimmer hinein, in denen sie lebten.

Sie lernte die soziologischen und psychologischen Aspekte der Wohnungen kennen; sie bekam einen Blick dafür, wo die Leute eigenen Vorstellungen folgten oder fremde übernahmen, wo sie bewußt Konventionen pflegten oder unbewußt in ihnen unbekannte Konventionen hineinglitten, ob sie Kulissen bauten oder mit der Auswahl ihrer Teppiche und Sessel ein Bekenntnis ablegen wollten. Es machte ihr Freude, ihre Entdeckungen zu schildern, und Patrick lauschte ihr verwundert. Im Bergwerk ihrer Talente war sie auf eine bis dahin unbekannte Mine gestoßen. Wie scharf ihr Skalpell war – ihr Urteil war nie willkürlich, sie brachte immer Gründe für ihre Analyse bei.

Nur, was sie bei anderen sah, das sah sie vermutlich auch bei ihm. Ihre Ironie, die vorher eine Lebenshaltung gewesen war, wurde nun mit handfesten Erkenntnissen unterfüttert. Aus dem Gestus der Überlegenheit entstand Überlegenheit. Die richtete sich nicht gegen ihn, und trotzdem war es ungemütlich in ihrer Gesellschaft. Weniger denn je meinte er bei ihr mit einem Generalpardon rechnen zu dürfen. Erkenntnis und Loyalität waren eben verschiedene Kategorien. Die geistige Kühle und die physische Wärme, die von ihr ausgingen, bildeten einen unauflösbaren Widerspruch.

Während er im Taxi nach Brüssel saß, würde sie ahnungslos mit den Vorbereitungen für das heutige Abendessen beginnen. Pilar hatte einen Tisch mit überwiegend flüchtigen Bekanntschaften zusammengestellt, alle würden zum ersten Mal im Haus sein. Eine Anwältin und eine Innenarchitektin hatte sie ihm genannt, die anderen kenne er ohnehin nicht. Sie arrangierte solche Essen ohne großen Aufwand, es gab viel guten Wein, die Gänge plante sie so, daß da nicht lange etwas vorbereitet werden mußte. Die einander unbekannten Gäste brachte sie schnell zusammen;

wenn sie von ihren Makler-Erlebnissen erzählte, herrschte bald Gelächter. Besonders gut konnte sie die «beiseite» gesprochenen Dialoge der Ehepaare nachmachen, die sich in ihrer Gegenwart zunächst nur durch Blicke verständigten und alsbald begannen, verdeckte Kämpfe auszutragen. Jede Haussuche hatte eine Vorgeschichte; ihr besonderes Vergnügen war, die zu erraten. Die Gequältheit des Mannes, den verborgenen Eifer der Frau – das stellte sie vorzüglich dar auf der Bühne ihres Eßzimmers. Es gab Interessenten, die beständig die Stimme der Maklerin hören wollten; andere mußte man immer mal wieder allein lassen, um dann unerwartet hinzuzutreten und die Harpune abzuschießen. Sie hatte keine Bedenken, ihre Tricks zu verraten, sie warf ihre Erlebnisse den Gästen generös zur Unterhaltung vor. War sie so sicher, daß keiner, der an ihrem Tisch lachte, sich ihr würde entziehen können, sollte man sich doch einmal geschäftlich gegenüberstehen?

An diesem Abend würde dieses Programm ohne ihn ablaufen. Die ganze Zeit hatte er vermieden, an Pilar zu denken, aber das Verdrängen gelang ihm auch dann nicht lange, wenn er sich mit ganzer Kraft anderem zuwenden mußte. Es war schon so: Der Schwebezustand, in dem sie ihre Verbindung hielt, erlaubte ihm niemals, sich in seinen Gedanken von ihr zu entfernen. Den ganzen Tag fragte er sich, was sie zu seinen Entscheidungen sagen würde, aber wenn sie sich abends wiedersahen, verzichtete er darauf, davon zu erzählen – Erfolge waren selbstverständlich und darum nicht so wichtig. Wichtig war überhaupt nichts – oder besser: Wichtig war, das Wichtigfinden zu verachten. Und dabei war er davon überzeugt, daß es durchaus Wichtiges gab für Pilar, daß sie einen Kern hatte, wo nichts mehr leichtgenommen wurde, wo sie verwundbar und unversöhnlich war. Aber er wollte sie ja auch gar nicht verletzen, bedrängen, erschüttern; er wünschte nichts anderes, als ihre sanfte Kratzbürstigkeit zu beschützen.

Das Bild der heutigen Abendtafel indessen, das mit Kerzenflammen, Weinkaraffen und Blumen im mild erleuchteten Eßzimmer lebhaft vor seinen Augen stand, wischte alle Ungewißheiten weg: Nun war es ihm gelungen, mit einem Schlag das Leben mit Pilar zu beenden. Es hatte zu seinen geheimen Gedankenspielen gehört, im Augenblick eines Erfolges auf den Höhen der Menschheit oder wenigstens als Korken auf dem höchsten Wogenkamm, sich auszumalen, wie er durch eine einzige Bizarrerie alles wieder zerstören könnte, durch keine Bußfertigkeit oder Entschuldigung wiedergutzumachen: im vertrauten Gespräch mit dem Vorstandsvorsitzenden, das Champagnerglas in der Hand, einer Auszeichnung vor vielen Zeugen, unversehens den Hosenlatz zu öffnen und der Frau dieses Mannes das Cocktailkleid naßzupinkeln, bis es ihr an den Schenkeln klebte. Ja, so etwas stand immerhin in seiner Gewalt: namenlose Verblüffung und Empörung und den Hinauswurf auszulösen. Auch wenn er nie dergleichen machen würde – zu wissen, welche Waffe man besaß, indiskutables Benehmen als Machtinstrument zu begreifen, wenn auch mit dem Sprengstoffgürtel des Selbstmordattentäters vergleichbar, das öffnete in der Phantasie ein Fenster der Freiheit, aus dem die Seele sich in ein heiteres Nichts hinausschwingen konnte.

Jetzt aber ging es nicht mehr um eine exzentrische, närrische Provokation, jetzt hatte er sich aus der bürgerlichen Gesellschaft auf viel gründlichere Weise ausgeschlossen. Wüßten die Gäste des heutigen Abends, was er getan hatte – und in wenigen Tagen würden sie es wissen –, dann wäre er für sie zum Unberührbaren geworden, auch wenn man eben noch bereit war, Salz und Brot miteinander zu teilen; die Magie solcher Gemeinsamkeit war sowieso passé.

Noch schlimmer: daß er ihn nun wohl gefunden und berührt hatte, jenen Kern von Pilar, den sie unter soviel Leichtigkeit und Spiel verbarg. Was geschah, wenn auch sie ins Kommissariat gerufen würde, um sich den Fragen über ihn zu stellen? Dann würden andere Tränen fließen als die ihm bekannten, süßen, dieses «rein physiologische Phänomen» – Tränen des Zorns, von ihm blamiert zu sein, Tränen der Reue, nicht auf den Vater gehört zu haben, Tränen der Scham, mit seinem Namen den Immobilienkunden und den Freunden gegenüberzutreten. Einem stolzen Menschen das Fundament des Stolzes wegzuziehen, wie grausam war das, selbst wenn Stolz nicht der höchste aller moralischen Werte war.

Was sein Körper entschieden hatte, das Weglaufen, Sich-unsichtbar-Machen, Sich-aus-dem-Spiel-Nehmen, war das einzig Vernünftige, was ihm übriggeblieben war. Der physische Impuls hielt abwägender Überprüfung stand, wenngleich seine Ohren dabei heiß waren und das Herz pochte. Wegsein – nur daß es nicht so einfach war, einen lebendigen Mann unsichtbar zu machen, schon das Verstecken einer Leiche scheiterte meist, der Menschenleib wurde im Wald gefunden, an den Strand geschwemmt, wollte sichtbar bleiben. Aber gab es nicht immer noch Plätze auf der Erde, wo es unordentlich zuging, wo nicht tausend elektronische Augen auf jeden Passanten gerichtet waren, nicht jede Geldbewegung vor der ganzen Welt geschah?

Das Taxi fuhr an einem Schild vorbei, auf dem «Zaventem» stand, daneben ein kleines Flugzeug. In der letzten Nacht, das fiel ihm bei diesem Anblick ein, war er erwacht, was ihm in den Nächten nach Filters Selbstmord ständig geschah – er konnte noch so müde ins Bett gehen, und auch die Wirkung von ein paar Whiskys hielt nicht lange vor. Fruchtloses Grübeln, irgend etwas würde geschehen, aber was? Vielleicht auch nichts? Vielleicht war Filter die Selbstauflösung gelungen – nicht seines Körpers, dessen Gewicht ihm immerhin das Genick gebrochen hatte, doch seines geistigen Werks, seines Fuchsbaus, der verfallen mußte, sowie sein Atem nicht mehr durch die gewundenen Korridore wehte? In der Nacht vor der Vorladung des Kommissars waren diese unbestimmten Sorgen beinahe zum Schweigen gekommen, und doch war er im Stockdunkeln erwacht, in einer Stille, als sei er allein – Pilars Atemzüge waren so leise, daß er auch sonst oft fürchtete, sie habe das Atmen eingestellt, und nach ihrer Hand tastete. Als er die Augen aufschlug, war er aus Tiefen aufgetaucht, er wußte kurz nicht, wo er sich befand, und glaubte sich nicht in einem Bett, sondern weit höher, in die grenzenlose Nacht gehalten, und über ihm blinkte es winzig aus kilometerweiter Ferne, ein rotes Lämpchen, einmal, zweimal, dreimal. Ein Flugzeug hoch über ihm, während er selber flog – das war ein befreiendes, aber auch wehes Gefühl, dem er sich in der Zeitlosigkeit der Dunkelheit einige ewigkeitliche Sekunden lang hingab, bis ihm aufging, daß er das winzige Licht des soeben montierten Rauchmelders an der Schlafzimmerdecke anstarrte. Sofort wurde das Dunkel räumlich, die Dimensionen des Zimmers kehrten zurück.

Er gab etwas auf Vorzeichen, eine Neigung, die er vor Pilar verbarg; weiblicher Rationalismus war radikaler als männlicher, so kam es ihm vor, weniger philosophisch begründet als auf eigener nackter Erfahrung und deshalb völlig unerschütterbar. Die Vorzeichen warnten ihn freilich niemals und verhinderten deshalb auch nichts, weil man sie stets nur im Rückblick als solche verstand. Kein Zweifel, in dieser Nacht war er schon unterwegs gewesen. Das Rauchmelderlämpchen hatte den Abschied, ja den Bruch mit allem, was ihn bisher gebunden hatte, vorweggenommen. Er bewegte sich längst auf dieser Bahn, es war die ihm bestimmte, die unabänderliche, und der Schmerz, der mit dem Bruch verbunden war, er war nicht zu vermeiden.

4

Mit Monsieur Pereira war er vor gut zwei Jahren zum ersten Mal in Verbindung getreten. Das war einer der ganz großen Kunden der Bank, von Bedeutung auch, weil er als Geschäftsmann nicht nur weltweit operierte, sondern darüber hinaus zum engsten Beraterkreis der marokkanischen Regierung gehörte und den Zugang zu Regierungsprojekten eines souveränen Staates eröffnete, der in der arabischen Welt eine Sonderrolle spielte: Marokkos Verhältnis zur westlichen Sphäre war das am wenigsten krisenhafte, die Regierung galt als gemäßigt, gegen innere Erschütterungen halbwegs gesichert und nahm politischen Unruhen mit vorsichtigen Reformvorhaben die Spitze. Ein solider Polizeistaat ohne die destabilisierenden Exzesse eines solchen. Monsieur Pereira kam eigentlich nur mit den Herren des Vorstandes zusammen, genauer, diese Herren reisten zu ihm nach Paris, New York oder Marrakesch in eine seiner zahlreichen Residenzen, er war ein moderner Pascha, sich seines Rangs bewußt. Um so überraschender war es für Patrick Elff, während einer Konferenz in Paris von einem Sekretär angerufen zu werden: Monsieur Pereira würde sich freuen, mit ihm zu Abend zu essen.

Das Restaurant, das ihm genannt wurde, eines von den

alten, prunkvollen und berühmten, das nicht weit von dem Obelisken der Place de la Concorde mit seiner neu vergoldeten Spitze lag, paßte zu einem Mann, der noch mit den Luxusbegriffen der Vorkriegszeit aufgewachsen war und im Politischen wie im Ästhetischen in der Kategorie von Institutionen dachte. Monsieur Pereira empfing ihn in dem mit dunkelroter Seide ausgeschlagenen Vestibül, in dem ein gedämpftes Licht herrschte. Elff war überrascht, einem derart jugendlichen Mann zu begegnen, mit tailliertem Nadelstreifenanzug und kaum gelichteter, sorgfältig coiffierter karamellbrauner Löwenmähne, aber der Händedruck war knochig und kühl, der Begrüßung wußte er den Anschein von Herzlichkeit zu verleihen. Erst an dem Tisch, der abseits in einer Nische stand, war mehr als die gertenschlanke, hyperbewegliche Silhouette zu erkennen: Die Mähne bestand aus feinem müden Haar, das magere Gesicht mit Adlernase und schmalen Lippen war von einem Netz von Runzeln überzogen, über den kleinen Augen lag eine trübe Schicht, die aber nicht die Sicht behinderte. Sein Blick forschte, während sein Mund unablässig sprach, in Ellfs Zügen – der junge Mann wurde verlegen. Was entdeckte Monsieur Pereira bei diesem Studium?

Er ist uralt, dachte Elff. Diesen Eindruck verstärkten besonders die strahlend weißen, perfekten Zähne, die wie das erhaltene Gebiß einer ledernen Mumie erschreckend lebendig zwischen den sparsamen Lippen hervorbleckten. Sein Französisch war das eines Parisers, kein kleinster Akzent verriet den Maghrebiner. Als er erfuhr, daß Elff zum ersten Mal dieses Restaurant betrat, bat er, für ihn das Menü aussuchen zu dürfen, und widmete sich der Aufgabe nicht ohne Diskussion mit dem Maître d'Hôtel, der eine Reihe pedantischer Fragen beantworten mußte; mit dem Sommelier veranstaltete er das gleiche sachkundige Exerzitium. Die Leute kannten ihn, ihre Antworten bezogen sich auf frühere Erfahrungen, die er sämtlich präsent hatte.

Er selber werde nur eine Schleimsuppe und einige Blätter Salat essen – «etwas anderes müßte ich bereuen, aber ich erinnere mich so gern an früher. Sie haben mir eine Freude gemacht, denn ich bin ein wenig despotisch veranlagt und könnte den Gedanken nicht ertragen, daß Sie hier das Falsche bestellen. Es ist zwar alles gut, aber auch im Guten gibt es graduelle Unterschiede, und der Chef hat einfach kein Verhältnis zum Fleisch, so genial er ist.»

Das Licht im Saal war hell, aber weich. Man hatte bedacht, daß die Frauen nicht nur in vorgerückten Jahren vom Licht Schonung fordern, und diese Rücksicht kam auch dem beweglichen Greis zugute, dessen Runzelwerk im warmen Gold verwischt wurde. Es waren jetzt vor allem die Augen, die sein hohes Alter verrieten.

Und er sprach auch davon; er hatte nicht die Absicht, in dieser Hinsicht sich und anderen etwas vorzumachen. Einst habe er den Wein geliebt, und er dürfe sagen, daß er sich ein wenig damit auskenne, nicht nur weil er selbst Weinbauer geworden sei – ein nicht unbedeutendes Château im Bordelais war in seinem Besitz. Die Frauen, die jungen Mädchen seien seine Leidenschaft gewesen – «ich war ein Sammler von jungen Mädchen, das ist die schönste Art, sich zu ruinieren. Nun, das ist mir nicht gelungen, der ökonomische Instinkt war stärker, oder habe ich nicht genug geliebt? Ich weiß es nicht. Dann fing ich an, schöne Häuser zu sammeln, es war meine Freude, edle alte Häuser zu retten und zu neuem Glanz zu führen – noch eine ruinöse Leidenschaft. Und auch die ist von mir abgefallen: Heute wohne ich vor allem im Hotel. Mit den fortschreitenden Jahren sind nur zwei Passionen geblieben, meine Sinnlichkeit hat sich vergeistigt. Zunächst das Leben selbst – zu spüren, daß man lebendig ist, das Atmen, aber auch das Betrachten von Leben. Ich behaupte, daß ich aus dem bloßen Anblick einer jungen Frau heute soviel Genuß ziehen kann wie damals, als ich sie mit Haut und Haaren aufgefressen hätte. Und sogar das Abendessen mit einem wohlgeratenen jungen Mann schenkt mir jetzt ein Vergnügen, das man durchaus sinnlich nennen könnte.»

Dies war in vollständiger Unbefangenheit gesprochen, aber Elff wurde unruhig. Welches Gesicht sollte er zu einem solchen Bekenntnis aufsetzen? Waren bei der Einladung andere als rein geschäftliche Interessen im Spiel?

Da war Monsieur Pereira schon weitergeglitten, hatte mit seinen kleinen grauen Augen die kurze Erstarrung in Elffs Miene wohl wahrgenommen – was entging ihm? – und sprach von der Erinnerung, selbst einmal in einem kraftvollen sportlichen Körper gesteckt zu haben, es allerdings damals nicht so dankbar empfunden zu haben, wie er es im Rückblick tue. Das sei seine besondere Fähigkeit: Vergangenes frisch vor sein inneres Auge zu stellen – erst jetzt, in seinen hohen Jahren, erworben und Quelle unendlicher Freude.

«Und noch eine zweite unkörperliche Passion begleitet mich und bleibt mir treu – die Macht.» Das ominöse Wort kam ihm leicht über die Lippen, als spiele er auf eine jedermann mögliche Erfahrung an, ja als sei seinem jugendlichen Gegenüber der Umgang mit der Macht schon geläufig. Die Macht und das Leben seien im Grunde identische Begriffe. Macht sei Leben – ohne Macht kein Leben, jedenfalls wenn man einmal davon gekostet habe. Alte Männer zur Aufgabe ihrer Macht zu drängen gleiche der Aufforderung zum Selbstmord. Die Kunst bestehe nur darin, die Macht so auszuüben, daß derartige Wünsche in der Umgebung gar nicht erst aufkämen. Er sei da zum Glück auf der sicheren Seite: Ihm sei es niemals um äußere Machtstellung, um Amt und Repräsentation gegangen. «Ich wollte immer nur die Essenz der Macht, nicht ihren Glanz. Ich bin mir selbst glänzend genug» – das war mit selbstironischer Koketterie gesagt. Die indirekte Macht, für Dummköpfe gar nicht zu erkennen, sie sei es gewesen, die er früh erworben und bis jetzt festgehalten habe. «Warum ich Ihnen das erzähle? Es geht mir darum, ein Vertrauensverhältnis zu begründen, ich habe vor, die Karten offen auf den Tisch zu legen. Übrigens, ist es gut, was ich ausgesucht habe?»

«Ich weiß es eigentlich nicht. Ich habe Ihnen zugehört und darüber vergessen, auf das Essen zu achten.»

«Schade, könnte ich antworten, statt dessen freue ich mich. Etwas Besseres können Sie einem Monologisten nicht sagen.»

Monsieur Pereira wandte sich nun einem anderen Gegenstand zu. Er begann, von seiner Herkunft zu erzählen, und entwickelte ein farbiges Szenario seiner Vaterstadt Mogador. Das Mogador der zwanziger Jahre sei untergegangen wie viele andere alte Städte auch – wie Alexandria und Smyrna. Städte bestünden aus Mauern und Straßen, gewiß, vor allem aber aus Menschen, und in dem Mogador von heute lebten ganz andere Menschen als in seiner Jugendzeit, und keineswegs nur deshalb, weil die Alten gestorben seien – «sie sind gestorben, aber sie sind nicht in Mogador gestorben, sie hatten die Stadt schon vorher verlassen».

Er entwarf ein Bild des Völkergemischs, das da einst zu Hause war, die Juden mit ihren andalusischen Traditionen, die Portugiesen und Franzosen, große Kaufleute, Konsuln und Reeder, in prachtvollen Häusern lebend, mit säulengeschmückten Innenhöfen und Brunnen, und mit einem regen Gesellschaftstreiben – Frauen aller Rassen, eine Parade der unterschiedlichsten Trachten, Fes, Turban und Zylinderhut, elegante Europäerinnen, schwarze Sklaven. Mogador sei der Hafen von Timbuktu gewesen, zugleich ein Vorposten Europas, sogar mit etwas barocker Architektur und rechtwinkligem Straßennetz, wie eine römische Gründung, und tatsächlich gebe es antike Spuren, frühe Traditionen. Mit seinen portugiesischen Wurzeln habe er sich dort heimisch fühlen können.

Aber die Geschichte kenne kein Innehalten. Stagnation sei stets mit Verfall verbunden. «Ein schöner Zustand kann nicht eingefroren werden, es gibt immer nur die Alternative zwischen Entwicklung und Fäulnis.» Und darin liege auch das Krankhafte am europäischen Geschmack, der sich am Zurückgebliebenen, Ruinösen ergötze, während man sich die Nase zuhalte, um die üblen Gerüche der Rückständigkeit nicht wahrnehmen zu müssen.

«Nach dem Zweiten Weltkrieg sind Casablanca und Safi die eigentlichen Häfen des Landes geworden, die alte barocke Anlage von Mogador war viel zu klein und kaum zu erweitern – man könnte auch sagen: Zum Glück, so blieb sie erhalten.» Heute sei hier nur noch ein Hafen für arme Sardinenfischer, die fingen, was ihnen die industriellen Riesenflotten der Russen und Holländer außerhalb der Drei-Meilen-Zone übrigließen; während des Sechstagekrieges mit Israel hätten die marokkanischen Juden dem Land den Rücken gekehrt, und die namhafteren Geschäftsleute und die Diplomaten seien ohnehin nicht in Mogador geblieben, das seinen phantasieanregenden Namen inzwischen einem Theater in Paris geliehen habe – welche Stadt dahinterstand, habe schon keiner mehr gewußt.

In die Paläste aber, von ihren angestammten wohlhabenden Bewohnern verlassen, seien die landflüchtigen Kleinbauernscharen eingedrungen und hätten sie in feuchte Elendsquartiere verwandelt. Geschmack und Großzügigkeit dieser Häuser seien zerstört. «Das ist jetzt mein Spielzeug – man könnte vielleicht sagen, zu spät gefunden, aber ich gebe mir noch fünfzehn gesunde Jahre, die Ärzte bestätigen mich darin, und die Arbeit hält mich jung: Ich will meine Geburtsstadt wieder auf ein Gleis setzen, das in die Zukunft führt, mit guten Hotels, Restaurierungen, Golfplätzen, Sporthafen, Kulturprogrammen, Festivals ... Ich kann mich nicht so gründlich darum kümmern, wie ich wollte und müßte, aber ich habe begonnen. Und in einem der größeren Paläste gibt es jetzt bereits ein Hotel, das gewissen Ansprüchen genügt, und dort habe ich meine Etage – mehr brauche ich nicht mehr. Ich wohne zum ersten Mal in meinem Leben in einem Projekt, Sie sollten es ausprobieren, laden Sie Ihre Frau einmal ein paar Tage zu uns ein. Ich habe versucht, den alten aristokratischen marokkanischen Luxus mit modernen Bequemlichkeiten zu verbinden ...»

Zitierte er aus dem Prospekt des Hauses?

Auf den eigentlichen Beweggrund für das Treffen kam Monsieur Pereira nach orientalischer Sitte erst beim Cognac zu sprechen, den gleichfalls er aussuchte. Er ließ sich ein Glas geben, erwärmte es in der Hand und hielt seine Nase darüber; er atmete den Duft ein und schloß dabei die Augen. Seine schmale Brust hob und senkte sich, aber das still dem Genießen hingegebene, unbewegliche Gesicht glich in seinem Frieden einer Totenmaske. Dann stellte er das Glas ab; es verstand sich bei seiner Disziplin von selbst, daß es ihm leichtfiel, die erlesene Essenz nicht zu kosten, wie er nach eigenem Bekenntnis jetzt auch die jungen Mädchen ungeschoren ließ.

Immer plane er etwas Neues, erweitere er seine Grenzen.

Russland und die Ukraine seien in seinen Blick geraten, nicht erst seit dem Sturz des Kommunismus. Viele Möglichkeiten täten sich dort auf, aber in anderer Hinsicht könne ein Riesenland wie die Ukraine von Marokko noch lernen. «Die Korruption, Sie wissen es, hat viele Gesichter, und ein sehr wohltätiges ist auch darunter. Vieles behindert und schwächt die Korruption, vieles hinwiederum macht sie allein möglich – gerade bei kühnen Schritten nach vorn kann sie sehr hilfreich sein. Nicht die Korruption, nein, die Bürokratie ist die Geißel des Orients. Die Korruption öffnet den Klammergriff der Bürokraten, der jede Lebensregung erstickt.»

Aber die Ukraine treibe es doch zu toll. Da plane eine ihm verbundene Gruppe – solche nichtssagenden Begriffe für ökonomische Agglomerationen gewaltigen Ausmaßes waren Elff vertraut – eine Reihe von Einkaufszentren, Garagen, Hotelkomplexen in Kiew, und nun erwarte man allen Ernstes, daß die zwölf Millionen Euro Bakschisch zur Beschleunigung dieser Unternehmung bar – «Sie haben richtig gehört: bar! Ein Haufen Scheine wie bei der Mafia, aber was heißt hier, wie?» – übergeben würden. Rührend, nicht wahr?

Auch Patrick Elff mußte lachen. Monsieur Pereira werde solcher Unschuld sicher heimgeleuchtet haben; das sei nicht nur eine Zumutung, es sei beinah eine Unmöglichkeit.

«Zumutung auf jeden Fall, unmöglich vielleicht dann doch nicht.» Es habe keinen Sinn, solchen Leuten ordentliche Sitten beizubringen, sie seien Wilde, zum Teil einfach auch sehr dumm. Und man müsse weiterkommen, an Lappalien dürfe ein Projekt nicht scheitern. «Es gibt eine Konkurrenz, die auf eine Bedingung wie diese ohne Wimpernzucken eingehen würde.» Mit denen wolle man vermutlich aber doch nur im Notfall abschließen. «Man muß sich etwas einfallen lassen – und da wäre es das erste Mal, daß mir nichts eingefallen wäre.» Im Grunde ganz einfach: Die Bank solle ihm einen Kredit in Höhe von zwölf Millionen Euro gewähren, der bar ausgezahlt werden würde. Dafür trete er der Bank eine Forderung in gleicher Höhe, absolut gesichert, gegen eine in der Karibik ansässige Gesellschaft ab. Alltagsgeschäft sei das, mit dem Vorstand schon besprochen –

«Schon besprochen?»

«Andeutungsweise. Sie wissen, wie die Lage heute ist. Wie heißt es in der Bibel: Laß deine Linke nicht wissen, was deine Rechte tut – oder steht es dort umgekehrt?» Er grübelte. War ihm die Genauigkeit des Zitats wichtiger als sein geschäftliches Anliegen? Er fuhr nach kurzer Abwesenheit fort, als spreche er wirklich von Alltäglichkeiten. Der Vorstand wolle behilflich sein, aber ohne zu genaue Absprachen. Die Sache müsse auf einer Ebene darunter abgewickelt werden – quasi in Eigenverantwortung der unteren Stelle, die aber durch ein Generaleinverständnis des Vorstandes gedeckt sei.

«Ich kann in solcher Höhe nicht allein entscheiden.» Elff verstand nun, worum es ging.

«Richtig», sagte Monsieur Pereira, «es ist auch schon alles entschieden in dieser vollständig risikolosen Affaire – nur nicht schriftlich, der Vorstand möchte von Schriftlichem gern verschont bleiben. Es kommt darauf an, daß ein kluger Mann versteht, wie er sich nützlich machen kann.» Er lächelte. Sei es nicht ein schicksalhafter Moment im Leben eines jungen Geschäftsmannes: unversehens in Entscheidungen hineinzuwachsen, die eigentlich noch außerhalb seiner Kompetenzen lägen, dem Vorstand aufzufallen und das Herz von nicht vollständig unbedeutenden Kunden zu gewinnen? «Sie bekommen von meinem Assistenten alle Details, dann können Sie sich davon überzeugen, wie leicht die Sache für Sie ist – nur sehen Sie bitte von Rückfragen ab, wenn Ihnen am Gelingen der Transaktion liegt. Um die Überführung der Summe müssen Sie sich keine Sorgen machen: Wir bringen den Koffer mit meinem Jet aus Düsseldorf nach Kiew.»

Monsieur Pereira fragte nicht, ob Elff einwillige. Er war ein Mann, der daran gewöhnt war, seine Gedanken, auch ohne daß er sie so ausführlich formulierte wie jetzt, Befehlen gleich befolgt zu sehen. Elff hatte Köstliches getrunken. Der alte Rotwein aus einem der großen Güter an der Garonne, mit seinen Herbheiten und Gewürzigkeiten, die sich auf der Zunge aufschlossen und den Mundraum mit ihrem Reichtum füllten, war nur für ihn geöffnet worden, und er hatte ihn ganz ausgetrunken, ohne das zu merken, denn in sein Glas wurde stets nur eine Pfütze gegossen, man trank nicht eigentlich, sondern probierte bloß, das allerdings in unablässiger Folge. Von Trunkenheit konnte bei ihm nicht die Rede sein, er war solche Mengen gewohnt, und doch hatte er das Gefühl, daß seine Wangen brannten.

Kein Risiko für ihn – wie leicht sagte sich das, und in welchem Gegensatz stand es zu der ungewöhnlichen Art, dieses Geschäft einzuleiten! Wenn die Abläufe wirklich so selbstverständlich und routinemäßig wären, wie von Monsieur Pereira behauptet, dann hätte er sich wohl kaum die Zeit genommen, mit einem jungen Herrn Niemand aus der Bank einen ganzen Abend zu verbringen, so erfreulich das Essen für ihn auch sein mochte, diesen Liebhaber der Jugend und der Schönheit, wollte man seine Lebensbekenntnisse denn ernst nehmen. Die tautropfenbesetzten Blütenkelche Arabiens blühten eben nicht nur auf Teppichen und Fayencen, sondern gerade auch in der Sprache.

Für Monsieur Pereira war der Fall geregelt. Eine kleine Acetonfahne aus dem Mund des asketischen Genießers erreichte Elffs Nase.

«Und wenn er nun über diesen Vorgängen plötzlich stirbt?» Konnte man auch mit dem Tod Geschäfte machen – die Seele hin- und herschieben, ihre Übergabe prolongieren und mit als Sicherheit gegebenen anderen Seelen ein Moratorium herbeiführen? Konnte man auch schwarze Seelen waschen – sie zugleich ausliefern und behalten? Das waren vielleicht doch vom Rotwein beflügelte Gedanken, die in ihrer Abwegigkeit zeigten, welche Ratlosigkeit Monsieur Pereiras Wünsche auslösten. Niemanden um Rat fragen zu können in einer Angelegenheit, die nach Beratung gebieterisch verlangte. Berater, berate dich selber! Aber das war billiger Hohn, Rat geben konnte eben nur der Nichtinvolvierte. Es gab Männer, die sich rühmten, mit ihren Frauen zu beraten – wenn es nur keine Lady Macbeth war ... Die bloße Vorstellung, Pilar in dieser Not zu befragen, war absurd. Wie belustigt sie ihm zugehört hätte. Er hörte sie geradezu sagen: «Das mußt du schon selber wissen – diesen Weg hast du ganz allein eingeschlagen», als ob sie ihm jemals von seiner Entscheidung, die akademische Laufbahn aufzugeben, abgeraten hätte. Ja gewiß, er hatte gehofft, damit einem unausgesprochenen Wunsch von ihr zu entsprechen, glaubte das übrigens immer noch, sogar in gesteigertem Maße, aber eine Meinung dazu war niemals über ihre Lippen gekommen.

Es gab für Rat auch gar nicht viel Spielraum. Wenn Monsieur Pereira log, wenn mit dem Vorstand eben nichts abgesprochen war, brächte er sich mit Gefügigkeit dem Untergang nahe. Wenn es indessen ein Einverständnis mit dem Vorstand gab – was festzustellen ihm ausdrücklich verboten war –, dann wäre Widerspenstigkeit die größte Gefahr.

Die Konversation, sollte man den Monolog des alten Mannes, dieses freigebige Ausspenden seiner Lebensweisheit, so nennen wollen, verebbte. Monsieur Pereira hatte nichts mehr auf der Agenda, und es war ihm anzumerken, daß er mit seinen Gedanken anderswo weilte. Nur eine lebenslange Übung hielt seinen Mund noch bis zum Aufbruch in Bewegung.

Als Patrick Elff in den folgenden Tagen begann, die ihm zugemutete Operation einzuleiten – was eine Reihe von viel komplizierteren Maßnahmen voraussetzte, als Monsieur Pereira es in seiner gelassenen Darstellung hatte ahnen lassen –, geschah das in einer so nie erlebten Willenlosigkeit. Auffällig war, daß ihm aus dem Haus kein Widerstand entgegengebracht wurde. Er handelte, so kam es ihm vor, in luftleerem Raum. Drei Wochen dauerte es, bis die Sendboten von Monsieur Pereira die drei schweren Koffer in der Bank abholen und unter diskreter Bewachung zum Flughafen befördern konnten. Schweigen umgab alles – der Vorgang fand außerhalb der Hierarchie statt, und das beruhigte ihn, denn die stille Duldung und gar Mitwirkung seiner Vorgesetzten wurden immer offensichtlicher. Zwei Monate nach der Abwicklung beschied ihn der Vorstandsvorsitzende zu sich. Aus Anlaß einer Umstellung der Kompetenzen bitte man ihn, eine Reihe der wichtigeren Privatkunden in seine persönliche Betreuung zu übernehmen. Als er auf der ihm überreichten Liste Monsieur Pereira ganz ordentlich in der alphabetischen Reihenfolge entdeckte, wußte er, daß er aufatmen durfte.

Dann geschah erst einmal gar nichts mehr, was in Verbindung mit der geheimnisvollen Transaktion hätte gebracht werden können. Doch einige Monate später, als er bei einer Konferenz in London die Halle des Hotels Dorchester betrat, fiel ihm eine Versammlung nordafrikanischer Herren in dunklen Anzügen auf, die in tiefen Sesseln warteten. Eine goldene Aufzugstür glitt zur Seite, und heraus trat die gertenschlanke, leicht, aber in der Art eines gespannten Bogens gebeugte Gestalt von Monsieur Pereira, schon als Umriß unverkennbar, wieder frisch coiffiert. Die Herren beachtete er nicht, aber die schweigende Schar sprang auf, und unversehens stand Patrick Elff vor ihm, unsicher, ob die Begegnung überhaupt statthaft sei, noch dazu vor so vielen Augen.

Monsieur Pereira kannte keine Verlegenheit. Wer daran gewöhnt ist, Herr der Situation zu sein, was soll den wanken machen? Nur Großvater und Vater des gegenwärtig regierenden Königs hatten ihm Respekt eingeflößt; die hatten es verstanden, Ehrfurcht zu verbreiten, was den neueren Gewaltherrschern nicht mehr verliehen war – Autorität, jahrtausendelang die Mitgift von Königen, Vätern und Priestern, war aus der Welt gewichen wie ein Gas aus einem Loch im Ballon. Aber Monsieur Pereira verstand es noch, ihre Gesten nachzuahmen. Mit entspannter Heiterkeit sah er ins Gesicht seines gehorsamen Konviven, als wisse er, daß der nicht wagen werde, auf das gemeinsame Mahl anzuspielen. Er hob die magere Hand mit den Altersflecken wie auf feiner Echsenhaut und kniff ihm mit Zeige- und Mittelfinger in die Wange.

«Sie waren nicht schlecht, junger Mann. Sie haben einen Wunsch bei mir frei – überlegen Sie ihn sich gut!»

Dann hatte er sich schon abgewandt. Die Herren seiner Begleitung eilten ihm voraus und hinter ihm her. Sein Kopf mit der Löwenfrisur überragte sie alle.

5

Dieses Wort von Monsieur Pereira, besiegelt durch den vertraulichen Kniff, war in seinem Vermögen jetzt der wichtigste Aktivposten; seinetwegen war er aus dem Fenster des Präsidiums gesprungen, auch wenn ihm das erst beim Bilanzziehen, stillsitzend im Taxifond, in Gänze klargeworden war. Da gab es einen Schutzmantel, unter dem er sich verbergen konnte, einen einzigen Ort auf der Welt, der ihm Zuflucht bot. Seinem Temperament entsprach die alte Devise der englischen Außenpolitik: «to speed up the inevitable». Die saß ihm gleichsam in den Knochen. Er gehörte zu den Menschen, die den sicheren Tod einer längeren Zeit des Aufschubs mit kleinen Rettungschancen immer vorziehen würden. Was als Devise so kühl und abgeklärt klang, besaß allerdings eine Seite, die mit rationaler Abwägung der Fakten nichts mehr zu tun hatte: Schön und gut, das Unvermeidliche – aber wann wußte man, was wirklich unvermeidlich war? Pessimismus oder gar die unverblümte Angst würden stets zu anderen Ergebnissen gelangen als Zuversicht und Furchtlosigkeit, und alle diese Gaben hatten mit Vernunft wenig zu tun. Immerhin gab es da als Instanz noch das Unvermeidliche selbst. Es würde über kürzer oder länger alle Unsicherheit beenden.

Das Unvermeidliche, die stumme Gottheit – es begünstigte diese ungeplante Reise. Das Taxi bezahlte er aus dem Paket mit Geldscheinen für das Motorrad. Auch ihm schien Bargeld sicherer, wie den Leuten in Kiew, dabei war die Vorsicht überflüssig. Wenn er von Zaventem abflog, wohin immer in der Welt, hatte er bereits eine Spur hinterlassen.

Das Herz schlug ihm bis zum Hals, als er am Ticketschalter der Royal Air Maroc vorsprach – berührte er hier schon den Machtbereich von Monsieur Pereira? Es gab noch einen Abendflug nach Casablanca, die Angestellte setzte ihn gleichgültig auf die Liste. Kaum zu fassen: Für sie war an seinem Wunsch nichts Auffälliges. Während er vor der Ausweiskontrolle Schlange stand, bewegten sich seine Gedanken in schnellem Kreislauf: Noch waren ja keine Ermittlungen gegen ihn aufgenommen worden? So war es doch? Noch war er nur vor der Presse, nicht vor der Staatsgewalt davongelaufen? Das war schließlich nicht verboten, oder irrte er sich? Wie weit griff der Kommissar einem offiziellen Akt vor, wenn er ihn tatsächlich verdächtigen sollte? Natürlich verdächtigte er ihn, wenn nicht weit mehr als das, aber gab es schon eine Fahndung nach ihm?

Der Grenzbeamte musterte ihn eindringlich, so schien es ihm. Auch er prägte sich das bärtige Gesicht des jungen Polizisten ein, als dürfe er diesen schicksalhaften Augenblick nie vergessen. Langsam gab der Mann ihm schließlich das Dokument zurück – sollte das heißen: Diesmal müssen wir Sie noch passieren lassen? Drei Stunden Wartezeit lagen nun vor ihm, die sich unerträglich dehnten; in jedem Uniformierten, der vorüberging, vermutete er einen auf ihn angesetzten Häscher. Wenn die Angst den ganzen Körper ergreift, wirkt sie wie ein Weißwäscher: Die Vergangenheit wird von ihr ausgebleicht, es gibt nur noch die Gegenwart, Schuld schon gar nicht, denn das Wesen, das da bebend oder erstarrt wartet, ist unschuldig, nichts hat es getan, das solche Qualen rechtfertige. Nun war Schuld aber unbezweifelbar da und damit die Neigung, sie woanders zu suchen.

Patrick Elff sah die unwillkommene Notwendigkeit, Pilar irgendwie von seinem Ausbleiben zu unterrichten. Das war kein Gebot von Liebe oder auch nur Anstand – da er sie verloren hatte oder schon bald verloren haben würde, kam es auf eine weitere Rücksichtslosigkeit nicht an. Aber wenn er ohne Nachricht ausblieb, würde sie wahrscheinlich nach ihm herumtelephonieren – auf jeden Fall, sobald die Gäste gegangen wären, denen sie ein perfektes Souveränitätstheater vorgespielt hätte, mit heiterem Spott über den Chaoten an ihrer Seite; wenn man dann jedoch ernsthaft nach ihm suchte, könnte sein kleiner Vorsprung schnell dahingeschwunden sein.

Er blickte auf sein Telephon, das er auf der Fahrt ausgeschaltet hatte: achtundvierzig Anrufe, darunter aber kein alarmierender. Nur der Vorstand würde sich wundern, warum er nicht sofort zurückrief. Es war ein neuartiges, trotz der Angst sonderbar erleichterndes Gefühl, diese Liste durchzugehen und zu wissen, daß er mit keiner dieser Personen, die bisher einen erheblichen Teil seines Lebens ausgemacht hatten, je wieder in Verbindung stehen würde. Auf einmal wurde ihm klar, wie tief der Einschnitt war, den er erlebte. Der Gewinn, der in der Schande lag, wurde ahnbar. Und dazu – weniger ehrenwert – gesellte sich eine Art Wollust, an Pilar Rache zu üben.

Zu rächen wofür? War dies nicht eine Ehe, um die ihn viele beneideten? Eine strahlende Außenseite und eine überaus erquickliche und anspornende Innenseite besaß ihre Verbindung, kein Ehetran und Ehemuff waren zugelassen, nur Freiheit und Leichtigkeit – die aufrechtzuerhalten für ihn allerdings manchmal anstrengend war. Für Erschöpfung nach der Arbeit fehlte Pilar das Verständnis, denn sie selbst arbeitete viel, zog mit ihren Kunden umher und beschwatzte sie, bis die Leute jeden Widerstand aufgaben, und doch hielt sie durch. Wenn sie zusammentrafen, wirkte sie, als habe sie sich den ganzen Tag für ihn ausgeruht und schöngemacht. Sie wollte unterhalten werden, aber sie unterhielt auch, und zugleich hatte ein Abend ohne Verpflichtungen – so häufig kam das aber nicht vor – immer noch etwas von einem Rendezvous, bei dem noch nicht alle Karten auf dem Tisch liegen. Und wenn ihr doch einmal der Atem ausging, dann war sie nicht verstimmt, weinerlich oder unwillig, sondern wurde für einen oder zwei Tage krank, nahm ein langes heißes Bad und legte sich ins Bett. Ihre Lebensökonomie war erstaunlich: «Ich habe alles richtig gemacht, ich habe nichts vernachlässigt», hätte sie über ihr junges Leben sagen können, wenn ihr nach Rechtfertigungen zumute gewesen wäre. Nichts indessen lag ihr ferner. Wo war die Instanz, die dergleichen von ihr hätte verlangen dürfen?

Sie lebten im besten und schönsten Sinn nebeneinanderher; keiner belastete den anderen mit seinen Sorgen, die Kämpfe des Berufslebens blieben aus ihrer Gemeinsamkeit ausgeklammert. «Ich habe dich nicht geheiratet, weil ich gehofft hätte, du würdest einmal Geld verdienen», sagte sie, als er in der Bank den ersten großen Karriereschritt tat. Das klang wie der Kommentar zu seiner Morgengymnastik – sein Kopf war rot, Schweißperlchen standen ihm auf den Schläfen: «Ich habe dich nicht geheiratet, weil du einen flachen Bauch hast.» Davor hatte es gehießen: «Ich habe dich nicht geheiratet, weil du alles über die florale Symbolik bei Ovid und Dante weißt.» Dieses rhetorische Muster zog sich durch die Jahre hindurch, aber es wäre wohl aufdringlich gewesen, wenn man sie einmal nach dem wahren Grund gefragt hätte, warum sie mit ihm zusammensein wollte.

Sie war eine Puritanerin von der frischen, appetitlichen Sorte, sie sprach viel, gern und gut, aber es gab für sie eine Liste der Gegenstände, über die man - sie! - nicht sprach, und diese Prüderie betraf keineswegs das klassische Feld, die körperliche Liebe - im Gegenteil, da konnte sie sehr deutlich werden, liebte das sogar, nicht anzüglich-schlüpfrig, sondern spöttisch, eher zu frostiger Obszönität neigend als zu molliger Lüsternheit. Er hatte es sich bereits ins Gedächtnis gerufen: Das eigentliche verbotene Thema, das Tabu, dessen Verletzung vielleicht gar ihr Zusammenleben beendet hätte, war der Vermögensunterschied und alles, was daraus folgte.

Er hatte eine Freude am Wohlleben in sich entdeckt, an schönen Anzügen, großen Autos, teuren Weinen - aber wer hätte die nicht? Solange er studierte, tat er auf diese Dinge leichten Herzens und grundsätzlich Verzicht. Der Mensch lebte nicht vom Brot allein - das Brot im allerweitesten Sinn stand auf dem letzten Platz seiner Wünsche, denn obschon nicht reich von Haus aus, hatte er doch die nie in Frage gestellte Sicherheit der Nachkriegsgeneration in den Gliedern: Für das Tägliche würde immer gesorgt sein, darüber zerbrach man sich nicht den Kopf. Hinzu kam, daß die Eltern von ihrem Beamtengehalt für ihn gespart hatten; sie stammten aus Kriegszeiten, das Vorsorgen lag ihnen im Blut. Er hatte einen hübschen Betrag geerbt, von dem man zwar nicht leben konnte, der aber einen angenehmen Zuschuß gewährte. Eigentlich durfte er mit Gelassenheit in die Zukunft schauen. Es war, so gestand er sich mit Erbitterung ein, einzig Pilar, die das zerstört hatte, auf die raffinierteste Weise, quasi nicht vorwerfbar: durch ihr Schweigen, die Gleichgültigkeit gegenüber allem, was er unternahm. Die bedurfte keines plumpen verbalen Ausdrucks, um zu wirken.

Ein Augenblick von schrecklicher Hellsicht: Sie war es, sie allein, die Schuld an seinem Irrweg trug. In ihrem Lächeln über seine Anstrengungen, ein Äquivalent zu ihrem Geld zu schaffen, erkannte er jetzt Verachtung. «Ein gutes Gehalt hat nichts zu tun mit einem Vermögen, das diesen Namen verdient» – das hatte sie nicht etwa zu ihm gesagt, sondern zu einer Freundin am Telephon, die nicht wußte, ob sie ihren Liebhaber heiraten sollte. So wie Pilar gestrickt war, mußte man sich ihre Gedanken anhand von Indizien erschließen und ein gutes Gedächtnis haben. Die Liebe und ein gutes Gedächtnis bleiben nicht immer Freunde – die Liebe neigt zum Vergessen oder wenigstens zum Verdrängen. Erst wenn sie nachläßt oder in Bedrängnis gerät, springt der Deckel auf und offenbart Fundstücke, die besser nie gesammelt worden wären.

Als noch nicht vom Heiraten die Rede gewesen war, hatten sie an einem strahlenden Frühlingsmorgen im Bett gelegen. Er war aufs angenehmste erschöpft und spielte – gedankenversunken, an gar nichts denkend – mit ihren Haaren, während sie an ihn geschmiegt war und jede Partie ihrer Haut zu ihm sprach: «Der Liebesnächte Kühlung», an der so viel herumgedeutet worden ist, hier wurde sie erlebt. Auch sie hing Gedanken nach, aber weniger ziellos als er. Zunächst glaubte er, sie erzähle ihm einen Traum oder eine halbträumerische Phantasie: «Der Eiffelturm rosa angestrahlt – vollkommen rosa – und dazu ein rosa Feuerwerk, entworfen von einem New Yorker Designer, und dazu das Orchester der Oper und Pink Floyd und dazu eine Schau aus allen Kollektionen der letzten fünfzig Jahre mit den schönsten Mädchen und dazu nur rosa Champagner und ein Dîner auf dem Marsfeld in rosa

Zelten ...» Waren das Himmels- oder Höllenvisionen? Keins von beiden. Sie schilderte das Jubiläumsprogramm eines Modehauses. Die Ehre bestand darin, zur Teilnahme überhaupt aufgefordert zu werden, denn bezahlt werden sollte durchaus, zweitausendfünfhundert Euro pro Person – «eine einzigartige Gelegenheit, das sieht man nur einmal, diese Häuser haben auch zu kämpfen, jeder sagt» – wer war jeder? Wie lang trug sie die Sache schon mit sich herum? –, «daß es wahrscheinlich das letzte Mal ist, daß so viel Aufwand getrieben wird.» Lag darin nicht auch etwas Gutes? Was Napoleon der Dritte zur Darstellung seines Staates inszeniert hätte, war hier Reklame für einen teuren Kleiderladen. In diesem Sinn äußerte er sich, aber eher schläfrig, er nahm das gar nicht ernst. Sie jedoch ging darauf ein: Sie wisse, daß die Karten für ihn zu teuer seien, aber sie überlege, ob sie nicht allein fahren könnte ... nichts weiter.

Sie berührten die Sache nicht mehr. Ihre Worte hatten ihm einen Stich versetzt, daran erinnerte er sich jetzt auf einmal genau. Aber dieser Stich war damals eingekapselt worden in sein physisches und seelisches Glück, wie es mit Wespenstichen geschehen kann; wenn die Zyste in der Muskulatur zu drücken beginnt, ist der eigentliche Stich längst vergessen. Nein, es galt sich einzugestehen: Der ganze puritanische Takt von Pilar war nur dazu gedacht gewesen, ihn anzustacheln. Der Vorsprung, den ihr Erbe ihr verschaffte, war, wenn es mit rechten Dingen zuging, uneinholbar – war er es wirklich?

Die Latte lag hoch, dort sollte sie liegen. Dem Ehrgeiz, einmal erwacht, hätte ein leicht zu erreichendes Ziel nicht genügt. Ihr die Ironie auszutreiben, sie zu Bewunderung und Erstaunen zu zwingen, das wurde zu einer fixen Idee. Die Zeit dafür war günstig. Die alten und altmodisch verwalteten Vermögen verloren an Glanz, neben ihnen entstanden Geldanhäufungen, wie sie die Weltgeschichte bisher nicht gekannt hatte. In der Investment-Banking-Abteilung der Bank – leider nicht sein Ressort, er war an diesem Département vorbei in die Höhe gestiegen – gab es Altersgenossen, deren Boni die Gehälter des Vorstands beträchtlich übertrafen.

Warum hatten ihn die Geduld und die Weitsicht verlassen? Das war ihre Schuld. Sie war es, die ihn auf Abwege getrieben hatte – wenn er bloß daran dachte, welche Bedenken ihm noch bei der Affaire des Monsieur Pereira gekommen waren, wie sehr er damals gefürchtet hatte, den Fehler seines Lebens zu begehen, und wie es später war, als er alle Bedenken abwarf und seine Augen nur noch auf den Gewinn richtete, an dem er neuerdings teilhatte, dann schauderte ihn. Das war alles ihr Werk, dazu hatte sie ihn mit ihrem schleichenden Gift gebracht, das seinem Geist so lange eingeträufelt worden war, bis er am Stehlen nichts Schlimmes mehr fand. Das war der Bruch, der eigentliche Bruch mit seiner Vergangenheit. Was jetzt geschah, war nur die Abwicklung eines moralischen Bankerotts.

Er ließ sie heute abend allein, das würde peinlich für sie – was war Peinlichkeit neben der Katastrophe? Sie würde ihn in wenigen Tagen verstoßen, sich entsetzt von ihm abwenden. Er nahm nur vorweg, was ohnehin eintrat. Das Unvermeidliche einzuschätzen, in diesem Fall war das leicht. Er hatte sich selbst schwarz wie Kohle gemacht, aber sie konnte sich von einer Mitwirkung daran nicht freisprechen: Ihr anmutsvolles Getänzel hatte einen hohen Preis, den auch sie bezahlen mußte.

6

Angst kann die Persönlichkeit auflösen und zerfallen lassen – bei ihm führte sie zu einer Verhärtung. An dieser inneren Petrifizierung hielt er sich aufrecht. Seine Stimme am Telephon war von einer Gelassenheit und Beiläufigkeit, die ihn nach den Erschütterungen der letzten Stunden selbst verblüffte. Eine überraschende Geschäftsreise, dergleichen kam vor.

«Ich werde mich schon allein mit den Leuten amüsieren», sagte sie so leichthin, wie er es in ähnlichen Fällen an ihr geliebt hatte. Auf der Ebene solcher Alltagszwischenfälle versuchte sie niemals, ihm ein schlechtes Gewissen zu machen. Heute sprach ihre Lässigkeit gegen sie – natürlich würde sie sich allein sehr gut amüsieren. Wie damals bei dem Pariser Modefest, zu dem sie dann übrigens gar nicht gefahren war. Es war etwas dazwischengekommen, sie hatte dem Ereignis keine Träne nachgeweint, und auch das sprach jetzt gegen sie: Es hatte eben gar nichts Bedeutung in ihrem Leben.

Immerhin entnahm er dem kurzen Gespräch, daß zu ihr noch nichts Bedrohliches gedrungen war: Die Zeitungsleute, die meinten, ihn verpaßt zu haben, hatten angerufen und um ein Interview gebeten, aber erst nachdem seine Assistentin im

Büro nicht mehr an ihrem Platz gewesen war – richtig, sie vertrat ihn in einer Besprechung, weil er sich mit seinem Motorrad hatte befassen wollen. Sonst nichts, was ihn aufhorchen ließ. Er gewann an Sicherheit zurück. Diese Zeit gehörte noch ihm allein. Sie umgab ihn wie ein Glassturz, der ihn von äußeren Gefahren abschirmte.

Er saß im Flugzeug, da verzögerte sich der Abflug noch einmal um eine halbe Stunde, die er aber schon angeschnallt verbrachte, als ob der Gurt ihn davor bewahren könnte, aus dem Flugzeug wieder herausgeholt zu werden – war er im Innern der Maschine nicht bereits auf die andere Seite gelangt?

Zeitunglesen im Zustand der Freiheit: Das Flugzeug stieg in die Lüfte, er ließ sich einen *Figaro* bringen. In den letzten Jahren hatte seine Lektüre nur noch in einem schnellen Überfliegen der Wirtschaftsseiten auf der Suche nach Signalwörtern bestanden. Das Lesen um der Ablenkung und der Unterhaltung willen hatte er beinahe verlernt. Als jetzt die Spannung von ihm abfiel, kehrte auch etwas von der Überlegenheit zurück, mit der er gewohnt gewesen war, die Welt zu betrachten. Sein Photo würde bald auf einem Steckbrief prangen; jeder, mit dem er in den letzten Jahren enger zu tun gehabt hatte, würde ihn verleugnen. Aber was einmal eingeübt wurde, läßt man nicht einfach fahren. Sein englischer Anzug hatte die Flucht gut überstanden, das Kalkweiß von der Mauer des Kommissariats hatte sich abklopfen lassen, das Hemd darunter war verschwitzt, aber da ein sportlicher junger Mann darin steckte, schien der Gesamteindruck von Frische nicht beeinträchtigt. So, wie er aussah, hätte man ihm ein größeres Reisegepäck zugetraut, mit weiteren solcher Anzüge; statt dessen besaß er nur, was sich in Hosen- und Jakkentaschen befand. Aber immer noch war der Schein gewahrt. Gleich wurde ihm leichter ums Herz.

In der Zeitung war die Affaire eines soeben im schimpflichen Spießrutenlauf dem New Yorker Polizeirichter vorgeführten amerikanischen Politikers ausgebreitet. Warren Carlock hieß der Mann, Patrick Elff stutzte, als er den Namen las, er war ihm auf einer Konferenz begegnet, wo er für Nachwuchskräfte einen Vortrag hielt: eine senatorische Erscheinung mit dichtem weißen Haar, von einer Segeltour gepflegt gebräunt. Sollte er nicht Vizepräsident werden, wenn die Demokraten die Wahl gewannen? Der französische Kommentator empörte sich über die Art des Umgangs mit einem solchen Repräsentanten des Landes – «in Frankreich wäre das unmöglich» –, ließ zwischen den Zeilen aber auch Hohn über die Unbeherrschtheit anklingen, vor einem Zimmermädchen im Hotel eine halbe Stunde vor der Abreise die Hose nicht geschlossen zu halten. Der Vorwurf, der gegen den Kandidaten erhoben wurde, war dennoch vernichtend. Zügellosigkeit durfte mit einer gewissen Sympathie rechnen, aber Vergewaltigung war ein häßliches Wort; wem das vorgeworfen wurde, dem haftete es an wie etwas Übelriechendes, kein Gentleman-Delikt, und für einen älteren Herrn, der sich darum bewarb, schon bald als zweiter Mann neben dem Staatsoberhaupt zu stehen, wohl unverzeihlich.

So urteilte Patrick Elff, ja man konnte ihn den Kopf schütteln sehen, mit leichter Verachtung. Der Mann ging ihn nichts an. In Finanzkreisen wurde er für jene Sorte Sozialist erachtet, mit der man gut zurechtkam, Gauche Caviar, «einer von uns», wohlhabend und noch viel wohlhabender verheiratet, schade um ihn, warum war er ein solcher Idiot? Mit einer unkontrollierten halben Stunde eine jahrzehntelang geschickt geplante Karriere unmittelbar vor ihrer stolzen Vollendung zu zerstören, das war ein Kunststück, nicht wahr? Während Elff das las und sich dem Raisonnement des Kommentators anschloß, der über das Carlocksche Mißgeschick keineswegs nur unzufrieden war – selten erregt der Sturz eines Mächtigen viel Mitgefühl, der Mächtige ist wie ein Tigerdompteur, der niemals stolpern und den Rücken zeigen darf –, war er noch einmal der alte, und dann siegte der Schlaf, der ihn in Nächten beunruhigender Gedanken früher zuverlässig gerettet und ihn erst in letzter Zeit gemieden hatte. Schlafen, die schönste Art der Flucht: Sie verleiht dem, der dazu fähig ist, ungeahnte Kräfte.

Im Schlaf wird allerdings ein Land mit eigenen Gesetzen betreten. Wer im Wachen geübt ist, Herr seiner Gedanken zu sein und jede unwillkommene Erinnerung augenblicklich in einen schwarzen Sack zu schieben, der erlebt, daß sich dieser Sack im Schlaf unversehens öffnen kann. Träume haben ihre eigene Zeit – in Sekunden können sie lange Geschichten erzählen, ein Geräusch von außen wird Teil einer kunstvollen Komposition.

Patrick Elff schlief fest und bilderlos, bis sich vor seinem inneren Auge mit einem Mal der Schatten eines Mannes auftat, in tiefem Grau, und dann auch ein Gesicht erkennbar wurde, das sich über ihn beugte wie das einer Pflegerin, die nach einem Patienten sieht. Das Gesicht war rund und bleich wie ein großes Euter, mit schwappender Flüssigkeit gefüllt. Etwas Haar war an die Schläfen geklebt, der Mund wie ein Schnitt im Fleisch, die Augen hinter dicken Brillengläsern klein, inmitten der Haut- und Fettwülste funkelte es feucht und stecknadelkopfpräzis. Ja, da war er wieder, durch seinen grausigen Tod wunderbar gekräftigt: Das Aufhängen am Heizungsrohr war ein Jungbrunnen für ihn gewesen.

«Wir müssen alle da durch», sagte Doktor Kurt Filter, und mehr als die Züge, die unheimlich vertrauten, war es der Geruch, der von seiner lebendigen Gegenwart zeugte, das Rasierwasser Eau Sauvage, vermutlich auf den Rat einer Verkäuferin erworben; «die Herren kaufen das gern». Dieses zitronenfrische, für ihn jedoch eigentümlich unpassende frühlingsblumige Parfum verband sich nicht mit seiner Haut, sondern legte sich nur flüchtig obenauf. War er in der Bank eingetroffen, zog er eine Fahne Eau Sauvage hinter sich her durch die allen Wildwassern so fernen Teppichbodenkorridore, aber schon nach kurzem siegte sein Eigengeruch, sich mit Eau Sauvage unvorteilhaft mischend: nach Milch, und zwar nicht nach saurer, aber doch nach einem Milchgeschäft alten Stils, Milch schwitzend, Milch atmend, während vor dem Milchweiß der Decke drei Fliegen tanzen. Und das, obwohl er sich unablässig Wasser zuführte; die Milchsubstanz in seinem Innern überwand jede Verdünnung.

Geruchsträume sind selten. Der hier war um so unvergeßlicher, als eine Bedrohung damit verbunden war, gegen die er nicht ankämpfen konnte. Geruch besetzt den ganzen Raum, die Person dehnt sich über ihre Körpergrenzen hinweg ins Unsichtbare aus. «Der Mensch braucht am Tag fünf Liter Wasser», sagte Doktor Filter. Dieses Bedürfnis war nach seinem Tod nicht kleiner geworden; auch seine jenseitige Existenzform wollte getränkt werden. Das Wassertrinken war eine der wenigen Marotten, die er sich im Büro zu zeigen gestattete, er galt als Kauz mit vielen Schrullen, obwohl er sich keine erlaubte, er war ein eigenschaftsloser Kauz gewesen. Aber was das Wassertrinken anging, konnte er sogar missionarisch werden. Selbst zu den Sitzungen brachte er eine Zwei-Liter-Wasserflasche mit, die Fläschchen vor jedem Platz waren nur Spielzeug für ihn.

«Man muss unbedingt darauf achten, der Dehydrierung vorzubeugen», sagte er, bedeutsam um sich blickend, wenn er einen großen Zug aus der Flasche getan hatte – er schloß dann die Augen wie ein Säugling an der Mutterbrust und legte den Kopf zurück, so daß man den Adamsapfel beim Schlucken über dem hellgrauen Hemdkragen hüpfen sah. Er war nicht dick, und doch schien es Elff immer, als bestehe sein Körper aus lymphatischem, wässrig-aufgeschwemmtem Fleisch. Wasser ist die edelste aller Substanzen, Inbegriff der Reinheit, Substanz gewordener Geist – warum war dieses eigensinnige Wassertrinken dann nur so ekelerregend? War es Schamlosigkeit, mit der Filter für seinen Körper Sorge trug und damit diesen Körper ins allgemeine Bewußtsein hob, wohin er nicht gehörte?

«Das reichliche Wassertrinken hat mich vor vielen Leiden bewahrt», sagte Doktor Filter jetzt zu ihm. Sein Kopf kam näher. «Ich verdanke mein gesundes Herz, meine gesunden Nieren, meine Verdauung, mein regelmäßiges Wasserlassen ausschließlich den hohen Wasserdosen.» Dann gebrauchte er ein Wort, das Elff selbst im Traum geradezu übel werden ließ: «Ich spüle mich regelmäßig durch – der ganze Schmutz, die Gifte und Schlacken werden aus mir herausgespült.»

Es gehört zur Poesie der Träume, daß ihre Wirkung – Angst oder Glück – von ihrem erzählbaren Inhalt ganz unabhängig ist. Harmlos klingende Abläufe können von unerträglichen Ängsten begleitet sein, und dies war ein solcher Alptraum. Patrick Elff erwachte und blickte in das Gesicht eines Stewards, der sich über ihn beugte, um ihn aufzufordern, sich wieder anzuschnallen, es stünden Turbulenzen bevor. Sie fielen nicht dramatisch aus, sondern ließen das Flugzeug nur ein Weilchen erzittern, als werde es mit einem Hammer geschlagen.

Die Gegenwart des Doktor Filter verflüchtigte sich dadurch allerdings nicht. Er war machtvoll in die Gedanken Elffs zurückgekehrt, aus denen der ihn hatte heraushalten wollen, denn da gab es nichts gutzumachen, da gab es bei allem Hin-und-her-Wenden des Geschehenen keinen Ausweg als den einen, den er gewählt hatte: das Weglaufen, in einer zusammengewachsenen Welt nicht mehr so leicht wie in Zeiten, wo jedes Land auch ohne Meeresstrand eine Insel war.

Der Traum hatte bedrängend dargestellt, weshalb Elff keine andere Wahl geblieben war, als sich in dieses Flugzeug zu setzen. Rational nachvollziehbare Gründe konnten das Geschehene nicht genügend erklären. Ja, er war anfällig gewesen für die Versuchung – Pilar hatte ihn anfällig gemacht, aber das reichte doch nicht, nur deswegen zum Dieb zu werden. Das Eigentliche, was hinzugekommen war, hätte niemand voraussehen können: Ausgerechnet in den Bann dieses Mannes zu geraten war das Allerunvorstellbarste überhaupt.

Als Elff die Abteilung übernahm, wurde ihm Doktor Filter von seinem Vorgänger als Außenseiter geschildert – «der einzige, der nicht in unser Team paßt, kontaktunfähig bis zum Autismus». Filter hatte tatsächlich etwas Undurchdringliches. Mißachtung erreichte ihn nicht. Seine Vorliebe für das Grau in allen Schattierungen war Gegenstand des Spottes gewesen, «Earl Grey», das war in der Abteilung einer seiner Spitznamen; es genügte, ihn auszusprechen, damit man lachte. Auch in dieser exklusiven Bank war es nicht anders als unter Halbwüchsigen mit ihrem Hang zu Grausamkeit und Aussonderung gegenüber den Mitschülern, die nicht die Eigenschaften des Schwarms teilen. Filter aß niemals im Casino, sondern brachte sich Brote in einer Aluminiumschachtel mit. Um die Mittagszeit war sein Büro von würzigem Leberwurstgeruch erfüllt. Elff, dem für Gerüche besonders Empfindlichen, verschlug das den Appetit; Doktor Filter war für ihn, wenn er an ihn dachte, vor allem ein Geruchsphänomen.

In der Abteilung gehörte es zur Tradition, den Eigenbrötler loswerden zu wollen, aber merkwürdig: Er schien unverwundbar. Genoß er den Schutz des Personalchefs oder gar von noch weiter oben? Ein früheres Vorstandsmitglied, inzwischen Wirtschaftsprüfer, war mit ihm gemeinsam in die Bank gekommen, hatte ihn in schnellem Aufstieg aber bald hinter sich gelassen; bestand da ein altes Treueverhältnis? Manche Leute bewahrten ihren Anfangsjahren ein sentimentales Andenken. Elff konnte sich Filter aber nicht als erinnerungsselig vorstellen. Gab es da überhaupt etwas, woran die Erinnerung gelohnt hätte? Die langen grauen Jahre gleichmäßiger Pflichterfüllung, schmolzen die nicht ineinander? Wäre der technische Fortschritt nicht gewesen, der Siegeszug der Büroelektronik in den letzten Jahrzehnten, worin hätten die Jahre sich schon unterschieden?

Wenn Elff sein schwarzes Sportcoupé aus der Firmengarage ans Licht aufsteigen ließ – der Motor schnurrte wie ein Kater –, sah er ihn manchmal an der Straßenbahnhaltestelle stehen, mit hängenden Schultern, ein geduldiger Diener aus dem gleichförmigen Heer der mittleren Angestellten, dem er eigentlich nicht angehörte. Auch seiner Stellung hätte ein teures Auto entsprochen, aber er interessierte sich nicht für Autos, weil er sich für gar nichts interessierte. Der empfindlichste Einschnitt in seinem Berufsleben war vermutlich das Rauchverbot in den Büroräumen gewesen, aber das lag vor Elffs Eintritt in die Bank. Es überraschte ihn, als ihm Doktor Filter als starker Raucher geschildert wurde, immer mit Zigarette in der leicht zitternden Hand, vom Rauch umweht wie ein Geist, der soeben der Flasche entstiegen ist. Das Nikotingelb der Fingerspitzen gab dem vielen Grau seines Habits auch später einen kleinen farblichen Akzent. Dennoch war er keiner von denen, die sich, kaum daß sie das Büro verlassen hatten, hastig eine Zigarette ansteckten. Auch an der Straßenbahnhaltestelle hatte Elff ihn niemals rauchen sehen. Er ging mit diesem Verbot wohl um wie mit einem Schicksalsschlag, in den man sich, wenn man kann, klaglos fügt.

Filter arbeitete langsam. Die zappeligen jungen Kollegen in Hemdsärmeln und mit breiten roten oder gelben Filzhosenträgern, die durch die Korridore stürmten, auf Gerüchte versessen waren und sich verpflichtet fühlten, wenigstens dem Anschein nach stets unter Hochdruck zu stehen, konnten über seine Pedanterie bloß den Kopf schütteln, doch glich er seine Langsamkeit aus, indem er oft lange im Büro blieb; diese Stunden im leeren Stockwerk waren ihm offenbar teuer. In seinem Zimmer gab es keinen persönlichen Gegenstand, kein Familienphoto, nichts als ein allerweltsabstraktes Bild aus der Kunstsammlung der Bank, das nie eines Blickes gewürdigt wurde, eine Zimmerlinde, deren schlaffes Laub wie die verkörperte Bedürfnislosigkeit aussah, und eine schwarze Ledercouch, auf der keiner je Platz nahm, denn er bekam nie Besuch. Und wenn es unvermeidbar war, sein Zimmer zu betreten, blieb man stehen – nur wieder hinaus aus seinem Dunst! Fühlte er sich am wohlsten, wenn er sich von Hunderten Kubikmetern Leerraum umgeben wußte?

Jetzt, im Flugzeugsitz, wollte es Patrick Elff scheinen, als sei Doktor Filter aus noch viel weiteren, aus wahrhaft ungemessenen Leerräumen zu ihm zurückgekehrt. Alle Fragen zerschellten an seinem ausdruckslosen Gesicht.

Elff hatte einen unerwarteten Sprung aus der Beratungsfirma in die Bank getan, aber keinen unvorbereiteten. Mit wachsendem Eifer hatte er sich in gesellschaftsrechtliche Konstruktionen eingearbeitet, ohne juristische Vorkenntnisse, dadurch allerdings auch frei von manchem Ballast. In der Abteilung, in der er ausgebildet wurde, ging es um das Ersinnen von bis zur vollständigen Undurchsichtigkeit verschachtelten Beteiligungen: Gelder durch ein Gestrüpp von Gesellschaften in aller Welt zu leiten und so lange zu verschieben, bis sie spurlos verschwunden oder jedenfalls nur mit höchstem Aufwand und Phantasie wiederauffindbar waren. Er entwickelte sportlichen Ehrgeiz in dieser Materie, erfand zu seinem Vergnügen selber solche Ketten und konnte seine Übung bald nützlich einsetzen. Und schließlich verdankte er den Abschied von der Beratungssozietät gerade dieser Fähigkeit; er hatte für die Bank einen Knoten gelöst, den bisher niemand hatte aufdröseln können.

Als er sich dann die Vorgänge zeigen ließ, mit denen seine Abteilung befaßt war, stieß er auf Geldbewegungen, die ihm unklar blieben. Nahegelegen hätte, den dafür zuständigen Angestellten um eine Erklärung zu bitten – das war Herr Doktor Filter –, aber der junge Chef wollte den Abläufen gern selber auf die Spur kommen. Seine Beraterzeit hatte ihn gelehrt, daß Sachkenntnis einem Vorgesetzten unschätzbare Vorteile verschaffte – kennten sich die Leute auf ihrem Gebiet besser aus, dann müßten sie gar nicht erst Außenstehende um Rat fragen.

Aber die Recherche gestaltete sich unerwartet schwierig. Er kam nicht voran. Es gab eine unsichtbare Mauer, an der er abprallte. Was ging da vor? Als er begonnen hatte, den Buchungen auf den Grund zu gehen, war nicht der kleinste Verdacht in ihm vorhanden, es könne sich um Unregelmäßigkeiten handeln. Und noch etwas behinderte seine Untersuchung für längere Zeit: Sein Bild von Doktor Filter verbot ihm, bei dem Mann Verschlagenheit zu vermuten, und Ungenauigkeit oder Unachtsamkeit wollte er ihm schon gar nicht vorwerfen, er fürchtete vielmehr, Filter werde ihn, zur Rede gestellt, herablassend belehren, er habe die Materie einfach nicht verstanden.

Doch schließlich begannen die Details sich zu einem Muster zu formen. Es kam der Tag, an dem Elff mit Bangen gegen neun Uhr abends – die Korridore hatten sich längst geleert, nur hier und dort in dem Büroturm brannte noch Licht – das Zimmer des grauen Mannes betrat, der im Neonschein vor den schwarzen Fensterflächen über einer Akte saß. Filter war für seine steife, würdevolle Höflichkeit bekannt. Er erhob sich augenblicklich, als er ihn im Türrahmen sah, und begrüßte ihn in der ihm eigenen Weise mit Hüsteln und Räuspern.

«Guten, hmm, Abend, hmm hmm, Herr Doktor Elff.» Er war der einzige auf der Etage, der von den Doktortiteln Gebrauch machte, alle anderen waren längst beim Vornamen, aber auch bei ihm vergaß man den Titel nie, allerdings mit ironischem Unterton ausgesprochen, der «Doktor» war ein weiterer seiner Spitznamen.

Elff forderte ihn auf, wieder Platz zu nehmen, und setzte sich selber auf den Schreibtisch, so daß er, der Hochgewachsene, den tiefer Sitzenden überragte. Er hielt ein Blatt in der Hand. «Ich hätte einige Fragen an Sie ... «

Filter sah mit verschlossener Miene zu ihm empor, seine Augen schienen noch kleiner geworden zu sein, als solle durch diese Schlitze nichts nach außen dringen.

«Sie kennen die *Alcam Limited*? Wie hängt die *Alcam* genau mit der *Vortex* zusammen? Wer ist Mehrheitseigner der *Interflam*? Die *Mare Holding* ...? Und womit befaßt sich die *Eclipse*?»

«Eclipse ist, hmm hmm» – ein sich nicht lockernder Pfropfen saß in Filters Kehle –, «das griechische Wort für Mondfinsternis.»

War aus der Verschlossenheit des Mondgesichts etwa ein stiller Hohn herauszulesen? Beide schweigen. Elff lehnte es ab, auf die dreiste Antwort einzugehen, aber allein daß Doktor Filter ihn derart belehrte, zeigte, daß etwas eingetreten war.

Filter wirkte nicht unsicher, sondern geradezu gut gelaunt. «Ich habe erwartet, daß Sie eines Tages mit diesen Fragen zu mir kämen – seitdem ich wußte, daß Sie sich mit gesellschaftsrechtlichen Spezialfällen befassen, stand für mich fest, daß Sie auf den Komplex stoßen würden. Ihr Vorgänger, Herr Doktor Schautwetter, hat davon gar nichts begriffen. Er war ein arroganter Esel – aber auch Sie haben viel länger gebraucht, als ich Ihnen zugetraut hätte.»

Seltsame Verkehrung: Von unten nach oben wurde keineswegs ergeben, sondern in einem Ton gesprochen, der auch auf gleicher Ebene verblüfft hätte. «Esel» war für sich genommen schon ein Novissimum aus Filters Mund – Vorgesetzte so despektierlich vor Vorgesetzten zu beurteilen –, und zugleich war «Esel» altmodisch, nicht scharf verletzend, eher gönnerhaft. Stand es ihm in seiner Lage noch zu, irgendwen zu begönnern?

Das Sprechen hatte seine Lippen ausgetrocknet. Unbefangen griff er zu einem weiteren, auch in den Sitzungen öfter zum Einsatz gelangenden Accessoire, einem Vaselinestift. Elff wandte den Kopf ab, als Filter, gewohnt sorgfältig, seine Lippenpflege vorführte. Der Schein eines Verhörs war damit dahin. Elffs Schultern sanken herunter. Er neigte sich Filter entgegen, als sei er ein wenig schwerhörig. Seine Augen hingen an den schmalen Lippen, die nun salbenfett glänzten.

«Es ging so leicht», sagte Doktor Filter. «Ich habe eines Tages die Lücke entdeckt und versucht, Doktor Schautwetter die Gefahr darzustellen, aber er wollte mir nicht zuhören und hat mich ermahnt, ich würde nicht dafür bezahlt, Planspiele zu treiben, sondern um zu arbeiten.»

Er war es gewohnt, so behandelt zu werden: Jeden Tag hätte er solche Bemerkungen aufspießen können, und das hatte er auch getan; auf ihnen gründete seine Rechtfertigung. Elff war sich klar, gleichfalls herablassend mit ihm gesprochen zu haben, vor allem in der größeren Öffentlichkeit der Konferenzen, wo ihm bei solchen Demütigungen der Beifall der ganzen Abteilung gewiß war. Corpsgeist gedeiht, wenn es ein gemeinsames Opfer gibt; das mag ungerecht sein, aber es zahlt sich aus. Gute Laune in der Abteilung bewirkt einen Energieschub.

«Ich war nach den Worten Doktor Schautwetters geradezu verpflichtet, einen praktischen Versuch zu unternehmen.» Es sei doch bekannt: Manchmal ärgerten sich Kunden, daß Buchungen bei Geldbewegungen so langsam vorgenommen würden, bei höheren Summen dauere das bisweilen bis zu einer Woche oder gar zehn Tagen. Man finde sich schließlich mit technischen Erklärungen ab, aber inzwischen trage das Geld Zinsen, die der Kunde nicht zu sehen bekomme – für ihn nicht vorhandenes Geld, doch wenn man es systematisch betreibe, werde es immer mehr. Er stellte Elff eine Rechenaufgabe: Wieviel Zinsen brächten zwanzig Millionen, die einen einzigen Tag nicht auf einem Konto der Bank, sondern – er stockte, aber er fühlte sich offenbar stark und fuhr fort – auf einem der *Alcam* oder der *Vortex* verweilten und dann ungesäumt wieder in den ordentlichen Ablauf zurückkehrten? An manchen Tagen seien es mehr als zwanzig Millionen, die diesen kleinen Umweg nähmen – «wem sage ich das, das wissen Sie inzwischen längst».

Ja, Patrick Elff wußte es; er hatte indes nicht mit einem so bereitwilligen, geradezu schamlosen Geständnis gerechnet. Der sprechende weiße Mond entwaffnete ihn. Dies war nicht der Augenblick, sich zu empören oder zu drohen. Ihm war wie einem Ethnologen zumute, der in einem entlegenen Urwaldgebiet auf einen unentdeckten Stamm gestoßen ist.

«Als Sie die Abteilung übernahmen – Sie können sich vorstellen, daß an mich bei der Besetzung der Stelle keinen Augenblick gedacht worden ist –, war es zu spät, um aufzuhören. Es wäre dann noch schneller aufgefallen. Und Sie müssen auch bedenken: Ihnen steht Ihre Karriere noch bevor, sie liegt nicht hinter Ihnen. Wenn Rollmann in einem Jahr pensioniert wird, sind Sie es, der nachrückt. Ich hingegen habe keinerlei Chance, bis zu meiner Pensionierung von hier wegzukommen, und das dauert noch. Ich bin nicht so alt, wie ich aussehe.» Er habe sich beweisen wollen, daß auch auf seiner Stelle etwas zu erreichen sei – am Ende mehr als in einer höheren Position. Er brauche im Grunde kein Geld. Geld sei für ihn ein Gradmesser für Leistung und Intelligenz, mehr nicht. «Es war nicht leicht für mich zu akzeptieren, daß ich auf lange Sicht niemals meinem Einsatz entsprechend eingestuft werden würde. Es ging auch um Gerechtigkeit.»

Ein besonderer Begriff von Gerechtigkeit war das, aber stand Gerechtigkeit nicht von jeher in einem gelegentlich provozierenden Verhältnis zum Recht? Doktor Filter übernahm die Führung des Gesprächs, die ihm so bereitwillig überlassen wurde, mit einer Mühelosigkeit, die ein weiterer neuer Zug an ihm war; hatte er überhaupt schon einmal so viel hintereinander gesprochen? Hier war ein Damm dahingesunken. Was sich sonst nur in seinen Gedanken regte, wurde laut.

«Es gibt jetzt zwei Möglichkeiten: Entweder Sie übergeben mich der Polizei, und mir wird der Prozeß wegen Veruntreuung, Unterschlagung et cetera gemacht, mit beträchtlicher Öffentlichkeit. Oder man vermeidet eine solche für das Ansehen der Bank schädliche Öffentlichkeit und schickt mich mit einer günstigen Pensionsregelung davon – das würde der Bank jedenfalls die nicht unkomplizierte Rückabwicklung ersparen: die Schadensfeststellung sowie die Ersatzansprüche einer hohen Zahl von Kunden. Sollte der kluge Weg beschritten werden, müßte man sich klarmachen: Wenn es zu viele Mitwisser gibt, enthält er gleichfalls Risiken. Selbst dann allerdings hätte ich noch einen Zug offen ...»

Welchen, behielt er für sich; Elff wußte inzwischen, was er gemeint hatte.

«Oder Sie zeigen mich nicht an – auch dem Vorstand nicht –, und die Sache bleibt unter uns. Dann gibt es wieder zwei Möglichkeiten: Sie stellen die Bedingung, daß ich aufhöre – womöglich gar unauffällig Beträge zurückführe, nicht so leicht, woher sollen plötzlich zwölf Millionen kommen? Oder Sie schweigen einfach über Ihre Entdeckung, dann entfällt für Sie jede weitere Tätigkeit. Ein Nichtwissen, Nichthinsehen, ein Laufenlassen. Und hinter Ihrem Rücken füllt sich Ihr Konto auf den Kaimaninseln. Die korrekte Abwicklung liegt in meinen erfahrenen Händen. Ich vermute, Sie würden mir in diesem Fall vertrauen.»

Leise waren diese Worte gesprochen, und doch hatte Elff sich unwillkürlich zur Tür gewandt, ob da ein Lauscher stehe.

Niemals hätte er sich das alles anhören dürfen. Sofort hätte er den Raum verlassen und Verbindung zum Vorstand suchen müssen. Warum hatte er das nicht getan? Was hatte ihn dort auf dem Schreibtisch festgehalten, zu Doktor Filter hinabgebeugt, wie zu ihm hinuntergezwungen? Wo genau hatte der Punkt gelegen, an dem es kein Zurück mehr gab? Was war das für eine abschüssige Bahn, auf der er sich vielleicht schon seit längerem befand, während er, von außen gesehen, unablässig aufzusteigen schien? Stand am Anfang dieser Bahn Monsieur Pereira oder doch bereits Pilar? Wie lange war er bereits willenlos? Wer keinen Willen hat, ist unschuldig. Aber dieser Gedanke enthielt auch jetzt, im Flugzeug, keinen Trost, wo das Unheil sich näherte, ohne daß es ein Entkommen oder, schlimmer, weil es nur noch ein Entkommen gab.

ZWEITER TEIL

1

Staaten mit hypertropher Bürokratie erleben häufig die Entstehung kräftiger Gegenwelten, die unter, über und neben dem Verwaltungsapparat gedeihen. In welchem Verhältnis befand sich Khadijas Haus zur polizeilichen Meldebehörde von Mogador? Nicht selten erschien der Chef der Behörde bei ihr zum Tee, mit sorgenschwerem Herzen, dann jedenfalls verkehrte man von gleich zu gleich. Khadijas Umgebung unterschied sich nicht von den meisten Behausungen der Medina, soweit sie nicht von Europäern in einem erfundenen orientalischen Märchenstil eingerichtet worden waren – äußerste Kargheit, gar Armseligkeit verband sich bei ihr mit Zitaten von Pascha-Harems-Pracht. Zwanzig prall mit Kunststoff gefüllte Kissen, aus Samt und Brokat in Rot und Gold, waren zu ebener Erde an den Wänden des sonst unmöblierten hohen Saales aufgereiht. Diese Kissen gaben dem Dämmer ein festliches Gepräge, als seien sie Throne, die auf den Einzug eines erhabenen Senats warteten.

Jetzt waren nur fünf Personen versammelt, die sich nicht in die Kissen lehnten, sondern in der Mitte des Saales auf dem Teppich eine Runde bildeten, im Schneidersitz. Khadija hob beim Eintreten von Patrick Elff und Karim kaum den Kopf. Sie war nicht groß und von der Rundlichkeit des im Lande bevorzugten Frauentypus, ohne fett zu sein. Im Haus trug sie ihren Schleier hochgesteckt; ihr schöner üppiger Hals lag frei, und auch das braune, zu einem Knoten geschlungene Haar war im Ansatz zu sehen, der Schleier legte sich wie ein Kranz um ihre Schläfen. Sie war sehr weißhäutig, mit vollen blassen Lippen und großen grauen Augen, aber sie strahlte bei aller weiblichen Fülle nicht Friedlichkeit und Wärme aus; rings um die Nasenwurzel zog es sich kritisch und dunkel zusammen, in den Ernst ihres Blicks mischten sich Zweifel und Mißbilligung.

Die Vorstellung des Fremden nahm sie zur Kenntnis, als habe sie sein Eintreffen lange erwartet. Eine bestimmte Bewegung ihrer mit einem hennabraunen Muster bemalten Hand wies ihn an den Rand zu den Kissen; gleich werde Tee für ihn gebracht. Neben ihr hockte ein junges, etwas kränklich wirkendes Mädchen mit tiefen Schatten unter den Augen, die beiden großen Vorderzähne waren porzellanweiß und stachen aus dem grauen Teint heraus. Eine vielleicht dreißigjährige rund-schwere Frau mit vorgewölbter Unterlippe betrachtete ihn in einer Mischung aus Hemmungslosigkeit und Verschlossenheit. Von Kissen gestützt, saß auch ein Greis in der Runde, das braune Köpfchen ganz verrunzelt, ein Kinderkörper, in den weichen weißwollenen Fluten der Djellaba verborgen. Ein braun glänzender Mann in Jeans und wild bedrucktem Sportblouson hockte daneben, von Muskeln und Bauchringen strotzend, mit Sonnenbrille im Halbdunkel des Saals. «Der ist Libyer», sagte Karim, als erkläre das dessen Erscheinung. Er müsse jetzt übersetzen helfen, denn der libysche Dialekt sei den Marokkanern unverständlich. Vor allem Übersetzen aber kam der Tee.

Khadija dirigierte Karim mit den Augen, weniger als Diener, so kam es Patrick vor, eher als Vertrauten, und Karim vermochte denn auch, andeutend den Eindruck zu vermitteln, daß er keine Befehle ausführe, sondern mit Khadija zusammenwirke. Er entzündete einen Gaskocher und stellte die mit Rokokomustern geprägte Blechteekanne auf den blauen Flammenkranz, während Khadija aus dem Kreis heraus seinen Bewegungen mit zusammengekniffenen Augen folgte, als beobachte sie zum ersten Mal, wie er die Aufgabe angehe. Das hatte zugleich etwas von Selbstüberprüfung an sich; wie der Mechanismus ihres Haushalts arbeitete, das war immer neu zu bedenken.

Während Karim den Tee bereitete, ruhte die Unterhaltung des Zirkels, die Teezeremonie wollte nicht nebenbei vollzogen werden. Aus einer Blechbüchse schüttelte er sich ein Häufchen Gunpowder-Tee, krümelig wie Mäusekot, in die hohle Hand; aus einem Glas nahm er ein Büschel frisch-grüner Minze; dies alles kam ins sprudelnde Wasser, das dreimal aufkochen mußte. Ihm gelang es, die Kanne immer im letzten Augenblick vor dem Überschäumen vom Feuer zu nehmen.

Und nun füllte er das erste Glas, von sehr hoch oben zielend, so daß der Tee in langem Strahl hinabfiel und dabei appetitlich gluckerte, bergbachähnlich, aber dieses Glas wurde in die Kanne zurückgegossen, ein zweites Mal gluckernd gefüllt und abermals zurückgegossen. Das Gießen aus großer Höhe wirkte wie eine artistische Vorführung, und als Schauspiel, wie auf einer Bühne, nahm Khadijas Kreis es auch auf. Die Teebereitung war, so verstand Patrick am Kissenrand, ein Innehalten des Weltlaufes – nichts konnte weitergehen, kein Gespräch und keine Arbeit, bis der Tee nicht fertig und getrunken war. Karim hatte einen Zuckerhut neben sich auf dem Tablett, den er mit einem zierlichen Hammer zerschlug; in die Kanne versenkte er einen Brocken Zucker, der Patrick übergroß vorkam, aber bei den Zuschauern erregte das kein Erstaunen, das mußte wohl so sein.

Als es endlich soweit war, den Tee auszugeben, war es wieder wichtig, von hoch oben einzugießen, damit im Glas ein möglichst fester Schaum entstehe – es war der Schaum, auf den es ankam: ein flüchtiger, aber edler Genuß. Khadijas Gäste nahmen die glühheißen bunten Gläser schweigend entgegen. Dem winzigen Greis setzte das Mädchen mit den dunklen Augenringen das Glas an die Lippen; er saugte daran, wie eine Libelle am Nektar einer Blüte nippt.

Karim setzte sich einen Augenblick zu Patrick. Der Greis sei ein wundertätiger heiliger Mann, ein Imam, zu dem Khadija enge Beziehungen unterhalte, ein Wundertäter, der nur noch Flüssiges zu sich nehme. «Er hat die dritten Zähne – ja, wirklich, es sind ihm noch einmal Zähne gewachsen, nachdem die zweiten ausgefallen waren, aber ganz kleine.» Und als er Patricks ungläubige Miene sah, rappelte er sich aus dem Schneidersitz in die Höhe, begab sich zu der Runde, beugte sich zu dem Schrumpelköpfchen des Hundertjährigen und faßte ihm mit seinen kräftigen jungen Fingern an den Mund, wie man auf dem Viehmarkt das Gebiß eines Pferdes prüft. Der Imam schien an solche Demonstrationen des Naturwunders in seinem Rachen gewöhnt; kein Zweifel war möglich, eine Reihe sehr kleiner weißer Zähne, ein Nagetiergebiß, lag unter den fleischlosen Lippen. Auch der Libyer beugte sich neugierig vor, und die Frau mit der Hängelippe, die das erstaunliche Phänomen, wie Karim sagte, doch längst kannte, wollte es sich auch noch einmal ansehen.

Khadija wohnte der Demonstration mit einer Art brütender Zufriedenheit bei – keine ihrer Empfindungen, das bemerkte Patrick sehr schnell, trat jemals ungemischt auf. Es war für sie von höchster Bedeutung, daß alle ihre Besucher nachdrücklich darauf vorbereitet wurden, in diesem Haus sei das Außerordentliche das jederzeit Anzutreffende. Sie überließ sich keiner geselligen Stimmung; ihr gelang es auch bei Untätigkeit, in der Muße des Teetrinkens, als die eigentlich und beständig Handelnde zu erscheinen.

Den beleibten Libyer hatte ihr an diesem Tag gleichfalls Karim zugeführt, aber anders als Patrick, der hier angeschwemmt worden war. Der Mann war vielmehr mit der Absicht angereist, bei ihr Hilfe für die Lösung seiner Lebensknoten zu finden. Bis zu den Ölfeldern und Bürotürmen Libyens hatte sich die Fama des neubezahnten Greises verbreitet, den Khadija verwaltete. Da konnte man es wahrlich nicht Zufall nennen, wenn der Libyer schon bei der Ankunft vor dem Löwentor mit seiner Frage, wo der Gesuchte zu finden sei, auf den dort stets herumlungernden Karim gestoßen war. Er gehörte zur wohlhabenden Bourgeoisie von Tripolis, aber auch dort war die Sorge zu Haus, denn die Ungewißheit über die Zukunft vermag den Wohlgenährten ebenso zu bedrücken wie den Hungerleider, der nicht weiß, wie er sich am nächsten Tag ernähren soll. In Gestalt dieses Mannes stieß ein Arabien des Ölgeldes auf die ältere Lebensform, der er selbst noch nicht lange entwachsen war; sein Vater war noch in einem Zelt geboren worden, während er selbst sich die Sommerhitze bereits mit einer auf Hochtouren laufenden Klimaanlage erträglich machte. Die Suche nach dem zirpenden Greis hatte ihn nun in Mogador ans Ziel geführt. Die Unruhe verließ ihn. Er wußte, daß er sich von jetzt an in Geduld zu schicken hatte, und sank in die ihm körperlich noch vertraute Verfassung der nomadisierenden Hirten zurück. Rat zu holen war wie viele andere Lebensvollzüge hier vor allem mit Warten verbunden. Man lagerte sich, trank Tee, sprach und hörte zu und durfte sich in der Gewißheit wiegen, in der Oase angelangt zu sein, wo die Zisternen und vielleicht sogar eine Quelle lebendigen Wassers allen Durst stillen würden.

Zu früh war er freilich nicht bei dem Drittbezahnten eingetroffen. Das Lebensflämmchen des Heiligen war nur noch klein und bläulich, bei einem Windstoß, ja bei fremdem Atemhauch zitterte es bereits. Die Augen sahen wohl gar nichts mehr, sie saßen, sehr blaß und weißlich beschichtet, tief im Schädel, der leicht geneigt war wie der eines Menschen, der angestrengt lauscht. Nur daß es ein Lauschen ins Innere war; an dem, was im Zirkel besprochen wurde, nahm er nicht teil. Ein ganz schwaches Krähen wie das eines Neugeborenen verkündete Khadija von Zeit zu Zeit seine Wünsche. Sie verstand diese Laute und schob ihm ein weiteres Kissen unter, legte einen weiteren Schal um ihn oder hob das Teeglas an seine Lippen. Befriedigend und erregend war für den fetten Libyer die bloße Gegenwart des nur noch durch seine Hirntätigkeit am Leben teilnehmenden Imam, auch wenn ihm dessen Gedanken noch verborgen waren – als sei er ein Gelehrter, der beim Anblick einer berühmten Bibliothek andächtig seufzt, auch wenn er noch kein einziges Buch aus dem Regal genommen hat.

Patrick nahm das, was in der Teegesellschaft vor sich ging, nur mit halber Aufmerksamkeit zur Kenntnis. Er saß in seinem schönen, schmal geschnittenen Nadelstreifenanzug in der Ecke und hatte die Beine von sich gestreckt, aber zu seinem Behagen fehlte viel. Während der Reise hatte er seine Gepäcklosigkeit immer wieder einmal als kleines Lustgefühl empfunden – dieses Abwerfen der zahllosen Sachen, die für einen Tag in der Bank und einen Abend mit Pilar gebraucht wurden, hatte ihn in Kälte und Grübeleien plötzlich zu erheitern vermocht, aber nun kehrten die alten Zwänge zurück. Wozu der Anzug immer noch taugen mußte, das war ein erhofftes und nahes Treffen mit Monsieur Pereira, der bestimmt nicht nur bei sich selbst auf Kleider achtete. Nach dem Reisetag fühlte er sich unwohl in diesem Anzug, in den er während seiner Flucht viel Schweiß vergossen hatte; nach dem Aufenthalt im Hammam das alte Hemd wieder anziehen zu müssen hatte ihm gleichfalls Unbehagen bereitet. Da rächte sich die Gewohnheit des beständigen Umziehens, die ein nervöses Bedürfnis nach frischer Wäsche hatte entstehen lassen. Unvorstellbar, wie unbekümmert er auf studentischen Bummeltouren durch Italien und Griechenland ohne Ballast ausgekommen war. Sein Schweiß war offenbar günstig komponiert; er kam länger ohne Dusche aus als andere Leute.

Aber in der Umgebung, in der er zuletzt gelebt hatte, gehörte körperliche Frische zur Ritterrüstung der Selbstgewißheit, ohne die er nicht in die Schranken zu treten wagte. Daß seine Wangen schon rauh wurden, war zu dieser späten Stunde nicht verwunderlich, sein Bart wuchs so schnell, daß er sich abends vor dem Ausgehen noch rasieren mußte. Dem würde hier auch ohne eigenes Rasierzeug abzuhelfen sein, denn auf dem Weg zu Khadijas Riad hatte er in jedem vierten Haus einen Barbier entdeckt. Als erstes würde er morgen nach Jeans und Pullovern suchen müssen; das Hemd mußte gewaschen und gebügelt sein, bevor er im Grand Hotel Mogador vorsprechen konnte. Außerdem hatten die Schuhe an der Wand des Kommissariats weiße Schrammen abbekommen, aber war er hier nicht im Land der Schuhputzer?

In diese sorgenvollen Gedanken versunken, hatte er nicht bemerkt, daß inzwischen die zehnjährige Tochter Khadijas eingetreten war, Salma, ein dickliches Mädchen mit kreisrundem Gesicht, das auf Anweisung und unter scharfäugiger Überwachung seiner Mutter jeden der Anwesenden mit einem feuchten Kuß auf die Wangen begrüßte, mit halb geöffneten Lippen und etwas geziert; der Libyer sah so starr vor sich hin, als gefalle die kleine Frau ihm besser, als zuzugeben rätlich war. Das Körperchen war frühreif, aber die X-Beine in rosa Leggings milderten diesen Eindruck ab ins Rührend-Kindliche. Khadija wollte aber auch die geistige Reife ihrer Tochter vorführen; sie hatte ein Heft herbeizubringen und mit Kugelschreiber nach Diktat eine Schreibvorführung zu geben, wozu sie auch ohne weiteres bereit war, Anstellerei war hier nicht geduldet. Die Mutter begann mit halber Stimme eine Koran-Sure zu singen, wie Karim leise erklärte; Khadija könne mehrere Suren auswendig.

Diese Welt mit ihrer berühmten Kultur der Kalligraphie kannte keinen Schreibtisch. Das Schreiben mußte auf dem Boden hockend geleistet werden, allenfalls ein flaches Pult für das Blatt trat manchmal hilfreich hinzu, hier aber nicht, und um so bemerkenswerter war die Flüssigkeit, mit der Salma die Häkchen und Schlaufen der arabischen Schrift zu Papier brachte; das Schreiben von rechts nach links war, als treibe ihre kleine Hand mit den Speckgrübchen Ameisen vor sich her. Salma sah mit selbstgefälligem Lächeln von ihrem Blatt auf. Sie war sich der Bewunderung gewiß und nahm die Münzen, die der Libyer und das Mädchen mit den schwarzen Schatten unter den Augen in die feuchte Kinderhand legten, als angemessenen Tribut entgegen.

Khadija blickte mit Genugtuung auf das Blatt mit den akkurat wie mit Lineal gezogenen Zeilen. Patrick erfuhr erst später von Karim, daß sie kein Wort davon lesen konnte; in ihre Zustimmung war also sicher auch noch etwas von dem atavistischen Respekt vor der Kunst des Schreibens gemischt. Aber wozu sollte sie lesen lernen, wenn so viel anderes ihr zu Gebote stand? Konnte man die geheimnisvolle Fähigkeit, den Klang gesprochener Worte in Häkchen und Schlaufen zu verwandeln, an ein zehnjähriges Kind delegieren, dann war am Ende vielleicht doch nicht gar so viel daran? So empfand sie denn das Bedürfnis, die Dinge wieder zurechtzurüken – die Gäste von der Bewunderung der Tochter wieder zur Bewunderung der Mutter zu leiten. Sie wandte sich deshalb mit einem scharfen Wort an Salma, als wolle sie zeigen, daß sie das Recht besitze, das Wunderkind zu tadeln. Patrick glaubte aus seinem Winkel heraus wahrzunehmen, daß die Dunkelheit um ihre Nasenwurzel herum, durch die zusammengezogenen Brauen noch betont, nicht nur durch ein Spiel der Schatten in dem trüb erleuchteten kleinen Saal entstand. Schlug ihre Düsterheit aus dem Seelischen ins Körperliche um?

Es war spät. Die Stunde der Abendmahlzeit war gekommen. Ohne Ungeduld hatte man sie erwartet; man durfte darauf vertrauen, daß in diesem Haus die Dinge im zuverlässigen Rhythmus des Sternenkreises verliefen. Eine kleine, sehr hübsche, wenngleich etwas spitznasige und spitzkinnige Frau mit einem Schleier, der auf dem Hinterkopf aufgetürmte Haarmassen verhüllte, trat auf nackten Sohlen ein. Sie trug eine Terracottaschüssel mit einem kegelförmigen Deckel, in dessen Griff oben ein Löffel steckte wie die Feder am Hut. Ein niedriger runder Tisch wurde herbeigerollt, der Zirkel wurde zur Tischgesellschaft. Beim Hochheben des Kegels drangen Gemüsedüfte in den Raum, darunter hatten sich die Säfte von Erbsen, Kartoffeln, Tomaten und Petersilie gegenseitig durchdrungen. Ein zarter Dunst von Zivilisiertheit verbreitete sich bis zu der Wand, an der Patrick lehnte und darüber nachdachte, ob es in diesem Haus ein Bügeleisen gebe. Khadija richtete ihren dunklen Blick auf ihn; sie sprach nur wenige französische Brocken, und es widerstrebte ihr, diesen Mangel einzugestehen. Karim trat schon gegenüber dem Libyer als Dolmetscher auf, nun auch bei ihm, das verlieh dem Gehilfen – so etwas war er doch wohl? – sehr viel Gewicht.

Aber sie konnte auch ohne Worte befehlen. Patrick kroch aus seiner Ecke hervor. Der Zirkel dehnte sich, die nasenspitze Frau schob ihm ein Kissen unter; er kam neben den Hundertjährigen zu hocken, der, sorgsam gebettet, halb liegend dabei war; Khadija achtete darauf, daß er sich nicht wundlag. Man aß mit den Händen, indem man mit den Brotfladen Gemüsestückchen aufnahm oder das Brot in den feinen Sud tunkte. Patrick fiel auf, daß Karim trotz seiner übergroßen Hände dabei sehr appetitlich vorging und kaum mehr als die Fingerspitzen benutzte, während der Libyer und Khadija regelrecht in das Gemüse hineinpatschten – er dachte an den Satzfetzen, «Wer mit mir zusammen die Hand in die Schüssel taucht ...», woher kam das? Die beiden tauchten tatsächlich die Hände ins Feuchtwarme, drehten aus den Speisebrocken Bälle und warfen sie sich in den Mund. Pilar hätte das ekelhaft gefunden, diese triefenden Pfoten, es war, als fischten die beiden nach einer im Gemüse verborgenen Goldmünze. Und tatsächlich ging es ums Fischen, denn im Herzen des Gemüseberges war ein Stück Fleisch verborgen, dem Geruch nach vom Hammel, so weichgekocht, daß es mit den Fingern zerrissen werden konnte. Khadija allerdings nahm auch die Fingernägel zu Hilfe, die schon vor dem Essen dunkle Ränder gehabt hatten – Pilar hätte das Essen jetzt eingestellt, Patrick allerdings war so hungrig, daß ihm solche Beobachtungen die Eßlust nicht verschlugen. Es war nicht leicht, ein mit Gemüsesaft getränktes Stück Brot in den Mund zu bekommen, ohne daß es auf das Hosenbein tropfte, und die Hose mußte unbedingt sauber bleiben. Er breitete, weil Servietten nicht in Gebrauch waren, das weiße Taschentuch aus seiner

Brusttasche über sein Knie; als Khadija das sah, schickte sie die Spitznasige nach einem Geschirrhandtuch, das dieselben Dienste leistete.

Das Essen verlief schweigend, die Nahrungsaufnahme stand im Mittelpunkt, für Tischgespräche gab es keinen Raum. Das Mädchen mit den Ringen unter den Augen fütterte den Hundertjährigen, sie flößte ihm mit einem Löffel Gemüsesaft ein. Die Zunge des Wundertäters wurde sichtbar, wenn er den Mund aufsperrte: schmal und rosig wie bei einer jungen Katze, als sei allein sie der Alterung entgangen.

Nach dem Essen umkreiste die Spitznasige mit Schüssel und Wasserkanne die Mahlgesellschaft, die saucenbenetzten Finger wurden gebadet. Khadija erhob sich in einer rollenden Bewegung, indem sie ihre kugelig runden Gliedmaßen nach vorn fallen und zugleich in die Höhe steigen ließ, beim Umfang ihres Körpers ein Ablauf von verblüffender Eleganz, der sportliche Patrick würde sich später, nachdem das linke Bein eingeschlafen war, höchst ungraziös vom Boden hochkämpfen müssen. Sie brachte, leicht vornübergebeugt, so daß ihre unter einem T-Shirt verborgenen Brüste beinahe mit im Obstkorb bei den Orangen lagen, das Dessert, ihre Gästeschar dabei kritisch musternd. Wohin bewegt sich dieser Kreis, so schien sie sich zu fragen. Denken und handeln diese Menschen so, wie ich es will? Auch wenn sie Obst servierte, regierte sie; es gab keine Handlung, die nicht über ihren vordergründigen Zweck hinaus ihren Absichten zu dienen hatte.

Als sie durch den Raum lief, auf kleinen bloßen Füßen die Kugelmassen ihres Körpers balancierend, bot sie Patrick auch den Anblick ihres Hinterteils, das zum Erstaunen groß und in der aus weichem Stoff sie umfließenden Hose kreisrund erschien – er dachte an eine aus trigonometrischen Körpern zusammengefügte Figurine von Oskar Schlemmers Tria-

dischem Ballett. Ein großes, weiches Hinterteil suggeriert Ruhe und Frieden, Freude an der Nahrungsaufnahme, Unlust am Herumlaufen, behagliches Sich-in-Kissen-Wälzen, weil der Körper selbst ein köstliches Kissen ist, das einen anderen Körper schmeichelnd unter sich begraben kann. So stark war indessen der Eindruck, den Khadijas streng-forderndes Mienenspiel hinterließ, daß er auch beim Anblick ihres Hinterteils nicht in Vergessenheit geriet. Und nicht zu Unrecht, denn sind Körper und Seele nicht eine Einheit, wirken sie nicht aufeinander und zeugen in allen ihren Teilen vom Vorhandensein eines umfassenden Willens, der sich in Gliedmaßen und im Mienenspiel, in Gedanken und Empfindung gleichermaßen ausdrückt? So besaß dieses Hinterteil, das sichtbar wurde, als Khadija sich abwandte, für denjenigen, der ihr Gesicht in sich aufgenommen hatte, eben weniger von Duldsamkeit, Mütterlichkeit, Schläfrigkeit und südlicher Wärme, schon gar nichts vom Trost des vieles unter sich begraben könnenden Kissens. Es war vielmehr ein Kraftzentrum, Sitz von matriarchalischer Gewalt, fordernd und gebietend, das Reservoir unerschöpflicher Kräfte, wohinein der Verstand aus dem darüber schwebenden Kopf sich wie in eine Zisterne herablassen konnte, um seine Energien zu erneuern.

Kaum aber hatte Khadija sich aus dem Kreis hinausbewegt und Patrick aus ihrer Kontrolle entlassen, begannen die anderen Frauen, die es bis dahin vermieden hatten, ihn anzusehen, und mit gesenktem Kopf mit dem Essen beschäftigt gewesen waren, nun unverhohlen neugierig, ja dreist, ihn zu studieren und sich leise auszutauschen. Obwohl er kein Wort verstand, zweifelte er nicht, daß von ihm die Rede war.

Gefiel er ihnen, oder fanden sie ihn lächerlich? Welchen

Maßstab legten sie an ihn an – sahen sie denselben Mann, als der er zu Hause gesehen wurde? Aber wie war er zu Hause gesehen worden? Inzwischen war allen, die ihn kannten, wohl klar, daß sie sich kräftig in ihm getäuscht hatten, wenn sie nicht immer schon gewußt haben wollten, daß von ihm Bedenkliches zu erwarten sei.

Alle drei Frauen waren traditionell gekleidet, mit dem um Haar und Hals geschlungenen Tuch und der sackartigen Djellaba, aber die Stoffe waren papageienbunt gemustert wie die Bademäntel rauchender Kassenpatientinnen im Vestibül einer deutschen Klinik. Rachida hieß das reife Mädchen mit der hängenden Unterlippe, die ihrem Gesicht etwas Vorwurfsvolles gab, sogar als sie jetzt, sichtlich animiert, über ihn plauderte. Milouda war das Mädchen mit den tiefen Schatten unter den Augen, etwas Trübes lag um sie, sie war hellhäutig, aber in ihre Blässe mischte sich Gräulich-Bläuliches; war das Ungewaschenheit, oder nahm sie ein Präparat, um ihre Haut weißer werden zu lassen? Sie war Patrick durch die kleine, geradezu kindliche Hand aufgefallen, die von bräunlich-blutigen Henna-Ornamenten bedeckt war. Damit konnte sie unerhört geschickt in der Gemüseschüssel eine Kugel aus den Speisen rollen, um sie ihr dann in den Mund zu werfen, als füttere sie einen nach den Bissen schnappenden Hund. Die Hübscheste, die Spitznasige, hatte den Fremden besonders aufs Korn genommen und sprach ihn sogar an. Ihre Augen blitzten, und ihre Lippen kräuselten sich spöttisch. Als er unbeholfen verständlich zu machen suchte, daß er nicht ihre Sprache spreche, brach sie in ein gezügeltes, aber auch etwas hartes Gelächter aus. Khadija kehrte zurück, da war es, als senke sich ein Schatten über die drei, sie verstummten und blickten wie vorher in ihren Schoß.

Karim nutzte das Schweigen, um sich Patrick zuzuwenden. Er war der Unterhaltung der drei Frauen lächelnd gefolgt, offenbar hatten sie sich vor ihm keine Hemmungen auferlegt. Der Libyer hingegen war von dem Gespräch im marokkanischen Dialekt ausgeschlossen gewesen und durch eigene Belange auch zu abgelenkt, um sich in das immerhin verwandte Idiom hineinzuhören. Und der heilige Greis war in einen flachen Schlummer gesunken, die Mundhöhle geöffnet, aber die Atemzüge gingen so leicht, daß sie kaum eine Feder bewegt hätten.

Was den Libyer hierhergeführt habe, werde erst morgen angegangen werden, erklärte Karim. Worin sich Sidi Mouchtar – das war der Greis – und Khadija auskennten, das sei der Umgang mit den *Dschnunats*.

Was sei denn das?

Hier war Karims Französisch am Ende, er nahm die Hände zu Hilfe, ließ sie um sich herumflattern wie Fledermäuse und folgte ihrem unruhigen Flug mit furchtsam aufgerissenen Augen.

«Dämonen?»

Dschnunats überall. Wer mochte angesichts des Zustandes der Welt daran zweifeln, wo doch beinahe jede gute Absicht entgleiste, jede geistige Entwicklung sich in ihr bösartiges Gegenteil verkehrte, jeder Aufschwung die Ursache für eine spätere Katastrophe war. Patrick mußte nur daran denken, was ihn in dieses Haus geführt hatte: Kein Gericht hätte ihm das abgenommen, und doch war es die lautere Wahrheit, daß er gegen die warnende Stimme in seinem Innern auf die schiefe Bahn nicht zugeschritten, sondern objektiv von außen zugeschoben worden war. «Das war nicht ich» – so meinte er guten Gewissens denken zu dürfen. Wer in der Verkettung verhängnisvoller Ereignisse das Wirken eines bösartigen Willens erkennen und von Dämonen sprechen wollte, der bewegte sich zwar im Raum der Spekulation, hatte aber die Erfahrung auf seiner Seite – gab es denn nicht scheinbare Zufälle, die man nicht anders als tückisch und von gemeinem Humor beseelt empfinden mußte? In dem uralten Imam hatte die Zeit die Leidenschaft, die Lust, den Eigenwillen ausgelöscht; er war in seinem Urteil durch nichts mehr bestechlich und bot jedem bösen Geist eine nur unbehagliche Herberge ohne Nahrung. Warum sollte der Alte nicht fähig sein, einer Kraft zu gebieten, die keinen Anteil an ihm hatte?

So frisch war der Libyer eingetroffen, daß man noch nicht einmal wußte, wie er hieß. Karim hatte es nicht für notwendig befunden, ihn weiter vorzustellen. Khadija sprach übrigens auch später von ihm nur als «dem Libyer», als stehe die Herkunft über dem Namen. Immerhin, er war ein Kunde. Es galt, ihm Zutrauen zu dem zu vermitteln, was ihn erwartete. Die spitznasige Hübsche hatte ihn nach seinem Namen gefragt – seine Züge hatten schon jene treuherzige Selbstverliebtheit angenommen, in die ihn das Aussprechen seines Namens versetzte, als Khadija ihm mit gebieterischer Geste den Mund versiegelte. Sie ließ sich einen Korken reichen – woher kam denn der? Dies war, so schien es, ein frommes Haus, in dem die Gesetze der Religion beachtet wurden, Weinflaschen also nichts zu suchen hatten. Dennoch war ein Korken zur Stelle, es gab, wie sich zeigte, Verwendung dafür. Diesen Korken legte sie dem Libyer in die ausgestreckte kurzfingrige Patschhand, deren breites Handgelenk mit schwarzer Haarwolle bewachsen und von einem Goldarmband und einer Uhr mit vielen Zeigern umschlossen war. Der Libyer arbeitete, wie er Karim stolz erklärt hatte, nicht nur nicht mit den Händen, sondern überhaupt nicht: Ein Libyer arbeite grundsätzlich nicht, das besorgten Ägypter, Pakistani, Algerier und Marokkaner für ihn, ein Libyer habe irgendein Amt, gehe aber nie ins Büro, sondern sitze zu Haus, sehe fern und esse sechsmal am Tag. So weit, so paradiesisch, aber woher kamen dann die Sorgen? Sorgen wie Haare am Körper, auf dem Kopf saßen sie nicht mehr so dicht nebeneinander, die mahagoniglänzende Kopfhaut schimmerte hindurch. Auf Befehl Khadijas umschloß er mit den Fingern den Korken, der war jetzt verschwunden. Zugleich senkte Khadija die Lider über ihre scharf blickenden Augen – es war eine kleine Wohltat –, aber sie schaute nun in andere Regionen, in ihr Inneres, in die Faust des Libyers, vielleicht gar bis in die an seiner gewölbten Brust ruhende Brieftasche. Etwas griff nach ihr, so sah das aus, sie schüttelte den Kopf wie eine Katze, die am Genick genommen wird – nahm jemand sie am Genick? Wer wagte das?

Der Libyer öffnete die Augen weit. Schrecken war darin zu lesen. Die Frauen blickten ehrfurchts- und erwartungsvoll. Sie kannten, was kam. Ein zuverlässig eintreffendes Wunder ist schon beinahe keins mehr. In der Miene von Milouda lag etwas Auftrumpfendes, während sie den Libyer musterte: Ja, so außerordentlich geht es hier zu, das hättest du nicht erwartet auf deinem Sopha in Tripolis!

Khadija öffnete die Augen, zog die Augenbrauen zusammen und sagte, als spreche sie einen schweren Vorwurf aus: «Du heißt Mo...»

Der Libyer mußte lächeln.

Sie hielt inne, schluckte und fuhr fort: «Du heißt Mustafa.»

Es war, als wolle er aus seiner bequemen Lümmelhaltung einen Sprung in die Höhe machen. Er holte mit fliegenden Händen die Brieftasche hervor und zeigte seinen Ausweis in die Runde. Da stand es fälschungssicher, in Plastik eingeschweißt, in arabischen und lateinischen Lettern, jeder konnte es lesen – Khadija also nicht, dafür aber Salma, die dabei mit naseweisem Lächeln die Grübchen im Mundwinkel sehen ließ: Mustafa, Mustafa ben Abdallah. Wer Gewalt über Vergangenheit und Gegenwart hat, beherrscht der auch das, was zukünftig sein wird? Mustafa, der Libyer, war in diesem Augenblick für diese Überzeugung gewonnen, Khadija jedenfalls gab er solchen Kredit. Er verfiel in ein verwirrtes Grübeln. In sich gekehrt saß er da; vom Selbstbewußtsein eines Mannes, der in seinem Leben noch nie gearbeitet hat, weil die Herrscher des Landes ihn und seinesgleichen am Reichtum der Ölfelder teilhaben ließen, war nicht viel geblieben.

Aber da war noch einer, dessen Name nicht bekannt war und nicht bekannt sein konnte. Man nehme in schäbiger Zweifelsucht einmal an, Karim hätte, als er den Libyer auf dem Parkplatz aufsammelte, schon irgendwie dessen Namen in Erfahrung gebracht und ihn später Khadija zugeflüstert; gänzlich auszuschließen war das nicht, auch wenn man an die Macht des Namens glaubt, mit der Person, die ihn trägt, ein Amalgam einzugehen, denn gibt es nicht Menschen, denen ihr Name auf die Stirn geschrieben ist? Aber um derart Namen zuzuordnen oder gar auf den Kopf zuzusagen, bedarf die Intuition tiefer Wurzeln in Tradition und Geschichte eines Volkes. Schwer faßbare Kategorien wie Stimmung und Geschmack lassen sich gleichwohl eingrenzen, man muß sich eben auskennen. Es war keine große Kunst, Patrick auf den Kopf zuzusagen, daß er der Andreas-Thomas-Christian-Zeit entstammte, womöglich gar ein Prachtexemplar dieser Generation war, aber in der deutschen Nachkriegsgeschichte mußte man dafür doch ein wenig bewandert sein. Es hieß nicht, gering von Khadijas Künsten zu denken, wenn man vermutete, daß sie hier an ihre Grenzen stieß.

Sie selbst sah das so. Als Karim in dem Bestreben, ihr Licht hell leuchten zu lassen, sie dazu aufforderte, nun auch Patricks Namen zu «raten» – ach was, zu wissen! –, sandte sie ihm einen Blick zu, der schon nicht mehr tadelnd, sondern wütend war. Meinte sie, sich trotz ihrer machtgestützten Autorität keinen Fehlschlag leisten zu dürfen? Dabei besaß sie doch, das war offensichtlich, die Deutungshoheit über alles, was sich in ihrem Haus zutrug. War sie nicht imstande, jedes Versagen in einen Erfolg umzumünzen? Dschnunats wirkten durch Taten, aber auch durch Unterlassen, durch Wahrsprüche, aber auch durch Täuschungen, durch Reden ebenso wie durch Schweigen. Die Anwesenheit eines erzürnten Geists war so eindrucksvoll wie die eines wohlwollenden. Und es war stets auch möglich, daß er es besser wußte als die Menschen.

Patrick selbst wollte ihr aus der Zwangslage heraushelfen, bloß wie? Er fürchtete, sie scheitern zu sehen, und nicht minder war ihm der Gedanke unheimlich, sie könne, auf welchem Weg auch immer, wirklich an seinen Namen gelangen – war er in diesem Haus nicht abgestiegen, weil sich hier niemand für seine Herkunft interessierte? Wenn es ihm gelungen war, die Fragen einer Hotel-Rezeptionistin zu vermeiden, sollten nun die Überirdischen seine Enttarnung herbeiführen? Noch wußte kein Mensch, wo er sich aufhielt, seine Spur verlor sich in Casablanca, wo schon so viele Spuren versickert waren.

Seine Neigung zu Aberglauben und den Sinn für Vorzeichen hatte er erst entwickelt, als er Geschäftsmann wurde, genauer, als er die Beratungsgesellschaft verließ und in die Bank eintrat. Solange er sich wissenschaftlich mit Literatur befaßte, war er auf diesem Gebiet vollständig unempfänglich gewesen. Dabei lebt die Literatur aller Zeiten doch von bedeutungsvollen Vorzeichen. In vielen Werken wird geradezu ein Netz solcher Motive über die Erzählung gelegt, als dürfe nichts vorkommen, was sich nicht wie ein motivisches

Myzel in den Substruktionen der Geschichte vielfach verzweigt. So machte man das eben als Autor, Ordnung mußte ins Schicksalschaos gebracht werden, um die Anteilnahme des Lesers zu wecken. Gerade weil ominöse Verflechtungen sich für die Technik des Erzählens so bewährt hatten, sah der Literaturstudent sie beschränkt auf das Reich der Kunst. Das Ästhetische ließ ihn antimetaphysisch werden. Erst als er mit Händlern in Berührung kam, die täglich Riesensummen verschoben und oft genug mit rasendem Herzschlag vor ihren Bildschirmen saßen, lernte er, daß Verstandesgrenzen von Angst und Ehrgeiz gesprengt werden können. Das tägliche Lauern auf eine Entwicklung, die stets von Überraschungen überholt werden konnte, brachte eine Mentalität von Spielern hervor, die sich ohne ein Stück vom Strick eines Gehenkten in der Tasche nicht an den Kartentisch setzen. Noch nie zuvor allerdings hatte Patrick vor solchen Ungewißheiten wie heute gestanden. Alle Konstituanten, alle Korsette, alle roten Fäden seines Lebens hatten sich aufgelöst. Die Schwerkraft des Lebens war weggefallen, er schwebte, aber das war kein schöner Zustand; ein Körper wollte sein Gewicht auf die Erde stützen.

Khadija hatte den Ablauf nach dem enormen Mustafa-Erfolg einen Augenblick nicht unter Kontrolle gehabt – da lag der Korken schon in seiner Hand, warm-feucht vom Libyer her, ein Weinflaschenkorken tatsächlich, «Celliers de Meknès» war in ihn eingebrannt, aber die Materie für mantische Prozeduren stand nicht zur Disposition; auch wer keinen Wein trank, brauchte zum Wahrsagen einen Korken. Khadija überwand ihr Unbehagen nur mühsam, eigentlich gar nicht. Die Unmöglichkeit ihrer Aufgabe stand ihr vor Augen. Auch wer ihrem Scharfblick das Kühnste zutraute, mußte die Unvernunft eingestehen, ihr dergleichen zuzumuten. Warum lehnte sie nicht einfach ab, sich mit Patrick zu beschäftigen? Sie hätte daraus einen kleinen Akt der Verachtung machen können, der besonders eindrucksvoll gewesen wäre. Gerade nach außergewöhnlichen Leistungen ist die Forderung des Publikums nach Überbietung derselben eine Ungehörigkeit, die getadelt werden darf. Aber diese Gelegenheit hatte Khadija verstreichen lassen; es war jetzt an ihr, im uferlosen Ozean der Namen zu fischen, unter den Hunderttausenden, von denen sie noch nie gehört hatte.

Sie schloß die Augen. Man meinte, ihre Schläfen pulsieren zu sehen. Patrick hatte das Gefühl, gegen seinen Willen dazu verpflichtet zu sein, ihr zu helfen – durch ein mantraartiges Wiederholen seines Namens in Gedanken. Soweit hatte sie ihn in ihren Bann gezogen; nun mußte nur noch eine gläserne Brücke zwischen ihren beiden Stirnen gebaut werden. Es waren unvergeßliche Minuten, in denen Khadija ihren stummen Kampf mit unsichtbaren Gegnern austrug. Ihr Kopf sank zwischen ihre Schultern, ihr Rücken wurde krumm, als lege sich eine Last auf ihn.

Zuerst bewegte sie sich nicht, dann schwankte der Kopf, als wolle er eine dicke Fliege abwehren. Sie kniff die geschlossenen Augenlider zusammen, sie atmete hörbar. Die Neugier der Zeugen verwandelte sich in Furcht, es war unheimlich, Khadija leiden zu sehen. Nur der Hundertjährige schlief seinen leichten Säuglingsschlaf.

Schließlich begann sie. Die Zeit verlief unerträglich langsam; nachher hätte man festgestellt, daß es kaum länger gedauert hatte, als das Teewasser zum Kochen zu bringen. Vielleicht war es ja ein ähnlicher Prozeß, der in ihr ablief, auch in ihr mußte etwas zum Kochen gebracht werden, Blasen mußten aufsteigen, es mußte sprudeln und dampfen, und tatsächlich zeigten sich Schweißperlen auf ihren Schläfen, obwohl es kühl im Zimmer war. Als sie dann, immer noch mit geschlossenen Augen, zu sprechen begann, geschah es leise und wie in einem Selbstgespräch. Sie starrte hinter ihren Lidern ins Dunkle, es gab da nichts, was sie hätte leiten können, sie mußte allein ihrer Eingebung vertrauen, und das erzürnte sie: Die Hingabe lehnte sie selbst im Zustand der Trance ab, ihrer Herrschaft mußte immer ein noch so winziger Spalt offenstehen.

Aber was sie stammelte, was sie wie probeweise ausstieß, genügte, um Patrick eine Gänsehaut zu machen. «Pa – Pa – Pa...» Dann eine Weile nichts, dann, wie das Echo auf ein In-sich-Hineinhorchen, fragend: «Ris – ris?»

Jetzt könnte der gußeiserne Skeptiker sagen: Sie sollte den Namen eines Ausländers, eines Europäers benennen – die meisten Europäer in Mogador aber waren Franzosen und kamen aus Paris, ja, Paris war vielleicht der einzige europäische Name, der Khadija überhaupt bekannt war, also lag es doch nahe ... Gut, erwähnt sei es. Auf Patrick jedoch machte «Paris» – die erste Silbe dieselbe wie die seines Vornamens, die zweite zumindest mit demselben Vokal – einen ebenso großen Eindruck, wie wenn sie den richtigen Namen genannt hätte. War hier die Eingebung aus anderen Regionen nicht mit Händen zu greifen, eine Stimme, die den Namen so fremdartig aussprach, daß Khadija versuchen mußte, sich die empfangene Botschaft passend zu machen? Er sah denn auch davon ab, sie zu korrigieren. Khadija, aus ihrem entrückten Zustand erwachend, nahm ihren Erfolg mit mürrischem Stolz zur Kenntnis – wer hätte etwas anderes erwarten dürfen? Der blonde Fremde, ihr neuer Mieter, aber war aus der Namenlosigkeit aufgetaucht: Er blieb «Monsieur Paris», solange man sich an ihn erinnerte.

2

Khadija wäre erstaunt gewesen zu hören, man könne sich in ihrem Haus, das so vielen Menschen Wohnung, Zuflucht und Nahrung bot, eigentlich nicht aufhalten. Aber wer durch ein Leben in gleichmäßig beheizten Räumen mit tiefen Fauteuils und Divanen, mit hohen Tischen und Stühlen, mit anatomisch sinnreich geformten, wippenden Schreibtischsesseln verdorben war, der fand sich im Kauern auf den klammen Kissen nicht mehr zurecht. Eine Ausflucht war für Patrick Elff die Dachterrasse, auch wenn es dort heftig wehte; da gab es einen geschützten Winkel, in dem ein rostiger Eisenstuhl stand, schwer zu bewegen, ein Polster wurde aus den unteren Gemächern gebracht. Für solche Dinge sorgte Karim, der nie arbeitete, aber umsichtig stets zur Stelle war, um das Nötige zu veranlassen; man konnte ihn Khadijas Organ nennen – abwechselnd wurde er zu ihren Augen, Ohren und Händen.

Der Blick aufs Meer vermochte Patricks Unruhe wunderbar zu besänftigen, jedenfalls in den Stunden, in denen er sich zum Warten gezwungen sah. Mehr als einmal am Tag wagte er nicht, im Grand Hotel Mogador vorzusprechen, und auch das mochte, wie er fürchtete, vielleicht schon zuviel sein, aber solch vernünftiger Zweifel konnte seinen Tatendrang kaum mehr hemmen. Durfte er nicht auch einmal – einmal? – aus vollem Herzen das Falsche tun? Vor allem, wo er doch im Nebel zu agieren hatte und das Richtige eigentlich gar nicht kannte? Mußte er da nicht einer Fähigkeit des Schicksals vertrauen, das Falsche ins Richtige umzuwandeln?

Gestaltung, Umgestaltung, in eine frühere Gestalt zurückfließen, sie alsbald wieder auflösen, das war die unablässige Beschäftigung des Meeres, das keinen Augenblick ruhig dalag, sondern mit titanischer Energie Wogenprall und Wasserwucht erzeugte, nur um dieselben sich ausrasen und in überraschender Sanftheit wieder vergehen zu lassen. Der Stadtmauer vorgelagert war eine Reihe von Riffen und Felsenzungen, in Jahrmillionen ausgewaschen, von weicheren Substanzen gleichsam entfleischt, so daß der Stein messerscharf geworden war; das allgewaltige Wasser hatte die Felsen gefährlich und menschenfeindlich gemacht. Die Gezeiten des Atlantik waren hier sehr ausgeprägt. Bei Ebbe wich das Meer weit zurück, dann lagen die Felsen als Großplastiken auf dem gelben glatten Sand; Menschenwesen, klein wie Fliegen, krabbelten darauf herum und suchten sie nach Muscheln ab und nach fleischigen Rochen, die sich gern in den Höhlungen aufhielten und verpaßt hatten, sich vor dem Abfließen des Wassers wieder ins Tiefe zu begeben. Aber dann kehrte das Meer zurück. Es war, als wolle es in einem Naturtheater die Erdgeschichte aufführen, in ungezählten Akten. Die Woge näherte sich dem Felsen von fern; von der Dachterrasse aus war nicht abzuschätzen, wie hoch sie war; ihre Langsamkeit, ja Gemächlichkeit verbarg ihre Kraft. Jetzt prallte sie auf den Stein und spritzte hoch auf, ein Wasserfeuerwerk entfaltete sich, und zugleich war der Felsen vollkommen verschwunden, für Augenblicke gab es ihn nicht mehr. Die Wasseroberfläche hatte sich über den haushohen

Massen geschlossen und zeigte nur durch kochendes weißes Schäumen an, daß sie unter sich ein Riff verbarg. Und schon sank das Meer wieder zurück, und der Felsen tauchte aus ihm empor, als würde er von einer Macht unter ihm aus der Tiefe gestemmt: Der dritte Schöpfungstag, Scheidung von Wasser und Land, und das erschien für wiederum wenige Augenblicke wie etwas Endgültiges. Da stand der Felsen dunkel und breit vor dem schwappenden Flaschengrün, alles Licht aufschluckend, in schwarzer Nässe. In seinen Spalten, die ihn ganz zerfurchten, strömte es in Bächen und kleinen Kaskaden, Wasserfällen in den Alpen gleichend – es war, als habe sich ein Gebirge voller Quellen erhoben, welche die Fruchtbarkeit der neu entstandenen Insel begünstigen würden. Und dann wurden die Wasserfälle dünner, sie rannen nur mehr, die oberen Reservoirs waren noch gefüllt, aber das wurde weniger und weniger, denn da gab es keine Quellen, dieses Wasser stammte nicht aus dem Felsen, es strömte nicht aus seinem Innern, sondern es lief ab wie aus einem geplatzten Schlauch, und schließlich war das letzte Rinnsal vertrocknet, und der Felsen ragte schroff und tot, der Frühling seiner Neuerstehung war vorbei. Und da kam die nächste Woge, wieder absichtslos und gleichgültig, keineswegs auf diesen Felsen bezogen, gar von seiner Gegnerschaft gereizt; sie wäre auch ohne jeden Felsen angerollt und nahm ihn nun wieder unter ihre Fluten, als habe es ihn nie gegeben.

Weiter weg zogen die Wellenreihen mit ihren weißen Schaumkronen, von Felsen ungehindert, dem Strand entgegen. Hier entstand ein anderes Bild, nicht das erdgeschichtliche, sondern eines aus der Antike: die gewappneten Reiter der orientalischen Armeen. Die Völkerschaften, die der persische Großkönig befehligte, diese Lydier und Lykier, Pamphylier, Mesopotamier und Ägypter, von den eigentlichen Persern keineswegs abgesehen – mußte man sie sich als Angreifer nicht in solchen vorwärtsstürmenden Schlachtreihen vorstellen? Aus unerschöpflichem Menschenvorrat wurden immer neue Kavallerieattacken dem Feind entgegengeworfen, und die Wellen mit ihren Schaumkronen ließen sich wirklich als Reiter denken, mit gesenktem Kopf und Helmen, auf denen Roßschweife wehten. Das Dröhnen und Rauschen der erregten Fluten, im Sturm an- und abschwellend, waren da nicht Schnauben und Hufetrommeln und Rossestampfen herauszuhören? Poseidon hieß nicht umsonst der Rossebändiger, aber diese Wellenrosse, die unermüdlich einen Angriff nach dem anderen ritten, sie sanken am Strand dahin, fielen in sich zusammen, lösten sich in Schaum und zarte Wasserschleier auf, die dem Strand eine Oberfläche von flüssigem Glas verliehen, bevor sie zurückwichen.

Und dann war die Stunde des Rückzugs gekommen. Der Strand lag glatt und fest vor den Mauern der Stadt, die auch dem letzten Angriff wieder standgehalten hatten. Die Möwen saßen in Scharen darauf, den Kopf sämtlich in dieselbe Richtung gewandt, und nahmen das aus dem Wasser getauchte Land für die Weile, in der es betretbar bliebe, in Besitz. Aber zu Füßen des Hauses, wo die Honigfarbe des Sandes hart gegen das Schwarz der Mauern stieß, ergab sich ein noch schöneres Schauspiel: Hundert Wasserflaschen aus Plastik fanden sich da zu einer Herde zusammen, lebendig in sanfter, spielerischer Bewegung, im Ganzen dem Windhauch gehorchend und leichthin rollend, aber immer zusammenbleibend – opal schimmernde Meeresfrüchte, durchsichtige Quallen, zu Perlen verfestigte Wasserblasen, die sich, unsichtbar angestoßen, drehten und sogar kreiselten. Solche Wirbel ersetzten für die Dauer der Ebbe die Schaumformationen in ihrer unerschöpflich gleichförmigen Ungleichförmigkeit, deren Gesetzmäßigkeit zu ergründen keinem Tumultforscher bisher gelungen ist.

Darüber erhoben sich die dunklen Mauern der Stadt geradezu drohend; Häuser, die zur Seeseite hin teilweise verlassen und eingestürzt waren, starrten aus leeren Fensterhöhlen wie in erschöpftem Widerstand aufs Meer, eine belagerte Stadt, die alles, was der Verteidigung wert war, längst verloren hat und nur noch den salzverkrusteten Willen besitzt, nicht aufzugeben. Das Salz drang buchstäblich durch die Mauern hindurch, wie Patrick schon wußte, dessen zur See hin gelegene Zimmerwand über dem fleckigen Putz ein Salzbärtchen trug, Kristallfäden, die sich zu zarten Greisenhaaren auswuchsen und zu Puderstaub wurden, wenn die Hand darüberstrich. Salz innen und Salz außen. Er meinte, Salz einzuatmen, wenn die Wogen gegen das Haus knallten und der Sprühregen auf die Terrasse fiel: Salz, grauweiß wie der Schaum, das Wasser anziehend und in sich aufnehmend.

Karim näherte sich, wie stets geräuschlos. Patrick fuhr zusammen; die Meeresträumereien konnten ihn über die innere Anspannung nur für eine Weile hinwegtäuschen.

«Du betrachtest das Meer, Monsieur?» Karim hatte etwas auf dem Herzen. «Du warst auf der Schule, du sprichst viele Sprachen, du kennst die Welt.»

Patrick meinte, abwiegeln zu müssen – hätte man bei ihm nicht vielmehr auf eine erschreckende Abwesenheit jeder Art von Weltkenntnis schließen dürfen? Wie idiotisch durfte man sich denn verhalten, um immer noch als Welt- und Lebenskenner durchzugehen?

«Manche Leute am Löwentor behaupten, es gebe Frauen im Meer, oben mit Brüsten und Menschenkopf, aber unter dem Bauchnabel mit einem großen Fischschwanz. Gibt es die wirklich?» Seine Miene schien skeptisch, obwohl die Männer, die davon erzählt hatten, ihm an sich vertrauenswürdig vorkamen.

Patrick sah sich in einer aussichtslosen Lage. Diese Frage konnte doch nur falsch beantwortet werden. Eine jahrtausendealte Phantasie vieler Völker abzukanzeln – «so etwas gibt es nicht» –, fand er primitiv, die Existenz der Nixen platt zu bestätigen, verlogen.

Aber Karim schweifte schon weiter, es ging ihm um etwas anderes.

«Ich frage mich, wie die Männer von solchen Frauen es machen – wie nimmt man sie? Beim Fisch ist vorn am Bauch doch alles glatt ...»

3

Daß Khadija niemals etwas wie «Die Geschichte einer Seele» schreiben wird, auch wenn der alte Imam mit den dritten Zähnen sie dazu noch aufgefordert hätte, die einzige Instanz, die sie über sich sah, liegt nicht daran, daß sie nicht schreiben kann. Sie könnte ja diktieren und tut das auch gelegentlich, vor allem seitdem Salma so wieselflink schreibt und sie mit ihren Geschäften nicht mehr zu einem öffentlichen Schreiber außer Haus gehen muß - solche Leute sind zwar zum Schweigen verpflichtet, aber man kann nur hoffen, daß sie sich beim Geschwätz auf der Straße manchmal zurückhalten. Und ein Verhältnis zur Sprache wird man einer Frau zugestehen müssen, die lange Suren, darunter «Die Kuh», auswendig singt. Alle wichtigen Schritte in der Entwicklung ihrer Persönlichkeit stehen und standen ihr deutlich vor Augen - nie hat sie sich etwas vorgemacht, nie etwas weggedrängt oder frisiert, was schmerzhaft oder peinlich war -, und dennoch wurde nichts davon erzählt, weil es nicht erzählt werden durfte. Der Stoff hätte sich dazu nicht geeignet; nicht nur beim Spiel sollte man die anderen nicht in die eigenen Karten gucken lassen. Durch diese weise Zurückhaltung ist allerdings auch nichts verfälscht worden. Im Erzählen verwandeln sich die Erinnerungen; je unterhaltsamer sie sich anhören, desto weniger ist ihnen zu trauen.

Seit den frühesten Tagen, die ihr in Bildern von höchster Gegenwärtigkeit vor Augen stehen, sieht sie sich als Solitär: als kleines Kind schon familienlos, obwohl es eine Mutter und bald viele Geschwister gab, der Vater, ein Fischer, ertrank als junger Mann wie viele vor und nach ihm – Mogador war die Stadt der ertrunkenen Fischer und der jungen Witwen. Es wäre ein Unglück gewesen, wenn die Mutter nach diesem Tod ohne Mann geblieben wäre. Ihre Tochter war kaum dem Säuglingsalter entwachsen, aber vorteilhaft als Partie war eine solche übriggebliebene, bettelarme Frau natürlich nicht, daran hatte sich bis heute nichts geändert.

Es war ganz klar: Dem Stiefvater hatte man dankbar zu sein. Auch er hatte mit Wasser zu tun wie der Ertrunkene, aber zugleich mit dem Feuer. Er war Badediener, Masseur und Ofenheizer in einem kleinen Hammam am Rande der Mellah, des weitgehend verlassenen, in Ruinen liegenden Judenviertels, ein kahlköpfiger, spindeldürrer, kleingewachsener Greis, bis zu seinem fünfundsechzigsten Jahr unverheiratet, doch dann nahm er die Witwe zur Frau und begann sofort mit dem Zeugen – nach sieben Ehejahren waren schon fünf Kinder zu dem übernommenen Mädchen hinzugekommen. Er hatte eine hohe, wenn er laut wurde, leicht kreischende Stimme und nur noch wenige Zähne, aber er war, ohne daß Muskeln an den langen braunen Armen zu erkennen gewesen wären, stark wie eine Stahlfeder. Wenn er über den Männern im Badesaal kauerte, nur mit einer weiten nassen Unterhose bekleidet, die an den Hahnenschenkeln klebte, sah es aus, als sei seinem Massage-Opfer der Tod in den Nacken gesprungen: Die Schreie der Massierten, halb lustvolle Proteste, wurden unter dem Gewölbe zu weichem, flatterndem Hall.

Bei dieser Tätigkeit erlebte Khadija den Stiefvater selbstverständlich nie, denn die Frauen hatten in dem Bad nichts verloren, sie hatten ihr eigenes. Aber in einem höhlenartigen Raum neben dem Hammam, wo der Ofen mit dem nie verlöschenden Feuer stand, verbrachte sie von klein auf viele Abende mit ihm, die in der Rückschau zu einem einzigen, langen zusammengeschmolzen waren. In eine braune Kutte gehüllt, sein tägliches Gewand, auf dem spiegelblanken Kopf ein aus weißem Garn gehäkeltes Mützchen, kam er aus dem Badehaus heraus, um neue Scheite ins Feuer zu werfen. In diesem Raum war man ringsum von Schwärze umgeben, Ruß hatte sich über die Deckenbalken gelegt, und der unebene Boden war gleichfalls schwarz bestäubt, so daß man nicht erkennen konnte, woraus er bestand – nach gestampftem Lehm sah das aus, aber woher kam Lehm auf die Felsen von Mogador? Es duftete nach Harz und Holz, die Scheite lagen auf einem großen Haufen und kullerten herunter, wenn die dünne braune Lederhand von unten welche wegnahm. Hier wurde jede Nacht ein kleiner Wald verfeuert. Gebannt sah die kindliche Khadija die Masse schwerer, polternder Materie weniger werden und im Feuerloch verschwinden. Das Feuerloch war es, was sie hierherzog: das glühende Orange-Rot, die im Gefängnis des Ofens tobende, lebenverschlingende Gluthitze. Wenn sich ihre Augen an die Überhelle gewöhnt hatten, offenbarte sich der ganz von Feuer erfüllte Innenraum, in dem alles, was hineingeworfen wurde, seine Farbe verlor, zunächst schwarzer Schatten war und dann, lichterloh ergriffen in einer Explosion von Funken, die in der Flammenluft wie in die Höhe geworfenes Gold glitzerten, selber Feuer wurde. Sie saß auf einer Kiste und konnte sich nicht von dem Anblick lösen; die Überflutung mit reichlicher Wärme ließ ihre blassen Wangen rosa werden.

Ihr Gesicht kannte sie nicht. Einen Spiegel gab es weder hier noch zu Hause, aber ältere Leute sagten ihr, sie habe wie ihre Tochter Salma ausgesehen, frühzeitig schon weiblich rund, obwohl es nicht viel zu essen gab: Die Straßenhändler schenkten dem herumstreunenden Mädchen gern etwas Süßes, sie trieb da regelrecht Tribute ein. Ihr kreisrundes Gesicht mit dem schwarzen Leberfleck auf der Wange, schon damals unkindlich pikant, konnte auf eine bestrickende Weise lächeln, das wollte man gern sehen, es war wie eine Bezahlung – ahnte sie das?

Der Stiefvater war damit allerdings nicht zu beeindrucken, aber er vertrieb sie nicht von der Kiste, wenn er hereinkam, und nahm ihre Gesellschaft hin wie die der Katze, die sich ebenfalls dort herumdrückte, ein wie mit schwarzer Tinte beflecktes wild-struppiges Tier mit nie ruhendem Mißtrauen im Leib, zusammenzuckend, wenn jemand sich dem Ofen näherte, fluchtbereit geduckt, dann aber schnell berechnend, daß wohl kein Tritt zu erwarten stand: Schon schlich sie sich wieder an. Der Stiefvater hatte in einer Tüte etwas Gemüse dabei, Karotten, Kartoffeln, Tomaten, von Kunden mitgebracht, manchmal wickelte er auch einen Fisch aus dem Zeitungspapier. Er war so ausgepumpt von dem langen Aufenthalt im heißen Dampf, vom Herumschleppen der Eimer, vom Durchwalken fremder Körper, vom Schweißverlust seiner ohnehin ausgedörrten Natur, daß er keines Wortes mehr fähig war. Das Gemüse putzte er mit einem scharfen Messer, das er stets bei sich trug, und legte die Scheiben und Stücke sehr ordentlich, ja dekorativ auf einen Terracottateller. Öl wurde darübergeträufelt, dann stülpte er einen kegelförmigen Deckel darauf und schob das Ganze an den Rand der Glut. Loyal gegenüber der übrigen Familie war dieses mitternächtliche Mahl nicht. Die Mutter kaufte das Öl, das Salz, die

Butter oft nur löffelweise, von der Holzkohle für das Tonöfchen, um die Suppe zu garen, gerade einmal eine Handvoll. In jenen Jahren war der Fisch aber noch billig und manchmal so reichlich, daß am Hafen sogar davon verschenkt wurde. Und das Brot hatte einen vom Staat niedrig gehaltenen Preis; ein Brot, eine Sardine, ein Ei waren auch für Bettler noch in Reichweite. Wenn Khadija mit dem Stiefvater, vom Feuerschein rot übergossen, das duftende Gemüse aß, war das dennoch mehr, als es bei der Mutter gegeben hätte.

Und sie war ja nicht das eigene Kind des alten Mannes. Sie fiel heraus aus ihrer Familie. Bedeutete der schwarze Leberfleck nicht vielleicht doch, daß es sich mit ihr besonders verhielt – war dieses Mal, so groß wie eine Dirham-Münze mit dem Porträt des Königs, ihr nicht mitgegeben worden, damit sie nicht übersehen werden konnte? So verstand sie es auch später noch, wenn sie an ihre Kindheit dachte: Sie hatte trotz der Armut die Bevorzugung und die Fülle kennengelernt. Am Beginn ihres Lebens stand die Pracht des Feuers mit wohltuender Hitze, strahlender Farbe, gezügelter, aber sichtbarer Gefährlichkeit, dem Gemüse unter dem Tonkegel köstliche Säfte entlockend, umgeben vom Ruß dennoch höchst reinlich – davon profitierte sogar der Stiefvater. So sehnig und schrumpelig er in seinem kratzigen braunen Sack auch vor ihr kauerte, verströmte er von Berufs wegen stets einen schwach säuberlichen Geruch – Kunststück, möchte man sagen, nachdem er im Dampfbad täglich gesotten wurde.

In einem menschenüberfüllten Loch war Khadija aufgewachsen, aber haftengeblieben waren Einsamkeitsbilder, die so eindringlich waren, daß sie hätte schwören können, von frühester Kindheit an allein, jedenfalls auf eigene Rechnung gelebt zu haben. Das Feuer besaß für sie eine stärkere Wirklichkeit als ihre Blutsverwandten, aber das größte Feuer war die Sonne, vor allem wenn sie unterging. Wenn Kinder Naturphänomene überhaupt wahrnehmen, dann bestimmt nicht unter dem Gesichtspunkt der Schönheit. Khadija war Kind genug, daß es ihr nicht um die erhabene Stimmung ging, wenn sie sich zur Abendstunde auf dem breiten Festungsboulevard einfand, wo in langer Reihe Bronzekanonenrohre aus katalanischen und holländischen Gießereien ihre Schlünde aufs offene Meer gerichtet hielten. Sehr lange schon wurde aus diesen Rohren nicht mehr gefeuert, sie waren wohl einfach zu schwer, um weggeräumt zu werden, vielleicht hatte man inzwischen ihren historischen Wert entdeckt. Khadija kletterte auf ein solches Kanonenrohr und sah auf die weite Wasserfläche, aus der schwarz die scharfen Klippen ragten; sie hätten auch ohne Kanonendonner die Annäherung feindlicher Schiffe verhindert. Der Abendschein verwandelte die Farbe des Wassers: Blau, Grün, Grau, Türkis verbanden sich mit Rosa und Rot, und das brachte eine überaus eigentümliche, kaum zu benennende Mischung hervor. Die Oberfläche wurde dicht wie geschmolzenes Blei; es war, als wölbe sie sich ein wenig, ihr Schwappen hatte etwas Röchelndes und Pumpendes.

Die Sonne stand schon tief, in warmem Goldgelb, herrlich anzuschauen; sie geradewegs anzublicken, das war inzwischen möglich – die Farbigkeit hatte ihr das Stechende und Verwundende genommen. In Khadijas Welt war alles zerbrochen, verschimmelt und vom Schwamm befallen, aber darüber erhob sich jeden Tag dieses Bild der ungetrübten Vollkommenheit, der reine Kreis, von dem die Mathematiker behaupten, er könne nur gedacht werden, kein Mensch könne ihn fehlerlos zeichnen. Und dieser Kreis bewegte sich. Je näher er dem Horizont rückte, desto milder und tiefer glühte er. Erst unmerklich und dann doch feststellbar sank er – gewann er an Gewicht, oder wurde er an unsichtbaren Stricken gezogen? Oder saugte ihn das Meer zu sich herab, dessen unzählige Wellen zu einem einzigen Körper geworden waren? Stets aufs neue erwartete Khadija den Augenblick, wenn die Sonnenscheibe das Meer am Horizont berührte und das Wasser dort rötlich aufstrahlen ließ, als zergehe sie und verbinde sich mit dem Wasser zu einer neuen Substanz. Nachdem sich das Sinken erst lange dahingezogen hatte, ging es dann schnell. Die Sonne konnte dem Abwärtssog nichts mehr entgegensetzen. Je tiefer sie sank, desto heftiger begann das schnell schrumpfende Segment über dem Horizont in Feuersglut zu strahlen, man meinte, es zischen zu hören. Ein letzter starker Funken glomm, und nachdem der erloschen war, strömte rosafarbenes Licht wie von Orangen und Aprikosen über den bis dahin blauen Himmel. Es war ein Ausgießen feinster und üppigster Pastelltöne über die weite Himmelsglocke, wie beim Zerspringen einer Parfumflasche das Zimmer mit einer Duftwolke überschwemmt wird.

Khadija war nicht die einzige, die diesem Schauspiel folgte. Alte Männer lehnten an anderen Kanonenrohren, leise plaudernd, als wollten sie das optische Konzert nicht stören, junge Paare drückten sich auf den Zinnen in den Schutz der Mauern, verstohlen miteinander beschäftigt – romantisch im europäischen Sinne mochte keinem von ihnen zumute sein, und doch waren sie von dem großen Schauspiel angezogen, als gebe es eine von den Kulturen unabhängige Poesie, der natürlichen Religion verwandt. Aber Seelenbezauberung durch Schönheit, das war das letzte, was Khadija zur Abendstunde auf die Fortifikationen des alten Mogador führte. Sie hätte sich darunter – als Kind wie auch als Erwachsene – nichts vorstellen können. Auf die Remparts war sie geraten, weil sich zu dieser Stunde dort die unbeschäftigten Leute einfanden, um aus der Enge der Behausungen einmal am Tag herauszutreten, sich in Gesprächen zu ergehen und den frischen Seewind zu atmen. An Austausch war Khadija nicht gelegen; an den Altersgenossen fand sie schon gar keinen Gefallen. Nichts schien ihr so nichtig wie die ihr bekannten kleinen Mädchen. Nein, es war die sinkende Sonne, die sie anzog, die rote Feuerkugel im hellblau wäßrigen Luftmeer, deren Kontur, in der Höhe noch flammenumwoben, im Tiefersinken immer schärfer wurde, bis sie kurz vor dem Verschwinden von einer gestochen klaren Linie umgrenzt war.

An welchem Tag war es, als sie die unerhörte, ihr ganzes Fühlen und Denken bestimmende Entdeckung machte, ein Erlebnis, das sie nie mehr vergaß, das in ihrem Herzen vielmehr wurzelte, wuchs und überreiche Frucht trug? Sie hatte schon früher, wenn sie das Sinken beobachtete, zu erkennen gemeint – wer ist der Richter über solche Eindrücke? –, daß es in diesem Sinken einen Rhythmus gebe, daß es keine fließende Bewegung sei, sondern eine geradezu ruckartige, als ob die Sonne sich in ihrem Nach-unten-Streben verhalte wie ein Wassertropfen auf der Fensterscheibe – nicht bei ihr zu Hause, wo das Fenster von einem Stück Pappe verschlossen war, aber es gab schließlich noch andere Fenster. Der Tropfen eilt sich, stößt dann auf ein unsichtbares Hindernis, stockt, schwillt an, und weiter geht es hinab. Bei der Sonne war das nicht ganz so leicht zu beobachten, nur bei sehr genauem Hinschauen überhaupt registrierbar. Khadija deutete dieses Innehalten als Willensakt – die Sonne wollte nicht eintauchen, sie wehrte sich und lief vor Anstrengung rot an.

Seitdem sie erst den Verdacht, dann aber die Gewißheit gewonnen hatte, daß das Sinken der Sonne nicht ganz gleichmäßig verlief, wollte sie der Sache auf die Spur kommen – fest hielt sie beide Augen auf den roten Ball gerichtet, um nur keine seiner unwillkürlichen oder etwa doch willkürlichen Regungen zu verpassen. Sie starrte die Sonne an – auch kurz vor dem Verschwinden noch eine Strapaze, die Tränen hervorlockte, da kamen sie, die stockend und dann wieder flüssig dahineilenden Wassertropfen, verflucht war das. Gerade meinte sie, die Sonne bei einem winzigen Ruck, einem kleinen, aber deutlichen Sprung ertappt zu haben, schon mußte sie die Augen schließen und sich mit dem Ärmel über die feuchten Wangen wischen.

Wie es zu solchen Beobachtungen kommt, die doch den physikalischen Gesetzen widersprechen? Erklärungen sind schnell zur Hand, aber die tun hier nichts zur Sache. Hier ist nur wichtig, was Khadijas Entdeckung in ihr bewirkte. Denn es blieb nicht bei der Gewißheit, die Sonnenseele aufgespürt zu haben. Wenn ihr das möglich war, dann mußte es zwischen ihr und der Sonne eine Verwandtschaft geben, dann stand sie mit dem Himmelsfeuer in Verbindung, ja dann wußte die Sonne vielleicht gar von ihr, spürte, daß es in großer Ferne einen Menschen gab, der sich nicht nur einfach von ihr bescheinen ließ, sondern auch an ihren Beweggründen Anteil nahm und ihr Widerstreben beim Rutschen in die Tiefe mitempfand, diesen täglichen Zwang, den sie zu erdulden hatte.

Und wenn das so war, warum dann nicht auch den nächsten Schritt tun? Warum nicht den Versuch unternehmen, mit der Sonne in unmittelbaren Austausch zu treten? So nahm Khadija sich das wohl nicht vor, der Prozeß war wortlos, aber von innerer Gewalt. Sie saß auf dem Kanonenrohr, beide Beine, in eine rosa Pyjamahose gekleidet, hingen in der Luft, sie ritt der Sonne gleichsam entgegen, die ihr blasses Gesicht mit Glut überhauchte. Unter ihr spritzten die Wogen der zurückkehrenden Flut an die Festungsmauer, aber vor ihr stand die Sonne frei als das ihr bestimmte Gegenüber. Mit der ganzen Kraft ihrer jungen Jahre erteilte sie, indem ihre Lippen die Worte lautlos formten, der Sonne den Befehl, stillzustehen auf dem Weg hinab in die Flut. Sehr nachdrücklich sprach sie das aus. Sie hielt mit ganzer Kraft an diesem Befehl fest. Und nach einigen Atemzügen, während deren die Sonne weiter sank, war er dort oben angekommen.

Kein Zweifel, sie stockte. Khadija sah das Stocken. Das war eine Tatsache, das fand nicht nur in ihrem Kopf statt. Die Sonne hatte in eigener Machtvollkommenheit den Entschluß gefaßt, dem kleinen Mädchen an der marokkanischen Atlantikküste zu gehorchen. Das war stark, beinahe unerträglich stark. In gewaltige Vollzüge hatte sie sich erfolgreich eingemischt. Das war vielleicht auch nicht ungefährlich. Bevor etwas Unbeherrschbares geschah, mußte das Experiment sofort beendet werden. Khadija ließ die Sonne los. Die Sonne sank so schnell, wie eine Katze davonwischt, die aus Gefangenschaft befreit wird.

Khadija war schon früh vernünftig gewesen, unanfällig für die Art von Größenwahn, der Kleinkinder auszeichnet, diesen Glauben, die ganze Welt drehe sich nur um ihre Bedürfnisse. Sie mußte also ihr Experiment nicht wiederholen – da sie keinen Anlaß fand, ihren Sinnen gegenüber mißtrauisch zu sein, genügte ihr, was ihr die Augen einmal gezeigt hatten. Sie mußte damit rechnen, über außergewöhnliche Fähigkeiten zu verfügen, womöglich in höherem Maße als jetzt schon absehbar.

Sie war klein und schwach. Sie war frühzeitig an Schläge gewöhnt, von der Mutter vor allem, die der Kampf, die wachsende Kinderschar satt zu bekommen, in eine Dauerempörung versetzte; sie trug ihren Zorn aus dem feuchten Loch, in dem sie soeben vielleicht ein weiteres Kind empfangen hatte, hinaus auf die Gasse, wo sich meist eine Nachbarsfrau zum Streiten fand, und dann entstand eine Rauferei, die von den Bäckergesellen des großen Brotbackofens nebenan beendet werden mußte, bevor die Polizei eintraf. In der Gasse wurde über Khadijas Familie gespottet, aber wenn sie davon etwas mitbekam, dachte sie finster: «Euch wird das Lachen noch vergehen.»

Die Mutter hatte nicht unrecht, wenn sie auf Khadija böse war, denn ihre Älteste war immer weggelaufen, wenn Hilfe nötig gewesen wäre, und schwieg verstockt, wenn sie dann schließlich nach Hause kam. Ihr regloses Anhören von Schimpftiraden, während die Kleinen – überall regten sich Kinder im Halbdunkel – heulten und schrien, war schon eine gewisse Vorschule der Willenskraft gewesen. Sowenig die entrüstete Frau mit den verklebten Haarsträhnen und der unsauberen Djellaba auch mit der Reinheit des Flammengestirns gemein hatte – daß Khadija in ihrem zarten Alter es vermochte, einer aufgebrachten Erwachsenen standzuhalten, die mit beiden Händen auf sie einschlug, bevor sie in Tränen der Schwäche zerfloß, während sie selbst nicht einen Augenblick gezuckt hatte, das war eine eindrucksvolle Erfahrung der eigenen Macht.

Und immer häufiger offenbarten die Dinge, daß sie ihr gehorchten. Wenn die Mutter ein Ei kochte und das Wasser brodelte, sagte Khadija unversehens: «Das Ei ist hartgekocht.» Das war keine Vermutung, es war unumstößliches Wissen; sie hatte mit ihren Geistesaugen die Kalkschale durchleuchtet, sie wußte, wie es um den Dotter darin bestellt war. Aber war das nicht einfach ein Zeichen von Erfahrung und Zeitgefühl? Sie hätte es besser gewußt: Sie hatte mit Bestimmtheit gewollt, daß das Ei in diesem Augenblick hartgekocht sei – schlecht wäre es ihm ergangen, wenn es nicht gehorcht hätte.

Ihr Wille war eine objektive Tatsache, aber von Wille konnte nur die Rede sein, wenn er auch etwas veränderte. Ein ohnmächtiger Wille glich der Fliege, die von der Fliegenklatsche zerquetscht wird, obwohl sie doch weiter hat herumbrummen wollen. Der Stiefvater hob die magere Hand, um Khadija ins Gesicht zu schlagen – sie war besonders ungezogen gewesen, die Mutter hatte die Bestrafung gefordert, weil sie selbst die älteste Tochter so gar nicht zu erschrecken vermochte –, die Hand schwebte in der Luft, da begegneten sich die Blicke des Alten und der Jungen. Etwas hielt die Hand auf, dann sank sie; der alte Mann grummelte vor sich hin, als sei ihm eben etwas Wichtiges eingefallen, er wandte sich ab, er tastete in den Falten seines braunen Sacks, als suche er etwas. Von Bestrafung war nicht mehr die Rede. Auch das war ein Bild, das Khadija nicht vergaß. Auch hier hatte sich etwas bestätigt.

4

Auf dieses Ereignis folgten wieder viele leere Tage. Khadija begriff, daß das Leben eines Mädchens eine Wartezeit sei, in der sich der Körper allmählich veränderte, so lange, bis er größer und schwerer geworden war, Brüste hatte und gelegentlich blutete. Dann würde man sie verheiraten, und das war so sicher, daß sie darüber nicht nachdenken mußte.

Der Stiefvater war orthodoxer Muslim. Er achtete darauf, daß sie ihn freitags in die Moschee begleitete; die Mutter hätte nicht daran gedacht, aber auch die Frommen durften ihr das nicht verübeln, ihre Kräfte reichten nur knapp für den täglichen Lebenserhalt. In der Moschee begab sich Khadija hinter die hölzerne Trennwand, die den Bereich der Frauen von dem der Männer abteilte. Dort nahm sie eine Verwandte ihres verstorbenen Vaters auf, eine schön und sauber gekleidete Frau, die vorteilhaft verheiratet war – Khadijas Familie begegnete ihr sonst so gut wie nie, man kann sich denken, warum: Es gibt Formen des Elends, die selbst die Familiensolidarität zerfallen lassen. Malika hieß diese Frau; sie hatte sogar ein Gebetbuch mit goldgeprägtem Deckel dabei, aber sie las wohl nicht sehr mühelos und sah nur manchmal hinein, indem sie zerstreut suchte, wo man sich gerade befand, bevor sie es wieder zuschlug. Es war nicht wichtig, dem Gesang des

Vorbeters hinter der Bretterwand Wort für Wort zu folgen, er trug die Gemeinde auf den Flügeln seiner Rezitation.

Khadija setzte sich zu der Schar der Frauen auf den grünen Teppich. Hier erlebte sie eine Ordnung und eine Gemeinschaft, die sich von dem, was sie zu Hause kannte, stark unterschieden. Sie begriff sofort, daß sie in der Moschee nicht eine gnädig Mitgenommene war, sondern daß sie sich aus eigenem Recht dort befand. Dem Stiefvater war es zu verdanken, daß er ihr dies eröffnet hatte, aber sie durfte auch ohne ihn erscheinen; sie hatte einen Anspruch darauf, hier zu sein, und bedurfte auch nicht der Hilfe von Malika, deren Verlegenheit, sich der entfernt verwandten, verwahrlosten Nichte annehmen zu müssen, an kleinen Zeichen erkennbar war. Khadija legte ihr gegenüber die gesteigerte Empfindlichkeit der stolzen Armen an den Tag; es war unmöglich, ihr etwas vorzumachen.

Der stärkste Eindruck aber war die Trennwand – dahinter waren die Männer, alte und junge, sicher wie die Frauen in Reihen geordnet und sich beim Verneigen und Aufrichten im gleichen Takt wie die Frauen bewegend. Ein kaum vernehmliches Rauschen vom Aneinanderreiben der Kleidung kam von dort. Männer in großer Zahl, aber unsichtbar. In dieser Verborgenheit wurde ihre Gegenwart bedeutsamer als auf den Straßen der Stadt, wo es gerade auch auf den Märkten viel mehr Männer als Frauen gab. Aber auf der Straße sah Khadija durch sie hindurch und mußte sich nicht einmal dazu zwingen. Hier waren sie dem Blick entzogen, und doch fühlte sie ihre Gegenwart, die Vielzahl von Männern, die im Rhythmus des Betens zu einem einzigen Körper wurden. Wenn die Trennwand dazu dienen sollte, die Geschlechter während des Gottesdienstes zu trennen, um den Geist der Betenden nicht abzulenken, damit er ganz auf den erhabenen Unsichtbaren ausgerichtet blieb, dann wurde für sie das Gegenteil bewirkt, allerdings nicht im Sinn frühreifer Neugier, die ihr Ziel noch nicht kennt, während die Natur es bereits ahnt.

Es ging etwas anderes in Khadija vor. Sie wußte, daß hinter der Trennwand ihre Zukunft wartete, und diese Aussicht war weder beunruhigend noch freudig. Sie erfüllte sie mit Ernst und Entschlossenheit. Auch der Vorbeter war ein Mann; aufmerksam lauschte sie seinem Gesang. Da sie über das glänzende Gedächtnis verfügte, das in den Kulturen des Analphabetismus einst gedieh, konnte sie schon nach wenigen Freitagen manche der vorgetragenen Gebete auswendig. Allein sang sie sich die Suren vor, auf dem Kanonenrohr hoch über dem Wasser reitend, am Himmel die Möwenschwärme, die so langsam dahinsegelten, als habe die Salzluft eine dickere Konsistenz, Öl vergleichbar, in dem darin eingelegte Gewürzblätter beim Schütteln der Flasche träge zu kreisen beginnen. Am Horizont zeigten sich die heimkehrenden Sardinen-Dampfer, von Möwen umflattert wie von dichten Mückenwolken; die Fischabfälle, die dort ins Wasser flogen, machten die Vögel schier verrückt. Ihr Vater war auf einem solchen Schiff ausgefahren, es sprach viel dafür, daß auch ihr zukünftiger Mann das tun würde, die Kinder von Fischern blieben in dieser Stadt zusammen.

Aber das war es nicht, was sie beschäftigte, wenn sie an die Männer hinter der Bretterwand dachte. Im weiblichen Kompartiment herrschte Schattigkeit, ein mildes Licht, aber jenseits der Trennwand, die nicht bis zur Decke reichte, leuchteten weiße Gewölbe, weit und luftig. Und darunter fand sich die Materie zusammen, die Khadija zu beherrschen berufen war – geht man zu weit, wenn man den stummen Erregungszustand, in dem sie sich hinter der Trennwand befand, in solche Wörtlichkeit übersetzt? Wie weit schien sie von jeder Möglichkeit entfernt, irgendwen und irgend etwas zu beherrschen – so hätten Außenstehende geurteilt, zu denen auch Malika, ihre Tante mit dem leicht maliziösen Mitleid, zählte. Khadija wußte es besser, auch wenn ihre gegenwärtigen Umstände noch nicht erkennen ließen, wie sich daran einmal grundlegend etwas ändern könnte.

Die meisten Bürger von Mogador hatten ein wohlwollendes Verhältnis zu Katzen, die in den verwinkelten und verfallenen Häusern ein gutes Werk verrichteten: Die Rattenplage wurde in Schach gehalten. Eine trächtige Katze konnte sich des menschlichen Mitgefühls sicher sein. Jemand würde ihr an einer geschützten Straßenecke einen Pappkarton hinstellen, in dem sie niederkommen konnte, und da krochen dann die blinden Wesen täppisch übereinander. Ähnlich sah es bei Khadija zu Hause aus, nur daß dieses Gekrabbel und Gewimmel, das Fiepen, Plappern und Plärren keine Sympathie bei den Nachbarn weckten. Irgend etwas war falsch an ihnen, irgend etwas trennte sie von den Nachbarn, die gleichfalls nicht im Wohlstand lebten, Zank und Sorgen kannten und der Khadija-Familie dennoch überlegen waren oder sich jedenfalls so fühlten. Hatte es mit der Mutter zu tun? Wenn Khadija sie zusammen mit anderen sah, fiel ihr auf, wie wenig sie da hineinpaßte.

Wunderliche Menschen, die allein lebten, sich vernachlässigten, spindeldürr waren, weil sie zu essen vergaßen, gab es nicht wenige in Mogador. Die Straße war ihr Aufenthaltsort; sie versteckten sich nicht in ihren Kämmerchen und blieben im Gedränge doch für sich. Man vermied, ihrem Blick zu begegnen, als habe das ungute Folgen. Manchmal hörte man sie schimpfen, Vorübergehende beschuldigen, Selbstgespräche führen. Früh fiel Khadija auf, daß diese Leute sich strikt von ihresgleichen fernhielten; wie ganz kleine Kinder, die noch kein Auge für die Gleichaltrigen haben, wollten auch die Narren keine Verbindung mit anderen Narren aufnehmen. Wenn sie sich begegneten, wandten sie sich voneinander ab und verstummten. Khadija fühlte sich von ihnen angezogen; sie schlich ihnen nach und beobachtete sie. Was gab es da zu erfahren?

Was etwa war der einst auffallend eleganten Frau zugestoßen, einer Berberin, mit einem französischen Künstler in die Stadt gekommen, Zigaretten rauchend und geschminkt? Ihre Schönheit war von einer gewissen Härte gewesen, es mochte nicht immer angenehm in ihrer Gesellschaft zugegangen sein; die Frauen, die im Haus geputzt hatten, sprachen von häufigem Streit. Der Mann benahm sich, wie man es von einem Europäer erwartete: Er trank und kiffte und ließ sich selten rasieren. Er hatte die Strafe für denjenigen empfangen, dessen ganzes Trachten auf eine schöne Frau gerichtet ist – er bekommt sie, und nun beginnt ein Überdruß, der erst endet, wenn er ihr wieder davonläuft. Eines Tages war er dann tatsächlich verschwunden, aber mit der Frau, die in der Stadt blieb, ging in wenigen Wochen eine Verwandlung vor, die sie zu einem anderen Menschen machte. Sie begann, sich wie eine der armen Nachbarsfrauen zu kleiden: Das Haar verschwand unter dem Kopftuch, eine taillenlose Djellaba verhüllte ihre Figur. Sie wurde klapperdürr, mit hohlen rotgemalten Wangen und schwarz umrandeten Augen glich sie einem verhungernden Transvestiten. Von morgens bis abends lief sie durch die Straßen, mit eilendem Schritt, als sei sie «in Kommissionen unterwegs», ein damenhaftes Täschchen unterm Arm und ein Spitzentaschentuch in der behandschuhten Hand. Wenn sie eine Teestube für Arbeiter betrat, wahrte sie strengen Abstand zu den anderen und saß in kerzengerader Haltung vor ihrem Teeglas, bevor sie wieder davoneilte, als versäume sie eine wichtige Verabredung. Wenn über sie gesprochen wurde, dann hieß es stets: «Sie hat etwas gegessen», so sollte sich dieses Zerstörungswerk erklären.

«Etwas gegessen» – was konnte das gewesen sein? Gab es Speisen, die den Menschen ganz und gar in sein Gegenteil verkehrten? Der Metzger mit der blutbespritzten Schürze, der hinter einer Reihe abgeschlagener Hammelköpfe Fleisch und Knochen zerhackte, hatte keinen Kühlschrank; von einem Kloß aus seinem Hackfleisch konnte einem totenelend werden. Aber das war etwas anderes, das meinte man nicht, wenn man im Fall dieser Frau sagte, sie habe «etwas gegessen» – man vermied, hier genauer zu werden, das empfahl sich nicht – und sie sei eine andere geworden. Wäre der Franzose zurückgekehrt, er hätte sie nicht wiedererkannt.

Weiter gab es da den Fischer, einen athletischen, hochgewachsenen Mann mit dickem schwarzen Haarschopf; keiner von den ganz Armen, Eigentümer von drei Booten. Ein Riese mit schwerem Schritt, die Kinder hielten respektvoll Abstand, er war geachtet, obwohl er nicht viel sprach, man hätte ihn für stumm halten können. Es war ein vertrautes Bild, ihn wie einen vom Kampf heimkehrenden Kriegsmann in hohen Gummistiefeln vom Hafen zum Souk laufen zu sehen. Dann war er plötzlich verschwunden, und als er nach einem Jahr wiederauftauchte, war etwas mit ihm geschehen. Er stürmte wie gehetzt durch die Straßen, und er trug viele Kleider übereinander, lumpiges Zeug, aber sicher vier Mäntel, die ihn fast quadratisch erscheinen ließen. Die Mäntel waren nicht zugeknöpft, sie umflatterten ihn wie Flügel – es war, als versuche er abzuheben, um sich wie die Möwen bewegungslos von den Lüften tragen zu lassen und über der Stadt zu kreisen. «Er hat etwas gegessen», hieß es bei seinem Anblick. Die drei Boote waren verloren, alles war aus den starken, tüchtigen Händen geglitten. «So etwas geht dann ganz schnell», sagten die Leute im Souk, die wußten, wie zerbrechlich ihr eigenes Lebensschiffchen war. Man aß etwas – man mußte ja essen, das war das Empörende! –, und schon schlug das Boot um, und man kam nie mehr auf die Beine.

Khadija war empfänglich für alles Unausgesprochene – sie selbst sprach ja nicht über das, was sie wußte und dachte. Sie spürte die Angst in diesen Worten – «etwas gegessen». Vielleicht waren gar keine wirklichen Speisen damit gemeint?

In der Moschee hatte sie gelernt, was es mit ihrem Namen auf sich hatte. Die erste Khadija, nach der tausendvierhundert Jahre später auch sie benannt worden war, das war niemand anderes als die erste Frau des Propheten Mohammed gewesen; eine Witwe, fünfundzwanzig Jahre älter als der große Mann, wohlhabend und mit einem Auge dafür, was in ihm steckte, als erst sehr wenige das erkannt hatten. Als Khadija kam man nicht auf die Welt, Khadija war ein Ziel; Überlegenheit war eine Anlage, wollte aber entwickelt werden. Jung und arm, wie sie war, galt es noch zu warten, und das fiel ihr, im Bewußtsein ihrer Gaben, gar nicht schwer. Sie ging nicht in die Schule, sie arbeitete nicht im Haushalt. Hätte sie das Wort gekannt, dann hätte sie sagen dürfen, daß ihr Leben aus großen Ferien bestand; die knappe Ernährung wurde aufgebessert, indem sie ihr Lächeln einsetzte. Sie erfuhr sehr viel bei ihren Streifzügen durch die Stadt. Keiner hütete seine Zunge, weil ein scheinbar teilnahmsloses, in seine Träume und seinen Singsang versunkenes Kind in der Nähe war. Wenn Karim Patrick Elff später warnen sollte – auf die Fliegen zeigend, die die Lampe umkreisten –, Khadija kenne in Mogador «jede Fliege», dann wurden die Grundlagen zu solchem Wissen schon in früher Jugend gelegt. Sie wußte, welche Feindschaften es gab, wem welches Haus gehörte, wer vor dem Bankerott stand, wer zu den Huren ging und welche Frau ihren Mann betrog. Sie verstand aber auch, welche verborgene Wirklichkeit die Gedanken der Stadtbewohner beherrschte. Was damit zusammenhing, wurde vom Imam in der Moschee nicht gern gesehen, aber da reichte sein Einfluß offenbar nicht weit. Die Leute hatten ihre Erfahrungen, die auch schon ererbt waren, und wußten seit Generationen, wie damit umzugehen sei.

Es wurde behauptet, die schwarzen Sklaven aus Mali und dem Tschad, aus Mauretanien und dem Senegal hätten die Dämonen aus ihrer Heimat in die Stadt mitgebracht, von der aus sie nach Brasilien verschifft worden waren, so hätten sie ihren gewalttätigen Gastgebern ein ambivalentes Geschenk hinterlassen. Dämonen ließen Frauen die Leibesfrucht verlieren, stifteten alte Freunde zu einem Streit an, der in Totschlag endete, hängten vor allem den Frauen zähe oder gar unheilbare Krankheiten an und fuhren anderen in den Leib, die sich daraufhin schrecklich veränderten und nie wieder zu sich selbst zurückfanden. Wenn man genauer hinhörte, wurde es klar: Wem nachgesagt wurde, er habe «etwas gegessen», der hatte durch den Mund oder das Ohr oder die Augen, die anderen Körperöffnungen nicht zu vergessen, einen Dämon in sich aufgenommen, der in ihm gewachsen war wie ein Bandwurm. Khadija hatte die Veränderung der Geliebten des französischen Künstlers gesehen, auch die des hünenhaften Fischers. Sie hatte großen Anteil daran genommen, wahrlich nicht aus Mitleid, sondern weil hier, wie sie eindringlich fühlte, etwas auf sie wartete.

Mit der Zeit verdichteten sich die Andeutungen ihrer Straßenbekanntschaften zu einem Wort, vielleicht gar einem Namen: dem Dschnunat, der immer gegenwärtig war, der meist schlief, aber unversehens erwachte und dann über jemanden herfiel, der es nicht erwartete. Und lebten nicht die meisten Leute, als werde ihr Dasein immer gleich ablaufen?

Sie nicht; sie verstand ihr Heranwachsen als Vorbereitungszeit. Und sie war weit davon entfernt, Furcht zu empfinden, als sie vom Dschnunat erfuhr. Im Gegenteil. Es war ihr klar, daß sie Verbündete brauchen würde, wenn das Undeutliche, das ihr vorschwebte, Gestalt annehmen sollte.

Sie hörte vom Dschnunat, sah seine Macht, und sie wußte, daß sie ihn kennenlernen mußte – nicht als sein Opfer wohlgemerkt, sondern auf seiner Seite stehend, aus seiner Warte auf die Welt blickend. Dies wurde zu einer festen Vorstellung. Sie hatte Beweise für ihre Willenskraft empfangen, sie war eine würdige Freundin für ein solches von vielen angstvoll betrachtetes Wesen. Wenn sie jetzt auf der Kanone saß und aufs Meer blickte, dann nicht mehr, um Experimente mit der Sonne anzustellen. Ihr war, als wisse die Sonne längst, mit wem sie es zu tun hatte. Das Meer lag an einem heißen Tag spiegelglatt vor ihr, die Möwen flogen im dichten Schwarm darüber hin und spiegelten sich in der blanken Fläche; mit einem Mal schien ihre Zahl verdoppelt – ja, so war es wirklich, es waren plötzlich doppelt so viele, ein Riesenschwarm. Was war die Täuschung: der einfache oder der verdoppelte Schwarm? Oder gab es zwei Wirklichkeiten nebeneinander, die sich nicht ins Gehege kamen, zwei Welten, zwischen denen man hin und her wechseln konnte? Als die Sonne gesunken war, wandte Khadija sich gleichgültig vom Horizont ab und schlenderte wieder in das Gassengewirr. Was war schon dabei, wenn es dunkel wurde? Gott war ein vernünftiger Hausvater, der in der Nacht das Licht ausschaltete; das hätte sie an seiner Stelle nicht anders gehalten.

Doch das Feuer behielt seine Anziehungskraft. Die rußige Höhle des Badeofens brachte das reine Orange-Rot der in ihm gefangenen Flammen erst richtig zur Geltung. Das Ofenloch eröffnete den Blick in ein anderes Land. Das Geräusch, das von dem tobenden Feuer hervorgebracht wurde, war so fein, daß sie die Ohren spitzen mußte, um es wahrzunehmen, und entwischte doch immer wieder – das Knacken der Scheite, als ob Knöchelchen zerknickt würden, lenkte davon ab, es war mit einem Funkenregen verbunden, glitzernden Explosionen auf sattrotem Grund, aber die unheimliche Majestät des Feuers offenbarte sich in dem leisen, einem Atem gleichenden Heulen und Seufzen, das stärker wurde, wenn der in Mogador nur selten ruhende Wind über den Schornstein sauste und Luft durch den Schlot hinabdrückte. Der feurige Raum wurde heller, es kam zu einem Pulsieren der Glut. Wenn das Innere des Ofens tatsächlich, von Flammen erfüllt, den Eindruck eines eigenen Lebensraumes in ihr hervorrief, dann war damit auch die Vorstellung geweckt, ihn betreten zu können und sich in ihm zu bewegen. Inmitten der Flammen Flammenluft zu atmen, ja zwischen den Flammen unzerstörbar, unangreifbar auf und ab zu wandeln, das bildete sich als Phantasie in Khadijas erhitztem Kopf. Es gab Wesen, die dies aushielten, es gab im Feuer ein eigenes Reich, in dem alles aus Gold war.

Khadija war früh zum Badehaus gekommen. Der Stiefvater walkte, als schweißtriefendes Gerippe, die Rückenmuskulatur der Badegäste im wortzerstörenden Hall des Tonnengewölbes, schleppte, während die weite nasse Unterhose ihm bis zu den Kniekehlen schlackerte, die schweren Eimer mit heißem Wasser herbei und saß zwischen zwei Massagen im kühlen Raum neben dem Kassierer. Dort starrte er erschöpft vor sich hin und warf dann in die Unterhaltungen der sich entkleidenden Männer mit hoher Stimme seine zänkischen Kommentare ein, die ein leises Gelächter auslösten – ob da mit ihm oder über ihn gelacht wurde? Das wäre ihm, so wie sein Leben aussah, gleichgültig gewesen.

Khadija war sich selbst überlassen, der ihr willkommenste Zustand. In der Ecke stand eine Plastiktüte mit Kartoffeln und Zwiebeln, einige Sardinen blitzten im Feuerschein silbern auf. Es würde etwas zu essen geben; der alte Mann würde in der Terracottaschale Gemüse und Fisch sorgfältig anordnen, nicht weil er das appetitlich fand, sondern weil das immer schon so gemacht wurde. Auch in den verwahrlosten Verhältnissen, in die er hineingeheiratet hatte und die er nicht zu ändern vermochte, wußte man, wie ein Gemüse-und-Fisch-Eintopf anzurichten war. Sogar ein Tütchen rötliches Gewürzpulver für einen Dirham hatte er besorgt.

Der Kassierer kam aus dem Badehaus, um neue Scheite ins Feuer zu werfen; das knackte und explodierte, während er sich abwandte und den Fuß gegen die schwarzgefleckte Katze hob, aber der Tritt traf sie nicht, sie wich geschmeidig aus.

Sie war nicht gesund. Am Hals hatte sie eine häßliche Wunde, die sich nicht schloß, wohl nicht von einer Katzenbeißerei, eher ein Ekzem. Khadija sah die Katze unverwandt an. Ihr kam ein Einfall, aber wenn sie sich nachher fragte, wie sie dazu gekommen sei, dann fand sie darauf keine Antwort. Es war vollkommen klar, was geschehen mußte. Die Lösung ihrer ziellosen Meditationen war da: eine Tat. Und zu dieser Tat fühlte Khadija sich geführt.

Dort lag ein Sack aus weißem, mit Glasfibern verstärktem Plastik. Sie schüttelte ihn zurecht, der Sack war steif, blieb stehen und bildete eine Höhle. Sie warf eine Sardine hinein, nachdem sie den Fisch der gebannt zuschauenden Katze gezeigt hatte. Die Katze war ganz Spannung und Jagdeifer. So häßlich und krank sie war, ihre Bewegungen bewiesen ihre Verwandtschaft mit dem Tiger. Wenn Khadija sich von dem Sack entfernte, würde sie sofort hineinschießen; sich wie andere Katzen an Khadija vorbei zu dem Fisch mit den Riesenaugen zu drängen hätte sie nicht gewagt; sie brachte ihr Leben im Dunstkreis der Menschen zu, aber sie traute ihnen nicht, und sie hatte Grund, Abstand von ihnen zu halten, aber es wäre ihr auch nicht eingefallen, in den weiten Mimosen- und Tuja-Wäldern um Mogador herum zu jagen, wo sie tagelang keinen Menschen gesehen hätte. An einer unsichtbaren Kette blieb sie dort gefesselt, wo das Verhängnis sie erwartete.

Sie schoß in den Sack hinein. Khadija ergriff ihn und hob ihn in die Höhe. In seinem Innern strampelte es heftig, die Zwölfjährige brauchte Kraft, damit ihr der Sack nicht aus den Händen rutschte. Sie stellte ihn ab. Er war recht hoch und reichte ihr bis an die Brust, die sich schon vorzuwölben begann. Es gelang ihr, den Sack zuzubinden. Das war mit der wild zappelnden Katze darin gar nicht so leicht, es forderte ihre ganze Geschicklichkeit. Wenn man beim Tun angelangt war, gab es nichts mehr zu erwägen. Die Katze war überall zugleich in dem Sack. Sie sprang, sie schlug die Krallen hinein, sie versuchte zu beißen – aber das Glasfibermaterial hielt stand; alles kam dem Vorhaben entgegen. Khadija packte den Sack, wo er zugebunden war, mit beiden Händen und schwang ihn schnell im Kreis durch die Luft, wie sie es beim Geflügelstand im Souk gesehen hatte, wenn der Schlächter das Huhn, das sich flatternd wehrte, zweimal an den Füßen herumschleuderte, bis es das Halsumdrehen apathisch hinnahm. Auch die Katze war nach der zentrifugalen Luftfahrt offenbar gelähmt, nur noch ein schwerer Klumpen, und nun holte Khadija mit dem Sack weit aus und schleuderte ihn in das Feuertor hinein. Der Schwung reichte aus, daß die Last tief in den Flammenraum hineinflog.

Ihr war von dem Herumschleudern selbst ein wenig

schwindlig geworden, sie schaute benommen in die Glut. Der Sack war so weit entfernt von ihr, daß keine Verbindung mehr zu ihm bestand; wäre der Stiefvater jetzt gekommen, er hätte gar nichts bemerkt. War es überhaupt sie selbst gewesen, die den Sack in den Ofen geworfen hatte? Was war das nur für eine heftige, undeutliche Aktion? Aber da lag die dunkle Masse – der weiße Sack verlor im feurigen Raum, ganz von dem bewegten heißen Licht umgeben, seine Körperlichkeit, und nun sank er in sich zusammen, wurde zu sich aufrollenden, davonfliegenden schwarzen Fetzen, er wurde zunichte, und aus ihm erhob sich ein dunkles Wesen, es war wie das Aufstehen eines kleinen Menschen auf gespreizten Beinen mit überlangem Oberkörper, einem Kopf, der zwei Zacken trug, und zwei Armen, die sich in Richtung von Khadija ausstreckten – ein Männlein im Feuer, ein Salamander, wie die alten Alchymisten gesagt hätten. Langsam bewegte dieses Feuermännchen, so groß wie ein Säugling, in Wahrheit aber vielleicht viel größer, seine Arme – das Feuer verwandelte womöglich die Proportionen, denn es lag in dieser langsamen Bewegung, die Khadija Zeichen gab, etwas von der Ruhe eines Riesen. Ein winkendes Wesen, das sehr weit weg sein mochte, aus einer anderen Welt in die Flammen eingetreten, deren Luft es einatmete, weil sie ihm entsprach. Der Körper drehte sich, als werde er von Händen ausgewrungen. Er hob sich noch einmal und fiel dann um wie eine Wurzel, war jetzt kein Lebewesen mehr, sondern nur noch ein schnell schrumpfendes Ding. Bald wäre nichts mehr von ihm übrig. Die mächtige Hitze machte alles Feuchte zu Trockenem und alles Trockene zu Staub und Asche.

Für Khadija war es keinem Zweifel unterworfen: Sie hatte den Dschnunat gesehen. Er war ihr erschienen im feurigen Hof. Er hatte für sie einen kindlichen Körper angenommen, und er hatte ihr Zeichen gegeben, daß er sie erkannte und daß sie auf ihn zählen dürfe. Obwohl durch die Flammenbarriere unerreichbar von ihr getrennt, hatte er sich ihr zugewandt. Sie betastete ihr heißes Gesicht. Es war unversehrt. Er wollte ihr nicht schaden. Er hatte begriffen, daß sie auf seiner Seite war, daß sie nicht war wie der wilde Fischer oder die Konkubine des Franzosen, willenlose Opfer, in die er hineinsprang, um ihr Hirn auszutrinken, und die er in grausamer Weise danach weiter herumlaufen ließ. Ein unverbrüchliches Bündnis wurde geschlossen, während sie da am Feuer saß und das orangerote Rauschen, Knacken und dann das Windestosen im Schornstein vernahm.

Der Stiefvater trat ein, im braunen Sack, um den dünnen Hals ein kariertes Tuch gewickelt. Er hatte sich erkältet; die langen Aufenthalte in der Dampfhitze machten ihn empfindlich für den Dauersturm, der die Stadt in dieser Jahreszeit nur selten in Ruhe ließ. Alles Zerbrechliche, Flatternde, Gelokkerte versuchte er, von der Stadt abzureißen und wegzutragen, bis nur noch die Steine übrigblieben, ein dem Feuer verwandtes Reinigungswerk. Der Alte machte sich niesend und hustend an das Gemüseputzen und das symmetrische Ausbreiten von Zwiebel- und Kartoffelscheiben in der Tajine. Sie sah ihm zu wie eine Fremde, sie fühlte sich über sich selbst hinausgewachsen. Wie dumm und vom vielen heißen Wasser ausgelaugt mußte man wohl sein, um nicht zu bemerken, daß dieses Mädchen, das da auf einem Holzscheit am Ofen saß, nicht dasselbe war, das man vor Stunden verlassen hatte?

Einen Sprung in der Entwicklung hatte Khadija getan, eine neue Stufe hatte sie erreicht. Sie würde diesen Abend nie vergessen. Eigentlich machte er jede andere Anstrengung, so viele noch kommen mochten, unnötig; das Wesentliche war erreicht. Mit dem Wissen, daß der Mann im Feuer ihr erschienen war und sich ihr zugewandt hatte, ließ sich getrost weiterleben wie bisher, aber wie eine Verkleidete, die irgendwann in ihrer wahren Natur erscheinen würde. Und bis dahin tagein, tagaus umherstreifen, essen und schlafen, während der Körper sich veränderte.

5

Eines Tages war in das Jammern der Mutter ein neuer Ton getreten, Atemlosigkeit und Furcht lagen nun darin. Sie hatte Schmerzen, krümmte sich gelegentlich und sah danach ratlos aus; hatte sie nicht alles getan, um das Wüten in ihrem Innern zu beruhigen? Das Krümmen tat ihr offenbar gut, aber dann mußten doch stärkere Mittel her. Khadija begleitete sie ins Krankenhaus. Die Mutter kauerte auf einem Handkarren, sie mußte geschoben werden, zu Fuß hätte sie die halbe Wegstunde nicht geschafft.

Im Krankenhaus Frauen, Frauen, Frauen – alles, was Khadija nicht sehen wollte, diese Ergebenheit, die Klagen, diese Geduld, als sei der einzige Lebenszweck, leidend in den überfüllten Fluren und Treppenhäusern des Spitals zu hocken. Alle Frauen mit Kopftüchern, unter denen manchmal eine schweißverklebte Locke hervortrat, die bunten Djellabas in Rosa und Türkis, eine Farbenfreude, die trog, denn darunter wohnte die Krankheit, das Rinnende, Tropfende, das Nichtheilen-Wollende, das Klebrige und Ungewaschene. Wimmernde Kinder, die den Müttern aus dem Arm hingen, als seien sie fatal mit deren Körpern verwachsen, Mißgeburten, die mit sich herumzuschleppen sie lebenslang verurteilt waren. Dazwischen Männer im weißen Kittel, Khadija erkannte schon an den bäuerlich braunledernen Gesichtern, daß das nicht die Ärzte waren; Ärzte sahen anders aus, schon beinahe europäisch, hellhäutig auf jeden Fall, und das nicht nur, weil sie als Kinder nicht bei der Feldarbeit geholfen hatten.

Gab es hier überhaupt Ärzte? In der Menge der Wartenden, die sich wie eine Schar Vögel zusammendrängte, waren die Köpfe dorthin gewandt, wo die Tür zum Ordinationszimmer führte, aber diese Tür blieb geschlossen. Wurde da wirklich dann und wann jemand hineingerufen? Als Khadija die Lage überblickte, wollte sie das Hospital sofort wieder verlassen, aber die Mutter war neben ihr zusammengesunken und sehr blaß; sie beugte sich zu ihr hinab, forderte die benachbarten Frauen auf, zur Seite zu rücken, und streckte den Körper der beinahe Reglosen auf dem Boden aus. Das brachte einen Pfleger dazu, doch einmal genauer hinzusehen. Kaum daß sie lag, Khadija war davon überzeugt, daß der Kranken damit schon geholfen sei, wurde sie wieder aufgerichtet und von zwei Männern in ein entferntes Zimmer geschleppt.

Es gab ihn in Notlagen durchaus, den Familiensinn, von dem Khadijas Mutter mit ihrer wachsenden Kinderschar sonst nicht viel bemerkte. Während sie todkrank im Hospital auf die Operation wartete, erschien Malika mit ihrem Dienstmädchen, einer übellaunigen, mageren Frau, wie dazu bestimmt, für Malikas Sonne die düstere Folie zu bilden. Malika trug eine adrette Djellaba, dazu kleine goldbedruckte Pantoffeln; Khadijas Blick blieb unverwandt daran hängen. Menschengesichter, Kleider, Tiere, Häuser – dies alles nahm sie mit scharfem Blick wahr, um Schönheit oder Häßlichkeit unbekümmert. Nur das Gold zog sie an, und es mußte gar nicht der Schmuck aus den Juwelierlädchen Mogadors sein, auch ein bißchen goldbedrucktes Leder oder ein mit Goldfäden durchzogenes Kopftuch war verlockend. Es ging ihr da nicht um den Wert, hier sprach so etwas wie eine innere Verwandtschaft. Ein Teeglas mit Goldrand, und sie vergaß, ob der Tee darin süß genug war.

Tante Malika zog sich die Djellaba über den Kopf; darunter trug sie enge Jeans und ein T-Shirt. Sie blickte sich um. Khadija las in ihrer Miene wie in einem Buch; Kopfschütteln über solche Zustände mischte sich darin mit der guten Laune der Herablassung. Aber untätig blieb sie nicht. Sie wußte, wie man ein Haus in Ordnung hielt, ein Exempel zu statuieren, das machte ihr Spaß. Die ältliche Magd wurde ausgeschickt, Putzmittel zu holen, die sich in diesem Haushalt natürlich nicht fanden; wenn es fürs Sonnenblumenöl schon nicht reichte, wurde auch keine Spülseife gekauft. Es lohnte sich, Malika höchst effizient am Werk zu sehen, wie sie mit spitzen Fingern die Sachen anfaßte und sich über die Lumpen amüsierte, die sie in die Höhe hielt, bevor sie sie wegwarf. Khadija erlebte die Umgebung, in der sie aufgewachsen war, zum ersten Mal mit fremdem Blick – die Tür zur Gasse nur zur Hälfte hellblau gestrichen, der Rest aus splittrigem rohen Holz, das unten verfault war, die wackligen Kacheln auf dem Boden, von denen viele fehlten, die rauchige, fettige Schicht auf den Wänden, die trübe Glühbirne, an einem Geschlinge von Schnüren hängend, die den Strom von wer weiß wo herholten, die klammen, von Schwamm durchzogenen Matratzen, den Schmutz auf jedem Gegenstand. Das war die Behausung, die der Familie bei Sturm, Regen und Nebel viele Monate des Jahres eine Zuflucht hätte bieten sollen, kaum ein Stall für einen kranken Esel. Malikas Anwesenheit, das Eintreten einer Fremden, öffnete Khadija die Augen. Hätte sie dafür nicht dankbar sein dürfen?

Nein, Dank würde die Helferin nicht ernten. Es regte sich bei Khadija jetzt wieder die Eigenschaft, die sie schon bei ihrem ersten Treffen mit Malika kennengelernt hatte: der Stolz. So stand sie denn untätig dabei, während die beiden Frauen die Matratzen zum Trocknen in den Hof schafften, den Boden scheuerten und schließlich der verstörten Kinderschar die Ohren und die Hände wuschen. Nach diesen Taten zog Malika die Djellaba wieder über und ordnete ihren langen Schleier in aufwendigen Faltungen und Knotungen. Sie war aus dem Schmutz herausgestiegen und entsprach nun wieder ihrer Würde als Ehefrau des Geschäftsführers der Kantine der Düngemittelfabrik, eine Bürgerliche, deren Stand ihr eine köstliche Fülle von Selbstzufriedenheit bescherte. Die Dienerin hatte unterdessen aus einer Garküche eine große Schüssel mit Couscous gebracht, um die sich die Brut der kranken, im Hospital aufgeschnittenen Frau schweigend versammelte, als hätte man Katzen etwas hingestellt. Die Kinder aßen so schnell, als fürchteten sie, die Schüssel werde wieder weggenommen; kein Laut war zu hören. Auch Khadija brachte nichts über die Lippen, nicht aus Unbeholfenheit, sondern aus Trotz. Sich einem Mann unterordnen zu müssen, das könnte sie eines Tages treffen wie ein Schicksalsschlag – einer Frau in unterlegener Stellung zu begegnen war unerträglich. Sie entschied dennoch, darauf zu verzichten, auf das Haupt der hilfsbereiten, ihre Herablassung so schlecht verbergenden Verwandten Unheil herabzurufen, vorläufig jedenfalls. Dunkel empfand sie, daß es bei Malika etwas zu lernen gab, ja daß sie ihr womöglich geschickt worden war, um sie auf Späteres vorzubereiten. Da war es willkommen, daß Malika nicht ahnte, mit welch gemischten Gefühlen ihr Rettungswerk aufgenommen wurde.

6

Ein Szenenwechsel hatte sich schon bei dem großen Reinemachen im Haus der abwesenden Mutter angekündigt, nun trat er ein. Die Operation hatte den Tod der unglücklichen Frau nur ein wenig hinausgeschoben. Woran starb sie? Khadija hörte Ungenaues; es sei in ihr etwas geplatzt, etwas ausgelaufen, zugleich habe an ihr etwas gefressen, sie vergiftet, sie zerbissen. Malika verteilte überaus geschickt die Kinder, die sechs und sieben Jahre alten Buben kamen zu einem Schreiner, der sie in der Werkstatt brauchen konnte, zwei kleinere ins Waisenhaus, das Kleinste nahm sie selbst, denn sie hatte keine Kinder – «und dich werden wir jetzt schnell verheiraten». Khadija war immerhin bald fünfzehn, es war nicht zu früh, an dergleichen zu denken. Ein Fischer von achtundzwanzig Jahren – da war es geradezu, als erhalte sie noch einmal die Gelegenheit, ihren Vater kennenzulernen.

Die Fischer bildeten in der Stadt Mogador nicht nur eine Gesellschaft für sich, sie schienen einem eigenen Volk anzugehören. Ihre Haut war dunkler als die der Handwerker und Ladenbesitzer, früh zerfurcht und aus einer festeren Substanz, in Salz eingelegt und im Dauersturm gegerbt. Ihre Fingernägel waren schwarz, und um sie stand stets ein Hauch von Fischöl, als seien sie damit mariniert worden. Die Fische, die sie aus dem Wasser zogen, waren von vielfältiger Schönheit in Farben und Formen, dazu bestimmt, zerschnitten, geschuppt, ausgenommen, kurzum: zerstört zu werden. Von klein auf hatte Khadija gesehen, wie ein breiter Daumennagel in den weichen Bauch einer silbernen Sardine fuhr, sie aufschlitzte und mit einer einzigen Bewegung die bräunlichen und rötlichen Därme, die Leber, das Herz, das ganze kunstvolle System der Eingeweide in einen schmierigen Dreck verwandelte; der klatschte dann auf die Steine des Kais, ein Fraß für Katzen und Möwen. Sah man die Fischer nach der Rückkehr von tagelanger Fahrt durch die Stadt ziehen, verstand man den Schrecken, den einst die Barbaresken verbreitet hatten; in ihrem Auftreten war eine Freiheit und Wildheit, die die Stadtbürger zahm erscheinen ließ.

Wie sehr das täuschte, begriff Khadija rasch. Das Leben dieser Fischer war armselig; die Freiheit, die sie ausstrahlten, wenn sie die Lebensgefahr auf dem offenen Meer ein weiteres Mal bestanden hatten, war nichts als ein Ausdruck des Aufatmens, denn an Land wartete oft genug die Enttäuschung, den reichen Fang von den Eigentümern der Boote blitzschnell beschlagnahmt zu sehen – wenn er denn reich war, die Zeiten der Überfülle von Fischen waren vorbei. Das Königreich verpachtete die besseren Fanggründe an die industriellen Fangflotten von Russen, Japanern und Spaniern, für die Fischer in ihren hellblau lackierten Booten blieb nur ein trauriger Rest. Und bei Sturm, wenn das Meer bis zum Horizont mit weißen Schaumkronen besetzt war – hübsch sah das aus, aber diese Wogenkämme schwammen auf haushohen Wellen –, war an eine Ausfahrt oft vierzehn Tage lang nicht zu denken. Da saßen die Fischer an Land herum und betranken sich, während ihre Kinder nichts zu essen hatten.

Said, Khadijas schweigsamer Ehemann, war dünn und

sehnig; er hatte fast gar kein Hinterteil, die langen Beine gingen ohne Aufpolsterung in den Torso über. Haar und Bart waren schwarz-wollig wie aus Roßhaar, hinter den vollen Lippen fehlte ein Schneidezahn, und auch von den Backenzähnen waren schon ein paar verloren. Aber er hatte sich eine knabenhafte Lässigkeit erhalten. Die abgerissenen Kleider hatten sich ihm gänzlich anverwandelt: Als seien sie nicht in chinesischen Textilfabriken, sondern für ihn gemacht, umspielten und verbargen sie seine Ausgemergeltheit.

Khadija zog zu ihm in sein winziges Zimmer in einem abbruchreifen großen Haus mit einem Innenhof, wo die Wäsche trocknete und auch die Bewohner hockten; vor allem Sardinen wurden dort auf tönernen Holzkohleöfchen gebraten. Das Zimmer war von einem größeren Raum durch eine Pappwand abgetrennt. Man hörte jedes Wort aus dem Nachbarzimmer, aber das war selten, die Leute in diesem steinernen Ameisenhaufen sprachen wenig und nur gedämpft; es war selbstverständlich, daß auch die Liebe geräuschlos abzulaufen hatte. Ein ersticktes Kinderweinen, ein Fetzen Radiomusik, das Klappern von Topfdeckeln, mehr Lärm gab es hier nicht. Die armen Leute versuchten, sich das Leben gegenseitig nicht zur Plage zu machen. Wer etwas mehr besaß, lud Gäste am Freitag zum gemeinsamen Couscous oder schickte ein Kind mit einem Teller zu dem Nachbarn auf dem Gang.

Said war nicht schmutzig. Nach tagelanger Ausfahrt ging er, bevor er bei ihr eintrat, zunächst in ein Hammam, wo er sich mit ingenieurshafter Systematik abschrubbte; das Trinkgeld für die Hilfe des Badedieners, wie sein Stiefschwiegervater einer war, sparte er sich. Danach ging es zum Barbier, wo er sich den Bart sorgfältig stutzen und den Nacken ausrasieren ließ. Wenn er dann noch eine Handvoll Sardinen mitbrachte, silberblau mit riesigen Augen, fand Khadija, daß sie es gut getroffen hatte. Malika hatte ihr eine Stelle als Zimmermädchen in einem kleinen Hotel verschafft. Sie verdiente sehr wenig, aber regelmäßig, so daß sie oft genug von ihrem Lohn lebten; Khadija fragte sich, wie er vorher allein ausgekommen war. Sie lebten in Frieden miteinander, ohne Überschwang, woher hätte der kommen sollen, Khadija hatte dergleichen nicht erwartet, aber er umarmte sie oft und betrieb das Liebesgeschäft mit ähnlich systematischer Gründlichkeit, wie er sich im Hammam mit dem kratzigen Handschuh die Epidermis abrieb. Sie war einverstanden damit, wie er das machte, wenngleich nicht verliebt – etwas verbot ihr, sich überwältigen zu lassen. Aber darin lag keine Einschränkung ihres wechselseitigen Einverständnisses. Beide waren mit diesem Zustand zufrieden; da wurde über die Engpässe, wenn sie sich einstellten, nicht geklagt, und Pläne für die Zukunft wurden nicht gemacht.

In dieser Beruhigung vergaß Khadija den Dschnunat beinahe vollständig, er verblaßte wie eine Bekanntschaft aus einem abgeschlossenen Lebenskapitel. Es hätte für sein Eingreifen auch keinen Anlaß gegeben. Da gab es keine Feindschaft, kein Rachebedürfnis, kein Streben in eine andere Art Dasein. Der Dschnunat war, so, wie sie jetzt lebte, überflüssig. Wichtig war, daß Said kein Bier trank; er ging andererseits aber auch niemals in die Moschee, lehnte das ausdrücklich ab, ohne Gründe zu nennen – nein, das sei nichts für ihn. Ob ihm die Leute, die er dort getroffen hätte, mißfielen? Wollte er nicht mit dem Patron, dem kleinlichen Bootseigentümer, zusammen beten? Ihr fiel auf, daß Said, während sie so stark die Gegenwart der Männer hinter der Trennwand erlebt hatte, gar nicht darunter gewesen war. Auf den Gedanken, daß es etwas Politisches sein könnte, das ihn fernhielt, kam sie nicht, denn davon verstand sie nichts. Er wohl auch nicht sehr viel –

er war eben ein Einzelgänger, ein Mann ohne Freunde, eine wie auch immer definierte Gemeinschaft stieß ihn ab. Um so mehr bewies diese erklärte Abneigung gegen den Alkohol, mit düsterem Ernst ausgesprochen, daß es sich in höheren Dingen mit ihm doch richtig verhielt.

Es kam nach fünf Jahren, erstaunlich spät für die erwiesene Tüchtigkeit im Ingenieurshandwerk, schließlich ein Söhnchen, ein zartes Wesen mit großen Augen und kleinem Mund, das niemals weinte und schrie und nur erstaunt um sich sah. Said machte sich wegen dieser Zartheit und des langsamen Wachstums keine Sorgen – das sei bei ihm alles ganz genauso gewesen, der Kleine werde sehr stark werden, wenngleich sicher nicht fett. Als das Kind dann anfing, sich Gegenständen zuzuwenden, nach einem Kochlöffel zu greifen, einen Flaschenverschluß zu lutschen, fiel bald seine besondere Vorliebe für Schnüre auf. Nichts hielt ihn so in Bann wie eine Schnur, die er spannte und wieder locker ließ, und als Khadija ihm diese Schnur einmal ums Handgelenk band – eine bloße Spielerei, sie zog am Faden, und der Knoten ging wieder auf –, war er im buchstäblichen wie im übertragenen Sinn gefesselt und forderte ein zweites Mal. Das feste Verknoten und Wiederauflösen entzückten ihn; immer wieder hielt er ihr sein Ärmchen entgegen, damit sie das Spiel wiederhole. Und diese Beschäftigung mit den Schnüren hörte nicht auf. Als er älter wurde, konnte er dabei bald auf ihre Hilfe verzichten, er mußte nicht einmal hinsehen, um die Handgelenke immer vertrackter zu umwinden. Sein Kopf lag dabei im Nacken, der Mund stand offen, eine Speichelblase bildete sich zwischen seinen Lippen. Es kam der Tag, an dem Khadija verstand, daß es sich mit ihrem Sohn anders verhielt als mit seinen Altersgenossen – Krankheit war aber nicht der Begriff, der ihr dazu einfiel.

Und eines Nachts, Said war auf See, erwachte sie mit der Gewißheit, daß es der Dschnunat war, der sie an seine Existenz erinnern wollte; er ließ sich nicht rufen und wegschicken wie die Dienstmänner mit ihren Schubkarren. Sie war verheiratet, das war für sie eine unumstößliche Verbindung, und sie vermutete, daß auch Said so dachte. Aber den Dschnunat hatte sie ebenfalls in ihr Leben gelassen, und er blieb da, ob willkommen oder nicht.

In dem stillen, vielbevölkerten Haus gellte das Schreien der Frauen doppelt verstörend. Hände schlugen an Khadijas Tür, sie war noch nicht angezogen, es war früher Morgen. Sie eilte mit den Unglücksbotinnen zum Hafen, bei schönstem Sonnenaufgang, Rosen und Aprikosen in den Salzlüften, dazu das gelassen-bewegungslose Schweben der Möwen auf großen Flügeln – es gab Lebewesen, die sich mit Wind und Meer in vollkommener Übereinstimmung befanden. Aus einem Boot wurde soeben ein langer Mensch gehoben, die Kleider dunkel von Wasser, Arme, Beine und Kopf baumelten willenlos, das Gesicht war voll Blut. Die beiden Männer, die mit hinausgefahren waren, berichteten den Umstehenden stets aufs neue, wie die Kurbel der Winde Said an der Schläfe getroffen habe und er darauf über Bord gefallen sei.

Sie hörte ihnen nicht zu. Die Frauen kreischten, es war eine rituelle Klage, Khadija wußte, daß von ihr etwas Ähnliches erwartet wurde, aber sie blieb ruhig. Das letzte, was sie von Said sah, war nur wenige Stunden später seine in weißen Stoff eingewickelte Leiche – gerade die Verhüllung machte noch einmal sichtbar, wie dünn er war – auf den Schultern vieler Männer, die ihn im Laufschritt zum Friedhof trugen, ganz nach den alten Sitten: Über einer Leiche durfte die Sonne nicht untergehen. Frauen hatten sich vom Friedhof mit dem offenen Grab fernzuhalten; um das Grab herum lauerten Dämonen, die es gerade auf Frauen abgesehen hatten.

So geschah diese Trennung ohne Übergänge, ein scharfer Schnitt. Als Ehefrau hatte sie sich abends hingelegt, als Witwe war sie erwacht – hätte es da den kleinen Sohn nicht gegeben, der mit seinen Fäden spielte, sie hätte ihre Ehe für einen Traum halten dürfen.

Sie blieb nicht lange Witwe. Und wer war es, der durch eine alte Heiratsvermittlerin um ihre Hand anhalten ließ? Ein Mann, den sie bisher nur aus Saids wortkargen Erzählungen gekannt hatte: der Eigentümer seines Bootes, Gegenstand vieler Verfluchungen, ein Geschäftsmann, der die verblüffende Duldsamkeit, die Schicksalsergebenheit der Barbaresken-Fischer, dieser Korsaren und wilden Männer, schamlos ausnutzte. Da heulte man gelegentlich auf, wenn der Patron es gar zu arg trieb, und ließ dann die Hände und den Kopf bald wieder sinken, auch unter dem Einfluß des Alkohols, der die Kraft, der Niedertracht zu widerstehen, aufzehrte. Khadija hatte festgestellt, daß Said den Haß nicht kannte. Er hatte dem dicklichen Mohammed nicht wirklich etwas Böses gewünscht, wenn er wieder einmal um seinen Anteil am Fang betrogen worden war, meist mit einer überraschend präsentierten Forderung – ein Zuschuß zum Benzin, Gebührenabrechnungen, die Said nicht lesen konnte, Reparaturen, die auf einmal in der Werft gemacht werden sollten, obwohl Said sie selbst hätte vornehmen können.

Mohammed war älter als Said, sah allerdings viel jünger aus, mit lustigem kreisrunden Gesicht und beweglichen, ebenso runden Augen, den Mund voll schöner weißer Zähne, die Hände weich und patschig, die Haut wie schokoladebestäubtes Marzipan. Beredt war er, die Augen rollten beinahe aus dem Gesicht heraus, die weichen Lippen stülpten sich vor, die Hände griffen und formten die Luft. Er grüßte nach allen Seiten, war ganz nach außen gewandt, aber hinter der lebhaften Fassade seines Gesichts lief die Rechenmaschine, zuverlässig Antwort liefernd auf die zentrale, sich täglich neu stellende Frage: «Was muß ich haben?» Jede Forderung, die er aufstellte, bezog sich auf das, was er haben «mußte» – es ging um objektive Notwendigkeiten, einen Zwang, dem er gehorchte; dem war, und hätte er es gewollt, nicht zu entkommen. Wer mit ihm verhandelte und wegen seines mitteilsamen lächelnden Wesens zunächst glauben durfte, dieser appetitlich gewölbte Bauch, jung und fest, nicht hängend, sondern vorstehend, sei nachgiebig, da sei noch Luft drin, wenn man ein wenig drückte, der erfuhr bald, daß Mohammed mit dem Rücken zu einer Mauer aus Granit stand. Das eiserne Muß gestattete keinen Schritt zurück, so leid es ihm tat.

Khadija begriff, als sie von seiner Werbung erfuhr, daß es hier kein Ausweichen gab. Der Dschnunat war wieder da, sein schwarzer Schatten erhob sich, winkend, vor ihrem inneren Auge. Er begehrte sie zu führen. Die Ehe mit Mohammed würde nicht die Endstation ihrer Laufbahn sein, sie aber an Einsicht und Weltkenntnis wachsen lassen. Sie konnte noch nicht auf eigenen Beinen stehen, da fehlte viel. Ihr Sohn entwickelte sich immer eindeutiger. Er lief herum, gewiß, er aß und trank, doch er sprach nicht, er blieb auch mit vier und fünf Jahren noch bei seinen unartikulierten Schreien, und immer war er mit seinen Schnüren am Werk, fesselte sich damit und wickelte sich wieder frei, den ganzen Tag tat er nichts anderes. Inzwischen war er weniger zart, und sein Gesichtsausdruck machte manchen Leuten Angst – nicht Khadija, die sich an seine Art, den Kopf zurückzuwerfen und die Augen nach innen zu verdrehen, gewöhnt hatte. Vielleicht sah er da etwas?

Mohammed würdigte den Sohn seines Vorgängers kaum eines Blickes. Ihm war es um die hübsche Frau zu tun, nicht um ihren Anhang. Er machte ihr klar, daß er den Jungen nicht zu unterhalten gedenke – könnte sie nicht Zimmermädchen bleiben? Wäre es nicht gut, selber Geld zu haben? Wenn dann seine eigenen Kinder kämen, werde man weitersehen. Er verlangte von ihr Dinge, die eine ehrbare Ehefrau nicht leisten mußte – das behaupteten die Frauen im Hammam, wenn man im heißen Dampf sozusagen ins Nichts hineinsprach: Unaussprechliches, das dann doch ausgesprochen wurde, wenn man, nackt im Schweiß badend, auf dem erhitzten Boden ausgestreckt war. Sie begann, ihn zu verabscheuen, und sie wurde darin bestätigt, daß dies ein erlaubtes Gefühl sei. Es kam noch etwas hinzu: Der muntere, schmeichelnde, seine Geschäfte durchtrieben beherrschende Mann wurde selbst beherrscht. Er war seiner Mutter untertan, die ihm die Ehe nur unter der Bedingung gestattet hatte, daß dabei kein Geld aus dem Haus fließe – die Frau werde sie niemals sehen wollen, er könne sie besuchen, habe aber zu Hause wohnen zu bleiben.

So geschah es, daß Khadija das Zimmerchen mit der Pappwand behielt, den Ort, an dem sie während der Ehe mit Said den Dschnunat vergessen hatte. Hier wurde auch Mohammeds Tochter Salma geboren. Da erschien der Ehemann und Kindsvater sogar mit einem Geschenk, silbernem Ramsch. Der Armreif war innen mit Blei gefüllt und hätte auf der elektronischen Waage des Juweliers ein eindrucksvolles Gewicht erzielt; solches Theater unterließ der Händler aber bei Mohammed, der nicht nur beim Silber von Seewolf und Doraden eisern zu verhandeln wußte.

Eine Woche nach der Geburt, die anstrengend gewesen war, lag Khadija noch erschöpft darnieder, die kleine Salma im Arm, die getrunken hatte und jetzt schlief. Sie hatte einen runden Kopf – der mochte von Mohammed stammen, aber das Muttermal kam woandersher, das Mädchen war gezeichnet, es gehörte auf Khadijas Seite. Im Halbschlaf traten Bilder vor ihre Augen, solche der Erinnerung und solche, deren Herkunft sie nicht hätte angeben können. Und dann war auch das Feuerloch wieder da, nach langer Zeit, aber in solch orangeroter Glut, als könne es die Augenbrauen der Betrachterin versengen. Und in der Glut erhob sich die dunkle Silhouette mit kleinem flachen Kopf und dem langen Oberkörper, den tastenden, winkenden Armen – vielleicht ist es gut, ihn nicht deutlicher zu sehen, dachte Khadija, er ist vielleicht sehr häßlich, etwas verwachsen ... Zugleich fühlte sie sich ihm nahe; der Schwarze war machtvoll und gefährlich, nur nicht für sie, jedenfalls solange sie treu an ihrem Bund festhielt. Ihn zu vergessen wäre ohnehin unmöglich, er fände sie an jedem Ort, wo immer sie sich verbarg. Nichts lag ihr indessen ferner, sie befanden sich in Einigkeit, sie konnten Zwiesprache halten. Die mußte nicht in Form eines Dialogs ablaufen, es genügte, die Gestalt des Dschnunat anzuschauen und sich von ihm besehen zu lassen.

Und schließlich war es dann doch, als vernehme sie in ihrem Kopf, während im Nebenzimmer hinter der Pappwand leise das Radio lief, eine helle weiche Stimme inmitten dieses Friedens: «Läßt du ihn mir?»

Und sie antwortete, indem sich ihre Lippen kaum bewegten, hauchend, aber für sie selbst hörbar: «Ja, nimm ihn, du kannst ihn haben.»

Dann sank sie in einen tiefen erholsamen Schlaf wie nach großer Anstrengung und erwachte erst, als Salma unruhig wurde, weil sie die Brust suchte.

Der Tod Mohammeds wurde Gegenstand einer gerichtlichen Untersuchung, er warf Fragen auf. Er war mit einem seiner Boote ausgefahren, von zwei Fischern begleitet, der dritte Mann hatte sich vor der Abfahrt den Arm gebrochen und war ausgefallen. Das Boot war in ein Unwetter geraten, weit draußen, die Wellen waren hereingeschwappt, eine besonders hohe Welle ließ es kentern. Den beiden Fischern gelang es, auf das gekenterte Boot hinaufzuklettern, Mohammed, der, wie die meisten Fischer, nicht schwimmen konnte, war ertrunken. Seine Leiche trieb erst mehrere Tage später nördlich von Mogador an den dort vollständig verlassenen Strand. Aber warum war man ausgefahren, obwohl die Zeichen auf Sturm standen? Das sei sein Wille gewesen, der Unfall des dritten Mannes habe ihn erzürnt. Aber war es nicht ungewöhnlich, daß er überhaupt ein Boot bestiegen hatte, ja lag seine letzte Ausfahrt nicht schon Jahre zurück? Das Gerücht, daß der unbeliebte Patron sich auf die Leidensbereitschaft seiner Fischer wohl allzu sehr verlassen hatte, wollte nicht verstummen. Sein Körper war unverwundet; ob es vor seinem Ertrinken zu Gewaltsamkeiten gekommen war, ließ sich nicht feststellen. Die beiden Fischer, die von einem anderen Boot gerettet worden waren, wurden lange und gründlich befragt. Khadija gab an, von der Ausfahrt ihres Mannes nichts gewußt zu haben – allerdings habe er ihr sein Tun und Treiben niemals angekündigt. Auch von seinen Fahrten nach Safi zum Fischgroßmarkt – sie hatte herausbekommen, daß er dort eine Frau besuchte – habe sie stets nur zufällig erfahren. Die Untersuchung verlief ergebnislos. Fest stand nur, daß Khadija, noch nicht dreißigjährig, zum zweiten Mal Witwe geworden war, ein hartes, in Mogador aber keineswegs seltenes Schicksal.

Mohammed hinterließ ihr nichts, dafür sorgte seine Mutter, die immerhin anbot, Salma zu übernehmen. Davon wollte Khadija nichts wissen. Sie fühlte, daß der Zeitpunkt gekommen sei, sich auf die eigenen Füße zu stellen.

7

Schneider gab es in großer Zahl in Mogador, die meisten arbeiteten in derselben langen Straße, eine Werkstatt neben der anderen, auch in den Seitengassen fand man noch ein paar. Die Frauen der Stadt ließen sich ihre Djellabas weiterhin nach Maß anfertigen. In manchen Fenstern waren prächtige Stücke ausgestellt, aus funkelnder Seide, mit hundert Knöpfchen und reich galoniert; anderswo saßen die Schneider auf dem Boden und flickten alte Hosen; wieder andere sah man über Nähmaschinen gebeugt wie über Schreibtische. Manche Werkstätten ertranken in Kleiderbergen wie für die Brockensammlung des Roten Kreuzes – sollte das wirklich alles gestopft, gekürzt, verlängert werden? Alle aber waren klein, oft gab es kaum Platz für einen Kunden, die Schneider hockten darin wie eine Schnecke in ihrem Haus. Viel Konkurrenz, ein Überangebot, und doch wurden die einen vom Publikum überrannt, während andere tagelang auf Kundschaft warteten.

Der erfolgreichste Schneider war ein noch junger Mann mit Namen Aziz. Draußen vor seinem Laden tanzten an Angelschnüren bunte Gewänder, aus denen Puppenköpfe ragten, ein luftiges Ballett, und im Laden drängten sich die Frauen und versuchten, Aziz auf sich aufmerksam zu machen.

Seine Lehrbuben waren vor allem damit beschäftigt, den Kleiderhaufen zu sortieren, Stoff abzumessen, Geld wegzubringen und nach dem abwesenden Chef in den umliegenden Teehäusern zu fahnden, wenn die Schar der Wartenden zu murren begann. Und war er nicht im Teehaus zu finden, dann glitt er unversehens aus einem Loch in der niedrigen Decke herab, ohne die Leiter zu benutzen; den letzten halben Meter ließ er sich fallen. Die Frauen hinter der Theke durften zunächst seine langen Beine in den engen Hosen studieren, dann den schlanken, kraftvollen Torso, und schließlich zeigte sich das stets ein wenig höhnisch lächelnde Gesicht mit fadendünnem Schnurrbart und einer eigentlich schmalen, aber wie von einem Boxhieb eingedrückten Nase.

Um Schneider herum herrscht zuweilen eine Stubenhockeratmosphäre, etwas Pantoffelhaftes, Luftloses, Männer in Flanellhemden und grauen Strickjacken, mit Hosen, die aussehen, als wären sie aus einem unverkäuflichen Stoffballen genäht. Dieser hier glich einem Seiltänzer. Im Ansturm der weiblichen Kundschaft blieb er unbeeindruckt, sprach mit sehr leiser Stimme ungeniert verführerisch, obwohl er doch vor vielen Zeuginnen agierte. Seinen Kundinnen mutete er lange Wartezeiten zu. Er mußte sich eben nur dazu entschließen, mit der Arbeit zu beginnen – dann war er wie Gott bei der Erschaffung der Welt: Was er sich vornahm, geschah so schnell wie ein Gedanke. Das Knöpfeannähen gelang, ohne auch nur hinzusehen, mit taschenspielerhafter Geschicklichkeit, als müsse er sie nur auf den Stoff werfen. Gleichzeitig verhandelte er mit der gerade vor ihm stehenden Frau, sah sie dabei durchdringend an und machte sie mit seinem schiefen Lächeln unsicher. Seine Kundinnen waren eher wohlhabend, gewohnt, Ansprüche anzumelden, aber er machte ihnen klar, daß er sich nicht unter Druck setzen ließ.

Im selben Augenblick konnte er Maße notieren, einen Lehrbuben befehligen, Wechselgeld herausgeben, etwas nähen – er behandelte den Stoff, als breche er einen Widerstand; wenn er im Wust den Ärmel einer rosa Bluse fand, die längst hätte repariert sein sollen, war es, als zerre er ein ungehorsames Tier herbei. War etwas fertig, schleuderte er es der Kundin hin, als sei sie eine lästige Bittstellerin. Die nahm das Kleidungsstück ohne ein Dankeswort entgegen, mit geneigtem Kopf am Ziel ihrer Wünsche, als habe sie ihr Betteln vergessen, und ging damit grußlos hinaus, und auch er grüßte nicht, eine erledigte Arbeit war aus seinem Hirn wie ausradiert. Wenn er sich unvermittelt von der Arbeit abwandte – als habe seine innere Uhr ihm ein Signal gegeben – und sich mit Muskelkraft durch das Loch in der Decke in das Höhlendunkel hinaufzog, folgten ihm die Blicke der wartenden Frauen, als steige er zauberisch in die Lüfte auf, so mühelos sah das aus.

Auch Khadija ging manchmal zu ihm; sie kaufte für sich und die Kinder am Sonntagvormittag auf dem Trödelmarkt getragene Sachen, die von einem Lastwagen auf die Straße gekippt worden waren, das kostete fast nichts, mußte aber oft passend gemacht werden. Seinen herausfordernden Blick und die wegwerfende Art, mit der er sich ihrer Wünsche annahm, hielt sie aus – dabei hätte sie manches auch selbst ausführen können, Schneiderkunst im strengeren Sinn war da selten gefragt. Es fiel ihr auf, daß er wenig von ihr verlangte – für sie immer noch genug, aber nahm er den anderen Frauen nicht doch etwas mehr ab? Hinter dieser Frage versteckte sich eine andere: Fühlte sie sich von ihm angezogen? Aber diesen Gedanken ließ sie nicht zu; das war entschuldbar, denn es war das erste Mal, daß ihr so etwas zustieß. Die Verbindung mit Said war eng gewesen, aber ohne Herzflattern, ein organisches Ereignis, vollständig befriedigend; Sehnsucht und Hingezogenheit hatten keinen Platz darin, vor allem deswegen, weil es da gar nichts gab, wonach sie sich hätte sehnen müssen; alles war auf die einfachste Weise vorhanden gewesen und war ihr mit einem Schlag genommen worden. Und Mohammeds Tod hatte beendet, was nicht hätte begonnen werden müssen.

Eines Abends kam sie erst gegen elf Uhr zu Aziz. Im Hotel war sie festgehalten worden, die Frauen, die dort arbeiteten, fühlten sich durch ihren winzigen Lohn nicht zur Zuverlässigkeit verpflichtet und blieben oft einfach weg. Khadija mochte diese Art nicht, es widersprach ihrem Bedürfnis nach Freiheit – war es nicht ihre eigene Entscheidung gewesen, sich dort zu verdingen? Solange sie diese Stelle hatte, würde sie ihre Pflicht tun. Viel hatte sie in dem kleinen Haus schon gelernt. Die Betten waren dort mit Laken bezogen, die dazu noch gewechselt wurden, das hatte sie nicht gekannt. Selbst Handtücher wurden gewechselt, und die Gäste hatten tausend Sachen dabei, Fläschchen und Tuben in den Badezimmern. Sie tranken Kaffee, auch das war ungewohnt für sie. Und wenn wie an diesem Tag der Empfang nicht besetzt war, dann mußte sie außerdem mit den Rechnungen umgehen – nichts schreiben, aber addieren. Das war wahrscheinlich das Wichtigste. Sie mochte nicht eingestehen, daß sie das nicht beherrschte; ihr Stolz kostete sie viel Lehrgeld, denn wenn sie einen Fehler nicht entdeckte, dann gab es Geschrei, und manchmal wurde ihr der Schaden vom Lohn abgezogen. Sie rechnete mit den Fingern, dieser naturgeschenkten Begründung des Dezimalsystems; wie anders wäre die Welt geworden, wenn die Menschen einen Finger mehr gehabt hätten. Aber die Zahlen kamen ihr entgegen, sie schmiegten sich in ihre Gedanken wie Lebewesen, die Menschheitsentdeckung der

Null wäre ihr ohne die dazugehörende Philosophie vermutlich selbst gelungen. Die Übernachtungsraten mit den Extras wie Orangensaft, Kaffee, Mineralwasser, Telephon und kleinen Mahlzeiten zusammenzuzählen gelang inzwischen ohne Schwierigkeit; nur an der Ungelenkheit, mit der sie die Zahlen schrieb, erkannte man, daß sie keine Schule besucht hatte.

Aziz war allein in seinem Laden. Er war dabei zu schließen und hängte gerade die tanzenden Djellabas mit den wohlfrisierten Plastikköpfen ab. Nie hatte sie mit ihm ein Wort über die Aufträge hinaus gewechselt, aber in einer kleinen Stadt ist jeder über jeden im Bilde. Sie wußte, wie seine Frau aussah, ein hübsches, spitznasiges Mausegesichtchen, immer geputzt und gepflegt, der am Hinterkopf voluminös ausgestopfte Schleier ließ Haarfluten ahnen. Daß Khadija eine zweifache Witwe und daß sie arm war, mußte Aziz gleichfalls gewußt haben. Nein, fertig waren die versprochenen Arbeiten nicht, das wäre ohnehin erst nach der dritten Mahnung zu erwarten. Er entschuldigte sich weder, noch würdigte er sie eines Blikkes, aber als sie nicht sofort auf dem Absatz kehrtmachte, sondern unschlüssig stehen blieb, sah er ihr plötzlich ins Gesicht.

Die Gasse war leer, und sie war dunkel, nur fern schwankte eine gelbliche Laterne im heftigen Wind. Er machte ihr in seinem gewohnt leisen Ton einen Vorschlag in aller Deutlichkeit, ohne groß herumzureden. Knauserig war er nicht. Der Betrag, den er nannte, überstieg, was sie in einer Woche verdiente. Dies war ein schicksalhafter Augenblick. Sie spürte eine Enttäuschung, ihr Herz fiel in ein Loch, aber sie hatte sich im Griff. Hier tat sich etwas auf, das bisher weit außerhalb ihrer Berechnungen gelegen hatte.

Aziz ließ sie in den Laden eintreten. Um in den Raum über der niedrigen Decke zu gelangen, mußte sie sich nicht hochstemmen, es gab schließlich eine Leiter. Der Raum war noch niedriger als der Laden, Khadija, obschon nicht groß, konnte hier nur mit eingezogenem Kopf stehen. Aziz räumte Stoffballen und Kleider beiseite, darunter kam eine Matratze zum Vorschein, kurz glaubte sie, daß er sie an sich ziehen und küssen werde, aber es wurde schnell klar, daß er sie so wenig wie möglich berühren wollte, als sei sie ansteckend krank. Zum ersten Mal in ihrem Leben sah sie ein Präservativ; es zeigte, daß er es sei, der sich zu schützen habe. Von hier oben gab es gegen seinen Willen kein Entkommen.

Als sie wieder unten im Laden waren – es mochten kaum mehr als zehn Minuten verstrichen sein –, reichte er ihr mit derselben anzüglich-ironischen Miene, mit der er einer Kundin die reparierte Bluse zurückgab, einen Geldschein. Was hatte sie erwartet? Daß seine Schale geplatzt sei? Daß er unerwartet in das Reich von Zärtlichkeit und Liebe vorstoße? Daß er in den doch immerhin zehn Minuten, die sie gemeinsam über dem Laden verbracht hatten – sie auf allen vieren, gemäß seiner Anweisung, er hinter ihr kniend – ein anderer Mensch geworden sei? Sie hatte sich darauf verlassen, daß er die vereinbarte, die von ihm selbst angebotene Summe zahlte, aber der Schein deckte nur die Hälfte des Betrags. «Es fehlen hundert Dirham», sagte sie ohne Anklage, mehr zu sich selbst. Schweigend sahen sie einander an, im dunklen Laden ließ irgendeine Lampe draußen seine Augen blitzen. Dann hob er die zarte Knabenhand und schlug ihr ins Gesicht.

Während sie durch die Nacht davonlief, als sei er hinter ihr her – wo sein einziger, unmißverständlich zu erkennen gegebener Wunsch doch gewesen war, sie so schnell wie möglich loszuwerden –, befand sie sich im Zustand der Revolte. Wut, Verwirrung, Scham, Rachebedürfnis mischten sich, sie konnte keinen klaren Gedanken fassen. Zu Hause schliefen Salma und der große Junge, die gefesselten Hände auf der Brust; sie legte sich dazu, aber sie schloß die Augen nicht. Das Zimmer war fensterlos. Tagsüber drang Licht durch die Tür, die auf den Arkadengang um den Innenhof hinausging; die offenen Arkaden waren in diesem Winkel von trüben Plastikplanen geschützt, die das Licht dämpften, aber erlaubten, daß auch bei Sturzregen gekocht werden konnte, wenn die übrigen Arkaden überflutet waren und ein Wasserfall über die Treppe plätscherte. Nachts war es in ihrem Zimmer dunkel wie in einem Schrank. Khadija liebte diese samtige Dunkelheit, die sie umgab wie eine leichte, weiche Decke. Ihr Herz pochte, sie fühlte sich so entwürdigt wie keinen Tag an Mohammeds Seite – obwohl sie in der ihr eigenen Sachlichkeit doch hätte zugeben können, etwas so substantiell anderes sei die Ehe mit Mohammed schließlich auch nicht gewesen.

Nach einer Weile des Starrens ins Dunkle wußte sie plötzlich, daß sie mit ihren Kindern nicht mehr allein im Zimmer war. In der Schwärze wurde es noch schwärzer, und in dieser Raben-Kohlen-Schwärze formte sich eine Gestalt mit kurzen Beinen, langem Oberkörper und kleinem Kopf. Mit den Armen, die stumpf ausliefen, ohne Hände, reckte sie sich hin zu ihr. Khadija betrachtete die Erscheinung begierig – alle Unruhe, aller Zorn und Haß waren von ihr abgefallen. Sie stand nicht allein in der Welt. Wer sie ins Gesicht schlug, wußte nicht, über welche Ressourcen sie verfügte.

Wortlos war die Lehre des Dschnunat, aber keineswegs inhaltlos. Er teilte sich ihr durch seine bloße Anwesenheit mit, durch die alles in die richtige Proportion geriet. War er da, ergab sich das meiste von selbst. Was offenblieb, durfte es bleiben, die Lösung war noch nicht an der Reihe. Sie sah das Geschehene aus dem Abstand, aus dem der Dschnunat sie selbst beobachtete, und verstand: Es war richtig gewesen, der sich anbietenden neuen Existenzform nicht auszuweichen. Dem Schneider Aziz kam das Verdienst zu, sie darauf aufmerksam gemacht zu haben. Dafür hätte sie ihm sogar dankbar sein müssen, wenn durch sein ungeneröses Betragen die Dankesschuld nicht längst beglichen gewesen wäre. Überhaupt weg mit dem Schneider Aziz! Den konnte und würde man sich später noch einmal vornehmen. Was zählte, war diese Einsicht: Ein neuer Beruf tat sich auf, der wie jeder andere, wie die Fischerei und das Badeofenheizen, Kenntnisse verlangte, Gefahren in sich trug und Vorteile, die erst der Kundige entdeckte. Zwischendrin verfiel sie ins Rechnen, jetzt ganz leidenschaftslos. Nur den halben Wochenlohn im Hotel hatte Aziz, gegen sein eigenes Versprechen, herausgerückt, zehn Minuten war sie ihm dafür zu Diensten gewesen statt dreieinhalb Tage. Wenn sie schon als Betrogene und Geschlagene so vorteilhaft dastand, dann gab es wohl keinen Zweifel, wie es aussah, sobald sie die Dinge mit mehr Verstand anging. Und es erwies sich, daß sie eine Geführte war. Das Glück kam ihr entgegen, sie mußte es nicht suchen.

Am nächsten Tag erschien im Hotel ein mächtiger Mann, aber daß er mächtig war, mußte man wissen, man sah es ihm nicht an. Der Hotelier hatte gewisse Zahlungen nicht abgeführt, betrieb sein Haus ohne Konzession und war auf die Duldung der Behörden angewiesen, die er sich durch Spenden gewogen hielt – die alltäglichste Sache der Welt, nicht der Rede wert. Der Mann war der «Commandant» der örtlichen Polizei, kurzbeinig, mit hängenden Schultern, kahl werdend, ein graues erloschenes Gesicht, Kettenraucher – wenn er sich eine neue Zigarette anzündete, nahm sein Ausdruck etwas Weiches, Hoffnungsvolles an, das nach zwei Zügen wieder verschwand. Er erschien in Zivil, einer Lederjacke, die ihm etwas zu groß war, und weiten, ausgelatschten Hosen, die ihn noch kurzbeiniger wirken ließen. Er war der Knecht seiner Laster, von ihnen geschüttelt und gebeutelt: bis vor kurzem ein beinahe täglicher Gast im Hôtel des Îles, das noch aus der Protektoratszeit stammte, damals das erste Haus am Platz, jetzt eine trübe und vernachlässigte Herberge, die nur in ihrer Bar spät am Abend zu geräuschvollem Leben erwachte. Das Publikum war bürgerlich, Männer aus gehobenen Berufen, Doktor und Apotheker, Bauunternehmer und Tankstellenbesitzer, die die Bar der Arbeiter und Fischer nicht betraten, obwohl das Bier in den kleinen grünen Flaschen dort dasselbe war und hier wie da die Flaschen, wenn sie geleert waren, nicht sofort weggeräumt wurden; so wuchsen vor den Trinkern regelrechte Flaschenwäldchen, was die Abrechnung erleichterte.

Wenn es von jedem Tisch schon vielfältig smaragden blinkte, trafen auch Frauen ein, Huren vom alten Schlage, dick geschminkt, rot und blond gefärbt, die nicht mehr ganz jugendlichen Leiber in enge glitzernde Kleider gezwängt, ihren Handtaschen unablässig Zigaretten entnehmend und von der Theke aus um sich schauend, ob sie nicht an einen Tisch gewinkt würden. Noch war die Stimmung unentschieden, aber schon packten Musikanten ihre Instrumente aus, Kniegeige und Synthesizer, und bald dröhnte die Musik. Jetzt war die Phase der Einzelgespräche beendet, die Huren begannen zu tanzen, zunächst miteinander, dann rafften sich auch die Männer auf, keiner blieb mehr sitzen, bis auf die charakterfest verschlossenen Trinker, die jetzt dazu übergingen, gleich mehrere Fläschchen zu bestellen, es ging in ein solches ja nur ein Viertelliter hinein.

Herrliche Nächte, der Commandant lebte auf. Das graue Verdrossene verließ ihn; er genoß in diesem Kreis den Respekt, der seiner Ausnahmestellung gebührte, die Frauen kannten ihn alle, lachten mit ihm und küßten ihn. Aber dann schlug irgendwann die gute Laune um, wie man es auch von Kindergeburtstagen kennt, bei denen nach freudiger Erregung schließlich alles zankt und heult. Es waren weniger Huren im Saal als Männer, doch immer noch zu viele für den Bedarf, und plötzlich war der Streit da. Die Frauen fielen übereinander her, waren jetzt betrunken und empfanden die Konkurrenz als unerträglich. Erst wurde geschrien, dann geschlagen, dann verwandelte sich eine füllige Rothaarige in eine Tigerin, griff zwei Bierfläschchen am Hals, schlug sie entzwei und wollte sich mit den gezackten Scherben auf eine andere stürzen, die den taumelnden Commandant im Arm hielt – wie eine Geisel, könnte man sagen, aber zu Abwägungen war die Tigerin nicht mehr fähig. Sie stieß mit den Scherben in das gemalte Gesicht der siegreichen Feindin, traf jedoch den Commandant, der zu einem behördlichen Donnern, wie es jetzt am Platz gewesen wäre, längst außerstande war.

Blut! Der Schreck war groß. Man riß die Tigerin weg, Kraft war dazu nicht erforderlich, denn das viele Rot auf Wange und Hals, das in den weißen Hemdkragen tropfte, hatte ihre Kampflust in sich zusammenfallen lassen. Sie stand apathisch da, hätte in diesem Augenblick vielleicht nicht einmal mehr ihren Namen gewußt.

Ein mächtiger Mann sei der Commandant, aber solche Auftritte konnte er sich nicht leisten. Er hatte viele gute Freunde – der Provinzgouverneur wußte, daß man auf ihn zählen konnte –, doch von überall hörte er nur das eine: Laß die Bar im Hôtel des Îles! Fahr nach Safi, wenn's dich packt, aber laß fürs erste einmal Vergessen eintreten. Ein guter Rat, ein billiger Rat. Wie sollte das geschehen? Nach zwei Abenden, die er zur Verblüffung seiner Frau – sie vergaß sogar das Nörgeln – mit ihr teetrinkend vor dem Fernseher verbrachte, wurde er von Sehnsucht und Selbstmitleid geschüttelt. Was war das Kommandantentum wert, wenn es mit einer solchen Abwendung von allen Quellen der Freude erkauft werden mußte? Er war kein freier Mann, er war gefesselt, aber die einen Fesseln waren unerträglich, und das, was ihn an die Sphäre des Hôtel des Îles band, war eine süße Last, ohne sie war er gar nicht existent, die Lebenssubstanz, so schien es ihm, lief förmlich aus ihm heraus. Wie leicht war der verhohlene Spott über das Pflaster zu ertragen, das seine Wange breit bedeckte; die Wunde hatte noch in der Nacht genäht werden müssen, die Zahl der Zeugen, die den Unfall mitbekommen hatten, stieg ins Unkontrollierbare. An den Bemühungen seiner Untergebenen, den Auftritt zu vertuschen, nahm er nur müden Anteil. Das war die Verfassung des Commandant, als er Khadija sah.

Sie war in allem das Gegenteil der Frauen, die in der Bar des Hôtel des Îles verkehrten. Sie trug kein enges glitzerndes Kleid und keine goldenen Schuhe mit hohem Absatz, sie war barfuß, mit schönen kleinen Füßen in Gummischlappen, sie trug ein Kopftuch, das auch um den Hals geschlungen war, ihr Kopf war ringsum eingepackt. Sie war ungeschminkt, bis auf den Leberfleck, den ihr die Natur aufgemalt hatte, aber obwohl sie vom Schicksal wahrlich nicht geschont worden war, frisch und gesund, mit weißer reiner Haut und vollen blassen Lippen. Sie war die Witwe von zwei Fischern, ein rechtloser Mensch. Nichts war ungefährlicher, als ihr einen Vorschlag zu machen. Und nichts näherliegend.

Der Commandant staunte: In der Ausweglosigkeit tat sich überraschend eine Tür auf.

Diese Verbindung bewirkte die entscheidende Veränderung in Khadijas Leben. Es war, als habe sich ein Segelschiff mühsam aus einem vollbesetzten Hafen hinausmanövriert, ständig in der Gefahr, andere Boote zu rammen oder gerammt zu werden, und sei jetzt aufs offene Meer gelangt – noch ohne Fahrt aufgenommen zu haben, doch die Segel sind gesetzt und beginnen sich in einer günstigen Brise zu blähen. Kein wohlgesinnter Geist hätte ihr einen besseren ersten Kunden schicken können als den Commandant. Er brauchte sie, wollte sein seufzendes Haupt an ihre Brüste lehnen. Nach allen Formen der physischen Liebe war er süchtig, wenngleich dazu nicht immer in der Lage, er ersehnte sich unumschränkte Bereitwilligkeit und dazu Nachsicht und Verständnis. Er war in die Frauen allgemein verliebt, nicht unbedingt in Khadija, sie war seine Retterin in der Not, er war ihr dafür innig dankbar und zugleich so taktvoll, sie nicht mit verliebten Sentimentalitäten zu bedrängen, die sie ungern erwidert hätte. Sie hatte einen eigentümlichen Aberglauben: Sie wollte unbedingt Macht ausüben, ohne dafür lügen zu müssen. Eine auf Lüge gegründete Macht kam ihr instabil vor, wie kurz vor dem Zerbrechen. Er war nicht übertrieben großzügig. Sie tadelte das nicht, denn sie war dagegen, daß er sich ruinierte; er sollte eine langfristig berechenbare Größe ihrer Ökonomie bleiben. Bald gestand er ihr, daß er Abwechslung schätze – ob sie nicht eine Freundin habe?

Wer Khadija kannte, hätte diese Frage absurd gefunden: Nichts verschmähte sie mehr als das Geschwätz anderer Frauen mit ihren Indiskretionen und ihrem Hang zur Selbsttäuschung. Und was die Huren aus dem Hôtel des Îles, aber auch aus dem Café Mogador oder dem Café Mamouche anging, gegen die hegte sie, nach allem, was sie gehört hatte und was der Commandant in den entspannten Ruhestunden nach der Liebe preisgab, einen besonderen Zorn. Das waren die Feinde der Frauen, die Verräterinnen an der weiblichen Herrschaft. Schon ihr Aufzug ließ erkennen, daß sie Freiwild waren, Ausgestoßene, den Männern auf Gnade und Ungnade ausgeliefert. Sie lärmten und betranken sich, so daß kein vernünftiger Mann, hochgestellt wie der Commandant, Achtung vor ihnen empfinden konnte. An einem Abend mit Alkohol mochte es wohl so aussehen, als ob die Männer diesen Frauen verfallen seien, aber in Wahrheit waren es die Huren, die hinter den Männern herliefen, hoffnungslos!

Soviel glaubte sie verstanden zu haben: Wenn es nicht gelang, dem Mann die Vorstellung zu vermitteln, die Frau, die er bezahle, werde ihm die Heilung aller Leiden schenken, dann war ein solches Geschäft von vornherein vergeblich. Der Mann mußte zu der Frau in der Erwartung kommen, bei ihr einen geheimen Palast zu betreten, bildlich gesprochen, denn die schäbige kleine Villa mit den geschlossenen eisernen Läden, in der sie sich trafen, war kein Palast, noch nicht einmal für Khadija, die sich nicht weiter auskannte. Das Haus gehörte einem Freund des Commandant, der es nach seiner Scheidung verkaufen wollte, und war nur halb ausgeräumt, das Bett des zerstrittenen Ehepaars stand noch darin. Die Wände des Schlafzimmers, die noch vor kurzem Zank und halbherzige Versöhnungen gesehen hatten, umgaben jetzt ein friedliches Paar. Die Wogen schlugen nicht allzu hoch, der Commandant war unersättlich, wenn auch erschöpft, ja es war ihr manchmal, als bringe die Erschöpfung erst die Unersättlichkeit hervor, weil die große Spannung sich partout nicht auflösen wollte, nicht so oft jedenfalls.

Sie erkannte, daß sie ihn nicht langweilen durfte. Die kleine Villa wurde nun immer wieder von anderen Frauen betreten, aber anständig verhüllt mit schön gebundenen Kopftüchern und langen Djellabas, sie sahen aus wie Dienstmädchen, die zum Putzen kamen, kein Nachbar hätte argwöhnisch werden können. Das waren natürlich keine Freundinnen Khadijas, die es ja auch gar nicht gab, aber außerordentlich glückliche

Akquisitionen. Geldnöte hatten alle Frauen, die sie kannte, sogar Malika klagte, daß sie nicht auskomme, und man darf sicher sein, daß Khadija sich das Vergnügen gemacht hätte, auch Malika anzusprechen, wenn die nicht schon etwas zu alt gewesen wäre. Vergeblich hätte sie jedenfalls nicht gefragt, da war sie sich sicher; sie hatte sich schnell den Blick für die Disposition zur Bereitwilligkeit erworben.

Dabei ging sie eine ganze Weile noch in das Hotel – weshalb den Lebensstil ändern? Sie konnte die Kinder dorthin mitnehmen, die kleine Salma heimste auf der Terrasse bei den Frühstücksgästen Geschenke ein, der Junge saß in der Küche, in seine immer raffinierter werdende Fesselungskunst vertieft. Zwei der hübschesten Zimmermädchen, beide jung verheiratet, hatte sie ihrem System schon eingegliedert. Es war ihr wichtig, daß solche Frauen sie als bloße Vermittlerin erlebten, sie mochte nicht, daß man sie für ihresgleichen hielt. Die Abrechnung war korrekt. Sie gab nicht eben viel von dem weiter, was sie vom Commandant erhalten hatte, aber sie hatte ihn streng angewiesen, mit den Mädchen nie über Geld zu sprechen, das habe alles über sie zu laufen, und für ihn schuf diese Ordnung zauberische Situationen: Schöne junge Mädchen erwarteten ihn allein in einem verlassenen Haus, allen seinen Wünschen gefügig, und verschwanden danach wie Feen, bis zur Unkenntlichkeit verhüllt. Das Bezahlen später brachte er mit seinem Erlebnis gar nicht mehr in Verbindung. Er durfte sich vorstellen, er unterstütze mit seinem Geld vor allem die in Not geratene Familie einer zweifachen Witwe, und so war es ja auch.

Eine Sache blieb ungelöst: seine Anhänglichkeit an die Sauferei. Es konnte doch wohl nicht sein, daß über sein Leben nun ein ununterbrochener Ramadan verhängt werde. Khadija wies ihn diskret darauf hin, daß er leistungsfähiger sei, wenn er kein Bier getrunken habe. Das verfing für eine Weile – er wurde nachdenklich, aber auch sie dachte nach und erkannte, daß sie ihn mit einer überzogenen Austerität an jene Orte zurücktrieb, an denen sie ihn nicht haben wollte. Sie sorgte für die appetitlichen smaragdgrünen Bierfläschchen, die so wenig faßten – im Eisschrank fanden sich aber immer nur vier oder fünf, eine beherrschbare Menge.

Diese Ausnahmen veränderten aber ihre Grundsätze nicht. Das hatte nicht ausschließlich religiöse Gründe. Gewiß, die Religion verbot den Alkohol, verbot aber anderes auch; man mußte ihre Vorschriften oft dehnen oder sie entschlossen ignorieren, als habe man es gar nicht anders gewußt. Aber sie profitierte von dem Schutz und der Anleitung eines gewaltigen Dämons, der in ihr Leben immer wieder eingriff, und hinter dem Alkohol stand ein ebensolcher Dämon, gegen den der eigene Dschnunat nichts vermochte, die beiden bekämpften sich, davon war sie überzeugt. Im Reich der Geister gab es Grenzen; man mußte wissen, wann man sie überschritt.

Es war ihr deswegen hochwillkommen, als der Commandant begann, Freunde bei ihr einzuführen, lauter gesetzte Herren in Anzügen und mit dem in Mogador so angesehenen Hoheitszeichen der Krawatte, darunter aber auch ein frommer Mann in stets blütenweißer Djellaba mit gelben Pantoffeln, eine Säule des Konservatismus, und der Geschäftsführer der Omnibuslinie Agadir – Casablanca, der ein besonders treuer Kunde wurde. Diese Herren wären nur ungern in der Bar des Hôtel des Îles gesehen worden, und bei Khadija fanden sie in aller Verschwiegenheit einen Garten der Lüste, für den man die eigene Welt kaum verlassen mußte, nur einen halben Schritt neben der Normalität, leicht erreichbar und mit einem frisch bezogenen Bett – darauf achtete Khadija, sie hatte im Hotel nicht umsonst das Bettbeziehen erlernt.

Ihre Kräfte beinahe überfordernd, hatte sie die Kugel ihres Geschicks einen steilen Weg hinaufgerollt; unversehens war die Paßhöhe erreicht, und nun ging es mühelos hinab auf wohlgebahnter Route. Als eines Tages der König seiner guten Stadt Mogador eine Visite machte – hinter hohen Mauern stand ein nur wenigen Einwohnern zugänglicher Palast zu seinem Empfang bereit, denn wohin der König auch kam, er schlief stets im eigenen Bett –, da wartete Khadija hinter der Absperrung, in der Volksmasse. Ein Polizist – von wem wohl angewiesen? – hatte sie durch die Menge ganz nach vorn geleitet. Nah am zweiflügeligen Tor bei den Garden in Paradeuniform, umflattert von einem Fahnenwald im schönen Dunkelrot mit dem grün daraus hervorleuchtenden Pentagramm, dem Sigillum Salomonis, waren die Honoratioren nach Rang und Würden aufgereiht, viele Uniformen, viele dunkle Anzüge. Nun nahte langsam die Kavalkade des Monarchen. Der Diener, der den Schlag öffnete, sank in die Knie, und der rundliche Sohn des gefürchteten Hassan des Zweiten, in etwas zu knapp sitzendem Anzug, mit Sonnenbrille und kurzgeschorenem Haar, lief, als sei er ungeduldig, auf kurzen Beinen die Reihe ab. Jeder der Herren neigte sich zum Handkuß und beugte ein Knie, aber das mußte blitzschnell geschehen, als sei diese Huldigung dem König nicht angenehm. Welche Genugtuung bereitete es Khadija, in der langen Reihe der Angetretenen fünf Bekannte zu erblicken, und zum Schluß kam sogar noch ein sechster hinzu – der Commandant, der in seiner Staatsuniform beinahe ertrank, das lag aber am Schnitt, sie paßte ihm eigentlich. Auch er durfte dem Zug des Königs in das Innere des Palastes folgen, als letzter. Hinter ihm schlossen sich die Türflügel. Aus einer Hintertür auf der anderen Seite der Mauern würde er schließlich wieder herausgelassen werden.

Khadija war bedürfnislos. Anders als sonst manchmal Leute, die nach bitterer Armut zu Geld gekommen sind, hatte sie nicht vor, ihre Lebensweise zu ändern, außer daß sie ein zwölfjähriges Mädchen einstellte, das auf Salma aufpaßte und Einkäufe machte, denn dafür war nun wirklich keine Zeit mehr. Sie erfüllte sich den Wunsch, von jetzt an immer Schleier mit Goldfäden zu tragen, auch wenn man die teureren nahm, wirkten sie beim ersten Hinsehen wie die billigen, die Unauffälligkeit blieb gewahrt. Sie aß auch besser, kaufte Fisch und Erdbeeren und achtete darauf, daß ihr Couscous nicht mit Sonnenblumenöl, sondern mit einer besonderen ranzigen Butter angemacht wurde, die ein wenig nach Roquefort schmeckte. Seitdem sie das ausprobiert hatte, war ihr klar: Diese Butter – zwei Jahre alt mußte sie sein! – durfte nun nicht mehr fehlen, der Geschmack des Couscous gelangte erst damit zu seiner Fülle. Aber wenn sie das Geld, das sie einnahm, nicht ausgab, dann entstand auch da eine unvorhergesehene Fülle, die geradezu ratlos machte. Nicht lange freilich, wenngleich es zum Erstaunen war, wie sich nun alles fügte.

In dem großen Haus, diesem unübersichtlichen Organismus mit den vielen Parteien rings um den Arkadenhof, wo auch Saids, des toten Fischers, winziger Verschlag lag, den sie nun mit ihren beiden Kindern bewohnte, herrschte ein Kommen und Gehen, nur wenige waren dort dauernd zu Hause. Das Gebäude hatte bessere Tage gesehen, ein reicher Kaufmann hatte hier gelebt, vielleicht gar ein Sklavenhändler, der die aus Mali herbeigeschleppten Sklaven im Hof unter freiem Himmel gefangenhielt, und in den unteren Gewölben, wo sich jetzt vor allem das Unbrauchbare, noch nicht gänzlich zu Abfall Gewordene stapelte, hatte es ein Warenlager gegeben. Der Eigentümer war ein alter, fetter Mann, dem noch andere Häuser gehörten. Er befand sich in einem ähnlichen

Zustand wie sein Haus, in fleckiger Djellaba, mit wenigen Zähnen, beständig sich mit seiner Perlenschnur, dem Rosenkranz, auf den Schenkel schlagend, ein Mann in blühendem Verarmungswahn, mißtrauisch um sich blickend, der es nicht verschmähte, die Miete bei seinen vielen Parteien selbst zu kassieren, wobei er oft versuchte, einen Vorschuß für den nächsten Monat auszuhandeln – der Unterhalt des Hauses koste ein Vermögen. Das hätte sehr wohl gestimmt, man hätte viel Geld in das Haus stecken können und müssen, aber er tat es nicht und fühlte sich einfach besser, wenn er Geld, das ihm erst in der Zukunft zustand, schon jetzt in der Tasche hatte.

Als er bei Khadija anklopfte und seinen Jammergesang anstimmte, einen feinen, hohen Greisensingsang – als Kundschaft wäre dieser Mann, auch als er jünger war, niemals in Frage gekommen, das sah Khadija mit inzwischen erfahrenem Blick –, kam ihr ein Einfall.

Nein, einen Vorschuß auf die Miete werde sie ihm nicht zahlen. Sie teile sich einen Wasserhahn mit fünf Nachbarn, die Wände seien feucht und müßten isoliert werden, das alles zu beheben habe er seit Jahren versprochen.

Auf dem Gesicht des Vermieters malte sich ungläubiges Entsetzen: Er? Versprochen? Ausgeschlossen!

Aber, fuhr Khadija fest dazwischen, und dieses «aber» ließ den Mann aufhorchen – sie war selbst verblüfft, als sie sich reden hörte –, sie könne über eine Summe verfügen, von einer Tante geerbt, sie würde das Geld gern anlegen, ihr Zimmer kaufen, am besten das von der Pappwand abgetrennte daneben gleich mit, man könnte sagen: diese Seite des Hofes, da kämen noch drei Zimmer dazu, und warum nicht gleich das ganze Haus?

Gab es in Mogador nicht bessere Objekte? Überall wurden ruinierte Häuser von Ausländern aufgekauft, die sie in ihrem Stil teuer herrichteten, oft genug mußten sie mehr oder weniger neu bauen. Khadija ließen solche Häuser kalt – nein, es mußte dieses Haus sein. Als sie zum ersten Mal hier eingetreten war, hatte das Ausmaß des Gemäuers einen tiefen Eindruck auf sie gemacht, die Finsternis der Gewölbe unter dem blauen Rechteck des Himmels.

In der Ecke des Hofs lag ein unbehauener Stein, ein Felsbrocken; es hieß, er decke ein Loch ab, das darunter liege, eine Zisterne, die aber nur Salzwasser enthalte, obwohl in den gewachsenen Felsen geschlagen. Das Wasser holten sich die Bewohner, die zu ebener Erde in hohen, mehrfach unterteilten Gelassen lebten, draußen am öffentlichen Brunnen. Der Hof mit seinen Wäscheleinen, den ausgebleichten Vorhängen und Teppichfetzen in den Arkadenbögen, glich einem Platz – die Anlage bildete eine Stadt in der Stadt. Nie wäre ihr da die kleine Betonvilla in der Ville nouvelle mit den vom Sturm gerupften Bougainvillea-Ranken erstrebenswert vorgekommen.

Khadija, die Tochter eines armen Fischers, die Stieftochter eines Badedieners und Ofenheizers – er lebte übrigens noch, sah mehr denn je aus wie der Tod und wurde von ihm, der ihn als Verwandten betrachtete, vielleicht gerade deswegen verschont –, sie hatte einen Geschmack fürs Große, Großräumige, gern auch Dunkle, sie war eben kein Weibchen, das von geblümtem Chintz träumt. Dieses Haus mit den vielen hohen Räumen würde sie nie allein bewohnen wollen, aber sie fühlte sich der Aufgabe gewachsen, es zu regieren. Außerdem wäre es passend, den Sohn bald in ein eigenes Zimmer auszuquartieren, denn er hatte entdeckt, daß er mit den Händen noch etwas anderes anfangen konnte, als sie zu fesseln, und Khadija wollte ihm dieses körperliche Miniaturerdbeben nicht versagen. Auf einem gemeinsamen Lager mit ihr und Salma verbot sich das.

Ihr Gewerbe hatte hier ohnehin nichts zu suchen. Sie selbst verlegte ihre Treffen schon seit längerem nach Safi, zwei Stunden mit dem Bus entfernt, in tageweise gemietete Wohnungen. Es wäre ihr nicht verborgen geblieben, aber es gab wirklich immer noch kein Raunen über sie. Die Strenge, mit der sie zur Diskretion verpflichtete, zahlte sich aus. Nicht einmal der fette Vermieter bohrte nach, wie sie an solche Beträge gelangt sei. Das war seine Schwäche: Er hielt jeden für heimlich reich, nur er allein habe zu kämpfen. Und seine Lebensumstände waren von denen Khadijas so kraß nicht unterschieden. Das Haus, das er mit seiner Frau bewohnte, war gleichfalls verfallen und dazu noch übelriechend, weil er sich nicht dazu entschließen konnte, die Latrine zu reparieren. Wie wurde man bei solchem Geiz nur fett?

Er biß sofort an, aber die Verhandlungen zogen sich hin, wie es Landessitte war. Selbst dieser Mann entdeckte, wenn es zu schachern galt, einen Spieltrieb. Khadija wich nicht von ihrer Position und überraschte ihn stets mit neuen Vorschlägen. Schließlich empfing sie ihn, das Mädchen mit den Kindern wurde fortgeschickt, in ihrem von einer matten Glühbirne kaum beleuchteten Loch – es wollte ja keiner darin lesen – mit einem dicken Packen Banknoten, den sie auf den niedrigen Tisch legte, zwischen die Teegläser, inzwischen solche mit Goldrand: lauter Tausend-Dirham-Scheine. Sie blätterte sie ihm pedantisch vor, er konnte von dem Anblick nicht lassen. Das würde er neben der offiziellen, der vom Notar beurkundeten Kaufsumme erhalten. Ehrfürchtig sah der alte Mann sie an.

Sie hatte sich verändert. Ihr Lächeln war verschwunden – in den Jahren, wo es für sie nichts zu lachen gab, hatte sie damit bezaubern können, jetzt, wo ihre einzige Sorge dem Wachstum ihres Wohlstandes galt, war sie ernst geworden. Man mußte jeden Schritt bedenken, mußte den Männern ins Herz schauen. Die Zukunft war nicht mehr einfach hinzunehmen, sie war ein Gelände, das gestaltet werden wollte. Es war auch ein neuer Geschäftszweig hinzugekommen: Sie hatte begonnen, Geld zu verleihen. Gegen Sicherheiten selbstverständlich, auch deswegen mußte die Wohnungsfrage auf Dauer beantwortet werden. Sie brauchte endlich ein fest abschließbares Zimmer. Ihre Tür war mit einem Fußtritt zu sprengen. Zwar suchte niemand Schätze bei der Witwe mit dem kleinen dicklichen Mädchen und dem heranwachsenden Geisteskranken, der nur bellende und heulende Laute von sich gab und den Leuten seine gefesselten Hände vorzeigte, aber in der Kassette lag inzwischen allerlei – sie ließ sich von einem Juwelier beraten, sie nahm kein Katzengold.

Fast hatte der Alltag schon den Reiz der Neuheit verloren, aber bevor das Grau der Routine siegte, kam es immer wieder zu Triumphen: Als nach zähem Hin und Her das Haus, die Burg, ihr eigen geworden war, schlug das Herz doch schneller. Beinahe ebensoviel Gewicht besaß der Augenblick, als eine hübsche, spitznasige Frau, halb landesüblich, halb europäisch gekleidet, um ein Gespräch mit ihr bat. Da hatte sie schon die Pappwand einreißen lassen und empfing in einem großen, saalartigen Zimmer.

Kannte sie diese Frau nicht? Sie wußte doch, wer das war? Mit verschlossener Miene lauschte sie ihren Klagen. In Khadijas Salon ging es stets aufs neue um die mangelnde Übereinstimmung der Ansprüche mit den zur Verfügung stehenden Mitteln. Bald hätte sie ihr auf den Kopf zusagen können, wer sie sei, aber sie wartete, bis die Frau damit selber herausrückte.

Ja, tatsächlich, das war die Frau des Schneiders Aziz. Saida hieß sie, sie ließ sich ausführlich betrachten, derart abgelenkt war sie durch die Not, in die sie geraten war. So sah ein Wesen aus, frühzeitig daran gewöhnt, bequem und schön angezogen zu leben, in einer netten Wohnung mit einem Dienstmädchen und einem vorzeigbaren Mann, der allerdings auch ungemütliche Seiten hatte; seine Hände, die einen Faden durchs Nadelöhr brachten, ohne daß er dabei den Blick von der Frau jenseits der Theke abwenden mußte, die konnten fest zuschlagen. Wenn Khadija den Fall Saida recht bedachte, tat sie ihr keinen Gefallen, wenn sie ihr nur das bißchen Schmuck abnahm, den sie nie wieder würde auslösen können – sie war auf die schiefe Bahn geraten.

Hinter Saida, in dem tagsüber nur spärlich durch die geöffnete Flügeltür beleuchteten Raum, der sich im Dämmer verlor, ballten sich die Schatten, aus dem Dunkel wurde Schwärze, aus der Schwärze eine Silhouette mit langem Oberkörper und kleinem Kopf. «Verpaß die Chance nicht, die ich dir geschickt habe», sagten die winkenden Arme.

Khadija schob die aufgeklappten Schmucketuis zur Seite. Daß es niemanden in Mogador gebe, der auf diese Ringlein hin die Summe leihen werde, die sie brauche, das sei ihr wohl selber klar, sie sei schließlich auch schon woanders gewesen. Leuten auf den Kopf irgend etwas zuzusagen, als sei sie bestens informiert, war Khadijas Spezialität. Das wirkte auch, wenn es gar nicht stimmte, aber die Hübsche ließ schuldbewußt den wohlverhüllten Kopf sinken. Tränen traten ihr in die Augen. Die ließ Khadija ruhig rinnen. Wann war Saidas Seele genügend durchfeuchtet, um den Rat, der ihr Leben veränderte, willig anzuhören?

So wurde Saida ein beliebtes, gar bevorzugtes Mitglied von Khadijas Kerntruppe. Ihr mußte, das hatte Khadija zum

Glück vorausgesehen, anfangs nur die Versuchung ausgetrieben werden, selbst zu kassieren – die Dame glaubte allen Ernstes, Khadija hereinlegen zu können, hatte aber nicht mit dem Vertrauensverhältnis zwischen den Männern und der Chefin gerechnet. Es war eingetreten, was Khadija im kindlichen Alter geahnt hatte, als sie die Anwesenheit der Männer hinter der Trennwand der Moschee so eindringlich erlebte. Die Männer waren ihre Vasallen geworden, sie standen ihr mit Rat und Schutz zur Seite. Sie verstand die Männer, sie war ihre heimliche Königin.

8

Und nun die Abrundung der Verhältnisse, die Ausweitung der Existenz, zukunftsweisend – sie ergab sich wiederum ungeplant, wuchs aus ihrem Haus hervor, diesem Geschenk des Schicksals, auch wenn sie es sich mit händlerischem Geschick hatte erkämpfen müssen. Aber das war in Ordnung so, geschenkt bekam der Mensch die günstige Gelegenheit – sie ins Reich der Wirklichkeit hinüberzuleiten, das mußte man schon selber leisten.

Das Haus mit seinen vielen Bewohnern glich einer mächtigen Baumkrone, in der es von hundert Vögeln raschelt und piepst. Ein Vogel darin blieb allerdings fast unhörbar, wenn man von den Besuchern absah, die bei ihm vorsprachen und sich im Hof erkundigten, wo in diesem Fuchsbau er zu finden sei. Der alte Imam, so wurde er nur genannt, als habe er keinen Namen, bewohnte ein kleines Zimmer im dritten Stock, das er niemals verließ; er war blind geworden und so alt, daß ihm längst alles Fleisch von den zarten Knochen gefallen war, die Beine versagten beim Treppensteigen. Mit ihm hauste eine Verwandte, eine Nichte, inzwischen auch hochbetagt, schwerhörig, aber noch gut zu Fuß. Die schneckenhausenge Wendeltreppe schraubte sie sich, mit Bohnen und Couscous beladen, fein ächzend hinauf. Mit Khadija wechselte sie kaum ein Wort.

Der Imam war ein Wundermann, nicht nur wegen der dritten Zähne, die mit neunzig plötzlich in dem entfleischten Gaumen nachgewachsen waren, aber natürlich waren diese dritten Zähne eine Empfehlung: Was von diesem Mann kam, war ernst zu nehmen. Sein Ruhm verbreitete sich langsam, denn er selbst tat nichts dazu, wäre in seiner Schwäche zu dergleichen auch gar nicht imstande gewesen. Er gehörte eben nicht zu den im ganzen Land bekannten Wundertätern, deren Predigten auf Kassetten verbreitet wurden, die einen Strom von Ratsuchenden empfingen, beträchtliche Summen einstrichen – zum Wohl der Armen, wie es hieß – und sogar auf die Politik Einfluß nahmen. Nach einem langen Leben in Verborgenheit, in der Nähe des Grabes eines in Vergessenheit geratenen heiligen Mannes, war erst in seinem hohen Alter das Gerücht entstanden, er besitze übernatürliche Kräfte. Vor allem war es wohl die rüstige Nichte, die diesen Ruf befördert hatte. Sie war es, die ihm die Fragen der Besucher ins Ohr schrie, die zur Ruhe mahnte, während er nachdachte, die seinen lippenlosen Mund betrachtete, um ihm die Wörter abzulesen, die niemand verstand außer ihr, und nach seinen Vorgaben das Amulett herstellte. Zunächst schrieb sie auf, was der Imam ihr diktierte, dann faltete sie den Zettel, verschloß ihn mit Klebestreifen und überreichte ihn mit einer Anweisung: ihn nach vierzig Tagen ungeöffnet zu verbrennen oder ihn sich nach vierzig Tagen beim Duschen auf den Kopf zu legen oder ihn nach vierzig Tagen in Fetzen zu schneiden und mit Bohnenbrei aufzuessen. Und anschließend wiederzukommen. Bezahlen aber bitte sofort, und dabei machte niemand Schwierigkeiten, selbst die mit sonst zugeknöpften Taschen waren zu allem bereit, wenn es um eine solche geheimnisvolle Hilfe gegen anders nicht zu besiegende Plagen und Nöte ging.

Daß der Imam mehr sah und wußte als die mit schweren Leibern noch auf der Erde Herumtrampelnden, wer wollte es bestreiten. Sein Blick war schon ins Jenseitige gerichtet, das war offensichtlich; er hatte den Kopf weit in den Nacken gelegt, als wolle er sich von allem um ihn herum abwenden – oder weil er als Blinder seine Kräfte sammelte, um besser zu hören? So leicht, wie er war, wäre er womöglich schon davongeflogen, wenn die Erde, dieses Raubtier, nicht noch ihre Krallen in ihn geschlagen hielte. Ein Besuch bei ihm ließ niemanden teilnahmslos. Man war bei ihm so weit gelangt, wie man auf Erden kommen kann, an die mit warmem Blut unübersteigbare Grenze, die von ihm aber schon halb überwunden war. Bekam er überhaupt mit, daß da auch Geld kassiert wurde? Seine Autorität wurde durch keinen widrigen Kommerz beschädigt, und wenn einmal nicht eintrat, was er angekündigt hatte, dann mochte die Nichte ihn falsch verstanden haben.

Khadija sah dem Treiben im dritten Stock lange mit Reserve zu. Ein Bedürfnis, den Imam in ihren Angelegenheiten zu befragen, verspürte sie nicht; sie wußte sich mit anderen Kräften im Bunde. Die aber waren auf sie höchstpersönlich ausgerichtet, der Dschnunat gehörte ganz zu ihr und befaßte sich ausschließlich mit ihr, und es war gewiß klug, daran nicht zu rühren. Er hatte bisher nur aus eigenem Antrieb gehandelt. Sie hingegen hatte den Vorsatz gefaßt, immer für ihn bereit zu sein. Auf diese unablässige Bereitschaft durfte sie stolz sein; damit hatte sie sich das lebenverändernde Eingreifen des Dschnunat verdient. Ihn regelrecht in Dienst zu nehmen, ihn für sich arbeiten zu lassen, dazu noch in Angelegenheiten anderer Leute, mit ihm Geld verdienen zu wollen, das wäre mit Sicherheit bös ausgegangen. Dem Imam mochten die Geister dienstbar sein, aber niemals hätte sie gewagt zu denken, der Dschnunat sei ihr dienstbar. Schon bei dem Gedanken schauderte es sie, denn sie wußte, daß er Gedanken hörte.

Sie ließ deshalb alles laufen wie bisher, stand mit der Nichte auf höflichem, durchaus respektvollem Fuß, erhöhte auch die Miete nicht, dankte jedoch ergebenst für das Angebot, auch ihrerseits einmal beim Imam Rat zu holen. Die Nichte gefiel ihr nicht; sie hatte ihr nichts vorzuwerfen, hielt es aber nicht für ausgeschlossen, daß die alte Frau ahnte, wie sie lebte. Wer wußte, was der Blinde alles sah? Sie meinte sicher sein zu dürfen, daß bisher noch nicht über sie gesprochen wurde, obwohl das Geldverleihen sie bekannter machte, als sie es wünschen konnte. Geldverleiher werden mitunter hofiert, aber selten geliebt. Der Verdacht der Übervorteilung bleibt nicht aus, leicht entsteht das Bedürfnis nach Rache. Khadija kam zu dem Schluß, daß ihr Geschäft noch nicht abgesichert war. Es mußte aufs neue ein stabiles Fundament erhalten.

Wie stets, wenn in ihrem Leben eine Entscheidung anstand, geschah alles von selbst. Die Schneckenhauswendeltreppe war abgetreten worden in den beiden Jahrhunderten, die das Haus nun stand, viele der gemauerten Stufen hatten ihre hölzernen Kanten verloren und waren verfallen; da wurde die Treppe an manchen Stellen fast zur Rutschbahn. Außerdem war es stockdunkel in diesem Treppenturm. Erst wenn man sich einem Stockwerk näherte, fiel wieder Licht ein, aber nur schwach, weil die Arkaden zum Hof hin mit Tüchern und Plastikplanen improvisiert geschlossen worden waren. Am Zustand der Treppe nahm niemand Anstoß, die Bewohner kamen damit zurecht, wußten, an welchen Stellen man sich festhalten und wo man große Schritte machen mußte. Neuerdings leuchtete man sich mit dem Lämpchen aus dem Mobiltelephon. Man war hier weit entfernt von neuzeitlichem Sicherheitsdenken, schon gar von der Frage nach der Verantwortung für Unfälle. In diesem Treppenhaus zu stürzen, das war wie ein Sturz auf freiem Feld, wo man nicht daran denken würde, die Wurzeln und Steine anzuklagen. Das Haus war längst in einen Naturzustand eingetreten. Was daran Menschenwerk war, hatte sich durch die Zeit und das Klima und die Vernachlässigung wieder den Felsen und Höhlen unterhalb der Stadtmauer angenähert. Daß die Nichte eines Tages, mit Einkaufstaschen vom Markt beladen, kurz vor Erreichen des dritten Stockwerks ausrutschte und mit Gepolter – das waren die Milchflaschen und Kartoffeln – wie ein Sack voller Knochen bis zum nächsten Treppenabsatz hinunterrollte, war beklagenswert, ließ aber keine Vorwürfe gegen die Herrin des Hauses aufkommen. Die Nichte überlebte den Sturz, wenn auch mit schlimmen Brüchen, Hilfe brachte da kein wirkmächtiges Wort, mit Klebstreifen versiegelt und dem geschundenen Körper aufgelegt. Und zugleich mit ihrem Abtransport ins Krankenhaus ging der Imam – notwendigerweise, vorherbestimmterweise – in Khadijas Protektion über. Wer sonst hätte sich um den Hundertjährigen gekümmert? Es war die Nichte selbst, die sie in die bis jetzt von ihr verwalteten Vollzüge einweihte.

Es begann die Zeit einer großen Entdeckung. Khadija mußte lernen, daß sie sich noch gar nicht kannte. In ihrem Haus gab es Kammern, die sie noch nie geöffnet hatte, und solche Kammern gab es auch in ihrem Innern. Sie verstand, daß die magischen Zeremonien, die der Imam anordnete, sehr wichtig sein mochten, aber noch nicht das Eigentliche waren. Beim ersten Mal, an dem sie mit Salma und ihrem Dienstmädchen an einer Séance teilnahm, befahl der Imam, von einer Frau nach der Zukunft ihres kranken Kindes befragt, daß Wasser auf einem Gasbrenner neben ihm gekocht werde. Die Zeit, bis die Blasen aufstiegen, verging in Schweigen, sein blinder Blick war zur Decke gerichtet, die Ratsuchende hingegen wartete gebannt auf das Sieden, das sie schon tausendmal gesehen hatte, aber jetzt Vorbote war von Neuem. Der auf dem Teppich kauernden Frau wurde ein Kissen auf den Kopf gelegt. Sie duckte sich etwas, als man den heißen Topf auf das Kissen setzte; obwohl sie nur wenig Druck spürte, atmete sie erschrocken ein, als stehe ihr etwas Schmerzhaftes bevor. Aus einer feinziselierten Büchse, die der Imam aus den Falten seines Gewandes zog, nahm er mit den blutlosen Fingern eine Bleikugel, umschloß sie fest mit der Hand, übertrug ihr ganz sichtbar etwas aus seiner Seele Stammendes und gab sie einer Gehilfin – bis dahin der Nichte, neuerdings Khadija, die die Kugel mit zusammengezogenen Brauen entgegennahm. Sie hatte einen Löffel und eine Kerze bereitzuhalten: Über der Flamme zerlief das Blei im Nu. Etwas nicht Ungefährliches bereitete sich vor. Als der Silbertropfen in den Topf gegossen wurde, hörte die Frau ein schwaches Zischen, das sie zusammenzucken ließ. Bereute sie, sich auf dies alles eingelassen zu haben? Sie hielt nur noch still, weil sie Angst hatte, sich zu verbrühen. Der Tropfen breitete sich im Wasser aus, unregelmäßig, von unsichtbaren Hemmnissen geformt. Der Topf wurde vom Kopf der Frau heruntergenommen, ihr wurde gezeigt, was auf unerfindliche, aber doch zweifelsfreie Weise ihr zuzurechnen war. Ein winziges Spiegelei aus Blei, wie aus dem Nest eines Spatzen. Es erkaltete, und es wurde dem Imam gereicht, der es betastete.

Als Khadija bei diesem ersten Mal Zeugin der mantischen Prozedur geworden war, geschah etwas Unerwartetes. Es war wie ein Schlag auf den Kopf mit einer leichten, hohlen Keule; ihr Blick fiel auf das bleierne Spiegelei, und sie war entrückt. Sie trat ein in eine weiche Helligkeit, die vollständig geräuschlos war. Und in diesem umschmeichelnden Licht, das einen nicht bestimmbaren Raum erfüllte, Raum ohne Boden und Decke und Wände, einem Schneesturm vergleichbar, den Khadija in Mogador sonst nie erlebt hatte, flog oder segelte ein Kind, ein Mädchen mit starren Zöpfchen – für den Schleier noch zu jung –, ein zartes kleines Wesen, mit aufgerissenen Augen, und aus dem Mund tropfte es rot. Dann hörte Khadija jemanden sprechen, aus weiter Ferne, aber eindringlich, sie verstand, daß man mit ihr sprach, es war, als habe sie, aus der Tiefe eines Beckens aufsteigend, viel Wasser zu durchschwimmen – was sie noch nie gemacht hatte –, und jetzt schlug sie die Augen auf. Da waren der Imam und die anderen Leute, vor allem die kauernde Frau, die ihn nicht aus den Augen ließ. Der betastete das flache Stück Blei zwischen Daumen und Zeigefinger, als prüfe er ein Geldstück.

Sie war verwirrt. Sie spürte, wie sie die Augenbrauen zusammenzog, ihr Gesicht war offenbar völlig entspannt gewesen. Der Imam wies sie an, etwas auf einen Zettel zu schreiben – sie unterließ, benommen, wie sie war, ihm zu bekennen, daß sie das nicht könne. Sie nahm einen Bleistift, sie näherte ihr Ohr seinem Mund mit den Mausezähnchen und dem rosa Zünglein, verstand zunächst nichts von den Silben, die er mit körperloser Stimme sang, bis sie eine der Suren erkannte, die sie auswendig konnte. Sie fuhr fort, er nickte. Also beugte sie sich über das Blatt, kritzelte darauf herum, faltete es sorgfältig, klebte es mit Klebstreifen zu und reichte es der Frau, die jetzt weniger verstört als hoffnungsvoll aussah. Khadija hatte kein schlechtes Gewissen dabei, sie wußte, daß dieses Amulett sinnlos war. Das Kind würde sterben, sie hatte es selbst gesehen.

Allmählich begriff sie, wie es sich mit ihr verhielt. Nicht

in dem geschmolzenen Blei steckte die Wahrheit. Es half nicht, an seiner Gestalt herumzurätseln – ob es eine längliche Zunge oder ob es gezackt oder sichelförmig oder annähernd kreisrund zerlaufen war. Darum ging es gar nicht, jedenfalls nicht bei ihr. Die im Wasser entstandene Form war ohne Aussage, zumindest im Sinne eines Traumbuchs, wie es sich unter den Sachen der Nichte fand. Khadija kannte das: Die Leute sagten, sie hätten von einer Schwalbe geträumt, sie müßten nachschlagen, was das bedeute. Nein, so lief das nicht. Es lief so – manchmal lief es so, keineswegs immer. Es war nicht eine Fähigkeit, die man erwarb und dann nach freiem Willen anwandte, sondern eher eine Gabe, die von Zeit zu Zeit, oft sogar, aber immer unvorhersehbar gewährt wurde. Der Bleitropfen stieß im Fallen auf die Wasseroberfläche, verlor augenblicklich seine klare, glänzende Form, er zerfloß, und dieser Augenblick des Zerfließens löste in ihrem Kopf, wenn sie ihn fixierte, etwas aus. Da wurde ein Schalter umgelegt, und dann erschien ein Bild – aber das mußte mit dem, wonach gefragt worden war, nicht unbedingt zu tun haben. Oft wußten die Leute gar nicht, wonach sie hätten fragen müssen. Sie waren auf das Nächstliegende ausgerichtet und ahnten nicht einmal, welch unentwirrbare Netze des Lebens sie gefangenhielten.

Zugleich begriff Khadija, schon ganz zu Beginn ihrer Entdeckung, daß es ratsam war, die Ratsuchenden mit ihren blitzartigen Einsichten zu verschonen. Wenige besaßen die Kraft, mit unheilvollen Vorhersagen zu leben. Hätte sich ihr Ruf als Unheilsprophetin verbreitet, dann mochte es für sie schnell ungemütlich werden – das Publikum neigte dazu, den Propheten mit dem Verursacher des Unglücks zu verwechseln. Und sie sah meist Ungutes. Der Optimismus professioneller Kartenlegerinnen – «Sie werden eine weite Reise machen – Sie werden der Liebe Ihres Lebens begegnen – auf Sie kommt eine beträchtliche Summe zu» – würde niemals ihre Sache sein können. So etwas offenbarte sich ihr leider nicht.

Der alte Mann, so weit er sich auch schon von der Erde entfernt hatte, besaß eine günstigere Gabe. Ihm schien es vor allem darum zu gehen, daß die Leute ihr Leben irgendwie ertrugen, daß sie die Hoffnung nicht aufgaben und die Enttäuschungen hinnahmen. Sie waren getröstet, wenn sie von ihm kamen. Schon die bloße Vorstellung, Khadija hätte irgendwen zu trösten versucht, geht fehl. Sie war selbst nicht trostbedürftig; sie wußte gar nicht, was das sein sollte. Aber sie übernahm die Verwaltung des Imams mit ganzer Kraft. Nicht immer mußte bei der Herstellung der Amulette improvisiert werden – Salma trat hinzu, ihre Schreibkünste brachten bereits etwas ein, während viele, die mit großem Aufwand schreiben gelernt hatten, danach arbeitslos herumsaßen. Der Imam barg noch ein weiteres Büchschen in seinem Gewand, aus reich graviertem Messing, darin ein gelbliches feines Pulver. In bestimmten Fällen wurde davon eine Prise auf das Papier gestreut, bevor es versiegelt wurde.

Der erwünschte Effekt aus dem Zusammenwirken mit dem Imam trat ein. Die Geldverleiherei verschwand dahinter etwas. Im Westen würde man sagen, Khadija habe eine Lebensberatungspraxis begründet, die sich auch mit Finanzberatung befaßte, denn meist hingen die Sorgen der Menschen doch mit Geld zusammen. Geldverleiher gelten als böse Menschen, weil sie ihr Geld gern wiederhaben wollen. Das konnte auch Khadija nicht von sich abstreifen, aber es war jetzt besser eingepackt.

9

Was fehlte noch zu ihrem Glück? Sie war zur Herrscherin geboren, und ihr war gewährt worden, dieses Talent auch zu entfalten, anders als so manchem, der es gleichfalls in sich fühlt, aber in Subalternität verbittert. Allerdings teilte sie das Schicksal vieler Herrscherinnen, die Einsamkeit, denn ein Thron ist als Möbel eben ein Einsitzer. Selbst da sollte sich nun eine Lösung finden – wie immer ungesucht und bevor sie ihr Alleinsein überhaupt als schmerzlich empfunden hatte, es gab ja immerhin die Kinder. Der heranwachsende Sohn, knurrend und bellend, die gefesselten Hände wie ein Sklave vor sich haltend, bis er sich, in plötzlicher Wendung, mühelos befreite – sonst konnte er kaum ein Glas an den Mund führen –, war stets in ihrer Nähe. Sie betrachtete ihn mit Sorge, sprach auch mit ihm und meinte, seine Antworten zu verstehen, ihre Verbindung war eng. Salma dagegen war einschmeichelnd, lächelnd, eitel und wahrscheinlich intelligent – sie war einsetzbar, aber unabhängig. Khadija traute ihr zu, daß sie, wenn es soweit war, mit einem Mann das Haus verlassen würde, den Staub von den Sandalen schüttelnd und ohne sich umzusehen. Ernsthaft übelnehmen würde sie ihr das nicht dürfen – «sie ist, wie ich war», dieser Gedanke kam ihr, wenn sie Salmas Lächeln sah. Eben schlief man noch in einem Bett, wärmte sich am Körper des anderen, und dann kletterte die junge Katze aus dem Pappkarton hinaus und wurde ein wildes Tier ohne Gedächtnis. Immerhin, bis dahin war sie Eigentum der Mutter und klug genug, ihr zu gehorchen.

Khadija hatte nicht aufgehört, Zimmer zu vermieten; sie gab niemals ein Geschäft auf, wenn ein neues hinzukam. Das Haus hatte so viele Kavernen, die mußten beständig gefüllt sein, auch das war eine Einnahme, wenngleich eine bescheidene, gemessen an den anderen Einkünften. Es war als billige Unterkunft für Junggesellen bekannt, Musikanten, die bei Hochzeiten und in Lokalen spielten, Arbeitern in der Sardinenfabrik, Fischern, wie Said einer gewesen war. Mit einem dieser jungen Männer ergab sich ein Zusammenwirken. Er war Bauernsohn aus einem Dorf zwei Stunden nördlich von Mogador, der in die Stadt gegangen war, aber nicht in einem Beruf Fuß gefaßt hatte, es wohl auch nicht wollte. Seine Tage verbrachte er mit seinesgleichen am Löwentor, dem Bab Sbaa, wo die Reisenden, die mit dem Auto kamen, parkten. An einem Zögern, einer gewissen Unschlüssigkeit, erkannte er, wer noch kein Quartier hatte und nicht wußte, wohin sich nun wenden. Dann trat er aus dem Torschatten heraus, sehr gewandt seine auf der Straße erworbenen französischen Brocken einsetzend, und bot seine Hilfe an. Er hatte einen Packen von Karten mit den Telephonnummern von Wohnungen und Pensionen, was er anbot, war reell, das meiste eher günstig, die Kommission stellte er anheim – «*comme vous voulez*» –, das war meist nicht zu seinem Schaden. Aber wenn die Leute doch einmal geizig waren – zehn Prozent des Pensionspreises fand er angemessen –, dann zuckte er gleichgültig mit den Schultern: Er habe diesmal eben «*pour le plaisir de Dieu*» gearbeitet.

Zu Khadija brachte er vorwiegend marokkanische Familien, die vor der Hitze von Marrakesch ins windige und stets kühlere Mogador geflohen waren, fünf, sechs, sieben, acht Menschen hausten dann bei ihr in einem großen Zimmer, das hoch und düster war, man schlief auf dem Fußboden, unter den Arkaden des Hofs wurde gekocht. Khadija war dazu übergegangen, ihn zu bitten, ihr die Abrechnung mit den Gästen abzunehmen; das klappte zuverlässig. Das übliche Geschummel bei solchen Vertretungen fiel bei ihm völlig weg – war das Ehrenhaftigkeit oder einfach nur Bequemlichkeit? Er war nicht ehrgeizig, das sah Khadija früh. Mit einem Dach über dem Kopf und etwas zu essen war er zufrieden; was der nächste Tag brachte, war dann nicht seine Sorge.

Prüfte sie ihn? Ohne daß da etwas verabredet worden wäre, übernahm er mehr und mehr Aufträge von ihr, er hatte nur nicht immer Zeit – ja, was für Verpflichtungen sollten das schon sein? Fußballspielen am Strand, wenn die Ebbe ein weites Feld preisgab, wie festgestampft und glatt wie Asphalt? Am Bab Sbaa stehen und nach Herbergsuchenden Ausschau halten? Das wollte er auf keinen Fall vernachlässigen: Die Telephonnummern der vielen Pensions- und Hauswirte seien sein Kapital. Dann das Bad. Wenn Hammam-Tag war, mußte Khadija mit allen Wünschen zurückstehen. Er liebte es, stundenlang, bis zur völligen Erschöpfung, in der feuchten Hitze auszuharren, sich regelrecht garen zu lassen, und war danach unansprechbar, eigensinnig der Rekreation hingegeben. Warm eingepackt lag er in einer Ecke und dämmerte vor sich hin. Von anderen Abhaltungen ganz abgesehen – Khadija machte sich da keine Illusionen.

Sie war inzwischen etwas über fünfunddreißig und breiter geworden, keineswegs fett, aber schwerer, und die strenge, ruhelose Miene verjüngte sie nicht. Karim war fast genauso alt, ein Endzwanziger, aber er wirkte, was die Zartheit, ja Zierlichkeit seines Körpers anging, beinahe kindlich, wären da nicht die großen Hände und Füße gewesen und der im Verhältnis zum Torso große Kopf, dessen Züge, vor allem im Dämmerlicht mit scharfen Schatten, schon ahnen ließen, wo die Falten der späteren Jahre verlaufen würden, als sitze auf dem Leib eines Vierzehnjährigen der Kopf eines Mannes von vierzig Jahren. Eines Tages schlug sie ihm vor, seinen Verschlag, der übrigens immer aufgeräumt war, die Hemden und Hosen hingen an Nägeln ordentlich nebeneinander, aufzugeben und in ihren Teil des Hauses zu übersiedeln. Plötzlich empfand sie das Bedürfnis nach einem Verwalter, einem Vertrauensmann, der sich nicht zu schade war, auch als Hausbursche auszuhelfen – einzukaufen, etwas zu tragen, etwas zu reparieren, Zahlungen entgegenzunehmen, die Stromrechnung zu begleichen, und das war angesichts ihrer vielfältigen Tätigkeiten kein unvernünftiger Wunsch, wenngleich ein zunächst und lange Zeit unerfüllbarer. Wem durfte sie das Vertrauen schenken, in ihre Angelegenheiten, natürlich nicht in alle, hineinzusehen? Bestimmt keiner Frau – niemals würde sie einer Frau tiefere Einblicke gestatten, wie sie aber notwendig wären, wenn daraus eine wirkliche Hilfe werden sollte.

Und Karim glitt zu ihr herüber. Oder herauf – auch er hatte in den Tiefen des Hauses geschlafen. Es war alles, als sei es immer so gewesen, von einer Familiarität, die sie den Mitgliedern ihrer eigenen Familie nie gewährt hätte. Sie konnte ja kaum das Haus verlassen, ohne einem ihrer Halbgeschwister zu begegnen, und die verdrückten sich, sowie sie die älteste Schwester von fern sahen. Gekocht wurde inzwischen sehr gut bei Khadija, aber seitdem Karim regelmäßig bei ihr aß, gab sie sich noch mehr Mühe. Sie achtete eine Weile sogar darauf, ihm als Mann in hergebrachter Weise allein zu servieren und mit ihren Kindern und anwesenden Frauen nach ihm zu essen. Er fand das selbstverständlich. So wurde es auch auf dem heimischen Bauernhof gehalten, aber er hatte gleichermaßen nichts dagegen, daß dieses zeremonielle Element allmählich zurückgefahren wurde. Er fügte sich in den Haushalt ein, als gehöre er seit je dazu.

Eine neue Stufe erreichte ihr Zusammenleben, sobald es einmal für zwei Tage unterbrochen wurde. Die jungen Männer, die Parkaufseher und Lastträger vom Bab Sbaa, seinem weiterhin bevorzugten Aufenthaltsort, als sei er ein beamteter Torwächter alter Zeiten, waren gegeneinander nicht immer friedlich gesinnt. In die zeitlosen Gespräche über die Huren, den Alkohol, neue und alte Gerüchte schlug manchmal der Blitz des Streites ein. Urplötzlich entstand ein Tumult mit wüsten Schreiereien, und dann ging auch schon einer auf den anderen los. Man versuchte, sie auseinanderzubringen, ein Haufen aufs äußerste Entrüsteter wogte hin und her, die Körper verklammerten sich ineinander, von der Kampflust fest zusammengehalten.

Karim ging solchen Aufwallungen meist aus dem Weg; nicht aus Feigheit, es war eher Verachtung, was bei ihm, dem Menschenfreund, eigentlich überraschte, aber niemand ist vollständig mit sich selbst identisch. War ein Kampf unvermeidlich, wich er ihm nicht aus. Seine wichtigste Waffe war sein großer Kopf, ohne Furcht vor Schmerz setzte er ihn ein, er traute ihm mehr als seinen Händen oder seinem Messer. Vor dem Angreifer stehend, senkte er ihn wie ein Widder und riß ihn dann unvermittelt hoch. Wenn der andere Glück hatte, wurde nur das Kinn krachend getroffen, so daß die Zähne aufeinanderknallten, und leicht ging dabei einer verloren. Traf er aber die Nase, wurde es ernster; sie brach, ein Blutschwall schwemmte die Wut davon, an ihre Stelle traten Schmerz und lautes Wehgeschrei, falls der Verletzte nicht ohnmächtig wurde. Die Polizei kam, auf dem Boden wand sich einer in seinem Blut, alles schrie durcheinander, wer angefangen hatte, war nicht zu rekonstruieren. Den Polizisten blieb gar nichts anderes übrig, als alle Beteiligten mit auf die Wache zu nehmen. Karim konnte zwar glaubhaft machen, daß er keinen Schlagring eingesetzt habe, daß seine einzige Waffe vielmehr auf dem Hals sitze, aber der Polizeirichter ließ beide Kombattanten für achtundvierzig Stunden einschließen. Der Verletzte kam natürlich zunächst ins Hospital.

Man führte Karim in einen fensterlosen Betonraum, in dem schon mehr als zwanzig Männer auf dem Boden hockten, Drogenhändler und Taschendiebe, von der Neonröhre flackernd beschienen. Hier mußte jeder sehen, wie er zurechtkam. Es war feucht und kalt, Wasser gab es nur aus dem Hahn über dem Klosettloch. Gegen Abend erschien Khadija auf der Wache, der sich schnell verbreitende Rumor hatte sie herbeigerufen. Sprechen durfte sie ihren Hausverwalter nicht, aber Decken für ihn abgeben und einen Topf Bohnensuppe, reichlich bemessen, da sie richtig vermutete, daß er ihn werde teilen müssen. Am nächsten Tag brachte sie eine ebenso reichliche Couscousschale und ein frisches Hemd – daran hätte Karim zuletzt gedacht, aber es anzuziehen war die halbe Befreiung.

Nach seiner Entlassung empfing sie ihn nicht mit Vorwürfen, sosehr ihr danach zumute war, weil solche Auftritte am Löwentor gegen das Gesetz der Unauffälligkeit ihrer Existenz verstießen. Es hinterließ bei ihm aber einen tiefen Eindruck, daß sie sich für ihn verantwortlich gefühlt hatte – eigentlich wollte er Familienbande doch abgeschüttelt haben, nun war ihm familiäre Solidarität aus anderer Richtung unverhofft zuteil geworden.

Sie dachte darüber nach, wie sein Leben auf einen festeren Boden gestellt werden könnte. Was er mit der Zimmervermittlung verdiente, war unbeständig, manchmal gelang ein größerer Fischzug, oft genug war nur das täglich Notwendige da und dann auch wieder gar nichts. Außerdem ging dies alles mit dem Herumlungern am Bab Sbaa einher, was der Polizeirichter aber für zwei Monate verboten hatte: Die Warnung, beim nächsten Knall könnten aus den achtundvierzig Stunden leicht zwei Monate werden, war ernst zu nehmen.

Khadija bezahlte Karim nicht für seine Leistungen. Das war für sie grundsätzlich ausgeschlossen. Er nahm in ihrem Haushalt eine geachtete Stellung ein, er wurde ernährt, und seine Hemden wurden gewaschen. In seinem Elternhaus wäre es nicht anders gehalten worden, auch wenn dort alle von morgens bis abends mitarbeiteten. In der Familie zahlte man keine Gehälter.

Aber Karim wußte, wie man sogar auf dem Land zu Geld kommen konnte. Wenn man ein gesundes, kräftiges Kalb – aus europäischer Zucht, nicht ein mageres marokkanisches schwarzes – auf dem Viehmarkt günstig kaufte, und darin sei der Vater Meister, er habe einen Blick für die Tiere und handele zäh, dann koste das vielleicht fünftausend Dirham. Wäre es dann aber großgezogen, eine ausgewachsene Kuh, vielleicht gar selbst mit einem Kalb, dann könne man die für weit mehr als das Doppelte verkaufen. Und die Arbeit des Vaters mit der Aufzucht sei gratis, dort laufe das Kalb einfach mit den anderen drei Kühen auf die Wiese. «Man müßte ihm etwas abgeben», fügte er nachdenklich hinzu, als handle es sich nicht um ein bloßes Phantasiekalb, sondern als sei es schon gemästet und stehe zum Verkauf.

Khadija hörte sich diese Berechnungen mit der finsteren Ruhe an, mit der sie wirtschaftliche Kalkulationen prüfte. Von ihr zu erwarten, daß sie nach allem nun auch noch Viehzüchterin werden solle, war übertrieben. Dennoch: Die in Aussicht gestellte Rendite reizte sie – wo sonst war eine Verdoppelung des Einsatzes zu erwarten oder gar mehr? Sie überschlug, was sie auf dem Markt für ein Pfund Rindfleisch zahlte. Wie viele Pfunde hatte eine Kuh? Sie kam zu einem Entschluß.

Sie sagte, sie werde ihm das Geld für ein Kalb geben, wenn der Vater bereit sei, es großzuziehen. Das Geld werde sie ihm nicht schenken, sondern leihen. Und wenn die Kuh verkauft sei, dann zahle er seine Schulden zurück und behalte den Gewinn. «Natürlich muß auch der Vater etwas haben.» Von einem guten Geschäft sollten alle Seiten profitieren.

Karim tat überrascht. So hatte er das gar nicht gemeint – aber warum nicht? Khadija bemerkte, daß Eifer in ihm erwachte, das gefiel ihr nicht schlecht. Die Kuh, das hoffnungsspendende Kalb vielmehr, wurde gekauft. Karim fuhr mit einem Briefumschlag voll großer Geldscheine zur Familie nach Dar Hliliba und begleitete den Vater zum Viehmarkt. Der Vater staunte, was sein Herumtreibersohn alles gespart hatte. Von der Aufzucht von Kühen verstand er etwas. Karim führte das Kalb, schwarz-weiß gefleckt, ein wenig struppig, nach Hause in den Stall. Es widerstrebte, er mußte gelegentlich fest am Strick ziehen. Zum ersten Mal in seinem Leben besaß er etwas. Das verdankte er Khadija, so gestand er es sich nüchtern ein, obwohl ihm dabei nicht ganz wohl zumute war. Aber sie lieh ihm das Geld ja nur, sie würde es in ein, zwei Jahren zurückbekommen. Das freilich mußte gelingen.

Khadija erhielt Geschenke aus dem Elternhaus: zwei Liter Olivenöl, eine Kugel von der Mutter selbst hergestellte Butter, als besondere Kostbarkeit eine Flasche mit der gelben Milch, die eine Kuh nur in den ersten Tagen nach dem Gebären gibt, ein Konzentrat aus guten Sachen, leicht mehlig schmekkend. Khadija widmete den Geschenken eine kritische Untersuchung, stellte fest, daß alles an ihnen in Ordnung war, und äußerte sich anerkennend. Karim kam also doch aus ordentlichen Verhältnissen, auch wenn es erst anders ausgesehen hatte.

Es war ein besonders kalter und nasser Winterabend. Der Regen drang überallhin, er stand in den Arkadengängen, der Hof war zum Bassin geworden, denn der Felsbrocken hinderte das Wasser, in die Zisterne abzulaufen, die Teppiche und Kissen in Khadijas Salon waren klamm. Sie hatte Besucherinnen empfangen, auch zwei von den jungen Frauen, denen sie Freier vermittelte; wenn man den Kreis um den Messingtisch mit der Teekanne beobachtet hätte, ohne zuzuhören, die züchtig verhüllten Frauen, anmutig auf Kissen gestützt lagernd, aus farbigen Gläsern, die wie Rubine und Amethyste funkelten, süßen Tee nippend, man wäre nicht auf den Gedanken gekommen, was hier vermutlich verhandelt wurde. Khadija besaß, gerade wenn es derlei zu organisieren galt, eine strenge Würde, Dunkles sammelte sich um die Nasenwurzel, die Augen waren unergründlich, schauten aber mindestens ebenso tief in das Gegenüber hinein. Karim lümmelte, Abstand haltend, in den Kissen, aus denen er sich ein Nest gebaut hatte, döste, trank Tee, sah träumerisch zu der Gruppe hinüber, die Frauen wie durch dickes Glas betrachtend, in vollendeter Teilnahmslosigkeit.

Aber diese Teilnahmslosigkeit täuschte. Es gab da etwas Unausgesprochenes zwischen Khadija und ihm. Er war, ohne daß dergleichen einmal angedeutet worden wäre, davon überzeugt, daß sie es nicht schätzen würde, wenn er begänne, sich mit ihren Frauen zu beschäftigen. Ihnen hatte sie so etwas womöglich sogar nachdrücklich verboten, derart zurückhaltend, mit niedergeschlagenen Augen, verhielten sie sich ihm gegenüber. Beide Seiten taten, als sähen sie die andere nicht. Karim hatte sich angewöhnt, offen zu Khadija zu sein: sein Leben, seine Sorgen, seine nicht vorhandenen Pläne, das lag alles vor ihr ausgebreitet, nur eines nicht: die Frauen, dieses Feld sparten sie aus. Khadija jedenfalls vermied eine spezielle Erörterung – manchmal machte sie dunkle Andeutungen, wie sehr ein Mann sich vor den Frauen zu hüten habe, wie es da aufzupassen gelte, wie rastlos die Frauen immer und immer nur an das eine dächten, an Lust und Gold, und zwar immer an beides zugleich. Karim hütete sich, aus eigenen Erfahrungen beizutragen, die vielfältig waren und keineswegs unerfreulich. Er ließ Khadija die Rolle der überlegenen Mahnerin, die einen grünen Jüngling aufs Leben vorbereitet; so wollte sie ihm gegenüber erscheinen, obwohl es dafür zu spät war. Auch hätte sie sich an sein freimütiges Geständnis erinnern können, daß er schon mit vierzehn von zu Hause weggelaufen sei, weil er Erziehung in keiner Form ausgehalten habe – in einer durch und durch gezähmten Familie war in Karim noch einmal eine ältere Spezies an den Tag getreten, ein Erbgut, das vielleicht viele Generationen lang geschlafen hatte.

Katzen hielt Khadija keine, sie wollte keine Katze in ihrer Nähe haben. Im Haus strichen natürlich eine Reihe von Katzen herum, es gab kein Haus in Mogador ohne Katzen, die Ratten bedurften unversöhnlicher Feinde. Da hatte sie in Gestalt von Karim also ihren gestiefelten Kater gefunden – wenn auch immer barfuß mit Gummischlappen –, der bequem im Salon herumlag, sich auch einmal mit etwas beschäftigte, im Fernsehen mit plötzlich erwachter Aufmerksamkeit ein Fußballspiel verfolgte, unversehens wieder das Interesse daran verlor, dämmerte, zuhörte, zuweilen ein Wort einwarf, sich eifrig einfand, wenn das Essen gebracht wurde, und sich geschickt Happen zurechtmachte, ohne mehr als die Fingerspitzen mit Sauce zu befeuchten, die leckte er sich dann sorgfältig ab. Er aß mit Freude, aber nicht besonders viel. Khadijas Aufforderung, mehr zu nehmen, wies er ab, wie er überhaupt eine Bestimmtheit besaß, die sie verblüffte. Gab sie der Versuchung nach, ihn erziehen zu wollen, dann sagte er nur: «Halt, Khadija!», und das genügte meist schon, ihr den Mund zu versiegeln. Wenn nicht, kam ein zweites «Halt», diesmal etwas lauter gesprochen, dann war zuverlässig Stille im Salon.

An diesem Abend, nachdem die Besucherinnen gegangen waren, kam Khadijas Luxusobjekt zur Geltung, ein elektrisches Heizöfchen, das nur zu solch unbehaglichen Zeiten seine Drähte rot erglühen lassen durfte. Dann rückte selbst die sparsame Khadija ihm dankbar näher, obwohl man in Mogador stets warm angezogen war und auch im Haus Jacke und Mantel anbehielt. Die Schlafenszeit kam. Karim erhob sich, da fragte sie mit ruhigem Ernst, ob er in dieser Nacht wirklich auf sein eiskaltes kleines Zimmer gehen wolle – warum nicht bei ihr und Salma schlafen? Und als er zögerte: Was sei denn eigentlich dabei? Salma würde zwischen ihnen liegen, entkleidet wäre keiner von ihnen; und das stimmte. Als er seine Hose auszog, wartete darunter die lange Unterhose, darunter zwiebelschalig eine weitere; er war dünn, die Kälte kroch ihm bis auf die Knochen. Und der Pullover, den Khadija abstreifte, brachte ebenfalls nur einen anderen zum Vorschein. Immerhin wand sie das Kopftuch los, das verdrückte dunkle Haar umgab ihr Gesicht mit dünnen Lockensträhnen und ließ sie jung werden.

Sie legten sich nieder, Salma zwischen die beiden, Khadija löschte das Licht und sagte im Dunkeln: «Gute Nacht und süße Träume», ein ritueller Gruß, aus ihrem Mund seltsam, denn ihre Träume waren nicht süß. Und was war, wenn man im Traumbild alle seine Wünsche erfüllt fand und sie aufwachend dann zerrinnen sehen mußte? Aber man sagte es nun einmal so, und sie stand den Konventionen wohlwollend gegenüber. An Karim schmiegte sich die mollige kleine Salma, arglos, geschwisterlich. Das Öfchen glühte rötlich im schwarzen Zimmer, die Atemzüge wurden ruhiger.

Karim erwachte erst, als Salma schon in die Schule aufgebrochen war und Khadija ihm Tee, Fladenbrot und einen Unterteller voll Olivenöl als Frühstück ins Zimmer brachte. Sie war kurz angebunden, denn es gab viel zu tun. Auch am nächsten Abend kehrte er nicht mehr in sein Zimmer zurück. In dem Bedürfnis, dem, was entstanden war, eine Art Ordnung zu geben, sagte er eines Nachts vor dem Einschlafen: «Du bist für mich wie meine Mutter, Khadija.» Sie widersprach nicht, aber wenn ein Mann eine nicht viel ältere Frau «seine Mutter» nennt, ist das ein heikles Kompliment.

So sah es aus in Khadijas Haus, als Patrick Elff eintraf.

DRITTER TEIL

1

Im Januar kamen noch nicht viele Europäer in die Stadt. Man fürchtete zu Recht die alles durchdringende Feuchtigkeit des Nebels, die Kälte und die Stürme, die Sandwolken vor sich herschoben und den Strandspaziergang zum Kampf mit den Elementen werden ließen. Die angestammte Tracht der Frauen, nicht mehr oft zu sehen, entsprach dem Klima von Mogador: weiße weite Wollgewänder und Tücher, nur der Gesichtsschleier war schwarz und gab dem Kopf etwas Insektenhaftes, an ein großes Fliegenauge erinnernd. Die Händler mit den bunten Lederpantoffeln lungerten in ihren unbesuchten Läden, unterhielten sich über die Straße hinweg mit den Verkäufern der Thuja-Schachteln und unternahmen nur reflexhafte Versuche, Patrick auf seiner Wanderung durch die Stadt in ihr Geschäft zu ziehen.

Seine Unruhe war beträchtlich. Nachdem er im Grand Hotel Mogador vorgesprochen hatte, konnte er nicht einfach wieder nach Hause gehen – «nach Hause» war ohnehin ein nicht recht passender Ausdruck für sein entweder halbdunkles oder von einer Neon-Spirale strahlend erhelltes Zimmer bei Khadija, obwohl er inzwischen gelernt hatte, dem Liegen unter einem Deckenstapel und dem Starren an die Zimmerdecke etwas abzugewinnen. Jeder Tag war für ihn seit Jahren übervoll gewesen. Seine Technik, die Zeit so einzuteilen, daß jede Minute irgendwie genutzt wurde, war inzwischen hoch entwickelt, das Geheimnis seines Vorsprungs vor den Kollegen. Er nutzte Zeitrestchen wie ein Lumpensammler, der beim Stochern im Mist nur Verwertbares findet. Hier, am Atlantischen Ozean, durfte er nun erleben, daß die Zeit gleichfalls ein Meer war, in dem man tauchen, sich sinken lassen und treiben kann, wenn auch die schmerzhafte Anspannung in seiner Brust dabei andauerte. Ein reiner unvermischter Schmerz in reiner unvermischter Zeit, wie ein anatomisches Präparat in einer spiritusgefüllten Flasche.

Er hatte sein Ziel, zu Monsieur Pereira vorzudringen, um dessen Hilfe zu erlangen, worauf er nach dem väterlichen Kniff in die Wange doch einen Anspruch hatte, keineswegs aus den Augen verloren; seine Erfahrung belehrte ihn, daß es niemals leicht war, einen Mann solchen Kalibers zu stellen – welcher Beharrlichkeit hatte es nebenbei bedurft, einen Termin bei ihm selbst zu bekommen, wenn der nicht offensichtlich in seinem Interesse lag? Solche Überlegungen vermochten aber nicht lange von dem Schmerz abzulenken, und das wäre vielleicht auch gar nicht wünschenswert gewesen, denn er war wohl nicht einfach nur ein Begleiter des Abschieds, sondern bezeichnete einen wirklichen Übergang und war deshalb notwendig. Tag für Tag sah er hier Menschen, die diesen Übergang schon hinter sich hatten – ein für allemal. Keine Überraschung würde sie in ihrem Leben mehr erschüttern als die letzte, wenn ihr Herz stillstand.

Das waren die Bettler von Mogador, die täglich, wie in eiserner Pflichterfüllung, in ihrem Revier umherstrichen oder an ihren Stammplätzen saßen, über das ganze weite Gelände der Medina gleichmäßig verteilt, im Abstand von etwa zwei Kanaldeckeln, als hätte eine ordnende Hand sie ihnen zugewiesen. Manche saßen in Winkeln, an denen nur wenige Leute vorüberkamen, andere an den Hauptstraßen, aber keiner von ihnen dachte offenbar daran, daß man da einmal tauschen könne. Jeder harrte treulich an seiner Stelle aus und verlieh ihr die eigene Farbe, denn es waren allesamt ausdrucksvolle Persönlichkeiten, als ob für jede erdenkliche Form der Bettelei ein besonderer Charakter ausersehen worden wäre.

Im Umkreis der offenen Gemüseläden hielt sich ein jüngerer Mann mit dickem schwarzen Haarschopf auf, stets demütig gebeugt, dessen Augen beim Nahen eines Passanten vor Freude aufleuchteten, den Dank für die Münze schon vorwegnehmend, zugleich mit innigstem Verständnis für den, der nichts spendete. Seine großen zerstörten Zähne minderten seine Schönheit kaum. Patrick nannte ihn «den Heiligen», ein Mann, der für seine Not niemanden verantwortlich machte und sich im friedlichen Einverständnis mit allen Kreaturen wußte, der Mensch guten Willens aus der Bibel, der bereit war, seine Existenz nur so lange zu fristen, wie ein liebevoller Himmel ihm Gaben sandte.

Einen anderen nannte er «den Seeräuber», sein Temperament verbot ihm das Ausharren an ein und derselben Ecke. Er stürmte durch die Straßen, trug fünf Mäntel übereinander, die ihm den Umriß von Heinrich dem Achten auf dem Holbein-Porträt gaben – nahezu quadratisch, unerhört kraftvoll, dazu ein dunkelbraun gegerbtes Gesicht mit wildem Bart und stechenden Augen. Wenn er durch die Straßen eilte, war es, als bilde er die Vorhut einer Barbaresken-Horde, die zum Plündern und Vergewaltigen in der Stadt gelandet war, aber dann hielt er vor irgendwem inne, nahm zerstreut und ohne Dank eine Münze entgegen und eilte weiter.

Der «trunksüchtige Philharmoniker» dagegen hatte ein feines, sensibles Gesicht, dazu das gesträubte Haar einer biedermeierlichen Künstlerfrisur. Sein Arm mit der geöffneten Hand hing an seinem Körper herunter, er bettelte nicht, er sammelte eine Kollekte ein, steuerte wie auf Rollen auf Patrick zu und kassierte den Dirham mit dem Gleichmut eines Mannes, der seiner Arbeit nachgeht.

Aber das waren Ausnahmen; die meisten Bettler bewegten sich nicht von der Stelle. An der Tür von Khadijas Haus kauerte ein dürrer Greis in seiner braunen faltenreichen Djellabah, in der kein Körper zu stecken schien, die Kapuze hatte er über den ausgemergelten Kopf gezogen. Von unten hielt er dem Vorübergehenden den erhobenen Zeigefinger entgegen: eine Mahnung, eine Warnung? Das Geld empfing er graziös mit emporgerecktem Arm, als sei er das Modell eines orientalistischen Malers.

Nicht weit von ihm kniete ein schwerer fleischiger Mann mit reinlicher Djellabah; offensichtlich kümmerte sich jemand um ihn. Er war blind, sein weiches Kinderhändchen war verdreht, es war gar nicht so einfach, eine Münze hineinzulegen, sie entglitt ihm leicht. Bekam er sie aber zu fassen, stimmte er mit lauter Stimme einen Gebetsgesang an.

Anders der schwarze Bettler an der nächsten Ecke: Dramatisch verwachsen, zwergenhaft mit weit herausragender rachitischer Brust, einem Buckel und kurzgeratenen Beinen, hielt er sich mit zwei Krücken unter den Armen aufrecht, die Djellabah verhüllte seinen Mißwuchs kaum. Ein Mann von großer Würde, die Gabe ernsthaft und höflich annehmend, im Einklang mit dem Gebenden – «Sie sehen, wie es um Sie und um mich bestellt ist», hätte Patrick sich die arabischen Dankesworte übersetzen können, «es bleibt uns nichts übrig, als beide unsere Rolle zu spielen.»

Neben dem Müllhaufen an einem schmutzigen Flekken, der von einem Salzwasser-Sprühregen beständig feucht gehalten wurde – die Wogen prallten hier an eine Mauer, welche die Straße vom Meer trennte –, lehnte wie hingeworfen eine dicke, noch nicht alte Frau. Patrick nannte sie «die Quellende», weil sie ihre mit Wasser gefüllten, blauroten nackten Beine gespreizt zeigte, in hoffnungsloser Unzüchtigkeit. Mit vielen übereinandergetragenen Lumpen bekleidet, die Augen im geröteten Gesicht vorgewölbt, hatte sie eine leise Litanei, ein Wimmern, beständig auf den Lippen. Beim Empfang einer Münze zerfloß sie förmlich; Patrick zog vor, sich schnell aus dem Dunst, der aus den schwärzlichen Lumpen aufstieg, zu entfernen.

In einem Torweg kauerte auf einem kleinen Schemel das genaue Gegenstück zu der Quellenden, die «Ausgetrocknete», eine uralte, tiefgebeugte Frau, die Hand wie aus Glas – stieße sie an einen Stein, würde sie dann zersplittern? In einen bodenlangen staubfarbenen Mantel war sie gekleidet, auf dem Kopf ein kunstvoll geschlungener schwefelgelber Turban, Augen und Mund verschwanden im tiefen und doch feinen Gefältel des Gesichtes. Patrick vermutete in ihr die höchste und wacheste Intelligenz – war sie das Gehirn der Bettler?

Eine andere Frau, der beide Beine abgenommen worden waren, saß warm eingepackt in einem Rollstuhl am Löwentor. Ihr Gesicht glänzte fettig und war aufgedunsen, ihre Haltung, bequem in flauschige Decken gelehnt, gab ihr etwas Verwöhnt-Damenhaftes, eine Erinnerung an bessere Zeiten, die in die gegenwärtige Schmierigkeit hineinragten. Ihre Hände waren rot geschminkt und feucht, wie Patrick bei flüchtiger Berührung feststellte, mit einem Schauder, der, wie er sich eingestand, seiner Wohltätigkeit den moralischen Glanz nahm.

Zu den weniger Bettelnden als Kassierenden gehörte auch ein spastisch gelähmter Mann, ordentlich angezogen, dessen

Rollstuhl von einem vielleicht zehnjährigen Mädchen in rotem Mantel geschoben wurde. Er appellierte nicht so sehr an die Barmherzigkeit als an die Solidarität: Die verkrampfte Hand, mit der er ein Geldstück entgegennahm, war zerbrechlich und weiß, sein Kopf auf dem schiefen Hals war in die entgegengesetzte Richtung gewandt, die Augen mochten nicht sehr sehtüchtig sein. Er hatte seine Stammkunden, mit denen er wie ein Ladenbesitzer in höflichem Austausch stand.

Vor dem alten Zollgebäude, dem «Meshouar», hatte eine mollige Rundäugige ihren Platz, die Lider schwarz umrandet, mit dem Ausdruck beschämten Flehens, Patrick nannte sie «die geschändete Jungfrau». Jeden Tag schien sie frisch von ihrem Leid erschüttert, ihren von Selbstvorwürfen erglänzenden Kuhblick heftete sie schuldbewußt auf die Vorübergehenden.

Und dann waren da noch die vielen Greisengestalten mit kleinen, wie braune Ledersäckchen zerknautschten Gesichtern, scheinbar ohne Schädelknochen wie Schrumpfköpfe, die Rosinenaugen teilnahmslos – in die Ecke gekehrtes welkes Laub, unter dem kaum noch ein Lebensfünkchen glomm. Ihre Gegenfigur war ein schier allgegenwärtiger Eckensteher; hielt er die Verbindung zwischen den seßhaften Bettlern? Er war sehr dünn und dunkelhäutig, mit perfekter Friseurfrisur und riesigen Zahnstummeln. Patrick begrüßte er stets mit einem kamelartigen Lächeln, wobei er ihm eine klebrige Hand reichte und keinesfalls bettelnd, sondern souverän und in geläufigem Französisch vorschlug, ihm aus einer augenblicklichen Verlegenheit zu helfen: Er wollte, was er einnahm, nur unter der Maske des Kredits erhalten.

Karim behauptete, der Eckensteher sei ein politischer Kopf, ein Mann der Linken, was immer das heißen mochte, und habe in den Wochen nach dem tunesischen Volksaufstand bei den viel zahmeren Manifestationen in Mogador laute Reden gehalten. Einmal traf Patrick ihn sogar bei einer Arbeit: Neben Khadijas Haus lackierte er mit ultramarinblauer Farbe ein Gitter, ohne davor den dicken Rost abgekratzt zu haben. Das Kamelslächeln in seiner Vieldeutigkeit ließ vermuten, daß ihm die Sinnlosigkeit seines Tuns bewußt sei: War der Mensch etwa Herr der Zeit? Er, Fouad Abdelkader, würde vielleicht schon unter der Erde liegen, wenn die Farbe in spätestens einem Jahr abblätterte.

Karim betrachtete die Bettler distanziert, aber ohne Empörung. Es seien einige sehr reiche darunter; leicht nähmen sie, an der richtigen Stelle sitzend, am Tag hundert Dirham ein. Ein Arbeiter mit vier Kindern müsse dafür hart und lang schuften.

Gemeinplätze – stimmen sie etwa nicht?, dachte Patrick bei diesen Worten. Die Bettler sind reich, die Juden sind intelligent, die Russinnen sind schön, und die Vermögensverwalter betrügen ...

Karim war es auch, der auf die lückenlose Überwachung der Stadt durch das Netz der Bettler aufmerksam machte. «Sie kennen jeden, sie wissen, was man tut und mit wem man was tut und wo man wann gewesen ist. Es ist wichtig, ihnen immer etwas zu geben; nicht so viel, daß Aufregung darum entsteht, aber regelmäßig. Dann fährst du mit ihnen am besten.»

Patrick hätte beinahe aufgelacht, obwohl ihm nicht danach zumute war; wozu überhaupt bei Khadija in dem dunklen Zimmer mit dem grauslichen Abtritt hausen, wenn ohnehin jeder in der Stadt wußte, wo er sich aufhielt, und hundert Augen seinen Weg zum Grand Hotel Mogador überwachten? War an der polierten Theke der Rezeption etwa schon bekannt, wann er aus dem Haus gegangen war und wann er einträfe?

Karim deutete an, daß die Bettler auch mit der Polizei in Verbindung stünden – allein deswegen, weil alle Menschen, die auf der Straße Handel trieben, sich mit den Polizisten zu arrangieren hätten. Die Polizisten waren von der Obrigkeit nach dem Prinzip der Wallensteinschen Landsknechtsheere organisiert; bei schmaler Grundversorgung sahen sie sich dazu aufgefordert, aus dem Lande zu leben. Sie trugen enorme weiße Zelluloidmanschetten und weiße Koppeln und Mützen und lagerten am Straßenrand in Plastiksesseln, in einer Lässigkeit, die ihre Macht provozierend vorführte. Traten sie im Souk auf, kam Bewegung in die Straßenhändler mit ihren mit Erdbeeren, Brot und Minze beladenen Handkarren, die nicht dort standen, wo es befohlen war, oder die sich ihren Platz bei den Uniformierten nicht gekauft hatten. Wessen Ware nicht schnell in einen sicheren Winkel geschoben war, dem wurde sie unter den Händen weg beschlagnahmt; dann gab es für die Familie des Unglücklichen kein Abendessen. Selbst die Bettler – «was heißt selbst?», rief Karim – zahlten den Ordnungsmächten ihre Abgaben, denn ein Polizist mit vielen hungrigen Kindern zu Hause konnte sich schwerlich zum Betteln auf die Straße setzen, und doch mußte es irgendwie zur Verteilung und Umverteilung der mageren Vermögenswerte kommen.

Aber die Bettler als eine formierte Gesellschaft, diese Vorstellung ließ Patrick nicht los. Daß es Bettler geben muß, wo das Almosengeben zu den Hauptpflichten der Religion gehört, hatte einst auch für das Christentum gegolten. Almosen waren keine Sozialfürsorge, kein Beitrag zur öffentlichen Wohlfahrt, die verhindern mußte, daß eine Schicht von Verelendeten entstand, die im demokratischen Staat gefährlich werden konnte. Ein Almosen war ein persönliches Geschenk an jemanden, der seine Bedürftigkeit behauptete, aber nicht zu beweisen hatte, denn das Almosen sollte das Herz des Spenders bessern und erst in zweiter Linie die Not des Bedürftigen lindern. In dieser Hinsicht waren die Bettler Amtspersonen des öffentlichen Kultes, Religionsbeamte, und wieso sollten sie darüber hinaus mit ihrem Wissen nicht auch der profanen Ordnung aushelfen? Wer nichts angestellt hatte und nichts verbergen wollte, der konnte sich dank der Bettler in den Straßen der Stadt als Teil eines gesellschaftlichen Organismus fühlen, die Stadt als Symphonie erleben, als Zusammenklang vieler Melodien über einem Basso ostinato, der alles verband – ja, wer so glücklich war, mit sich und der Welt im reinen zu sein!

Auch nach dem Eintauchen der Sonne in den weißen Meeresschaum, wenn es dunkel wurde, blieb Patrick gern auf der Dachterrasse sitzen. Er konnte sich an das Kauern auf dem Boden in Khadijas Salon nicht gewöhnen, und das Durcheinander der Stimmen dort war ihm gleichfalls nicht angenehm. Der Fernseher lief neuerdings den ganzen Tag, als habe er in der kalten Zeit ein flackerndes Herdfeuer zu ersetzen, und dazu empfing Khadija ihre Besucher. In seiner Gegenwart konnte man sich unbekümmert unterhalten, gern auch vertraulich, denn er verstand ja kein Wort und wurde nur manchmal ungeniert gemustert. Mit auffälliger Höflichkeit behandelte man ihn nicht unbedingt, Khadija blieb aber auch in Gesellschaft ihrer Gäste ernst, ja finster. Von außen betrachtet, schien sie keinen davon besonders zu schätzen, aber Patrick verstand bald, daß solche Oberflächlichkeiten wie das Mögen und Nichtmögen tief unter ihrem Niveau lagen; ihre Skepsis war unabhängig von ihren Sympathien: «Du glaubst, es steht ernst um dich», sagte ihre Miene, «aber du weißt noch gar nicht, wie ernst.»

Ihr breites Hinterteil war zum Sitzen auf Teppich und

Strohmatte wie geschaffen. Es lag mit der ganzen Fläche auf und umhüllte Becken und Steißknochen mit so viel Masse, daß da gewiß nichts drückte; in dieser Haltung konnte sie regungslos verharren. Patrick indessen holte dickflauschige, in chinesischen Kunststoffabriken rosig und hellblau gefärbte Decken von dem Stapel in der Ecke und stieg damit auf die Dachterrasse zurück. Gut eingewickelt, hielt er es unter dem kalten Mond, der das Meer in dunklem Licht glimmen ließ, stundenlang aus, während seine Gedanken im Kreis liefen.

Immer noch war ihm nicht klar, worum genau er Monsieur Pereira bitten wollte – der Wunsch mußte präzis sein. Er war für die Verzögerung dankbar, denn er spürte, daß seine Absichten bisher zu kurz griffen. Auf eines meinte er, sich verlassen zu dürfen: Es verhielt sich mit diesem Wunsch wie mit jenen ominösen Wünschen, die Märchenfeen einem Hirtenknaben gewähren. Wer da einem ersten Impuls nachgab und die Folgen einer Erfüllung nicht bedachte, der stand später übler da als zuvor.

Am liebsten wäre es ihm gewesen, wenn er hätte sagen dürfen: «Retten Sie mich!» Zugleich hätte er sicher nichts Dümmeres äußern können. Es mußte ihm gelingen, im Umgang mit Monsieur Pereira entspannt zu wirken, es durfte nicht der Eindruck der Dringlichkeit entstehen. Gelassenheit, Sinn für Proportion – damit würde er überzeugen. Da war das überglänzte Meer in seiner steten, sanft rauschenden Bewegung. Es kümmerte sich nicht um menschliche Pläne: Ameisenbauten, intakt ebenso unbedeutend wie in ihrem Einsturz. Dem Meer konnte er schon gar nicht erklären, was ihn in Atem hielt. Beiläufig hatte es zwei Ehemänner Khadijas verschlungen und wieder ausgespuckt, was bedeutete da ein junger Deutscher, der sich aus Habgier und Schwäche unglücklich gemacht hatte. Im nächtlichen Halblicht wurde das Meer noch einmal, was es in Wirklichkeit nicht mehr war, ungemessener Raum, in dem der Mensch sich verlieren konnte – und dabei war es doch längst bis zum letzten Quadratmeter eingeteilt und Machtblöcken zugeordnet.

Vom schwachen Leuchten der Fluten ging sein Blick hinab in den Hof, dessen Mauern den Mondschein abwehrten. Auf der unteren Galerie brannte ein Gaskocher, aus den Türritzen drang da und dort ein Lichtstrich. Je tiefer er das Auge richtete, in desto dichterer Schwärze versank es. Aber die war nicht gestaltlos, sondern figurenschöpfend, eine Schwärze, die sich zu verdichten vermochte und in der sich Fließendes und Festes unterschied.

Er kniff die Augen zusammen. Die Gerümpelhaufen in den Ecken und unter den Arkaden blieben ahnbar, und in der gegenüberliegenden Hofhälfte die schwärzeste Schwärze, das war der große Stein. Karim hatte von ihm gesprochen – zunächst ganz harmlos, als sei das nur der etwas unförmig geratene Deckel eines Zisternenlochs, später aber andeutend, nach Khadija habe es mit diesem Stein eine Bewandtnis: Er sei unverrückbar, und es sei gefährlich zu versuchen, ihn von der Stelle zu bewegen. Was würde dann geschehen? «Vielleicht steigt dann das Meer aus dem Loch und frißt das Haus?» Die Vorstellung hatte Karim erheitert. Aus den wärmenden Decken stieg ein zarter Modergeruch, als bestünden sie doch nicht aus fernöstlichen Kunstfasern, sondern aus marokkanischer Schafwolle. Die Winde trugen ihn fort. Im Frisch-Feuchten atmend, ringsum warm umgeben, befreite sich Patricks Geist, man könnte auch sagen, er schlief ein, wobei der Hof tief unter ihm in diesem Schlummer seine Gegenwart behauptete, so daß er mit zugefallenen Augen mehr sah als mit weit geöffneten.

Die opak-schwarze Klumpigkeit des Abfalls in den Ecken

begann sich zu regen. Die Nacht vergrößerte die verrosteten Bettgestelle, die Heizkörper, den Bauschutt, die Tüten mit Plastikflaschen und Orangenschalen; der Abfall blähte sich, heckte Lebendiges. Und dann war offensichtlich, was da in Bewegung geraten war, spätestens als die ersten Rollstühle aus der Finsternis hervorwuchsen, von den Gestalten, die in ihnen saßen, durch Griffe in die Räder angeschoben. Es waren die Bettler, die sich hier einfanden. Patrick hatte also richtig vermutet, daß sie eine regelrechte Kommunität bildeten, die gemeinsam beriet, abstimmte und entschied. Und es war klar, daß eine solche Zusammenkunft nur an einem einzigen Ort stattfinden konnte: in Khadijas Haus – wenn nicht gleich unter ihrem Vorsitz, denn sie war zwar wahrlich keine Bettlerin, aber die Seele von vielem, was sich in Mogador regte. Bei ihr liefen die Fäden des Netzes zusammen, das die Stadt umspannte.

Aus dem Dunkeln blitzte es weiß: die Zelluloidmanschetten einiger Polizisten, dieser unberechenbaren, mitunter zur Grausamkeit fähigen Vertreter der Staatsgewalt, die der König in seiner landesväterlichen Güte nie vollständig in den Griff bekam, selbst wenn er, wie es hieß, nach dem Vorbild des Kalifen von Bagdad gelegentlich verkleidet in den Amtsstuben erschien, um die Mißstände mit eigenen Augen zu sehen. Aber ist Unberechenbarkeit nicht das Kennzeichen wirklicher Macht? «Man darf Gott nicht reizen, irgendwann schlägt er zurück, er ist schließlich auch kein Heiliger» – das klang nach einer Lebensweisheit von Karim. Um so befriedigender, die Polizisten hier im Bannkreis Khadijas zu sehen, gebändigt durch die eigene Bestechlichkeit, aber mehr noch durch eine Kraft, der sie sich nicht zu widersetzen wagten.

Inzwischen konnte er die einzelnen Bettler im Schwarzweiß der Nacht, die jedes Katzenfell grau färbt, genau erkennen. Sie waren an ihn herangerückt. Eben stürmte der Mann mit den vielen Mänteln herein, seine rollenden Augen glänzten im Mondlicht, er war wie ein Schäferhund, der die Bettelschar umkreiste und zusammentrieb. Die Steinalte im langen Staubmantel mit dem schwefelgelben Turban hielt eine unhörbare Rede, der man atemlos lauschte. Ihr feiner Finger, zerbrechlich wie ein dürres Ästchen, war kerzengerade aufgerichtet, während der Rücken rundgebogen und das Gesicht zur Erde gewandt blieben. Der «Heilige», der mit werbendem, unterwürfigem Lächeln beinahe ebenso tief verneigt war, öffnete den Mund mit den erschreckenden Zähnen und wagte der zirpenden Königin zu widersprechen – für ihn eine Ungeheuerlichkeit, weil sein Wesen aus lauter Zustimmung bestand.

«Man muß ihn verstehen, ich verstehe ihn so gut», sagte er schmeichelnd, er, der ohnehin bereit war, sich in alles einzufühlen. «Neulich ging er an mir vorbei, ohne einen Dirham zu geben – wie gut habe ich ihn in diesem Augenblick verstanden!»

Der spastisch Gelähmte drehte den Kopf, so daß er aus dem Kreis hinaussprach, während sein Arm mit der verkrampften Hand eine Münze in die Luft hielt: «Diese Münze hat er mir gegeben», rief er mit Mühe, «und dennoch beharre ich darauf, daß er ohne Prüfung nicht aufgenommen werden kann.»

Die Rundäugige, die «geschändete Jungfrau» mit ihrer stummen Klage, hatte den Kopf mit einem langen Schal umwunden, als trage sie eine gotische Haube. Sie hob den Stock. Wie viele hier besaß sie einen Bettelstab – welche Funktion kommt ihm beim Betteln zu?, fragte sich Patrick auf seinem erhöhten Platz. Die Rundäugige brachte selbst die Erklärung: «Ich mache Striche in den Staub der Straße, sooft er vorübergeht, und beim fünften Mal einen Querstrich – ich sehe ihn und führe Buch.»

Die «Quellende» mit ihren unanständig gespreizten blauroten Beinen, auf denen die Wunden nie verheilten, wurde aufsässig und warf den von schmutzigen Lappen umrahmten Kopf zurück: «Es ist alles nicht so leicht – man muß auch einen Platz für ihn finden.»

Die «damenhafte», verwöhnt im Rollstuhl lehnende Beinamputierte, bei der alles, was aus den Decken hervorsah, in Fett waberte, warf ein: «Aber was ist mit der Frau? Sollen wir die Frau etwa auch aufnehmen? Und mit welcher Aufgabe? Sie ist jung, aber sie hat kein Kind – gut, man könnte ihr irgendeinen Säugling in den Schoß legen ...»

Der zwergenhafte Schwarze mit dem wulstigen großen Kopf, dem Buckel und der Hühnerbrust, der mit den Krücken seine Arme verlängerte und also eigentlich auf den Händen lief, riet zur Vernunft: «Die Frau könnte ihr Schicksal als Kinderlose zur Geltung bringen – das ist noch besser als ein geliehenes Kind.»

Der fleischige Saubergewaschene, dessen blinde Augen wie mit zwei Daumen in den weichen Kopf gedrückt waren, protestierte: «Wir haben bisher nicht Ehepaare betteln lassen – auch meine Frau sitzt zu Haus und knotet Djellaba-Knöpfchen, zehn Dutzend zu fünf Dirham.»

Einer der Polizisten, mit buschigem schwarzen Schnurrbart, wollte auch etwas sagen, aber da gab es Protest von dem «trunksüchtigen Philharmoniker». Er solle schweigen, die Polizei habe keine Stimme im Rat, er solle froh sein, wenn das Bakschisch fließe. Und auch der vernünftige Zwerg sagte gedämpft, aber bestimmt: «Wer vom Bettler nimmt, belehrt ihn nicht.» War dies ein altes Sprichwort? Mußte man es kennen?

Die Frauen mahnten zur Ordnung: Müsse nicht alles

auch *ihr* vorgelegt werden – müsse nicht auch *sie* sagen, was sie von der Sache halte? Sei es nicht vor allem *ihr* Gast, um den es hier gehe?

Wer «sie» war, schien allen klar, und auch Patrick verstand: Es ging die ganze Zeit um ihn, um ihn und um Pilar, es ging darum, ihn in die Gemeinschaft der Bettler aufzunehmen, zu ihrem Zunftgenossen zu machen. Und das letzte Wort, das hatte Khadija zu sprechen, soviel war sicher, wenn sie es nicht ohnehin gewesen war, die den Kasus dem Konzil vorgelegt hatte. Aber sie blieb unsichtbar, obwohl Patrick sich vorstellen konnte, daß sie den Hof aus dem Schatten ihrer Galerie im Auge behielt, hinter dem Kunststoffvorhang verborgen, der im Mondlicht wie die Meeresoberfläche schillerte.

Unversehens trat der «Allgegenwärtige» hinzu, der sich bisher nicht im Konzilshof aufgehalten hatte. Jede seiner vom Friseur auf Gleichmaß gebrachten Haarspitzen endete, der Schnittstelle einer Glasfiber vergleichbar, in einem winzigen Mondlichtpünktchen. Bisher war er draußen geblieben, um zu horchen und zu registrieren. Wie stets sprach er leise und mit überlegenem Lächeln, er war der Versammlung überlegen, den Fragen überlegen, dem Leben überlegen. «Wir müssen vor allem die Stimmen hören, was sagen die Stimmen?»

«Die Stimmen, ja wir müssen die Stimmen hören», rief es aus verschiedenen Richtungen.

Jetzt war der Vielbemantelte, der stumme und taube Korsar, gefordert. Mit seiner unbändigen stürmenden Kraft, in der alles explodierte, was in seinem Hirn zusammengepfercht war, schritt er mit den vielen Mantelschößen, wie mit Geierflügeln schlagend, auf den großen Stein in der Ecke zu, von dem alle Abstand hielten. Er klemmte sich zwischen Mauer und Stein, der Mantelkorsar wurde zu einem lebendigen Keil. Auch diese Maschine aus Muskeln und Sehnen, durch die

Mäntel künstlich vergrößert, kämpfte vergebens – war der Stein mit Wurzeln in der Erde festgewachsen? Auf der Stirn des Barbaresken trat eine Ader vor, als wolle sie zerspringen.

Es herrschte jetzt Schweigen – ungewöhnlich genug in diesem Kreis mit seiner leidenschaftlichen Geschwätzigkeit. Noch rührte sich nichts, aber mit einem Mal war in der Stille ein Ächzen zu vernehmen. Der Stein gab den Widerstand auf und ließ sich schieben, es knirschte unter ihm. Und zugleich erzitterte das Haus, wie ein von Schritten erschütterter Glasschrank, in einem zarten Krachen.

Und dann, zunächst leise, aber immer lauter werdend, füllte sich der Hof mit vielen Stimmen einer unsichtbaren, erregt durcheinanderredenden Menschenmenge, als habe der Stein auf einer Öffnung gelegen, die den Hof mit einem entfernten Marktplatz verband. Die Stimmen übertönten einander, es war ein Rauschen und Tosen, und dennoch hätte jede einzelne Stimme etwas mitzuteilen gehabt, Wichtigstes gar, worauf es in höchstem Maß angekommen wäre, wenn man es nur hätte verstehen können.

Patrick wußte, daß in dieser Erregung ganz allein sein Schicksal verhandelt wurde, man stritt um sein Leben. Es war zum Verzweifeln: Die Lösung aller Fragen war beinahe zur Hand, aber er konnte sie nicht ergreifen. Der entsetzliche Lärm, der durch das Verrücken des Steines in den Hof eindrang, mußte Khadija auf den Plan rufen. Unter sich hörte er ihre scharfe Stimme.

Wer es gewagt habe, den Stein zu bewegen? Ob man sich wohl beeilen werde, ihn wieder an seine alte Stelle zu rücken?

In das Bettelvolk fuhr die Stimme wie ein Blitzschlag. Was einer allein von der Stelle bewegt hatte, das gelang jetzt kaum mit vereinten Kräften. Sogar die Rollstuhlfahrer drückten mit, offenbar von Furcht erfaßt, und sowie der Stein an seinen alten Platz geschoben war, herrschte augenblicklich Stille.

Patrick schlug die Augen auf. Jäh überfiel ihn, daß dort unten auch Pilars Los verhandelt worden war – zum ersten Mal wurde ihm bewußt, daß sie wohl oder übel an seinem Schicksal teilhaben mußte; bis eben hatte er sie noch auf der anderen Seite gewähnt, von der er sich durch seine Teilnahme an Doktor Filters Verbrechen für immer geschieden sah. Er hatte nur an sich und seinen Verlust gedacht, der endgültig und schmerzhaft war. Nun sollte etwas Neues beginnen – diese Aussicht machte das Unabänderliche erträglich. Nachdem er Pilar derart tief enttäuscht hatte, gab es nur eins: sich von ihr abwenden und sie vergessen. Wie anders sollte der Mensch weiterleben?

Da begriff er, daß für sie die Sache nicht so leicht zu verwinden sein würde. Ihre zur Schau gestellte Überlegenheit hatte nur unter dem Schutz gedeihen können, den er ihr gewährte; der Bosheit der Welt wäre sie ohne diesen Schutz vielleicht sogar hilflos ausgesetzt. Für Pilar mußten dies böse Tage sein. Die glanzvolle Fassade ihres Lebens war in sich zusammengefallen, als sie darauf gestoßen worden war, daß sie, mit ihrer Intelligenz und ihrem Geschmack, einen gewissenlosen Aufsteiger geheiratet hatte.

Gewissenlos – nein, da durfte er sich sofort korrigieren. Das richtige Wort war «willenlos», für einen mit hohen Summen operierenden Vermögensverwalter womöglich noch weniger schmeichelhaft. Er konnte sich vorstellen, welchen Prüfungen Pilar jetzt ausgesetzt war, dazu brauchte er nicht die neuesten Informationen; zum Gewinn seines Verlustes gehörte, sich um die Abwicklung seines Falles nicht mehr zu kümmern. Bei ihr aber würde das Telephon klingeln, mit unwillkommenen Anrufen. Befreundet war man in ihrer

Welt nur bis zum Wegfall der Geschäftsgrundlage, und gründlicher als in seinem Fall konnte die nicht vernichtet sein. Pilar war sein Opfer. Sie verlor mehr als einen Mann, sie mußte auch von ihrer Rolle in der Gesellschaft Abschied nehmen. Und dabei war niemand so wenig dazu geeignet, Opfer zu sein, wie sie. Wie weh er ihr getan hatte!

Ein weißer Vollmond war hinter den Wolken hervorgekommen und beschien ihn bei diesen lunatischen Gedanken. Fand er etwas, das zu Pilars Gunsten sprach und ihm Reuestiche versetzte, war gleich auch wieder ein Vorwurf gegen sie zur Stelle. Aber in dieser Widersprüchlichkeit wurde sie vor ihm lebendig, nachdem sie in den letzten Tagen aus seinen Gedanken verdrängt gewesen war, als habe er den Vorsatz gefaßt: bloß nicht denken an das, was ich leichtfertig verspielt habe. Und nun war wieder da, was zu ihren Gunsten sprach: ihr Körper, der vollendete Ausdruck ihrer quecksilbrig-hyperwachen Wesensart. Wie sie sich, fast nackt unter ihren Etuikleidern, kühl und duftend bewegte, so dachte und handelte sie auch – sie verbarg sich in diesen Kleidern wie eine Dryade in der Rinde eines Baums. Loyalität, Verständnis und liebevolle Zuwendung waren nicht von ihr zu erwarten, dafür durfte er jeden Tag aufs neue darüber erstaunt sein, daß sie immer weiter mit ihm zusammenlebte – weil ihre undurchschaubaren Vorbehalte wohl doch nicht so gewichtig waren? Ihre hypothetische Treulosigkeit bei gleichzeitig unbezweifelter Treue, das war die Mischung, die ihn bis heute fesselte. Wie seltsam, daß im Bettlerkonzil von ihrer Kinderlosigkeit die Rede war – darüber hatte er niemals nachgedacht, aber jetzt schien es ihm unmöglich, sie sich mit einem Säugling vorzustellen oder gar mit einem Halbwüchsigen, Schulaufgaben beaufsichtigend. Sie hatte den reinen und unanstößigen Egoismus eines Kindes, war ihr eigenes

Kind, zu dem sie, je nach Laune, ironisch oder zärtlich sein konnte. Die Prüfung, der sie jetzt ausgesetzt war, würde sie gewiß überleben und doch dabei etwas Kostbares verlieren – wäre sie noch sie selbst danach?

In einer einzigen Riesenbewegung überspülten die Wogen die schwarzen Felsen mit weißer Gischt. Könnte es auch ihm gelingen, durch Stillhalten alles wieder an sich ablaufen zu lassen!

Karim trat an ihn heran. Er trug ein Tablett mit einer Blechteekanne und einem rubinroten Glas, das im Mondlicht schwarz aussah. Khadija hielt unten hof, mehrere Frauen waren bei ihr, die sie mit gerunzelter Stirn anhörte und beriet. Die Gespräche wandten sich hierhin und dorthin; sie kannten kein notwendiges Ende. Karim, der solche Sessionen aus seinem Kissenwinkel schläfrig verfolgte, hatte sich schließlich aufgerappelt, um nach dem Gast zu sehen.

«Ich schaue den Mond an», sagte Patrick.

Sein Gesicht war im hellen Schein ganz bleich, seine Gedankenversunkenheit ließ ihn ausdruckslos wirken. Warum hält man es für so abwegig, daß der Stand des Mondes auf die Seelen wirkt? Nach ihm richten sich Ebbe und Flut und die Wanderungen vieler Vogelarten, die Frauen bluten und gebären in seinem Rhythmus, und viele Leute werden bei Vollmond schlaflos. Und die Hunde macht er verrückt.

Khadija duldete keine Hunde in ihrem Haus. Sie seien vom Teufel besessen, jedenfalls unrein und verunreinigend; ein Gebet werde beeinträchtigt, wenn man vorher einen Hund berührt habe. Aber auf der angrenzenden Dachterrasse – das Nachbarhaus war verlassen – hatte sich ein Rudel von Hunden eingefunden, von jener Gassenmischung, die längst zu einer eigenen, eher unschönen Rasse geworden war, kurzbeinig, hanffarben, mit Fuchsköpfen und kurzen Schwänzen.

Wie auf ein Zeichen hockten sie sich auf ihre Hinterbeine und legten den Kopf weit in den Nacken. Sie nahmen alle dieselbe Haltung an, als befolgten sie einen Befehl. Und aus den zum Himmel gereckten Schnauzen stieg ein erst sanftes, dann immer eindringlicheres Heulen voll Wehmut und Sehnsucht, melodische Entladung ihres gedrückten Lebens: Die Hunde von Mogador wußten, daß sie tagsüber zu schweigen hatten. Auch auf entfernteren Terrassen saßen Hundestatuen, tönend, als werde das Geheul durch den Wind hervorgebracht, der über die geöffneten Schnauzen hinwegstrich, und ebenso plötzlich verstummte der Chor, als sich der Mond wieder hinter einer Wolke verbarg.

«Du warst auf der Schule», sagte Karim, der mit Patrick gemeinsam gelauscht hatte. «Die Männer am Bab Sbaa behaupten, in der Luft zieht der König der Hunde vorbei, und sein Volk begrüßt ihn. Sag mir ehrlich – ist das wahr? Sieht es nicht wirklich so aus? Denn sie hören ja tatsächlich auf, wenn er vorübergezogen ist …»

Da hatte Karim sich die Antwort schon selbst gegeben.

2

Wenn Patrick sich zum Grand Hotel Mogador aufmachte, zog er sich an wie fürs Büro. Der englische Anzug, die gepunzten Schuhe, das Hemd waren längst zu Kostümstücken geworden, geschont nach bester Möglichkeit. Einen Schrank gab es nicht, sie hingen an einem Nagel an der Wand, die Kalk abgab, weshalb er den Anzug mit einem Handtuch umhüllte. Die verschrammten Schuhe waren von dem kleinen Schuhputzer, der vor dem Café de France im Straßenstaub kauerte, schon mehrfach in schimmernden Glanz versetzt worden, geradezu lackschuhartig. In Verlegenheit brachte ihn nur die Krawatte, die eine Spur zu auffällig war, um sie vergessen zu können – er hätte sie wechseln müssen, aber in Mogador fand er nichts, was für ihn in Frage kam. Er dachte schon daran, eine schwarze zu kaufen, aber er fürchtete, dann für einen Chauffeur gehalten zu werden, europäische Trauergebräuche mochten hier unbekannt sein. In Khadijas Haus gab es kein Bügeleisen – eine Notwendigkeit, Wäsche zu plätten, die binnen kurzem wieder zerknittert war, sah sie nicht. Es gab aber eine Büglerin in der Nähe, in einem offenen Laden. Als die sich dem Hemd zum ersten Mal widmete, gelang es ihr gleich, im Rücken – zum Glück nur im Rücken! – die Form des Bügeleisens braun einzubrennen.

Vermutlich hatte sie es beim Telephonieren vergessen, denn sie telephonierte unablässig und nahm auch Patricks Vorwürfe telephonierend entgegen, als Entschuldigung hatte sie nur ein bedauerndes Schulterzucken parat. Es war passiert, niemand war gestorben, wozu noch lange darüber reden? So war das Hemd ganz buchstäblich zur Attrappe geworden, wie die Zelluloid-Vorhemden, die sich arme Männer in der Kaiserzeit vor die karierten Hemden banden, und darin lag schließlich eine Wahrheit: Sein Status in der Welt wurde von diesem ruinierten Hemd ganz richtig dargestellt.

Und dennoch gaben ihm die Sachen, wenn er sie anzog und sich in dem fleckigen Spiegel in seinem Zimmer besah, immer noch das Gefühl, in Khadijas Haus ein Fremdkörper zu sein und eigentlich in das Grand Hotel Mogador zu gehören. Die warmen erdigen Farben der Halle, die Blütenblätter, die in den Wasserbecken schwammen, die mannshohen Fayence-Vasen, das gepunktete, vielfach gebrochene Licht einer riesigen, an einer Kette hängenden Bronzelaterne, das alles entsprach einer geschickten Mischung marokkanischer und europäischer Elemente, unter Vermeidung von orientalistischem Kitsch, eher ins Herbe als ins Üppige gehend; hatte Monsieur Pereira selbst darauf Einfluß genommen? Hier wollte der alte Mann sich zu Hause fühlen, wobei diese Halle ja nur die Ouvertüre war, in seinem Appartement gelangte sein Geschmack bestimmt zu reicherer Entfaltung. Ob Patrick die Räume wohl eines Tages würde betreten dürfen?

Inzwischen waren solche Erwartungen beträchtlich gesunken. Nicht auf eine Fortsetzung der kapriziösen Konversation kam es an, sondern auf eine schnelle Entscheidung, eine rasche Tat; welche? Auf Zauberei: die Einknüpfung seiner Person in Bezüge, innerhalb deren die Vergangenheit zu etwas Unwahrscheinlichem wurde. Und zum Erfolg der Verwandlung mußte gehören, daß auch Monsieur Pereira aus seinem Leben wieder verschwand, er würde nur die Brücke sein wollen, über die Patrick ein neues Ufer erreichte.

Aber hatte er sich allen Ernstes vorgestellt, er brauche ohne Ankündigung in Mogador einfach nur vor der Tür zu stehen, um dem geheimnisvollen, in unaufhörlicher Umkreisung des Erdballs befindlichen Mann zu begegnen? Es wäre das beste so gewesen – vor allem, wenn das Gespräch hätte stattfinden können, bevor seine Flucht bekanntgeworden war und die Ermittlungen begonnen hatten. Dieser ohnehin allzu kurze Zeitraum war nun wahrscheinlich verstrichen, aber Patrick beruhigte sich mit dem Gedanken, daß ein Mann wie Monsieur Pereira, der in seinen Geschäften vorging wie jüngst in der Ukraine, nicht schockiert sein würde, wenn herauskäme, was er sich geleistet hatte. «Unregelmäßigkeiten» – dieses Wort sprach für sich. Monsieur Pereira war selbst ein Unregelmäßiger, einer, der in kein abgezirkeltes Rechenkästchen paßte. Wen, wenn nicht ihn, durfte er um Rat und Hilfe angehen?

Monsieur Baldhane, der Geschäftsführer des Hotels, hatte ihn schon zweimal in sein Büro gebeten: Die Vorbereitungen eines Besuchs Seiner Majestät des Königs in Mogador hätten ein drängendes Stadium erreicht, Monsieur Pereira sei darin involviert. «Sie wissen, Mogador ist ihm ein Herzensanliegen.» Komme der König nach Mogador, dann empfange ihn dort Monsieur Pereira. Keine Beunruhigung also.

Patrick wies weit von sich, beunruhigt zu sein – nein, nein, er könne warten –, während er sich im stillen fragte, wodurch er seine Unruhe verraten hatte.

Monsieur Baldhane riet dazu, am besten mit Monsieur Azul Verbindung aufzunehmen, den Monsieur Elff gewiß kenne. Er half nach: der Privatsekretär von Monsieur Pereira ...

«Ach, es ist etwas ganz Persönliches, es geht um etwas Privates. Monsieur Pereira weiß Bescheid.» Ob Monsieur Baldhane inzwischen weitergegeben habe, daß Monsieur Elff in Mogador sei und sich freuen würde –

Das habe wenig Sinn, sagte Monsieur Baldhane, gewinnend lächelnd. Monsieur Elff wisse ja selbst, wie die Termine eines solchen Mannes aussähen ... Erstaunlich, was er in seinen Jahren leiste, er kenne keine Ermüdung.

Patrick pflichtete dem bei. Er ließ sich verleiten, in seinen Andeutungen aus dem einzigen Essen mit Monsieur Pereira eine Reihe der intimsten Begegnungen werden zu lassen – der Geschäftsführer sollte Respekt bekommen.

«Ja, wenn Sie so mit ihm stehen, dann wird das alles keine Schwierigkeit sein.» Wäre Monsieur Baldhane Monsieur Pereira gewesen, dann hätte Patrick ihn jetzt gewonnen.

Daran änderte auch nichts, daß der Geschäftsführer nun, als er vereinbarungsgemäß wieder an der Rezeption vorsprach, verhindert war: gar nicht im Haus, wie die märchenschöne Rezeptionistin – war sie von dem Augenmenschen Pereira persönlich ausgesucht worden? – nach kurzer telephonischer Fahndung mit Gazellenblick ausrichtete. Als Patrick sich abwandte, war ihm, als nehme er in der Ferne, zwischen zwei Säulen, den Schatten eines vorübereilenden Mannes wahr, aber dieses Vorüberhuschen genügte dann doch nicht, um ihn irrezumachen.

Also nach Hause, also wieder heraus aus dem geretteten Anzug, wieder hinein in Karims Jeans und Kapuzenpullover, in denen er aussah wie einer der Studenten auf Rucksacktour, die mit ihren Freundinnen zu flüchtiger Besichtigung der alten Mauern unterwegs waren. Patrick aber besichtigte nicht, er ließ sich treiben. Die große Medina war für ihn inzwischen klein geworden; wenn er durch die Gassen lief, fand er sich schnell am Ausgangspunkt wieder. Er verließ deshalb die Altstadt durch das Doukala-Tor, wo zwei junge Frauen, in bunte Tücher gewickelt, mit ihren Kindern im Schoß bettelten. Sie gehörten nicht zur Kernmannschaft der Bettler, Karim sagte, es seien Frauen von Trinkern, die auf diese Weise fürs Nötigste sorgten – Mogador, die Stadt der Huren und Trinker, so stellte sich das aus seiner Perspektive dar, in der das Grand Hotel allerdings nicht vorkam.

Und auch der Friedhof der Christen nicht, jenseits der Stadtmauer unmittelbar neben dem Bab Doukala. Über dem Türchen in einer langen gekälkten Mauer war ein mageres Kruzifix eingelassen, so unauffällig wie möglich. Gegenüber erstreckte sich ein großes muslimisches Grabfeld, das ebenfalls von einer Mauer umgeben war; Patrick reckte sich, um den Kuppelbau in der Mitte zu sehen, einen bescheidenen Marabut, unter dem ein heiliger Mann ruhte. Die Gräber dort waren von stachligen Pflanzen überwachsen, nur mit Mühe gewahrte man unter dem Gestrüpp die eingesunkenen Grabsteine. Dieser Friedhof war längst geschlossen, wer heute starb, wurde weit entfernt auf einem neuen Friedhof auf dem Land beerdigt, aber man gab den alten nicht auf, der Schlaf der Toten wurde nicht gestört, die schwarz-grüne Decke lag über ihnen allen gemeinsam. Die Menschenmenge, die einst viel und durcheinandergeredet hatte, schwieg nun in schönstem Schweigen. Name, Stand, Lebensalter, alles Individuelle war ausgelöscht in diesem stillen Warten auf den Tag des Gerichts.

Der christliche Friedhof hingegen durfte betreten werden. Auch er verlassen, auch er vor allem mit Gräbern aus der Zeit des französischen Protektorats, als noch keine wohlhabenden europäischen Pensionäre hier ihren Lebensabend verbrachten, sondern die Leute ihrer Geschäfte wegen gekommen waren. Wäre der Friedhof nicht überall von Kissen winziger gelber Blütensterne bedeckt gewesen, er hätte ein tristes Bild geboten. Die Ausländer hatten nicht viel Geld auf die Gräber ihrer Angehörigen verwandt. Die Tumuli waren aus Backsteinen gemauert und mit Zement verputzt, den Wind und Wetter hatten zerbröckeln lassen, die Gräber zerfielen, wie die Leiber, die sie deckten, zerfallen waren. Ein Grabkreuz da und dort, gleichfalls aus Zement oder aus Kunststein, Fabrikware; die Salzluft als Bildhauer hatte sie in bizarre Plastiken verwandelt, als seien die Kreuze gehäutet worden und gäben nun den Blick auf ein Aderngeflecht preis.

Patrick wanderte zwischen den Gräbern umher. Mehrere kaiserlich-deutsche Vizekonsuln hatten den Weg in die Heimat nicht zurückgefunden, so der «Vizeconsul Behrend Nüschke aus Berlin» und in seiner Nachbarschaft der «Vizeconsul Theodor-Ferdinand Brauer aus Leipzig», der 1884 mit vierundsechzig Jahren noch Vater von Zwillingen geworden war, Charles und William – vielleicht von englischer Mutter? –, aber beide Söhne nach wenigen Lebenstagen verlor und kurz danach ins Grab sank. Den europäischen Kindern schien Mogador nicht bekommen zu sein; war es unreines Wasser, waren es Seuchen, war es doch nur die höhere Sterblichkeit in einer Zeit ohne wirksame Medikamente? Henry Albert Richard Thomson war 1879 mit fünfunddreißig Jahren seinem Sohn Richard Edward Charles Thomson gefolgt, der im Jahr davor mit elf Monaten gestorben war. Wie mußte man sich die Lage von Mrs. Thomson vorstellen, die ohne Mann und Sohn nach England zurückkehrte? Sie hieß Clara, ihren Namen hatte sie zu dem der Toten hinzusetzen lassen. Und Walter Rix Curtis war 1878 mit zehn Monaten, seine Schwester Lilly Curtis 1879 mit drei Monaten gestorben – in welcher Erinnerung behielten Mr. und Mrs. Curtis ihre Zeit in Mogador, wohl in ihren ersten Ehejahren, vermutlich mit Hoffnungen begonnen? Manchmal wurde die ganze Familie in kurzer Zeit dahingerafft: Leocadia Ratto starb 1887, ihr Sohn Manuel John mit achteinhalb Jahren im selben Jahr, der Vater Manuel mußte seine Lieben bis 1889 überleben. Carmen Magliolo starb 1934 mit achtzehn Monaten, ihre Brüder Giuseppe und Prospero folgten ihr. Daneben ruhte Enrique David de Guevara y Riera, 1893 mit neun Jahren dahingegangen. War das nicht ein portugiesischer Name? Würde er hier auch auf die Gruft der Pereiras stoßen, oder stand deren Mausoleum auf einem weniger verwahrlosten Friedhof? Eine unheimliche Geschichte erzählte ein ochsenblutrot gestrichenes Zementgrab: Dort ruhte Madame Bartoli, née Agostini, 1925 mit siebenundzwanzig Jahren gestorben, und neben ihr Madame Bartoli, née Furioli, 1927 mit vierundzwanzig Jahren gestorben – war Monsieur Bartoli ein Blaubart oder der unglücklichste der Unglücklichen gewesen?

Ein heftiger Wind drückte die gelben Blütenkissen nieder. Unmittelbar hinter dem Friedhof raste ein aufgepeitschtes Meer, Gischtwolken schwebten über der Mauer, Regenbogenglanz stieg mit dem Nebel auf und fiel mit ihm zurück. Das Leben in den Kolonien erschien auf diesem Friedhof in keinem freundlichen Licht. Die Menschen waren unternehmungslustig in Europa aufgebrochen, um bis an den Rand menschlicher Zivilisation zu gelangen und dort das Unglück zu finden. Hinter der Mauer kam nur noch die Wasserwüste. Schiffbrüchig war 1888 Kapitän James Canham hier gelandet, um gleich darauf zu sterben – von den Strapazen erschöpft? An seinem Grab stand Patrick länger; der Tod nach der Rettung, nach nicht mehr erhoffter Berührung der Erde, ließ ihn an seine eigene Lage denken. War jede Flucht in Wahrheit nichts anderes als eine Bewegung auf den Untergang zu?

Auf diesem Friedhof vergaß man das Mogador von heute, den Badeort für Sommerferien und Wassersport, das Grand Hotel Mogador mit den Blütenblättern, die in Fayence-Brunnen trieben. Patrick vermeinte von jenseits der Mauer den Ruf zu vernehmen, alles fahrenzulassen, jeden Versuch, Monsieur Pereira wiederzusehen, aufzugeben, einfach abzuwarten, bis das Geld zu Ende war, und bei lebendem Leibe schon den Übergang vorwegzunehmen. So war es doch für viele gewesen, die hier am Grab ihrer Kinder gestanden hatten – warum nicht auch für ihn?

3

Als Patrick Elff seinen Brief im Grand Hotel Mogador abgegeben hatte, beruhigte er sich für eine Weile. Es schien ihm, als habe er alles getan, was in seine Hände gelegt war, und er fragte sich, warum er nicht früher geschrieben hatte, denn dieses wiederholte Vorsprechen im Hotel war vielleicht ein großer Fehler gewesen. Er mußte sich nur vorstellen, wie er selbst in den Tagen seines Glücks mit Leuten umgegangen wäre, die mit irgendeinem Anliegen gedrängelt hätten. Besaß ein Mann, der wie ein Hausierer unablässig vorsprach, um sich dann an der Rezeption abfertigen zu lassen, die geringste Aussicht auf einen Bescheid?

Er hatte jede Wendung seines Briefs vielfach erwogen. Es war ihm wichtig, eine gewisse Lässigkeit darin durchschimmern zu lassen und nicht wie ein Bittsteller aufzutreten, dem das Wasser bis zum Halse steht; das wäre ein Eindruck, der schon vom Ästhetischen her abstieße, gerade Monsieur Pereira war hier mit Sicherheit empfindlich. Sein Französisch war mündlich flüssiger als schriftlich. In einem Brief mußte auch grammatisch Aufwand getrieben werden, und schließlich durfte nicht der Eindruck entstehen, er beharre auf der Einlösung des Versprechens, als gebe es einen Anspruch darauf. Den es tatsächlich aber gab, denn hatte er nicht ein höchst delikates Unternehmen reibungslos und erfolgreich abgeschlossen? Er rechnete Monsieur Pereira zu den Leuten, die sich von anderen, schon gar niedriger Gestellten nichts schenken lassen und die auch jene Verpflichtungen anerkennen, die nicht notariell protokollierbar sind. Das Wort eines solchen Mannes – war das nicht im ganz ehrwürdig atavistischen Sinn ein Ehrenwort? Unvorteilhaft war vermutlich, daß ihn inzwischen erreicht haben mochte, weshalb Patrick aus Deutschland verschwunden war, aber machte Monsieur Pereira selbst ausschließlich Geschäfte, die geltendem Recht standhielten? War er nicht dort zu Hause, wo Recht war, was dem Willen des Mächtigen entsprach?

Den Füller in der Hand, rief Patrick sich alles wach, was an dem Abend mit Monsieur Pereira vorgefallen war – da hatte es in dem langen Gespräch im Restaurant doch einen Unterstrom von Sympathie gegeben? Er hatte ihm doch irgendwie gefallen? Und den väterlichen Kniff in die Wange, den meinte er jetzt wieder zu spüren – war das nicht erst recht ein Zeichen gewesen, daß zwischen ihnen eine Verbindlichkeit entstanden war? Schließlich fiel ihm etwas ein, das ihn bewog, den Brief in Gänze umzuschreiben: Wäre es nicht klug, Monsieur Pereira daran zu erinnern, daß es auch für ihn selbst vorteilhaft sei, ihm zu helfen? Das durfte nicht zu sehr ausgeführt werden, denn ein Mann wie er durfte nicht das Gefühl haben, man wolle ihn belehren – der kannte seinen Vorteil selbst, aber ein kleiner halbversteckter Hinweis darauf, daß es nicht in seinem Sinne sei, wenn das gesamte Wirken Elffs in der Bank gerichtlich untersucht würde, der schadete doch gewiß nicht. Er hatte eine gut lesbare, nicht unharmonische Handschrift – war ein handgeschriebener Brief, der in der Welt von Monsieur Pereira mit ihrer klassischen Eleganz bestimmt kein Fremdkörper wäre, nicht auch ein Indiz dafür, daß er auf eine elektronische Übermittlung seines Anliegens bewußt verzichtete, damit sich nicht irgendwelche Dateien verselbständigten und ungebetene Mitleser fänden?

Er war zufrieden mit sich. Endlich hatte er etwas getan, und die Tat schenkte ihm eine große Erleichterung. Karim hatte für ihn zum Schreiben einen Tisch aufgetrieben, ein im Haus Khadijas ungebräuchliches Möbel; an diesem Tisch sitzend, hatte er sich erstmals wieder als Herr seiner Lage gefühlt. Verblüffend, wie sehr die Veränderung der körperlichen Haltung, diese Rückkehr in lebenslange Gewohnheit, zum Wohlbefinden beitrug, ja einen Augenblick lang empfand er, als könne ihm, solange er an einem Tisch sitze, ein Blatt Papier vor sich, nichts Ernstliches zustoßen. Welch ein Glück, daß in der Anzugjacke der Füller mit nach Mogador gereist war; er ließ ihn sonst meist im Büro zurück.

War es diesmal nicht angeraten, den Brief durch Boten abgeben zu lassen, anstatt immer selbst gelaufen zu kommen? Konnte man sich Monsieur Pereira vorstellen, wie er einen Brief abgab? Das machte man in diesen Ländern doch nicht selbst. Aber dann sah er vor sich, wie Karim in seinen abgerissenen Kleidern schon vor dem Betreten des Hotels an dem baumlangen schwarzen Türsteher in höfischer Livree scheiterte; so einen wie ihn ließ man in das Hotel gar nicht erst hinein. Dann wäre der Brief in den Händen des schwarzen Portiers, und wann und wie und ob überhaupt er von dort zur Rezeption wanderte und welches Schicksal ihm dort beschieden wäre, wenn es hieße, ein barfüßiger Strolch habe ihn abgegeben, das enthielt zu viele Ungewißheiten, das wäre schon beinahe eine Flaschenpost.

Als Patrick vor dem Mädchen am Empfang stand, dieser Schönheit zur Freude von Monsieur Pereira, gelang es ihm trotzdem, heiter und souverän zu wirken. Er legte dem Mädchen ans Herz, dafür zu sorgen, daß Monsieur Pereira bei seinem Eintreffen zwei Tage später den Brief sofort vorfinden werde – der sei nämlich erwartet, er habe heute mit ihm darüber telephoniert. Das war kühn, dem Hoteldirektor hätte er das nicht zu sagen gewagt, aber dieses Mädchen hatte er, so meinte er, für sich eingenommen, sie mochte ihn – durfte man dann nicht ein bißchen lügen? Sie öffnete eine Schublade und holte eine grüne Ledermappe daraus hervor, auf deren Mitte ein prächtiges goldenes P prangte – kein Zweifel, Monsieur Pereiras persönliche Korrespondenzmappe. Ihm war, als seien alle Antichambres mit dieser Mappe überwunden.

Die Stadt schwamm schon in Fahnenrot; erst jetzt fiel auf, wie viele Fahnenmasten es an der Strandpromenade und auf dem großen Platz vor dem Bab Marrakesch und dem Palast gab. Auf diesem weiten Platz würde Monsieur Pereira den König vermutlich willkommen heißen, neben den anderen Notabeln. Dem königlichen Palast gegenüber, in respektvollem Abstand, erhob sich das Grand Hotel Mogador. Konnte man von dessen Dachterrasse aus vielleicht sogar in die verbotenen Gärten hinter den hohen königlichen Mauern hineinsehen? Aber solche Schlüssellochstrategien durften Monsieur Pereira fremd sein, bewegte er sich doch ungezwungen in diesem und allen anderen Palästen des marokkanischen Königreichs.

Nur übermorgen nicht, das erfuhr Patrick, kaum daß er den Brief in der ominösen grünen Mappe hatte verschwinden sehen, bei der Lektüre des *Matin* im Café Driss, wo er sich gern zum Zeitunglesen niederließ. Die Schlagzeile des königstreuen Blatts hatte stets eine Aktivität des Monarchen zum Gegenstand. Es konnten in der Welt die Erde beben, die

Banken krachen, die Flüchtlinge zu Millionen ihre Heimat verlassen, doch im Matin hieß es zuallererst: «*Sa Majesté le Roi Mohammed VI, à qui Dieu assiste, a présidé au Palais Royal à Rabat un conseil des ministres*», oder: «*Sa Majesté le Roi Mohammed VI, à qui Dieu assiste, félicite les chefs d'état maghrébins*», oder: «*Sa Majesté le Roi Mohammed VI, à qui Dieu assiste, lance deux projets urbanistiques de qualité.*» Patrick war schnell daran gewöhnt, die internationalen Nachrichten weit hinten zu finden, viel Platz war ihnen ohnehin nicht gegönnt. Was in der Bank nach seinem Verschwinden vor sich ging, das mußte dem marokkanischen Publikum nicht verschwiegen werden, das interessierte hier einfach nicht. Die Affairen durften schon ein wenig größeren Zuschnitt haben, um auch im Matin wahrgenommen zu werden. So hieß es in einem kleinen Artikel, kaum zwanzig Zeilen lang, der amerikanische Senator Warren Carlock – ohne «*à qui Dieu assiste*», obwohl er den Beistand Gottes doch gut hätte gebrauchen können – habe aufgegeben und sei in Erwartung eines längeren Verfahrens, das seine Unschuld erweisen werde, seiner Partei jedoch nicht zumutbar sei, von allen Ämtern zurückgetreten. An den Beratungen über die Nachfolge beteilige sich auch Seine Exzellenz Monsieur Joaquin Pereira, Mitglied der marokkanischen Delegation bei der Weltsicherheitskonferenz in New York.

Er las die Meldung wieder und wieder, die Enttäuschung war schwer zu verwinden. Der Zorn auf den sittenlosen Politiker, der nicht nur seine eigene Anwartschaft auf das Amt des Vizepräsidenten vertan hatte, sondern nun auch noch Monsieur Pereira von Mogador fernhielt und ihn daran hinderte, Patricks Erlösung in Angriff zu nehmen, war kindisch genug – als habe die Welt mit ihren Sorgen vor allem um ihn, den unredlichen Bankangestellten, zu kreisen. Aber daß Monsieur Pereira in seinen hohen Jahren noch derart ehrenvoll um Rat gebeten wurde, keineswegs nur den Schlag der königlichen Limousine aufhielt, sondern sich mit den großen Fragen abgab, war das, bedachte er es recht, nicht auch ein Anlaß zur Hoffnung? Dieser Mann konnte wirklich etwas bewegen; auf dem Schachspiel seiner Kalkulationen mochte ein Patrick kaum mehr als ein Bauer sein, aber das machte die Hilfe auch viel leichter – er sah sich von zwei mageren Fingern mit Altersflecken wie ein gedrechseltes Figürchen in die Höhe gehoben und in ein anderes Umfeld versetzt.

Geduld mußte man haben. Die grüne Ledermappe würde den Wesir in jedem Land der Welt erreichen, ein bißchen später eben nur. Wenn man in Marokko nicht die Geduld lernte, wo sonst? Der neue Beweis für den Einfluß von Monsieur Pereira verführte zum Träumen – vielleicht war da eine ganz ausgefallene Lösung möglich? Vielleicht sogar eine erhebliche Verbesserung? Ein Karrieresprung, der sonst kaum denkbar gewesen wäre, eine dieser Schicksalsrevolutionen, die erst einmal alles auf den Kopf stellen, bevor sie eine überraschend neue Ordnung entstehen lassen? Und weil der Erfolg, der echte Erfolg, schließlich alles Vorangegangene wiedergutmacht – welche Abwege werden nicht verziehen, wenn zum Schluß die Sonnenstrahlen des Goldes eine Existenz in ihr Licht tauchen? –, wäre am Ende womöglich eine Vergebung, eine Wiederannäherung an Pilar nicht ausgeschlossen?

Das war das erste Mal, daß er so etwas dachte. Sein Fall erschien ihm plötzlich revisionsfähig. Er hatte sich ja keine Vergewaltigung zuschulden kommen lassen wie der haltlose Senator – nein, so etwas war unverzeihlich, hatte auch Aspekte des Komischen, der alte Mann, von seinen Hormonkuren derart aufgepeitscht, daß er im Hotel über die Zimmermädchen herfiel. Komik war eben tödlich auf den Höhen der Macht. Wer die Welt regieren wollte, durfte vorher keine

Sondervorstellung als Lustgreis aus der venezianischen Maskenkomödie gegeben haben.

Jetzt, wo der Schlag der Enttäuschung vergessen war und die gewichtige Rolle seines Protektors im Welttheater seine Phantasie mächtig anregte, konnte er den Fall des von seinen Leidenschaften gestürzten Senators von einem überlegenen Standpunkt aus würdigen. Der hatte etwas getan, was durch keinen Erfolg wettgemacht werden konnte. Patrick betrachtete den weithin besprochenen Fall, als könne man es sich aussuchen, wodurch man sich ins Unglück stürzte. Dem hätte man entgegenhalten können: «Du hast es gut», denn nichts lag ihm so fern wie eine Vergewaltigung. Er behauptete von sich, und das entsprach auch seiner Lebenserfahrung, zu einer Vergewaltigung niemals imstande zu sein. Seine ganze Natur strebte in der Liebe nach Harmonie, und die war ihm in reichem Maß zuteil geworden. Das Beste an seiner Verbindung mit Pilar war das Liebemachen gewesen, das stand ihm jetzt deutlich vor Augen. Und da gab es keinen Schatten von Gewalt, nur freudigen gegenseitigen Genuß – er war sicher, daß sie das genauso sah, gleichgültig, wie zornig und enttäuscht sie wohl inzwischen an ihn dachte. Das war doch gerade der Reiz: festzustellen, was der andere mochte – nicht, was er nicht mochte.

Pilar, die Verlorene – Pilar, *à qui Dieu assiste*! Der in der amerikanischen Haft schmorende Senator hatte ihn zu Gedanken veranlaßt, die er sich eben noch verboten hatte. Ohne Pilar leben, das war schlimm – mit einer anderen Frau, das war ausgeschlossen, unmöglich. Pilar hatte ihn vollständig in Besitz genommen. Wie dumm mußte man eigentlich sein, sich mit Haut und Haar von einem anderen Menschen abhängig zu machen und danach alles zu tun, um diesen Menschen zu verlieren? So verließ er das Café Driss denn mit hängendem Kopf, nachdem er in den Räumen dieser lobenswerten Pâtisserie ein Wechselbad der Gefühle aus Verzweiflung und Hochstimmung genommen hatte.

Briefeschreiben vermag Schwung und Hoffnung zu verleihen. Etwas anderes ist das darauf folgende Warten auf Antwort. Das Warten ist eine Kunst, aber eine schwer zu erlernende. Es sagt sich leicht, man müsse den Brief, den man geschrieben und auf den Weg gebracht hat, augenblicklich vergessen, so daß die dann irgendwann eintreffende Antwort zur angenehmen Überraschung werde. Für eine bestimmte Sorte von Briefen ist das eine Hilfe, nicht aber, wenn es weniger auf den Brief als eben auf die Antwort ankommt. Überlegte man mit kühlem Kopf, wann Monsieur Pereira den Brief des Mannes, der bei ihm einen Wunsch frei hatte, frühestens würde öffnen können, dann mußte man erst einmal wissen, wann die bewußte grüne Mappe mit dem goldenen P überhaupt in seine Hände gelangte. Sie enthielt die Post, die ihm beim Aufenthalt des Königs in Mogador hatte übergeben werden sollen. Dazu würde es nicht kommen. Nun beförderte sie vermutlich ein Kurier. In einer solchen Mappe lagen keine Stromrechnungen oder Einladungen, da hinein gelangte nur die persönliche Post. Daß die Briefe in der Mappe so lange schmorten, bis er irgendwann doch wieder einmal nach Mogador käme, diese grausige Möglichkeit meinte Patrick ausschließen zu dürfen. Hatte er nicht «urgent» und «personnel» auf den Umschlag geschrieben, «urgent» übrigens nach qualvollen Überlegungen, denn widerrief er damit nicht den entspannten Ton, der ihn so viel Mühe gekostet hatte? Jetzt war er froh, daß «urgent» darauf stand, das würde ihn vielleicht retten.

Aber eine Woche ging darüber leicht ins Land. Andererseits: War das so schlimm? Noch immer wußte niemand in Deutschland, wo er sich befand; nach seiner Ankunft in Casablanca hatte er seine Spuren perfekt verwischt – nicht wahr? Er lebte bei Khadija wie in einem Versteck, und nicht einmal sie kannte seinen wirklichen Namen, trotz ihres übernatürlichen Ahnungsvermögens. Monsieur Paris war nicht Patrick Elff. Einzig Monsieur Pereira besaß bald – hoffentlich! – seine Adresse, Rue Beyrouth 15, Mogador-Medina. Diese Straßennamen waren etwas Künstliches, von den Behörden aufgedrängt, kein Einheimischer hätte damit etwas anfangen können. Man sagte hier noch wie in alten Zeiten, man wohne in der Mellah oder hinter dem großen Souk oder rechts vom Fischmarkt oder am Ende der Kasbah, aber die Briefträger fanden die Adresse, denn Khadija empfing Briefe, die sie Salma zum Vorlesen reichte. Wenn er kein Vertrauen zu Monsieur Pereira haben sollte, zu wem sonst?

Er faßte den Entschluß, die Wartezeit als Buße anzunehmen. Er saß nicht grundlos hier am Ende der Welt. Es erschien ihm mehr denn je unbegreiflich, wie er sich mit Doktor Filter hatte einlassen können – was war das nur gewesen? Etwas Unfaßliches, Ungreifbares. Wie hatte das Mondgesicht mit seinem Milchgeruch es vermocht, ihn in diese Willenlosigkeit hineinzubringen? Wie kam es, daß in seinem Innern so gar kein Widerstand gegen das ungeheuerliche Ansinnen gewesen war? Was war er für ein Mensch? War da in ihm vielleicht nur ein Nichts, das wahllos alles anzog, was ihm nahe kam – ein Sog, der begierig war, das Loch in seiner Seele zu füllen? War seine Schuld vor allem diese Leere? Der vielversprechende Geschäftsmann, der gewaltige Summen hin und her schob, Prognosen abgab, Risiken abwog, der gar als zukünftiges Vorstandsmitglied gehandelt wurde – der war einfach ein Hampelmann, der Beine und Arme hob, wenn jemand am richtigen Schnürchen zog. Wußte auch Monsieur

Pereira das längst? Würde das am Ende sein Mitleid erregen? Aber war eine Null mitleiderregend? Und woher kam die Reue, die er jetzt zum ersten Mal beim Gedanken an all das Verlorene empfand?

4

Khadija war stets ein wenig verstimmt, wenn Karim ankündigte, seine Familie besuchen zu wollen. Einerseits hätte sie sich nie gestattet, etwas derart Geheiligtes wie die Pflichten gegenüber der Familie in Frage zu stellen, denn es gab nichts, was in der Pyramide sittlicher Gebote höher gestanden hätte. Andererseits verhielt sie sich zu ihrer eigenen Familie höchst abweisend und wollte mit ihr nichts zu tun haben. Und Karim schien ihr aus demselben Holz geschnitzt: Zwei Jahre habe er nicht zu Hause angerufen, nachdem er vom Hof geflohen sei, so rühmte er sich, und daß er nicht daran denke, zu Vater und Brüdern nach Dar Hliliba zurückzukehren; niemals würde er sich damit abfinden, «unter Papa» zu arbeiten, das wurde des öfteren versichert. Nun aber, wo er in Khadijas Haus und Hof einbezogen war und eine andere Familie von ihm Besitz ergriffen hatte, begannen diese Ausflüge, mindestens alle Vierteljahre und zum Ramadan ohnehin – da herrschte offenbar Anwesenheitspflicht, und wenn nicht für die gesamten vier Wochen, dann doch in der letzten mit dem festlichen Abschluß. Der wurde aber auch bei Khadija mit erheblichem Aufwand gefeiert. Sie sorgte für die teuersten Fische und für rosenwassergetränkte Süßigkeiten, mußte das alles aber allein, das heißt mit Salma und dem blökenden Gefesselten, verzehren – der Imam fiel trotz der dritten Zähne als Konvive aus.

Karim hingegen kaufte selber ein. In Dar Hliliba durfte er nicht ohne Geschenke auftreten. Er war in der Stadt zwar nicht übermäßig reich geworden, aber eine andere als eine ökonomische Rechtfertigung gab es nicht für ein Leben fern der Familie, also mußten Geschenke her: eine neue Djellaba für den Vater, ein Paar bestickte Samtpantoffeln für die Mutter, eine Rolle Stoff für die Schwägerinnen, chinesisches Plastikspielzeug in giftigen Farben für die Kinder, einige Kilo Lammfleisch für die Tajine der Großfamilie, ebensoviel Rindfleisch zum Einfrieren, und nicht nur Khadija, auch die Mutter aß gern Fisch; so gehörte denn eine fette Seeschlange, die, in Stücke geschnitten, mit Gemüse geschmort wurde, unbedingt in den Katalog der Anschaffungen. Er hatte ein bißchen verdient in den letzten Monaten, denn er war an Touristen geraten, die bei der Kommission großzügig gewesen waren – das sollte nun alles zum Wohl der Familie ausgegeben werden, denn bei Khadija entstanden ihm keine Unkosten. Im Gegenteil, sie hatte ihm das Geld für die Kuh geliehen, was sie gelegentlich erwähnte. «Du bist wie eine Mutter zu mir», sagte Karim dann mit Innigkeit und legte die Hand auf sein Herz, das zu diesem Dank den Takt klopfte.

Patrick sah es als Erlösung an, daß Karim ihn einlud mitzufahren. Eine weitere Woche wartend durch die Straßen zu streifen, das wäre, so meinte er, über seine Kräfte gegangen. Außerdem galt es der Versuchung zu widerstehen, doch noch einmal beim Grand Hotel Mogador vorbeizusehen. Statt dessen hätte er fahrig in den Zeitungen geblättert, zuviel getrunken, um einzuschlafen, und wäre dann trotzdem mit wirrem Kopf wach gelegen. Apropos trinken: Was sollte er dem Vater mitbringen? Eine Flasche Whisky?

«Eine Flasche Whisky würde er fallen lassen, als ob der Satan sie berührt hätte.» Karim fand den Vorschlag zum Lachen.

Patrick versuchte, sich zu verteidigen: Man könne Whisky schließlich auch als Medikament betrachten.

«*Bien sûr*», sagte Karim, «kauf auf jeden Fall zwei Flaschen Medikament für uns beide. Es darf bloß niemand dabeisein, wenn wir sie auspacken.»

Khadija wandte sich ab, als sie eintraten, um sich zu verabschieden. Sie war mit ihrem Telephon beschäftigt, das besonders kleine Tasten hatte, aber obwohl ihr wohlgepolsterter Zeigefinger zwei Tasten auf einmal abdeckte, verstand das Apparätchen, was sie wollte.

Der Umgang mit ihr sei nicht leicht, sagte Karim zu Patrick, als sie dem Busbahnhof zustrebten, gefolgt von einem Dienstmann, der ihr großes Gepäck auf einer Handkarre hinter ihnen herschob. Patricks Reisenecessaire bestand dabei nur aus einer Plastiktüte mit einer Zahnbürste und zwei Unterhosen. Wieder überkam ihn das Gefühl einer Verjüngung. Wie lange war er nicht mehr so gereist? In den letzten Jahren war von der Sekretärin stets alles perfekt vorbereitet worden. Wenn er mit Pilar unterwegs war, gehörten mehrere Koffer auch bei kurzen Unternehmungen dazu, denn sie wollte Auswahl haben, wenn sie sich umzog. Vielleicht war er nun zu der Lebensform zurückgekehrt, die seine eigentliche war, nur phasenweise aufgegeben und, nicht ganz freiwillig, schließlich wiedergefunden?

An der Gare Routière herrschte ein Getümmel, von Geschrei begleitet, als solle der Bus gestürmt werden. Mehrere Männer packten Riesentaschen in den Gepäckraum, die Fahrgäste drängten sich wie beim Besteigen des letzten Schiffs im Hafen einer soeben eroberten Stadt. Es gebe immer Leute, die mit den Billets zu handeln versuchten, erklärte

Karim. Dann entstehe Streit unter den Leuten, die ihre Karten nicht vorher gekauft hatten und jetzt einen Aufpreis bezahlen sollten. Tatsächlich war der Bus bis auf den letzten Platz besetzt, aber es war still in ihm, die Unruhe blieb draußen. Die Reisenden waren in sich gekehrt, es gab keine Unterhaltungen, und Karim verfiel, kaum daß sie auf der Landstraße nach Norden waren, in eine Art Schlaf mit offenen Augen. Das Meer zur linken Hand, die Mimosen- und Thujawälder, die prachtvollen Arganenbäume mit knorrig gedrehten Stämmen und weit ausgreifenden Laubkronen waren für ihn ohne Reiz. Der Bus fuhr langsam und hielt oft, manchmal auf freiem Feld, wo ihn mit ihren Bündeln beladene alte Leute verließen. Wie sie von dort wohl weiterkämen? Die Fahrt am Meer entlang, immer weiter nach Norden, einmal am Rand eines Gebirges, einmal durch eine Ebene, dann nah am Wasser, dann wieder hoch darüber, wirkte bald auch auf Patrick einschläfernd. Nichts lenkte seine Phantasien ab; so, wie sie kamen, mußte er sie aushalten.

Pilar lief durch seine Träume, irgend etwas sagend, weggehend, nur von hinten zu sehen. Auch als er wieder erwachte, verschwand sie nicht; aber sie war anders als das Bild, das er sonst von ihr in sich trug – ja ihm schien jetzt, als sei ihm früher vor allem wichtig gewesen, wie sie auf ihn wirkte, was sie mit ihm anstellte, wie sie ihn beeinflußte, und nicht so sehr sie selbst, unabhängig von seiner Person. Wenn er an ihre Vollkommenheiten dachte, dann vor allem, weil sie ihn einschüchterten und bedrückten. Sie war für ihn die Frau gewesen, die täglich neu erobert werden mußte und der gegenüber er keine Schwäche eingestehen durfte. Wieso war ihm diese Vorstellung von ihr nicht unerträglich gewesen? Hatten sich seine Selbstzweifel und Unsicherheiten vielleicht nur einen Vorwand gesucht? Wußte er im geheimen nicht längst, daß sein Bild von ihr alles aussparte, was nicht hineinpaßte?

Da war jener Samstagmorgen, an dem sie, anders als geplant, spät erwacht waren; die kurze Zeit, die sie füreinander hatten, sollte eigentlich nicht verbummelt werden. Sie war verstört, als er sie weckte. Abwesend sah sie vor sich hin, ihr Gesicht war verquollen, es war, als sei sie von dem langen Schlaf erschöpft. Ihr Haar stand vom Kopf ab, medusenhaft – sonst fuhr sie sich schon beim Aufwachen mit den Händen hindurch und stellte eine improvisierte Frisur her, sie sah dann besonders hübsch aus, verschlafen lächelnd und voll Vorfreude auf den neuen Tag. Um so beunruhigender jetzt ihre Düsterkeit.

Sie habe etwas Furchtbares geträumt, sagte sie schließlich mit tonloser Stimme, als habe sie etwas erfahren, was ihr Verhältnis zu ihm veränderte.

Er versuchte, sie an sich heranzuziehen, aber sie schob ihn weg.

«Es hatte mit dir zu tun.» Sie seien in einem Garten gewesen, einem sommerlichen Garten am Waldrand voller Rosen und Fingerhut, und da sei aus dem Wald ein Fuchs gekommen, ein wunderbar feingliedriges Tier mit roter buschiger Rute und ganz zutraulich wie eine junge Katze, so tapsig, so elegant-ungeschickt sei dieser Fuchs gewesen. Er sei ihr entgegengelaufen, als habe er sie erwartet, und sie habe ihn auf den Arm genommen, da lag er ohne Scheu an sie geschmiegt.

«Das ist doch eigentlich ein schöner Traum.» Er wollte sie ablenken, in den Alltag holen, er ahnte schon, daß dies kein schöner Traum war. «Vielleicht wünschst du dir einen kleinen Hund?»

«Ach was.» Sie sah ihn an wie einen Fremden. Nach kurzem Schweigen sprach sie weiter, aber als rede sie mit sich selbst. «Ich war dann mit dem Fuchs auf dem Arm in unserer Wohnung und stand am Fenster. Und plötzlich warst du da und hast ihn gegriffen und aus dem zweiten Stock auf die Straße geworfen.» Sie erwachte aus ihrer Abwesenheit und rief laut und böse: «Warum hast du das getan?», immer wieder. Dann begann sie zu weinen, daß es sie schüttelte.

Er verstand, daß sie in einem Zustand war, in dem sie ihn nicht hörte. Auf leisen Sohlen schlich er sich ins Badezimmer, von dort mit umgeschlungenem Handtuch in die Küche. Er kochte Kaffee. Nach einer Weile erschien sie. Sie war gleichfalls im Badezimmer gewesen und trug schon ein Sommerkleid, war aber noch nicht geschminkt und sah deshalb aus, als habe sie keine Wimpern. Ruhiger wirkte sie, aber ernst. Irgend etwas löste die Spannung auf, vermutlich ein Anruf, bei ihnen klingelte alle zehn Minuten das Telephon.

Das Erlebnis dieses Morgens blieb ohne Erklärung, zumal sie am Abend wieder die alte war. Sie hatten Gäste, sie unterhielt die Leute und brachte sie zum Lachen. Es fiel nicht auf, daß er schweigsam war. Er vergaß den Vorfall, mit dem Unerklärlichen konnte er nicht leben.

Und nun hatte die im Gedächtnis luftdicht eingeschlossene Kapsel sich geöffnet, alles in ihr war frisch bewahrt, aufgespart für eine Stunde, in der er noch ratloser war als an jenem Morgen. «Warum hast du das getan?» Die Frage, die ihm in den Ohren hallte, war jetzt von anderer Bedeutung. Daß er es sei, der ihren Seelenfrieden gestört habe, gewann in dem neuen Zusammenhang ein unvergleichbar schwereres Gewicht. War die Haltung, die sie sonst immer bewahrt hatte, ihre spöttische Unnahbarkeit, die ihm so zusetzte, vielleicht nur der Ausdruck ihrer Disziplin, Zeugnis einer Tapferkeit, die um so mehr bedeutete, weil sie wußte, daß sie verwundbar war?

Der Bus hielt in einer häßlichen Straßensiedlung aus flachen Betonbauten, deren Ladenlokale mit Eisenrolladen verrammelt waren. In Karim fuhr wieder Leben: Sie seien angekommen. Morgen sei hier etwas los, der Souk ziehe die Leute von weit her an, dann kämen alle Bauern der Region zusammen. Jetzt warteten nur einige klapprige zweirädrige Kutschen mit mageren Pferden auf die Reisenden, die zu den Dörfern weiterfahren wollten. Patrick fürchtete, zu schwer für die Caruela zu sein – woher kam das romanisch klingende Wort in diese Gegend? Aber Karim beruhigte ihn: Ganze Familien ließen sich so transportieren, das Wägelchen sei dann mit Menschen und Kartoffelsäcken übervoll beladen.

So rumpelten sie denn über Land. Der Feldweg zwischen Mäuerchen und fleischig-stachligen Kakteenhecken war voller Schlaglöcher. Es wäre bequemer gewesen zu laufen. Für das Gepäck immerhin war der Wagen gut. Die Fahrt ging sanft bergan. Es entfaltete sich, nur zwanzig Kilometer von der Küste entfernt, ein sattgrünes Hügelland, in dem auf den Anhöhen Gehöfte zu sehen waren, fensterlose erdfarbene Kästen, kleine archaische Burgen. Die Sonne sank in ihrem Rücken, das Grün vertiefte sich, die Himmelsbläue bekam einen Schuß ins Violette. Der Himmel schien sich jetzt zu wölben, wurde zur Kuppel, zum kristallenen Bauch einer Riesenglocke. Einzelne Sterne blinkten am noch hellen Firmament; es war Tag und Nacht zugleich, eine Ahnung von Ewigkeit. Patrick wünschte sich, daß die Fahrt kein Ende hätte, sondern immer tiefer in das dunkle Licht hineinführte, während Karim leise mit dem Kutscher schwatzte.

Indessen waren sie angekommen, die Kutschfahrt hatte beinahe so lange gedauert wie die Reise im Bus. Ihr Ziel, das langgestreckte erdig-lehmige Gemäuer, unterschied sich in nichts von den Gehöften, an denen sie in den letzten Stunden vorbeigekommen waren, ein kollektiver Stil von höchster Einfachheit und Klarheit. Das rostige Eisentor war verschlossen. Karim haute mit der Faust dagegen, er lärmte in der Abendstille, es hallte und dröhnte. Das Haus sei nicht klein, bemerkte er – «wenn sie hinten sitzen, hören sie nichts».

Dann tat das Tor sich quietschend auf, und die Familie quoll daraus hervor: die bäuerlich gebliebenen Brüder, dunkelbraun gebrannt, ihre Frauen mit verhülltem Haar, kleine Kinder, Karims junge Schwester, sechzehnjährig und damit heiratsreif, wie Patrick schon wußte, es gebe auch bereits Aspiranten, und dahinter, kugelrund, mit bronziertem Gesicht, in himmelblauem, silbern besticktem Samt, die Mutter, die sich ihrem Sohn, von Liebesglück überwältigt, zögernd näherte. Er küßte ihr die Hand, sie küßte ihm die Stirn. Millionenfach hat sich diese Szene wiederholt, seit die Erde von Menschen bewohnt ist: der heimkehrende Sohn, von seiner Mutter begrüßt, aber für Patrick war es, als geschehe das Ganze auf einer Bühne in Feierlichkeit und voll Bedeutung. Der Vater kam zum Schluß. Sein faltenreiches Gesicht blickte nachdenklich-skeptisch, ihm ging wohl manches durch den Kopf: «Papa denkt immer nach», das hatte Karim angekündigt. Patrick entdeckte die Ähnlichkeit von Vater und Sohn, bald schon würde Karim dem Vater vollends gleichen, auch wenn es wahrlich nicht die harte körperliche Arbeit wäre, die ihn so früh altern ließe.

Patrick wurde höflich, aber abwartend empfangen. Karim sagte lächelnd einige vorstellende Worte, die aufmerksam angehört wurden, während man den Fremden genau betrachtete, als suche man in seiner Erscheinung die Bestätigung dessen, was der Sohn aus der Stadt behauptete. Die Familie war sichtlich nicht gewohnt, mit Fremden zu verkehren; noch dazu war die Sprachbarriere unübersteigbar, keiner von ihnen hatte Karims Französischunterricht auf den Straßen von Mogador genossen.

Man betrat das Haus durch den Stall, eine hohe Halle, der Boden aus gestampfter Erde, an der Rückwand in vielen gleichmäßig über sie verteilten Löchern die Wohnungen der Tauben; sie schliefen schon. Drei Kühe gab es, eine davon besonders groß mit prall aufgeschwollenem Bauch, schwarzweiß gefleckt – Karims Kuh, mit Khadijas Kredit erworben; so war die schwierige Freundin auch hier, wohin sie ihren Fuß nie setzen würde, anwesend. Die Kuh stehe kurz vor dem Kalben, in wenigen Tagen sei es soweit – Karim übersetzte, was der Vater sagte, der seine breite Hand über das saubere Fell gleiten ließ, um dort den Nasciturus zu ertasten. Das Tier wandte ihm das mächtige Haupt zu. Es schien mit seinen Berührungen einverstanden. So klein er im Verhältnis zu der Kuh war, sie war in seine Hand gegeben.

Aus dem Stall, der von einer Glühbirne, die im Abendwind schwankte, flackernd beleuchtet wurde, ging es in den Hof, ein schmuckloses gepflastertes Geviert; darüber leuchtete der Abendhimmel. Patrick erfuhr am nächsten Tag, daß dieser Hof eine große Sonnenuhr war – am Wandern der Schatten lasen die Bewohner die Uhrzeit ab – und daß der Hahn mit seinem frühen Kikeriki als Muezzin die erste Gebets-Hore ankündigte. Die elektronischen Armbanduhren der Männer waren hier eigentlich unnötig.

Es wurde nun schnell kühl. Mit Gesten bat der Vater, den Kopf schiefgelegt, seinen Gast in den ebenerdigen «Salon», wie ein solcher Raum im ganzen Land genannt wurde: einen kleinen Saal, so breit wie der Hof, mit Teppichen ausgelegt, auch hier Industrieware – wo waren die alten Kelims geblieben? An den Wänden lagen festlich aufgeblasene Brokatkissen in strengem Nebeneinander aufgereiht, Mobiliar gab es auch hier nicht. Anders als bei Khadija war der Salon aber frisch gekälkt und an der Decke mit einer neuen Stukkatur versehen, die man begonnen hatte, pistaziengrün und rosa zu bemalen, bis irgendwelche Bedenken die Arbeit unterbrochen hatten.

Alles lagerte sich bequem, im Schneidersitz oder mit ausgestreckten Beinen. Toufik, der ältere Bruder, ein wirklicher Landmann, aus rotbrauner Erde gebacken, bereitete den Tee – obwohl nicht weit entfernt vom Meer, war hier ein anderer Menschenschlag zu Hause. Aber das Hin- und Hergießen, das Gluckernlassen des Tees, die Zuckerklötze, die in ihm zerfielen, der Strauß frischer Minze, die im kochenden Wasser ihr Todesbad nahm, das war so wie aus Khadijas Haus gewohnt, auch das achtsame Schweigen, mit dem man den Vorgängen folgte. Und bald schon rollten die Frauen einen niedrigen Tisch herein, auf den die große Tajine-Schale gesetzt wurde – «bismillah», im Namen Gottes, so hieß das knappe Tischgebet. Dazu hob man andeutungsweise die Hände, wie zum Empfang einer von oben verteilten Gabe, dann begann die behutsame Einkreisung der Mitte des Terracottatopfes, wo das Fleisch verborgen war. Zehn Hände tasteten sich durch Couscouskörnchen, Sauce und Gemüse voran.

Patrick kam mit dem Essen ohne Messer und Gabel inzwischen zurecht, immer noch nicht so elegant wie Karim, der keine Flecken machte, aber er erhielt auch hier ein Küchenhandtuch, das er über sein Hosenbein breitete. Kein Wort wurde gesprochen. Das Leben bestand aus harter Arbeit, bei der nicht viel abfiel, aber in der Abfolge immer gleicher Tage gab es stets den Höhepunkt des Mahles, bei dem die Zeit stillstand. Auch hier wurde vorzüglich gekocht, die Gemüsesäfte waren wie destilliert und intensiviert. Wenn Patrick an die unzähligen Essen in teuren Restaurants zurückdachte – in jener unwiderruflich abgeschlossenen Episode seines Lebens, in der die Nahrungsaufnahme Bestandteil der Arbeit war, keineswegs deren Unterbrechung durch eine andere Art Zeit, die das eigentliche Ziel des Menschenlebens vorwegnahm –, dann mußte er sich sagen, damals selten so gut gegessen zu haben. Die Mahlzeiten wurden nach alten Traditionen bereitet, noch ehrwürdiger als das Lesen und Schreiben, die Frauen lernten das Kochen wie das Sprechen, und so, wie sie in einer Region alle denselben Dialekt sprachen, kochten sie auch alle auf dieselbe Weise, und zwar gut, es schien gar nicht anders zu gehen.

Dem Mahl in seinem Ernst und seiner Fülle wurde allerdings nicht das Ende zuteil, das es verdiente, ein sattes, stummes Lagern, das Auskosten der Verdauungsohnmacht. Eine junge Schwägerin, die wieder schwanger war, hübsch, aber durch ihren Zustand etwas gedunsen, hatte die Terracottaschale hinausgetragen und kehrte mit einem Ausruf zurück, der alle in einer einzigen Bewegung in die Höhe fahren ließ. Die Kuh war in die Wehen gekommen.

Patrick betrat den Stall als letzter; er hatte sich gefragt, ob er bei einem derart heiklen Vorgang nicht störe, aber Karim ermutigte ihn, sich anzuschließen. Die ganze Familie war um die Kuh versammelt. Aus ihrer Scheide ragte ein bleiches Bein mit zartem Huf hervor, während sie, die davon nichts wußte, mit einem Blick unendlicher Geduld nur hin und wieder das Maul öffnete zu einem Muh-Ruf von raumsprengender Gewalt. Ihre Körperkraft hatte dieses Bein aus sich herausgedrängt, das ins Freie stach, als wäre es ein Organ von ihr. Aber nun war die Kraft offenbar erschöpft. Sie befand sich in einem Zustand, der nicht andauern durfte, zu dessen Beendigung sie jedoch nichts beizutragen wußte, zwischen Himmel und Erde bangend, groß und schön, mit diesem fünften schwachen Bein zugleich erschreckend und entstellt.

Der Vater zögerte keinen Augenblick. Er schlang einen Strick um das zierliche Bein und begann, mit ganzer Kraft daran zu ziehen. Patrick fürchtete, er werde es abreißen. Der Mann stemmte seine nackten Füße gegen den Boden und lehnte sich weit zurück, indem er sein Körpergewicht der Muskelkraft hinzufügte. Die Kuh hob wieder das Maul zu einem markerschütternden Schrei; die Mutter stand neben ihr, umarmte sie und flüsterte ihr beruhigend ins Ohr. Aber der Kopf ließ sich kaum halten, er schwang hin und her, die Kette, mit der sie an ihren Trog gefesselt war, klirrte. Der ältere Bruder hielt den Kuhschwanz fest. Auch dies erforderte Kraft, denn in seinem lässigen Wedeln war gleichfalls eine Energie verborgen, die schmerzhafte Schläge austeilen konnte. Und dann schob sich aus der nun weit geöffneten Scheide eine schwarze Masse, nicht als tierisch zu erkennen, gänzlich formlos, und das Kalb wurde Stück für Stück, erst langsam, plötzlich aber sehr schnell aus dem bebenden Leib herausgezogen und lag schließlich als dunkler Haufen auf dem Boden zwischen den Strohhalmen.

Die Kuh spürte die Erleichterung sofort. Sie hob den Kopf, als staune sie über das, was bis zur äußersten Unerträglichkeit über sie gekommen war, was sich aber ebenso unerwartet wieder aufgelöst hatte. Noch war kein Leben zu erkennen in der Masse, die da auf dem Boden lag. Die Mutter löste die Kette und brachte, behutsam sprechend, die Kuh dazu, sich umzudrehen. Die erkannte den schwarzen Haufen vor sich, und schon war ihre Ratlosigkeit verschwunden. Sie neigte sich zu ihm, betastete ihn mit ihrem Maul, von dem Speichelfäden rannen, und begann, ihn mit ihrer langen Zunge zu lecken. Eine sorgsame Arbeit. Sie wußte, was sie zu tun hatte. Im schwankenden Licht, das mehr Schatten als Helligkeit hervorbrachte, entstand unter der modellierenden Zunge ein

Körper, von allen Verklebungen gereinigt. Der Kopf trat hervor, die an den Leib geschmiegten Beine, der Rumpf, aus dem die biegsamen Knochen unter dem noch struppigen, aber gesäuberten Fell hervorragten. Es sah aus, als verfertige die Kuh in präziser Arbeit ein Bild von sich. Aber die Vollendung dieses Bildes lag nicht in ihrer Gewalt.

Die ereignete sich, als das Kalb die Augen aufschlug. Riesengroß waren sie. Inmitten des schmutzigen Stalls, in dem sich zu dem Mistgestank noch der Geruch des Blutes und der Körpersäfte des Muttertieres durchdringend entfaltete, wurden die Augen zum Inbegriff höchster Schönheit und Reinheit. Die Welt wurde in ihrem Blick neu geschaffen. «Es werde Licht, und es ward Licht.» Staunen, Furcht und vollkommene Güte sprachen aus den Augen des Kalbes. Es war, als beginne sein Leben nicht eben erst, sondern als habe es sich davor in einer anderen Welt aufgehalten, sei dort an einem lieblichen Ort eingeschlafen und im tiefen Traum in diesen Stall versetzt worden. Noch hatte es die Nähe der Mutter nicht begriffen, noch mußte es glauben, in der neuen Umgebung einzig in seiner Art und allein zu sein.

Patrick konnte sich kaum abwenden von dem Neugeborenen. Ihm war, als lösten sich hier alle Rätsel seines Lebens. Welch ein Leben stand dem Kalb bevor? Zunächst ein besseres als vielen seinesgleichen; es würde seine Jugend im Freien auf grünen Hügeln beginnen, würde heranwachsen, vielleicht selbst ein Kalb bekommen – zum Schluß käme allerdings der Verkauf auf dem Viehmarkt, der Abtransport zum Schlachthof mit vielen anderen fremden Rindern auf einem offenen Lastwagen. Viel Gutes und zum Schluß geballt Böses würde es erwarten, aber der Anfang enthielt eine Paradiesesahnung. Die mußte Patrick irgendwie wiederfinden, einen Zipfel davon zu fassen bekommen – was einmal da war, verschwand nicht vollständig, es ruhte im Verborgenen. Vielleicht stand ihm ja noch eine Entdeckung bevor, enthielt der Bruch mit der Vergangenheit die Chance einer neuen Geburt?

In allen Gesichtern der Familie war die Freude über das Kalb zu lesen, verhalten, wie es bei ihnen Sitte war – Patrick hätte am liebsten seine Whiskyflaschen geholt, um mit ihnen darauf anzustoßen, das verbot sich hier. Was machten die Leute nur, wenn es etwas zu feiern gab? Sie wollten ohne solche Freudensteigerung auskommen, die Freude rein genießen, in ihren originalen Ausmaßen, wie Leute, die auf Gewürze verzichten, um den Geschmack der Produkte unvermischt zu erfahren.

Der Salon war inzwischen von den Resten der Mahlzeit befreit worden, er war wieder der ehrwürdige kahle Kissensaal, in dem Patrick und Karim schlafen würden. Die Schwester erschien mit einem Deckenstapel, der sie überragte, damit galt es jetzt, ein Lager zu bauen, für Patrick in der einen Ecke, für Karim in der anderen. Die Decken wurden gebraucht, denn es war kalt geworden, und vom Fußboden durch die harten Teppiche zog es frostig herauf. Man schlief hier angekleidet, ohne Leintücher. Patrick waren die Mitglieder der Familie dennoch nicht unsauber vorgekommen, auf dem Land gibt es eben keinen ekelhaften Schmutz. Karim löschte das Licht, sagte «Bismillah» im Dunkeln und sank sofort in tiefen Schlaf. Das fiel Patrick nicht so leicht, auch zu Hause nicht, er brauchte ein Buch, um einzuschlafen; nach ein paar Seiten ließ er es auf die Brust sinken. Wie ein Vogel mit ausgebreiteten Flügeln ruhte es dort und zog ihn gleichfalls in die Ruhe. Darauf mußte er hier verzichten, und das bescherte ihm längere Schlaflosigkeit. Und damit begann wieder ein Ansturm der Gedanken und Phantasien, dem er sich hilflos ausgesetzt fühlte.

Zwei Arten der Vergangenheit gab es offenbar: Die eine

zerfiel zu Staub. Was war, war nie gewesen, weg, ausgewischt – dazu gehörte für ihn seine Schulzeit. Er hätte kaum mehr den Namen eines Mitschülers gewußt. Die andere Vergangenheit verging nie. Sie unterlegte sich jedem neuen Augenblick, unzerstörbar und zäh. Und sie gebar immer neue Vergangenheiten, ihr Fundus war riesig. Was abgelegt schien, wurde überraschend hervorgeholt und behauptete eine Gegenwart, die es damals, als es geschah, gar nicht besessen hatte – das unwillkürliche Sortieren der Eindrücke nach wichtig und unwichtig, dieser überlebensentscheidende Instinkt, ließ das meiste unter die Schwelle der Aufmerksamkeit geraten, wo es sich aber fest einrichtete und wartete, bis seine Stunde gekommen war. Patrick empfand es geradezu als Liebespflicht, bei Pilar nichts wahrzunehmen, was sie in unvorteilhaftem Licht erscheinen ließ. Sprach aus dieser hochherzigen Haltung nicht die Hoffnung, sie werde es mit ihm ebenso halten?

Aber woher kam nun dieses Bild, überplastisch in allen Details: Pilar vor den Mülltonnen stehend, mit leeren Pappkartons, die für die Tonne zerkleinert werden mußten? Sie war zum Ausgehen hergerichtet, in schönem Kleid und mit weich fallendem Haar; warum hatte sie sich in ihrer Eile bloß mit den Kartons belastet? Warum ließ sie die nicht einfach neben der Tonne stehen? Statt dessen warf Pilar sie auf den Boden und begann, darauf herumzutrampeln. Breitbeinig, die Knie gebeugt, der Rock war hinaufgerutscht, das Haar fiel über die nach vorn geneigte Stirn, trat und zerstampfte sie den krachenden Karton wie einen am Boden liegenden Feind: Eine Mänade war sie geworden, hemmungslos, sogar schamlos. Als Patrick hinzutrat und sie fragte, warum sie nicht ihn das machen lasse, hielt sie inne und sah ihn verwirrt an. Dann schob sie sich das Haar aus dem Gesicht, wandte sich um und lief davon. Sie war verspätet – der Widerstand, den die elenden Kartons ihr entgegensetzten, hatte sie die Nerven verlieren lassen. So legte er sich ihre Schroffheit zurecht, aber das Bild war doch zu befremdlich gewesen. Vor seinen Augen war eine andere Frau aus den berstenden Kartons emporgestiegen. Er mußte diese Frau, die sich ihm da jäh offenbart hatte, schnell vergessen.

Jetzt, in der Nacht, war sie wieder da, stieg auf vor ihm wie aus einem Hexenkessel und zeigte ihr verzerrtes Gesicht. Es war kaum auszuhalten. Patrick tastete nach seiner Plastiktüte, in der es, als sie umfiel, leise klirrte.

Aus dem Dunkel kam Karims Stimme: «Suchst du das Medikament?» Er leuchtete ihm mit seinem Telephon.

Da war die Flasche, er reichte sie Karim, der einen tiefen Zug daraus tat und sie ihm dann zurückgab. Er selbst nahm gleich mehrere große Schlucke. Der Whisky wirkte stärker, weil er in den Tagen davor beim Bier geblieben war; Karim hatte ihn in die Bars der Arbeiter und Fischer eingeführt.

Es folgte eine Nacht mit wilden Träumen, die sich nach dem Erwachen nicht mehr rekonstruieren ließen.

5

Am Morgen erwachte er allein. Karims Lager war schon weggeräumt – «das Bett machen» hatte hier noch die Bedeutung, das Bett buchstäblich jeden Tag neu herzustellen. Er hörte ein scharrendes Geräusch draußen und ging in den Innenhof. Dort lag in der Ecke ein großer Stein, aber kein solcher Brocken wie bei Khadija; er deckte auch hier das Zisternenloch ab, das war bei den vielen kleinen Kindern dringend geboten, die Zisterne war in Dar Hliliba in Gebrauch. Nach regenreichem Herbst und Winter hielt ihr Wasser bis in die austrocknenden Phasen des Hochsommers vor, erst dann mußte Wasser aus einem Tankwagen gekauft werden, je später, desto besser, denn Geld gab der Vater ungern aus der Hand.

Karim war gerade dabei, den Stein wegzuschieben. Dann ließ er durch das Loch im Boden einen Eimer hinab, der aus Reifengummi zusammengenietet war, ziemlich tief unten hörte man es platschen. Das Wasser war ein wenig trüb, roch aber frisch.

«Ich weiß doch, daß du morgens eine Dusche brauchst.»

Diesen Eimer Wasser sollte Patrick sich in der kleinen Kammer, in der auch die Latrine war, über den Kopf gießen. Trotz dieser Aufmerksamkeit war Karim bei den Seinen ein anderer. Er glaubte, sich weit von seiner Familie entfernt zu haben, und fügte sich hier doch mühelos in die Reihe der Brüder ein. Aus Mogador waren sie gemeinsam angereist, aber während sie sich in diesem Haus aufhielten, stand Karim ihm mit der Familie gleichsam gegenüber, wandte sich auch seltener an ihn und blieb, ohne deswegen unfreundlich zu sein, zerstreut, wenn Patrick ihn ansprach. Nur mit gelegentlichen Fragen nach dem «Medikament» knüpfte er an die in Mogador geteilten Erfahrungen an.

Jetzt wollte er seinem Gast etwas eröffnen. Die Reise fand nicht zufällig statt. Ein großes Ereignis stand unmittelbar bevor, davon hatte er bisher keine Silbe herausgelassen. Diesem Ereignis kam entgegen, daß in der letzten Nacht sein Vermögen nicht unwesentlich angewachsen war. Das Kalb würde zwar erst großgezogen werden müssen, aber es gehörte ihm allein, Khadijas Kredit hatte daran keinen Anteil.

Er habe sich lange gesperrt, dem Willen seiner Eltern, vor allem der Mutter, zu gehorchen, aber nun müsse er aufgeben. Es sei soweit, er könne den Lauf der Dinge nicht mehr aufhalten. In einem Gehöft in der Nähe, das er seit der Kindheit kenne, sei in seiner Abwesenheit ein junges Mädchen herangewachsen und inzwischen ins Heiratsalter gekommen – für seine Mutter und die Mutter des Mädchens sei seit langem ausgemacht, ihn mit Boshra, so heiße es, zu verheiraten. Und heute komme die Familie, um das Mädchen vorzustellen. Sie sei eben fünfzehn geworden, andere Freier hätten sich schon gemeldet, sie drängten auf Entscheidung, die Familie wolle wissen, woran sie sei. Heiraten könnten sie ein wenig später, aber die Verlobung müsse jetzt festgemacht werden. Die Mutter habe schon einen großen Zuckerhut gekauft, als rituelles Geschenk an die Familie, und er habe einen Ring dabei, den seine Mutter dem Mädchen heute anstecken wolle.

«Ich gratuliere», sagte Patrick. «Weiß auch Khadija schon davon?»

Karim lächelte verlegen. Das leider nicht – auch deswegen nicht, weil er die Hochzeit noch hinausschieben wolle. «Oft ergeben sich die Dinge von selbst, wenn etwas Zeit verstreicht. Wer sagt, daß ich noch lange bei Khadija wohne? Dann wäre die große Aufregung» – mit der er immerhin rechnete – «überflüssig gewesen.»

Sie standen im Kuhstall. Das Kalb war, gewiß zur eigenen Verwunderung, auf die vier staksigen Beine gekommen und trank hingegeben aus dem prallen Euter, schielte aber mit einem der gewölbten ausdrucksvollen Augen nach den Menschen. Als es gestern aus formloser Masse hervorgegangen war, hatte die Größe seines Kopfes etwas Monumentales gehabt. Jetzt erschien es kindlicher, anmutig-zerbrechlich. Hufeklappern vor dem Tor: Die Caruela der Nachbarsfamilie war vorgefahren. Karim verschwand im Innern, denn er sollte die Braut erst sehen, wenn alles versammelt war und gegessen hatte.

Die Dramaturgie der Verlobung war episch, nicht novellistisch; es ging niemandem darum, schnell zum Ziel zu gelangen. Diese Menschen waren zum Warten disponiert. Sie saßen ein Leben lang am Ufer der vorbeirauschenden Zeit und schauten in deren Fluten. Vom Brautpaar vielleicht abgesehen – da mag die Nervosität in den verstreichenden Stunden schon gewachsen sein, ohne daß Karim sich das anmerken ließ. Boshra hatte man in die Frauengemächer gebracht, in denen, wie Karim erklärte, ein erheblich nüchternerer Geist waltete als in den Männerrunden. Sein Vater sprach gern, lange und langsam über die Religion, die Sitten und Gebräuche sowie die Ehre seines Hauses, alles Gegenstände, die in den Zimmern der Frauen nicht behandelt wurden. Möglich, ja wahrscheinlich, daß man sich dort die schier endlose Wartezeit durch Gespräche höchst sachlichen Inhalts verkürzte. Für die Mutter war das Hinzutreten Boshras im Grunde ebenso bedeutungsvoll wie für den ehescheuen Karim, denn unter ihrer Führung, in ihrem Stab, würde das Mädchen hinfort leben, ihren Befehlen würde es zu gehorchen haben. Aber bei den Männern – zu den Vätern und Brüdern waren inzwischen noch einige ältere Herren, Onkel und Vettern, hinzugekommen, ein besonders würdiger zahnloser Greis mit weißgehäkeltem Schädelkäppchen wurde als Mekka-Pilger «Haj» angesprochen und mit Handkuß begrüßt – ging es nach dem üppigen Essen schläfrig zu. Man lag in den Kissen, Karims Vater dozierte mit schiefgestelltem Kopf, als äußere er eine grundsätzliche Skepsis; die anderen lauschten und dösten.

Fand diese Sitzung je ein Ende? Und dann kam doch noch der Augenblick, in dem man den Kopf aus den Kissen hob und sich emporrappelte. Die Tür, durch die der Saal sein Tageslicht empfing, verdunkelte sich. Eine Gruppe von Frauen stand auf der Schwelle. Boshra war nicht übermäßig groß, aber in dem Kreis ihrer Begleiterinnen erschien sie hochgewachsen, was auch an ihrer Haltung lag. Sie betrat den Salon, als sei sie dazu erzogen worden, sich stolz und graziös zu bewegen. Selbst als sie sich auf die Knie niederließ, blieb ihr Rücken ganz gerade, eine Tänzerin hätte es nicht besser gekonnt. Hübsche Mädchen gibt es viele – hier kam etwas hinzu, Farben, die sonst zusammen nicht zu finden sind. Das Gesicht mit großen grauen Augen war hellbraun, aber die Wangen rosig – das sah aus, als sei sie geschminkt, was ausgeschlossen war, Schminke gehörte hier zu denselben Unmöglichkeiten wie die Medikament-Flaschen in Patricks Plastiktüte. Sie hielt den Kopf geneigt, als sie eintrat, aber als sie auf dem Boden saß, blickte sie auf, und das war, als hebe sich der Vorhang vor einer leuchtenden Erscheinung. Patrick entfuhr ein gedämpfter Ausruf des Staunens. Das Mädchen war so schön, daß er meinte, sein Herz ziehe sich bei ihrem Anblick zusammen. Welche Vorstellung, daß sie in den Mauern des elterlichen Gehöfts für Karim aufgezogen worden war wie einst eine Infantin für einen fernen Prinzen.

Boshra hatte Augen nur für einen einzigen Mann im Saal – für den ihr genau gegenübersitzenden, aber etwa drei Meter von ihr entfernten Karim. Er sah sie lächelnd an, sie blieb ernst. Beide betrachteten sich aufmerksam, sie studierte geradezu sein Gesicht. Patrick fand, daß Karim ruhig etwas enthusiastischer hätte aussehen dürfen, er wirkte zu souverän für seinen Geschmack. Der Herr der Lage – das Leben meinte es gut mit ihm, denn diese Frau war ihm nun einmal zugefallen. Er hatte sie nicht erkämpft, er bekam sie als sein gutes Recht, und es war zugleich Boshras gutes Recht, daß er sie dann auch nahm. Dieses Eheprojekt zwischen den Familien noch einmal aufzulösen wäre eine Aufgabe für einen Großdiplomaten gewesen. Wußte Karim eigentlich, wie schön sie war?

Seine Mutter näherte sich ihr, hockte sich neben sie und nahm ihre linke Hand, die bräunlich war wie das Gesicht, mit blanken hellrosa Fingernägeln. Sie steckte ihr Karims Ring mit einem Türkis an den Ringfinger; er war etwas zu weit. Boshra hielt die Hand vor sich hin und betrachtete den Ring, das war ein weiterer Schritt der Annäherung an den ihr gegenüberhockenden jungen Mann, den sie seit langem zum ersten Mal wieder aus der Nähe sah. Was bedeutete der Türkis? Hier geschah mit Sicherheit nichts Unbedachtes. Sie senkte erneut den Kopf, sie ließ sich betrachten. Verlegenheit schien sie nicht zu kennen, aber sie machte auch nicht die geringsten Anstalten, mit Karim in Verbindung zu treten, in seiner Miene zu lesen, ein Wort an ihn zu richten. Sie war sehr jung, und ihre Schönheit hatte auch kindliche Züge, aber man ahnte, daß sie keine Frau für einen Zwanzigjährigen gewesen wäre. Karim war glücklich zu schätzen mit einer solchen Braut, aber er nahm sich mit ihr auch etwas vor. Sie war wie eine junge Kämpferin, so wollte es Patrick scheinen angesichts ihrer ruhigen Disziplin. Sie wußte, was sie zu tun hatte – wußte Karim ebenfalls, was seine Pflichten waren und was er einer Frau wie dieser schuldete?

Die anderen im Raum begannen wieder, sich zu unterhalten, man wandte die Blicke von dem Paar ab. Gemäß der herrschenden Etikette war es Karim jetzt erlaubt, in Anwesenheit beider Familien mit ihr zu sprechen, und er unternahm auch Anläufe in diese Richtung und stellte ihr offenbar kleine Fragen, die sie einsilbig beantwortete, wobei sich beide nicht von ihren Plätzen rührten. Für Patrick war es das seltsamste aller Theaterstücke, das hier im grünen Hügelland aufgeführt wurde, weit weg von der Hauptstraße: eine quälend lange Vorbereitung, die den Zweck der Zusammenkunft fast vergessen ließ, eine Folter für die Geduld des europäischen Betrachters, und dann unvermittelt das Gegenübertreten eines Paars, das ein Leben miteinander verbringen sollte, ein Schicksalsaugenblick in Stille, aber auch in einer Spannung, die vor allem von der Feierlichkeit des jungen Mädchens ausging. Sie war die Hauptperson, Karim wirkte neben ihr beinahe austauschbar. Hatten seine Konversationsangebote, soweit Patrick sie mitbekam, nicht etwas Läppisches? Erstaunlich, wie sie darüber hinwegging, ohne abweisend zu wirken. Sie sah ihn freundlich an, aber sie wollte kein Schaugespräch führen. Vielleicht meinte sie, daß sie, was sie ihm mitzuteilen habe, besser bei anderer Gelegenheit und ohne Zeugen vorbringen solle. Die Spannung löste sich erst, als Boshra mit einer Tänzerinnen-Leichtigkeit aus der Hocke aufstand, den Kopf vor der Gesellschaft neigte und mit ihren Schwestern und Karims Mutter den Saal verließ.

Karims Telephon klingelte; er trat in den Hof, wohin die Frauen verschwunden waren, und begann ein Gespräch, das ihn lang festhielt, während er draußen auf und ab ging. Die Verlobung war nicht das einzige Geschäft, worum er sich zu kümmern hatte. Derweil kündigte sich eine neue Mahlzeit an, schon wurden die runden Tische in den Salon gerollt.

Patrick war zermürbt, als dieser Verlobungstag sich zu seinem Ende neigte und die Familie Boshras mit Schwestern und Tanten die Caruela bestieg – die Männer würden laufen, das Wägelchen war bis zum Umfallen beladen. Boshra ragte zwischen den Frauen auf dem Sitz der kleinen Kutsche in gerader Haltung hervor. Es war, als sitze sie auf einem Thron. Überhaupt hatte in Patricks Augen an diesem Tag eine Wandlung und Erhöhung der Erscheinungen stattgefunden: Alle Frauen trugen häßliche knallige Stoffe mit wilden Ornamenten, jede mit mindestens vier oder fünf verschiedenen Mustern am Leib, die Teppiche kamen aus der Fabrik, der Brokat aus der Spritzdüse, und zusammen ergab dies ein prachtvolles, märchenhaftes Bild. Es kam eben vor allem darauf an, in welchem Geist die Dinge zusammenfanden. Der überlieferte marokkanische Geschmack, der noch lebendig war, schmolz die industriellen Bestandteile um, bis nicht mehr das Detail, sondern das idealische Ganze sichtbar wurde.

Aber von diesem Ertrag des Tages abgesehen – abgesehen auch von der Parusie des schönen Mädchens, wenn davon überhaupt abgesehen werden konnte, Patrick vermutete immer noch, daß ihn das Mädchen tiefer beeindruckt hatte als den Bräutigam –, war die lange Reihe leerer Stunden, in denen niemand das Wort an ihn gerichtet hatte, eine Prüfung gewesen. Und was war da geprüft worden? Seine seelische

Kraft, lange Zeit Einsamkeit, Zwang und Unselbständigkeit auszuhalten? An welchem Ort brauchte man in Deutschland diese Kraft? Die Antwort war allzu leicht, aber er schob sie schnell beiseite. War er nicht immer noch frei? Frei zum Beispiel, um, nachdem die Betten gemacht waren und er sich unter die Decken gelegt hatte, in seiner Plastiktüte nach dem Whisky zu greifen?

Karim kam hinzu. Er schloß die Tür und atmete in geschauspielerter Manier kräftig aus. «Du verstehst, warum ich hier nicht leben kann?»

Patrick reichte ihm das Medikament, wollte die häuslichen Umstände seines Freundes aber auch verteidigen – das Essen sei vorzüglich gewesen, das Haus mit seinen Innenhöfen und dem Blick übers Land gefalle ihm so gut, daß er nichts ändern würde, sollte er hier einziehen –

«Wirklich nichts?»

Na, vielleicht das Bad ... Aber das Wichtigste: Boshra sei eine Sensation, ein Wunder, eine Schönheit ...

Karim lauschte ihm mit rätselhafter Miene. Es gab etwas zu berichten. Monsieur Paris habe doch gesehen, daß er vorhin angerufen worden sei – von dem Libyer, den er zu Khadija gebracht habe, dem Mann mit dem Amulett, jeden zweiten Tag rufe er an, es sei noch nicht eingetreten, wofür er bezahlt und was man ihm zugesichert habe. Der Dicke sei so dumm, daß er nicht bis vierzig zählen könne, erst in vierzig Tagen zeige sich die Wirkung, das habe er ihm zehnmal wiederholen müssen. Aber während er noch sprach, der Hof sei völlig leer gewesen, habe Boshra plötzlich vor ihm gestanden, ihn bei der freien Hand genommen und ihn ins Bad – «das du verändern willst!» – gezogen, und dort hätten sie sich aneinandergepreßt und geküßt. Sie habe am ganzen Leib gezittert, er aber auch, und die Herzen hätten «*zukke zukke*» gemacht. Hätten sie dort nur zehn Minuten ausgeharrt, dann wäre «alles passiert», sagte Karim – das sei natürlich unmöglich gewesen, zum Glück, meine er jetzt, denn als sie sich nacheinander aus dem Kämmerchen gestohlen hätten, habe er das unendlich bedauert.

Daß es so schnell und so einfach ging, sich von der musterhaft eingeübten großen Form zu verabschieden, verblüffte Patrick zunächst, erleichterte ihn aber auch. Obwohl er am Nachmittag nichts von der kleinen Explosion mitbekommen hatte, schien ihm im Rückblick die schneckenlangsam verstrichene Zeit nun kurzweiliger verlaufen zu sein. Er erging sich in Komplimenten für Boshras Erscheinung: die Haut, die Augen, die Wangen, die Haltung – für das letzte hatte Karim kein Verständnis. Patrick versuchte, ihm das zu erklären, aber in den Kategorien Anmut, Gang, Allüre, Eleganz und was ihm da nicht alles einfiel, dachte Karim nicht. Er sah ihn abwesend an und forderte einen neuen Zug «Medikament».

Boshra sei schön, gewiß, habe sich gut gemacht, das letzte Mal habe er sie als kleines Mädchen gesehen. Aber so eine junge Frau sei eigentlich nichts für ihn – «für mich müssen die Frauen nicht schön und nicht jung sein …» Er dachte offenbar an etwas Bestimmtes, seine Gedanken wanderten, er lächelte träumerisch. Dann, geradezu schroff, als halte er sich selbst eine Strafpredigt: Was das solle, dieses Heiraten ohne Geld? Was komme dabei heraus? Und wenn dann auch gleich ein Säugling käme? Er gab sich selbst die Antwort auf seine Fragen: Er würde mit Frau und Kind in Papas Haus zurückkehren müssen, um nicht auf der Straße zu landen – und er habe sich geschworen, nie wieder in Dar Hliliba zu leben.

Er schilderte die Zeit als junger Herumtreiber in den Städten – «zwei Jahre habe ich Papa nicht angerufen!» Als Hilfsarbeiter, Fliesenleger, schließlich als Wächter habe er gearbeitet – aus dem Haus in Casablanca sei er weggelaufen, weil die sechzigjährige Hausfrau ihn ins Bett habe ziehen wollen. Aber «in Casa» habe er auch das erste Mal mit einer Frau Liebe gemacht – umwerfend sei das gewesen, «wie Honig!» Davor, auf dem Land, habe er nur die Eselinnen gekannt, «jeder Junge vom Land nimmt sich als erste Frau eine Eselin» – wer etwas anderes behaupte, lüge oder kenne die Bauern nicht. In Erinnerung daran schien er so vergnügt, als erzähle er nicht von einer Notlösung, sondern von einer gemeinschaftstiftenden Initiation. Er habe auf Friedhöfen geschlafen – «zwischen den Toten, *bismillah*, das macht mir nichts aus» –, habe sich mit Pappdeckeln und Plastikbahnen zugedeckt, habe zwischen Landstreichern in einem geschützten Winkel gelegen, mit zugebundener Hose, damit von diesen verkommenen Kreaturen nicht einer an ihm herumfingerte – «ich habe vor gar nichts Angst!» Aber zu zweit oder zu dritt könne man so nicht leben. In ihm erwachte ein Pathos, das Medikament trug seinen Teil dazu bei.

Patrick machte den Vorschlag, Boshra bei Khadija einzuführen, dort könne sie vielleicht im Haushalt helfen.

Karim lachte: «In das Hurenhaus? Ausgeschlossen.»

Da fiel Patrick aus allen Wolken. Khadija durfte stolz auf sich sein: Er hatte nicht bemerkt, wo er abgestiegen war. «Khadija ist eine Hure? Und die anderen?»

Die erst recht. Ja, auch die mit der spitzen Nase, gegenwärtig Khadijas Zugpferd, verheiratet mit einem Schneider, der das Treiben seiner Frau ohnmächtig hinnehmen müsse, nur manchmal verprügele er sie. Aber sie sei inzwischen an den reichen Libyer geraten, gut möglich, daß sie nicht mehr lange in Mogador bleibe. Sie prahle mit der Hingegebenheit dieses Mannes – wie die Huren eben seien, er wisse schon.

Patrick wußte nichts. In vielem mochte er Karim voraus sein, an solchen Erfahrungen hatte er gar nichts zu bieten.

Die ganz neue Attraktion aber sei Rachida, die Frau mit der etwas hängenden Unterlippe, obschon dreißig, immer noch Jungfrau – «hier vorn», Karim wies sich zwischen die Beine, *«pas cassée»*, sie trage sich noch mit der Hoffnung auf eine Heirat und lasse sich bis dahin nur von hinten nehmen. Er lehrte Patrick das arabische Wort für das Hinterteil, D*souk*, ein ausdrucksvolles Wort, wie ein Ruck, der beim Aussprechen durch den Körper geht. Wenn Khadijas Kunden diesen *dsouk* mit ihrem *dsab* penetrierten – die Arabischstunde ging weiter –, dann durften sie sich in der wollüstigen Vorstellung wiegen, dies alles einer Jungfrau anzutun. Das mache die Leute schier verrückt.

Patrick schämte sich für seine Ahnungslosigkeit – gar nichts hatte er mitbekommen. War es nicht gewesen, als halte Khadija hof und empfange würdevoll Gäste, um sie an ihren übernatürlichen Gaben teilhaben zu lassen? Statt dessen hatte um ihn herum ein lebhafter erotischer Kommerz stattgefunden. «Und du mittendrin!»

Karim schüttelte den Kopf, forderte aber erst einen Schluck aus der Flasche. Nicht eine einzige von diesen Frauen rühre er an. Khadija sei für ihn ohnehin unberührbar, auch wenn er mit Salma und ihr in einem Bett schlafe – das sei nicht immer unkompliziert, etwa wenn er nachts, wie es vorkomme, mit nasser Hose erwache, sich dann hinausschleiche und die Unterhose auswasche. Er vermeide strikt, daß Khadija ihn als Mann mit männlichen Bedürfnissen wahrnehme, und auch sie habe noch nie einen irgendwie verfänglichen Schritt getan. Und so müsse das auch bleiben. Er finde genügend andere Frauen in Mogador.

Er beschrieb sein Leben in der Stadt als einziges großes

Abenteuer. Da liefen die Frauen herum, auf dem Weg zum Markt, zur Post, zum Arzt, zum Schneider, in der bodenlangen Djellaba, das Foulard fest um Kopf und Hals geschlungen, ungeschminkt, unauffällig, und jede von ihnen konnte unter dem bis zu den Füßen reichenden Gewand vollkommen nackt sein – «*sans slip!*», sagte Karim, inzwischen auf seinem Lager aufgerichtet und von seiner Schilderung verzaubert. Ein Blick, eine schnelle Verabredung, ein Absteigezimmerchen am Busbahnhof, die Djellaba hob sich und darunter – «*sans slip*».

Patrick spürte, daß dieses Wort vielleicht noch stärker war als das Bild, das es beschrieb – eine magische Formel, ein Stachel im Fleisch, beim bloßen Aussprechen schon berauschend, zu ewigem Verweilen, zur Meditation einladend: «*sans slip*» war das Arkanum, der Schlüssel zur Welt, das Nonplusultra, ein Schlag vor den Kopf, die eindringlichst denkbare aller Visionen. Sie überwältigte Karim, er mußte innehalten und sich ihr überlassen.

Nein, sagte er sinnend, diese Frauen seien nie besonders hübsch, aber sie seien hinter der Liebe her und «zu allem bereit» – auch das war eine Formel voll betäubender Erinnerungen. «Du würdest es nie denken, wenn du die Frauen siehst.» Und das sei es ja: dieses Erlebnis einer blitzschnell umschlagenden Wirklichkeit. Alles, was man sehe, könne sich jäh in sein Gegenteil oder in noch etwas anderes verwandeln. Leider aber nur in der Stadt. Auf dem Land galt das höchste Vertrauen, die Verläßlichkeit aller Sinneseindrücke. Wie die Menschen aussahen, so waren und so dachten sie auch. Auf dem Land waren die Sinneseindrücke solide Mauern, gegen die man vergeblich anrannte – in der Stadt nur konnte, was man sah, durchlässig werden und eine ungeahnte Welt eröffnen. In einer alten marokkanischen Stadt wußte man eben nie, ob sich hinter dem engen Türchen in einer hohen Mauer ein schmutziges Armenquartier oder ein erlesener Palast befand.

Patrick sah unter seinem Deckenhaufen voll Neid zu Karim hinüber, der sich von seinen Erinnerungen davontragen ließ. Arme Boshra, würde sie dem Maßstab solcher Erlebnisse je standhalten?

Karim hatte noch einen Nachtrag zu leisten – das Gespräch mit dem Libyer, an dessen Ende er sich für Minuten in Boshras Armen wiedergefunden hatte. Wenn der das geahnt hätte! Welch ein Reichtum, wie viele Sorgen! Seine sechs häßlichen Töchter unverheiratet, dafür seine Schwester mit einem Mann vermählt, von dem der Libyer vermutete, daß er seine Hand auf das Familienvermögen legen wolle. Dieser Schwager müsse sterben, deshalb habe er den Imam aufgesucht. Und Khadija habe ihm etwas hergestellt, nicht nur ein versiegeltes Amulett mit Spruch und Pulver, auch ein weiteres Pulver, um es dem Schwager ins Essen zu mischen.

«Monsieur Paris, sag ganz ehrlich: Glaubst du, daß Gott so etwas tut? Glaubst du, daß man Gott zwingen kann, den Schwager umzubringen, nur weil man um Geld Angst hat? Soll ich dir verraten, wie ich darüber denke? Ich lache darüber. Dieses ganze Zaubern mit dem alten Mann, mit diesen Zetteln, diesen Pulvern – Gott will davon nichts wissen. Ich sehe es so: Es gibt nur Gott» – er blickte mit Ergriffenheit in die Höhe, die Hände waren erhoben – «und Karim!» Keine Imame, keine Khadija. «Und wenn ich stehlen will, muß ich's schon selber tun, Gott tut es nicht für mich. Aber Er ist immer da, Er sieht mich, Er kennt mich – auch jetzt. Er will angeblich nicht, daß ich das Medikament trinke – ob's wahr ist, weiß ich nicht –, aber ich glaube manchmal, es ist Ihm gleichgültig.»

Er griff nach der inzwischen zu zwei Dritteln geleerten Flasche.

«Auf dem Souk trat einmal ein Zauberer auf – ein Mann mit seiner Tochter, Berber, sie ohne Foulard. Auf offenem Platz wurde ein Schrank aufgebaut, alle konnten zuschauen, und die Tochter spazierte in der Zwischenzeit herum und rauchte. Als der Schrank fertig war, wurde sie mit Ketten an die Schrankwand gefesselt, der Schrank wurde verschlossen, sie blieb da drin. Das alles auf freiem Feld, nicht auf einer Bühne! Dann sprach und sprach der Mann, und schließlich schloß er den Schrank wieder auf – und die Tochter war weg, der Kasten war leer. Und auf einmal entdecke ich sie in der letzten Reihe, wieder mit Zigarette. Papa war nach dieser Vorführung zwei Tage krank, aber ich habe mir gar nichts daraus gemacht. Entweder war ein Trick dabei – dann soll der Mann seinen Trick vorführen, er will ja leben mit der Tochter. Oder Gott will es so – dann soll es so geschehen.» Khadija habe ohne Zweifel die Möglichkeit, Dämonen und Mikroben zu beeinflussen, er habe einiges Erstaunliche bei ihr gesehen, aber ihn lasse das kalt. Wieso Gott in den Arm fallen? Wieso etwas anderes wollen als Er?

Patrick fiel auf, daß Karim «Dämonen und Mikroben» in einem Atemzug nannte – warum nicht? Wenn sich in Dämonen ein unkörperlicher Wille äußerte, mußte man den Mikroben dann nicht erst recht einen Willen zubilligen: sich auszubreiten, alles zu beherrschen und schließlich allein auf der unterworfenen Welt zu sein?

«Hör zu: Von einem kleinen Lastwagen könnte ich leben. Du kennst doch diese niedrigen kleinen – Transport geht immer, auch wenn alles andere nicht gut läuft. Ein kleiner Lastwagen kostet gebraucht vielleicht zwanzigtausend Dirham, vielleicht auch dreißigtausend. Wenn ich die Hälfte davon hätte, würde mir die Bank die andere Hälfte leihen» – hier wurde er lehrhaft, sich selbst belehrend wohlgemerkt, «und das wäre sogar gut! Wer regelmäßig abzahlen muß, ist fleißiger, sonst hat man zur Arbeit schnell keine Lust mehr.» Er mochte in seinem Leben gelegentlich zum Mittel der Täuschung gegriffen haben, aber über sich selbst täuschte er sich nicht. Und auch Patrick wollte er kein falsches Bild von sich vermitteln. «Wenn ich einen Lastwagen hätte, könnte ich Boshra heiraten – bald sogar. Ohne geht es nicht. Mit Lastwagen würde ich es vielleicht sogar wollen.»

Das war mit schwerer werdender Zunge gesprochen, dennoch vermied er, Patrick offen anzubetteln. Im Gegenteil, dies war eher ein Selbstgespräch, und bevor Patrick darauf eingehen konnte, lag Karim noch eine andere, brennendere Frage auf der Zunge.

«Du weißt doch Bescheid, warst auf der Schule, kennst die Medizin: Die Leute am Tor behaupten, daß man immer unter der Decke vögeln muß – sie sagen, ohne Decke ist der *dsab* ganz offen und ungeschützt. Und dann kann etwas in ihn eindringen, etwas Böses, Gefährliches – stimmt das?»

Aber während Patrick sich darauf noch eine Antwort überlegte, war Karim schon eingeschlafen.

Zu ihm kam der Schlaf nicht so schnell. Karims Erzählungen beschäftigten seine Phantasie. Die einzigartige Verknüpfung von Ordnung und Unordnung in Khadijas Haushalt. Die unkeusche Jungfrau Rachida, die schon so viele Männer ganz nah an ihr Hymen heran-, aber keinen hindurchgelassen hatte. Etwas Selbstzufriedenes ging von ihrer Miene mit der hängenden Unterlippe aus, auch etwas Schlaffes; dahinter verbarg sie ihre kalkulierende Lüsternheit so, wie sie ihr Haar unter dem Schleier versteckte und nur eine Schläfenlocke hervorringeln ließ. Wenn sie Tee trank, hielten ihre Fingerchen das Glas unvergleichlich anmutig, ganz unempfindlich gegen die Hitze. Und dann Karims Stellung im Haus: in abhängiger Unabhängigkeit, dienstwilliger Unbeeindruckbarkeit, die Zaubereien seiner Protectrice verachtend und zugleich für sie werbend. So flanierte er durch den erotischen Irrgarten der Stadt. Und die Frau des Schneiders, der Patrick die von Karim auf dem Altkleidermarkt gekauften Jeans passend gemacht hatte. Mit welcher Herablassung ihm der Mann die fertige Arbeit hinschleuderte! Jetzt wollte er in dieser Geste Bitterkeit erkennen.

Aber warum führten ihn Karims Eröffnungen nun wieder zu Pilar? Unwillkürlich mußte Patrick lächeln. Wie übermütig, höchst vergnügt, war sie beim Erzählen einer Familienanekdote gewesen, die sie in einem Maß zum Lachen reizte, daß ihr das Sprechen schwerfiel. Tante Flora, nahe von Buenos Aires als Witwe lebend, hatte sich für eine Beerdigung gerüstet. Sie war musterhaft als Trauernde gekleidet – mit schwarzem Schleier, durchbrochenen schwarzen Handschuhen, den Rosenkranz mit Onyx-Perlen in den Händen. Aber während sie sich in den Leichenzug einordnete und mit den Nachbarinnen den traurigen Fall schon murmelnd besprach, durchfuhr sie ein eisiger Schrecken: Sie hatte vergessen, eine Unterhose anzuziehen – sie würde die Kirche ohne Unterhose betreten! Eine Unmöglichkeit. «*Sans slip*» löste auch hier einen Alarm aus. Pilar war an dieser Stelle schon kaum mehr zu halten, brachte, was folgte, kaum mehr hervor: Tante Flora scherte aus dem Zug aus, betrat einen Kurzwarenladen am Straßenrand, erklärte der Verkäuferin den Skandal, kaufte eine Unterhose, zog sie im Hinterzimmer an und verließ den Laden eilends, denn der Zug näherte sich bereits der Kirche – da war Pilar nicht mehr zu verstehen. Es gab in dieser Geschichte eine besondere Komik, die nur sie zu empfinden vermochte. Patrick nahm sie in die Arme, damit sie sich beruhigte. Er konnte in das entfesselte Gelächter nicht einstimmen und lachte nur höflich ein bißchen mit.

Jetzt, unter seinem Deckenstapel im großen Salon des Bauernhofs von Dar Hliliba, war ihm, als spüre er ihre zarten Glieder und das ruhiger werdende Atmen. Rührung übermannte ihn. Die Kindlichkeit, die Unschuld ihrer Seele, war ihm nie zuvor so deutlich sichtbar geworden. Er mußte mit Pilar schnellstens in Verbindung treten, ganz gleich, wie seine Tat sie verstörte. Da war etwas in ihr, was von der Entrüstung darüber womöglich ganz unberührt geblieben war – doch, ganz gewiß, darauf durfte er vertrauen. Wo sie ihn ratlos machte, wo er geradezu an ihrem Verstand zweifelte, dort war am Ende auch ihre Verzeihung zu Hause.

VIERTER TEIL

1

Als die Reisenden am Abend zu Khadija zurückkehrten, wurde dort gerade gegessen. Auf dem niedrigen runden Tisch lag ein Haufen zerfetzter Crevetten; die rosa Panzer, in ihrer Zartheit Ballett-Rüstungen gleichend, waren auseinandergerissen und ausgelutscht, die Trümmer zeigten noch die schöne Farbe. Dazu hatte es gegrillte Sardinen gegeben. Von ihnen waren vor allem die silbernen Köpfe mit den übergroßen Augen zurückgeblieben, denen es verwehrt war, sich zu schließen – starr und teilnahmslos mußten sie alles Bedrohliche bis zum bitteren Ende ansehen. Ein üblicher Anblick in Mogador, wo man sich aus dem Meer ernährte, aber heute erschien er Patrick unappetitlich und gewaltsam, wie der Ausdruck einer Wut.

Und damit lag er gar nicht falsch. In Khadija hatte sich während der paar Tage Abwesenheit Ungutes angesammelt. Es paßte ihr etwas nicht, das war zu spüren. Zu Monsieur Paris war sie niemals überströmend freundlich gewesen, das war auch gar nicht ihre Art; die Sprachbarriere kam hinzu, sie hatte keine Lust, den ganzen Tag «ça va» zu ihm zu sagen, die einzige ihr geläufige französische Phrase, die alle Bewohner von Mogador gegenüber den Ausländern von morgens bis abends im Munde führten – zutraulich sollte das wohl klingen, Khadija hingegen kam es schwachsinnig vor. Auf das Befinden fremder Leute war sie nicht neugierig, weil die sich ja auch nicht für das ihre interessierten.

Aber daß sie Karim anknurrte, war selten. Der Ton zwischen ihnen war niemals liebevoll gewesen – Scherze verboten sich ohnehin –, man sprach leise und gesammelt miteinander. Sie teilten einander nur Bedeutsames mit, sonst schwiegen sie lieber, was sie beide, ohne dessen je überdrüssig zu werden, mühelos beherrschten. Hatte sie ihn in ihrem Bett vermißt, jenseits von Salma atmend, an Salma geschwisterlich geschmiegt? Er fuhr nach dem Friedensschluß mit den Eltern zwar regelmäßig aufs Land, doch sie durfte sicher sein, daß er das Landleben grundsätzlich verabscheute – aufs Land zu fahren hieß bei ihm: auf Rückkehr sinnen, und zwar, sobald er angekommen war.

Diesmal war sie zum ersten Mal davon überzeugt, daß es dort einen Anziehungspunkt gab. Sie war eine Kontrolleurin; sie konnte nicht einschlafen, wenn sie nicht wußte, was in ihrem Haus vorging. Karims Hosentaschen und die Brusttaschen seiner Kunstlederjacke frühmorgens, wenn er noch fest schlief, abzutasten und auch hineinzugreifen, das gehörte zu ihren Angewohnheiten, über die sie nicht mehr nachdachte, eingeübte Griffe, die in Windeseile Information brachten. Das kleine Etui mit einem silbernen Ring, der einen bescheidenen Türkis umfaßte, hatte sie kurz vor der Abreise entdeckt. Sie meinte schwören zu können, daß es jetzt bei seiner Rückkehr nicht mehr da sei. Dieser Ring steckte jetzt auf einem Finger, einem weiblichen. Und auch daß er begonnen hatte, mit Monsieur Paris seine Zeit zu verbringen, paßte ihr nicht. Karim hatte sonst keinen festen Umgang, war ein Mann mit hundert Bekanntschaften und ohne Freunde. Sie lobte das, Freundschaften schufen Verbindlichkeiten und zogen einen in alle möglichen Verlegenheiten hinein. Nun änderte sich da offensichtlich eine Gewohnheit, und so etwas war immer gefährlich. Unabhängigkeit war ein ambivalenter Begriff – für sie selbst das kostbarste Gut, bei anderen eine Eigenschaft, die sie zur Einbeziehung in Khadijas Kreis ungeeignet machte.

Was zunächst fällig war: Monsieur Paris mußte das Haus verlassen, aber das war zu kurz gedacht. Verließe er sie, ohne zugleich aus Mogador zu verschwinden, dann wäre sie dümmer dran als zuvor. Nein, es war umgekehrt. Solange er sich hier herumdrücken wollte, sollte er das unter ihren Augen tun, bis dann schließlich der große Hinauswurf aus der Stadt und am besten gleich aus ganz Marokko gelänge. Allein schon, daß er wußte, was in Dar Hliliba geschehen war, sie von ihm aber nichts darüber erfahren würde, enthielt den Keim zu Unbotmäßigkeit und Aufstand.

Sie brachte Brot und legte draußen weitere Sardinen aufs Feuer. Die Holzkohle glühte noch in dem Topf unter den Arkaden. Aber als sie mit den heißen Fischen, eingeklemmt in das Grillgitter, in den Saal zurückkehrte, war eine Frage in ihr zur Reife gelangt.

«Monsieur Paris, wann reist du ab aus Marokko?» Das ließ sie Karim übersetzen. Ihr finsterer Blick forderte eine Antwort, ein Ausweichen würde sie nicht dulden.

Patrick hatte einen Einfall. Das könne sie wahrscheinlich selbst beantworten. Ein Brief für ihn sei inzwischen wohl nicht eingetroffen? Damit habe er auch noch nicht gerechnet – aber wenn sie mit ihrer Kunst feststellen könnte, ob sein eigener Brief inzwischen in die richtige Hand gelangt sei, dann wisse er schon etwas mehr.

Er hatte bisher davon abgesehen, an ihre Kunst zu appellieren. Es war ihm nicht wohl dabei gewesen, etwas in Erfahrung zu bringen, was in seiner Lage ja nur beunruhigend wirken konnte; seine Unfähigkeit, daran etwas zu ändern, würde ihn doppelt quälen. War nicht das Beste an seinem Leben in Mogador, daß er sich nicht mehr darum kümmerte, was andernorts in seiner Sache vorging? Das Vergessen war ohnehin nicht leicht, das hatte er in der Nacht in Dar Hliliba schmerzlich erfahren: Erinnerungsbildern ließ sich nicht gebieten, sie kamen, wie sie wollten, wenn man in einen Zustand der Ruhe geriet. Aber jetzt hatte er selbst einen Zug auf dem Spielbrett getan. Wenn es eine Zukunft geben sollte, mußte Monsieur Pereira seinen Brief lesen.

«Sie kennen doch Monsieur Pereira?»

Karim übersetzte, dabei kam aber der Name nicht vor, von Monsieur Pereira wurde hier offenbar anders gesprochen. Karim bestätigte ihm das. Man nenne ihn in der Stadt «*le grand président*», und natürlich wisse Khadija, wer das sei, das wisse jeder in Mogador.

Ihre Augenbrauen zogen sich zusammen, die Schwärzlichkeit um die Nasenwurzel vertiefte sich. Sie blickte Patrick neugierig an – sollte dieser Fremde, der jetzt wie Karim mit Jeans, T-Shirt und Turnschuhen vor ihr saß, wirklich in irgendeiner Verbindung zu dem Allgewaltigen stehen? Warum wohnte er dann bei ihr? Die Kreise waren in diesem Land streng geschieden; die Welt von Monsieur Pereira stand derart unerreichbar hoch über ihrer eigenen, daß seine Person für sie eigentlich bedeutungslos war, da berührte sich nichts. Sie teilte die Vorstellung der übrigen Stadtbewohner: daß es nichts gebe, was einem Mann wie dem Grand Président unmöglich sei, daß er, ein Entrückter, nach eigenen Gesetzen lebe, daß er keine der sonst üblichen Verbindlichkeiten kenne, nah an den Sternen, noch näher am Palast, in undeutlicher Beziehung zum Monarchen, aber auch schon zu dessen Vater und Großvater, uralt und dennoch unheimlich lebendig – für Khadija war klar, daß er mit übernatürlichen Mächten Umgang pflegte. Warum sonst mieden ihn Hinfälligkeit und Tod?

Jetzt vergaß Patrick alle Vorsicht. Ob sein Brief bei dem Grand Président angelangt sei? Ob er ihn gelesen habe? Ob er ihn beantworten werde? Ob der Brief günstig aufgenommen worden sei?

Zu viele Fragen, Khadija schüttelte unwillig den Kopf. Derart präzise Auskünfte waren ihr meist nicht möglich, aber sie war nun gefangen, und Monsieur Paris gab sich mit seinen Fragen preis. Sie würde vor allem über ihn etwas erfahren. Diese Aussicht war zu verführerisch; sie hatte ihn in den Stunden des Wartens vor seiner Rückkehr abwehren und wegschieben wollen, nun zog er sie an sich heran.

Karim wurde in das Zimmerchen des greisen Imam geschickt, um dort eines der Bleikügelchen zu erbitten; ein anderes durfte es nicht sein, es mußte in der ziselierten Büchse an der knochigen Brust geruht haben. In der Zwischenzeit ging Khadija hinaus und setzte Wasser auf die Holzkohle. Sie warteten schweigend. Patrick vermied es, sie anzusehen. Wie schwer war solch schweigendes Zusammensein: Diesen Leuten war das gegeben, er aber konnte seine Ungeduld kaum beherrschen.

Karim kehrte mit einem Bleikügelchen zurück, glänzend, kompakt, schwer, in seinem Innern, fugenlos nach außen abgedichtet, enthielt es das Geheimnis. Bemerkte Patrick sein Lächeln? Jetzt war auch Monsieur Paris ihr ins Netz gegangen. Das amüsierte ihn, aber ohne Hohn, nicht jeder stand in so exklusiver Beziehung zu Gott wie er.

Salma brachte den Topf mit Wasser, behutsam gehend, um nichts zu verschütten. Khadija hatte ein mehrfach gefaltetes Handtuch auf Patricks dichten Haarschopf gelegt, aber er zuckte dennoch, als er die Ladung kochendheißen Wassers über sich wußte. Eine Unsicherheit der Kinderhand – Salma hielt den Topf mit zwei Topflappen fest –, und er wäre schwer verbrüht.

Khadija stand aus der Hocke auf, sich wie immer schlangengleich in die Höhe windend, und betrachtete die blasige Wasseroberfläche. Karim hatte die kleine Kugel über einer Kerze geschmolzen, nun wurde der Tropfen ausgegossen. Es zischte. Das Blei zerfloß vor ihren Augen, es nahm die von keiner Physik vorhersehbare neue Form an, ein Kreis mit Buchten, eine winzige Insel im Meer. Khadijas Züge entspannten sich, es war, als fielen sie auseinander. Aus dem Schneetreiben vor ihren Augen wuchs eine Gestalt, unscharf, aber sie erkannte den alten Mann dennoch. Ihn umgab ein Funkeln von Gold. In den entfleischten Händen hielt er ein kleines goldenes Schwert. Vor ihm lag ein Brief in gelbem Briefumschlag – dann verwischte sich das Bild, seine Augen hatte sie nicht gesehen, sie waren wie bei einem Blinden tief in den Schädel gesunken. Sie ließ sich wieder nieder, es war ein Zusammensinken. Nach einer Weile des Schweigens, sie mußte erst wieder zu sich zurückfinden, sagte sie: «Er hat einen Brief mit gelbem Umschlag vor sich.»

«Gelb!» rief Patrick, sein Herz schlug rasend – *zukke zukke*, wie Karim gesagt hätte.

«Ja, gelb.» Khadija war noch halb entrückt. Der gelbe Umschlag! Welche Sorgen hatte ihm der gelbe Umschlag bereitet. In den drei, vier Geschäften dieser Stadt, in denen er gesucht hatte, gab es keine weißen Umschläge. Er hatte sich schließlich mit einem richtigen Arme-Leute-Kuvert aus dünnem holzhaltigen Papier zufriedengeben müssen; immerhin würde auf diese Weise der Brief aus der übrigen Post gelb herausleuchten. Er überfiel Khadija mit Fragen: Was für eine Miene hatte der Mann gehabt? Hatte er den Brief geöffnet? Hatte er ihn gelesen?

Karim kam mit dem Übersetzen kaum nach. Das einzige, was noch aus Khadija herauszubekommen war, nämlich daß da ein goldenes Schwert in seinen Händen gelegen habe, half nicht weiter und war eher dazu geeignet, Patrick an der Zuverlässigkeit der Vision zweifeln zu lassen. Wenn da nicht der gelbe Briefumschlag gewesen wäre.

Dabei war Khadijas Vision von einer Genauigkeit, wie sie angesichts der Unschärfe des Bilds überhaupt nur möglich war. Daß sie Details der Umgebung von Monsieur Pereira nicht beschreiben konnte, lag einfach daran, daß sie solche Dinge vorher nie gesehen hatte – wie jeder Mensch konnte auch sie nur benennen, was ihr bereits bekannt war, und ein prunkvolles Empire-Büro voll Mahagoni und feuervergoldeten Palmetten, Löwentatzen, Sphingen, Pendulen mit nackten Heroen-Statuetten und drei Meter hohen Spiegeln gehörte weder zu ihren Erfahrungen, noch entsprach es ihrem Vorstellungsvermögen. Bloß das ihr immer sympathische Gold war als Eindruck zu ihr herübergelangt. Das goldene kleine Schwert hatte sie ebenfalls richtig gesehen, nur daß es kein Schwert, sondern ein für Napoléon Bonaparte angefertigter Brieföffner war, mit dem lorbeerumkränzten N auf dem Griff, das der Kaiser hunderttausendfach auf jeden großen und kleinen Gegenstand hatte setzen lassen, als müsse er sich immerfort seines Namens vergewissern, ja als gehe er sich verloren, wenn ihn ein monumentales N nicht an ihn selbst erinnere – «*aut Napoleon aut nihil*», was ja gleichfalls mit einem N beginnt. Und daß sie nichts dazu sagen konnte, ob Monsieur Pereira den Brief bereits geöffnet hatte, besaß gleichfalls seine Richtigkeit, denn sie hatte ihn in dem Augenblick geschaut, als er gerade auf den gelben Briefumschlag gestoßen war und, mit dem Brieföffner spielend, zauderte, ob er ihn öffnen solle. Einen Mann seiner Position erreichten unzählige und zum Teil sonderbare, lästige, obskure Briefe, schon gar aus Mogador, wo seine Klientel ihn beständig um Beförderungen und Vergünstigungen anging.

Aber dies war nicht die Schrift eines Marokkaners. Es war eine angenehme, ohne Zweifel europäische Schrift, und zwar nicht von einem Franzosen oder Engländer mit ihren kollektiv stilisierten Handschriften. Auf dem dünnen gelben Papier sah die Handschrift geradezu altertümlich aus, wie eine Nachricht von vor fünfzig Jahren. Er betrachtete seine Obeliskensammlung, die Khadija nicht hatte schauen können, weil sie ihm gegenüber auf einem vergoldeten Wandtisch aufgestellt war, ein Wald aus bis zu einen halben Meter hohen Obelisken aus rotem und grünem Porphyr, aus Lapislazuli und Malachit. Wer Monsieur Pereiras Herz öffnen wollte, schenkte ihm einen Obelisken, das hatte sich herumgesprochen. Der gelbe Brief war nicht in Begleitung eines Obelisken eingetroffen; das zeigte, daß der Absender nicht eingeweiht war.

Die letzten Tage waren übermäßig anstrengend gewesen. Die Reisen nach Amerika verbrachte er seit langem liegend, aber sie zehrten doch an ihm, zumal er sich dazu antrieb, keine Rücksicht auf seine Jahre zu nehmen. Die meisten Leute, mit denen er auf Konferenzen zusammenkam, waren zwischen fünfzig und siebzig. Er war stets der Älteste, aber auch der Munterste. Wie viele Menschen wurden mit sechzig nicht schon matt und müde?

Er ließ Napoléons Papiermesser in den Briefumschlag tauchen und schnitt ihn auf – ein Übermaß an Kraft für das armselige Papier. Der Brief war mit der Hand geschrieben, eine Höflichkeitsgeste aus alten Tagen, aber er verstand nicht gleich, worum es ging. Er suchte die Unterschrift, die sagte ihm noch weniger. Der Schreiber sprach von weit zurückliegenden Dingen: von einer Transaktion, die Kiew betraf, vor mehr als zwei Jahren. Solche nicht ganz unbedenklichen Operationen vergaß Monsieur Pereira grundsätzlich, sowie sie erfolgreich abgeschlossen waren. Es war eben wichtig, daß man sich wirklich nicht mehr daran erinnerte, falls später doch einmal Untersuchungen stattfinden sollten – zwischen einer echten und einer geschauspielerten Gedächtnislücke bestand ein großer Unterschied, denn die echte verlieh einen ganz anderen Grad von Sicherheit. An authentischer Vergeßlichkeit waren schon hochrangig besetzte Untersuchungsausschüsse gescheitert.

Kiew indessen war noch nicht restlos ausradiert hinter der hohen, von fern glatten, von nahem mit feinstem Runzelwerk überzogenen Stirn. Ihm kam der junge Mann in den Sinn, der ihm einen Abend lang gegenübergesessen hatte – ja, er hatte sich an dessen Anblick erbaut, mit interesselosem Wohlgefallen, denn dieser Gast weckte mit seiner frischen appetitlichen Natur die Erinnerung an die Zeiten, in denen er selbst so gewesen war – ein begehrenswerter, jedenfalls ziemlich häufig Begehren weckender und manchmal sogar heftig begehrter junger Mann. Welch eine bittere Einsicht war das, sich vor nun auch schon mehr als zwanzig Jahren bekennen zu müssen, daß man hinfort zwar weiterhin gefürchtet, verehrt, verabscheut und hofiert werden mochte, aber daß es mit dem Begehrtsein unwiederbringlich aus war. Und dabei war das eigene Begehren noch nicht erloschen, und es erlosch auch nicht, wenngleich es schwächer wurde und allmählich etwas vom Begehren der Eunuchen annahm, wie er sich in Anfällen von Selbstekel gestand. Immerhin, die Fassade war noch da und stärkte ihn; der äußere Eindruck war viel, war im Grunde schon alles. Sein Kammerdiener hatte eine Friseurlehre gemacht; jeden Morgen gelang ihm die warmbraune, geradezu honigfarbene Löwenmähne, die das ausgetrocknete Gesicht festlich umrahmte. Dieses Haar war ein Trost, kraftlos geworden, aber noch weitgehend da – er liebte Portraits barocker Herrscher mit Lockenperücken, die hätte er auch gern getragen, die setzten ihren Mann grandios in Szene.

Er dachte nach. Da war einerseits eine Sympathie mit dem Jüngling, diesem Sendboten der Düsseldorfer Bank. Und im übrigen hatte damals doch alles wunderbar funktioniert – das lag nun nicht so sehr an dem jungen Mann, sondern weil er selbst sich in der Sache knapp und diskret mit dem Vorstand verständigt hatte. Bis dahin nur angenehme Assoziationen also – andererseits aber war es nicht im Sinne der Geschäftsabwicklung, auf diesen Vorgang, bei dem bisher jede Schriftlichkeit vermieden worden war, nun doch schriftlich zurückzukommen. Es mußten solche alerten Anfänger, die einen durch ihr Auftreten blendeten, gründlich erzogen werden. Sie sahen fabelhaft sportlich und gesund aus und trugen Anzüge, die perfekt saßen, aber das täuschte über die Tatsache hinweg, daß sie häufig genug kleine Mittelstandsaufsteiger waren, die den Umgang mit größeren Vermögenswerten nicht schon generationenlang in ihrem Erbgut trugen.

Das Wort «Kiew» ärgerte ihn, obwohl er den schön gebauten Satz, in dem es fiel, zu schätzen wußte, und mehr als «Kiew» stand da auch gar nicht, aber für den Kenner der Verhältnisse war das genug. Die einmal aufgekommene Verstimmung ließ ihn deshalb auch gleich erwägen, ob es taktvoll sei, sich auf ein aus beiläufigem Anlaß gegebenes Versprechen zu beziehen. War der junge Herr nicht etwa schon reich belohnt? Durch das Abendessen zum Beispiel – ahnte er nicht, wie kostbar ein solches Abendessen für viele Menschen gewesen wäre? Einmal im Leben Monsieur Pereira stundenlang bei köstlichem Wein gegenüberzusitzen? Aber da war offenbar etwas vorgefallen, was solche Bedenken, sollten sie aufgetreten sein, wegschob – etwas Unangenehmes, das ihn gezwungen hatte, Deutschland zu verlassen und ihm, Monsieur Pereira, aufzulauern. Auch nicht gut. Das Wort «gezwungen», ein odioses Wort – wer wagte es, ihm mit irgendwelchen Zwängen zu kommen –, fiel sogar wörtlich. Aber so glatt und flüssig der Brief auch formuliert war, nur mit winzigen Fehlern, die er befriedigt registrierte, der internationale Lack des jungen Mannes hatte also Risse – über die Ursache dieser Zwänge schwieg er sich aus. Es war da von einem «schweren Fehler» die Rede, der es notwendig machte, daß dieser Herr Elff eine radikale Veränderung seiner gesamten Lebensumstände ins Auge faßte, wobei diese radikale Veränderung ohnehin schon eingetreten sei. Was sollte dieses wolkige Geschwätz? Glaubte er etwa, er könne nicht in fünf Minuten herausbekommen, wie es um ihn stehe?

Er könnte es, aber er tat es nicht. Besser nicht an die Sache rühren – wenn da etwas Fatales im Spiel war, wie wäre dann seine Wißbegier zu deuten? Er mußte Genaueres in der Angelegenheit nur dann wissen, wenn er wirklich tätig werden wollte; doch das war noch offen. An diesem Punkt der Lektüre war es tatsächlich offen. Würde es nicht Spaß machen, ein gelungenes, aber etwas unbedarftes Menschenkind jupiterhaft in neue Umstände zu versetzen? Die eigene Macht zu spüren, das war ein kräftiger Lebensimpuls: Du lebst, du belebst andere, du bist das Schicksal, bist für den nichtigen Menschen, den du erhebst, geradezu eine Naturgewalt wie Donner und Regen.

Aber dann kamen Sätze, die so geschraubt waren, daß er

sie zweimal lesen mußte. Der Schreiber wollte ihm plötzlich, nachdem der Anfang in einer Art tändelnder Unterwürfigkeit abgefaßt war, allen Ernstes suggerieren, Hilfe für ihn liege auch in Monsieur Pereiras höchstpersönlichem Interesse – diesen Ton kannte er ganz genau, er begegnete ihm nicht zum ersten Mal im Leben; er selbst hatte ihn schon mehrfach angeschlagen. «Ach so, mein Lieber», sagte Monsieur Pereira leise, «du willst mich erpressen?»

Die Wirkung des wohlformulierten, vielfältig meditierten Briefes hätte verhängnisvoller nicht sein können. Patrick hatte keinen Augenblick an derlei gedacht. Er war in dieser Hinsicht völlig unschuldig, aber das Mißverständnis, das seine Worte hervorriefen, traf bei Monsieur Pereira auf einen Nerv, der die Wut in ihm aufsteigen ließ.

«Du drohst mir, mein Freund!» Ein solches Wagnis war Majestätsbeleidigung. Er saß an seinem prunkvollen Schreibtisch, durch die doppelten Fenster drangen entfernte Autohupen und das Verkehrsrauschen rund um den Arc de Triomphe. Aber Paris war nicht seine Heimat. Unter der Herrschaft Hassans des Zweiten wäre das Schicksal eines jeden, der einem Monsieur Pereira zu nahe trat, beklagenswert gewesen. Jetzt waren andere Verhältnisse eingetreten, die ihn allerdings nicht zur Ohnmacht verurteilten. Er bebte vor Erregung. Immer noch könnte man den Unverschämten in einem Loch verschwinden lassen, in dem er nicht so bald gefunden werden würde. Und das wäre vielleicht auch notwendig. Er atmete tief ein, um sich zu beruhigen. Ich bin übermüdet, dachte er, ich habe mich nicht in der Gewalt. Aber die Drohung war ernst zu nehmen, sie war nicht nur eine Frechheit. Wenn dieser Elff etwas angestellt hatte, was ihn vor den Kadi brachte, mochte sich eine Kette unvorhersehbarer Erkenntnisse entwickeln. Das mußte nicht gleich gefährlich werden, aber peinlich und lästig wäre es unbedingt, die Presse stürzte sich neuerdings auf solche Affairen, vor allem, wenn sie im Umkreis des Palastes angesiedelt waren. Er drückte auf den Knopf der Sprechanlage.

«Lassen Sie sich bitte in Düsseldorf mit Herrn Elff verbinden, es geht um eine Frage wegen unseres Depots.»

Die Minuten, die er daraufhin zu warten hatte, verstrichen langsam. Das Ticktack der großen Pendule, neben deren Zifferblatt Achilleus, die Leiche des Patroklos im Arm haltend, kniete, ließ sich nicht bestechen: Eine Minute war eine Minute, man mochte es noch so eilig haben.

«Herr Doktor Elff ist beurlaubt. Möchten Sie seinen Vertreter sprechen?»

Nein, so dringend sei es nicht.

Dringend war es durchaus, aber jetzt mußte alles gut überlegt werden. Der kleine Strolch war eine Nebenfigur. Am gescheitesten wäre es wohl, so schnell wie möglich jede Verbindung zu dem Düsseldorfer Bankhaus zu kappen. Bei der Besprechung mit seinen Direktoren eine halbe Stunde später verkündete ein wieder vollständig gelassener Monsieur Pereira gegen Ende der Agenda, die gewissenhaft abgearbeitet worden war, er habe seit längerem schon das Depot aus Düsseldorf abziehen wollen, aber jetzt sei der richtige Zeitpunkt gekommen. Man möge das Notwendige sofort veranlassen.

Die Direktoren waren überrascht – habe er schon entschieden, wohin das Depot gehen solle?

Monsieur Pereira gestattete sich einen Augenblick der Träumerei. Seine Augen ruhten auf dem Wald der Obelisken. Soeben war ein besonders großer und stattlicher aus Lapislazuli hinzugekommen. Er hatte sich herzlich darüber gefreut; solange dieser Wald wuchs, war er am Leben. Das neue Stück war während seiner Reise in die Vereinigten Staaten ausgepackt und schon gleich der Sammlung inkorporiert worden. War das nicht die Gabe einer englischen Privatbank?

«Helfen Sie mir, Messieurs», sagte er, aus seiner Gedankenverlorenheit erwachend. «Wer war es noch, der den neuen Obelisken geschickt hat?»

2

Patrick lag unter dem Deckenstapel in seinem Zimmer. Draußen war die Luft von dickem Nebel erfüllt, der sich in Tröpfchen niederschlug, als habe es geregnet. Unter der Weichheit der Wasserschwaden lauerte eine Kälte, die bis auf die Knochen schnitt, aber unter den chinesischen Decken wurde es allmählich erträglicher. Wie das eigene Blut Wärme erzeugte, dieses Erlebnis war die Frucht des Vormittags. In der Kälte stellte sich die stets gefährdete Ordnung des Wichtigen und des Unwichtigen wieder her: Nichts war da so vordringlich, wie aus dem Zähneklappern herauszufinden. Die Schuhe waren naß, denn auf den Straßen mit ihren Schlaglöchern stand das Wasser tief, im Nu war man hineingetappt. In Mogador konnten auch an trockenen Tagen die Kanäle überlaufen, sprudelte es lange ungehemmt aus geplatzten Rohren, und in der Nähe der Stadtmauer glänzte die Straße von der im Rhythmus des Wogenpralls auf sie herniedergehenden Gischtwolke. Mogador, keine Stadt für Bücher. Die englischen Kriminalromane, die er aus einer Bücherkiste mit Touristenhinterlassenschaften gezogen hatte – das Wort Urlaubslektüre enthüllte bei der Durchsicht seinen desillusionierenden Charakter –, waren vergilbt und gewellt, vorzeitig gealtert, wie man es auch von Menschen sagte, denen das Leben in den Kolonien nicht bekommen war.

Aber diese Bücher waren es nicht, wonach er griff, als sein Kreislauf über die Erstarrung gesiegt hatte. Er hielt sein Telephon in der Hand, zunächst noch unter der Decke, denn er wagte außer der Nasenspitze keinen Körperteil an die Luft zu lassen, dann holte er es doch hervor und betrachtete es. Dieses Täfelchen, so klein und reizvoll schwer es war – wie ein goldenes Zigarettenetui, das einer wie er früher mit sich herumgetragen hätte –, barg eine Menge von Nachrichten, die er nicht kennen wollte, aber auch solche, die für ihn von größter Bedeutung wären.

Bis jetzt war es ihm vor allem darauf angekommen, seine Spur zu verwischen. Bis Casablanca konnte das nicht gelingen, jedenfalls solange er ein Flugzeug benutzte, doch auch wenn er von Spanien mit dem Schiff angereist wäre, hätte er seinen Paß zeigen müssen. Daß er sich in Marokko aufhielt, wußte man in Deutschland mit Sicherheit. Mehr auch nicht, denn Marokko war groß. Im Flugzeug schon hatte er den Chip aus seinem Telephon herausgezogen, seitdem war es stumm und konnte keine Auskunft über seinen Verbleib geben. Dafür sammelte sich die Fülle der Versuche, mit ihm in Verbindung zu treten, in nächster Nähe des Täfelchens, als unsichtbarer Mückenschwarm. Mit geschlossenen Augen meinte er es summen zu hören, in konzentriertem Warten auf den Augenblick, in dem der Chip an seinen Platz zurückkehrte: Der Riesenschwarm würde sich dann mit geisterhafter Geschicklichkeit in das schwere Täfelchen hineinpressen – unzählige Appelle, Fragen, sicher auch Drohungen, Anklagen und Vorwürfe, alles, was er bis jetzt erfolgreich von sich fernhielt, wäre dann, zu einem Schlag geballt, gegenwärtig. Vor allem aber – diese Erkenntnis drängte sich nun in den Vordergrund –, er würde die Stimme Pilars hören.

Immer noch war er davon überzeugt, sie verloren zu haben; immer noch glaubte er, sie verachte ihn nun und wolle ihn aus ihrem Leben entfernen. Aber diese Gewißheit verblaßte vor dem inzwischen mächtig gewordenen Wunsch, dies alles von ihr selbst zu hören. Er sehnte sich förmlich nach ihrem Urteil – zu verteidigen gab es nichts, er würde sich ihm unterwerfen, am liebsten stets aufs neue, sie sollte damit nicht zum Ende kommen. Schon zwei Wochen hielt er es jetzt ohne sie aus, und vor ihm lag, wenn er am Leben bliebe, eine unabsehbare Zeit der Trennung. Er hatte nichts in der Hand, um sie umzustimmen, das war auch nicht seine Absicht. Nach dem Vorgefallenen kam es nicht in Frage, das Geschehene irgendwie verständlich zu machen oder gar Nachsicht zu fordern. Nichts anderes als die peinliche Wahrheit durfte gelten, auch wenn das für ihn mit einem vernichtenden Ergebnis verbunden wäre – nur mußte die Antwort von ihr, aus ihrem Munde, kommen. Er hatte nicht das Recht, das alles selbst vorwegzunehmen.

Er versuchte, sich in das trächtige Täfelchen hineinzufühlen, als gebe es seine Geheimnisse auch ohne den Chip preis – so viel war an dem winzigen Ding doch wahrlich nicht dran, daß es den Ansturm der drängendsten Botschaften allein durch sein Fehlen aufhalten konnte. Aber das Verlangen, ihn wieder an seinen Ort zu legen, war noch nie so groß gewesen. Patrick schwor sich, nur noch Monsieur Pereiras Antwort abzuwarten, er wollte wenigstens über seine einsame Zukunft Auskunft geben können. Oder gab es etwa eine geheime Hoffnung: Wenn da nun Erfreuliches auf ihn wartete – eine Stelle als Bergwerksdirektor in Nigeria, eine Repräsentanz in den Emiraten, eine Bank in Pakistan, wohin hatte der Mann keine Verbindungen? –, wäre es denn völlig ausgeschlossen, daß Pilar ihn dann in einem neuen Licht sähe?

Für Geisterseher gibt es nicht Unbelebtes; sie können sich vorstellen, daß Patrick durch sein grüblerisches Starren auf das Telephon den fehlenden Chip tatsächlich ersetzte – denn zur selben Stunde saß Pilar am Schreibtisch und hatte ihr Telephon vor sich liegen, das sie unverwandt betrachtete, obwohl sie nicht mehr damit rechnete, es würde plötzlich doch wieder lebendig werden und die Stimme ihres Mannes aus sich herausdringen lassen. So schön und jugendfrisch, wie er sie in Erinnerung hatte, sah sie nicht aus. Sie schlief nachts kaum. Tags sank sie gegen ihren Willen in ein Dösen, aus dem sie betäubt und unglücklich erwachte. Sie ging nicht mehr aus dem Haus; sie wartete, weil sie nichts Besseres wußte, als zu warten. Jetzt zeigte sich, daß ihre Schönheit sich vor allem ihrem inneren Feuer, ihrer Lebenslust, ihrer kecken Ungemütlichkeit verdankt hatte – das alles war in den letzten beiden Wochen in sich zusammengefallen, und so blieb ein zwar ebenmäßiges, aber verwechselbares blasses Gesicht mit roten Augenlidern zurück. Unnennbar schlimm war, was über sie hereingebrochen war – dieses Nichts, diese Unwirklichkeit, ja Unfaßbarkeit der Katastrophe. Ihre Natur forderte stürmisches Handeln, aber hier gab es nichts zu tun; sie war in eine Wattewelt eingetreten, in der es keine Orientierung gab.

Am Anfang stand Patricks etwas zerstreuter Anruf: Er müsse verreisen, das Abendessen werde ohne ihn stattfinden. Wenn sie jetzt daran dachte, glaubte sie, einen Tag aus einem anderen Leben vor Augen zu haben. Sie liebte eigentlich das Improvisieren, fand Spaß daran, die Gäste allein zu empfangen und den fehlenden Hausherrn derart zu ersetzen, daß niemand merkte, daß er nicht da war. Selten war sie an einem Abend so beschwingt gewesen. Die Leute, die einander fast alle fremd gewesen waren, begannen sich anzufreunden, so gut gelang es ihr, jeden glänzen zu lassen; immer wieder ging die Unterhaltung in Gelächter über.

Um ein Uhr, als sich die Tür hinter dem letzten Gast geschlossen hatte, rief sie gleich bei ihm an. Unvergeßlich, dieser erste Anruf, dem Hunderte folgten. Er lief ins Leere. Und warum rief er nicht zurück? Er rief sonst lieber einmal zuviel als einmal zuwenig an; auch wenn dann gar nichts weiter besprochen wurde, spürte sie seine Sehnsucht nach ihr, die vielleicht zu groß war, um sie im Alltag unablässig auszudrücken. Man mußte als Ehepaar schließlich einen Ton miteinander haben, beide empfanden da eine gewisse Scham, aber auch die Furcht, dem anderen irgendwann lästig zu werden – «alles hat seine Zeit», nicht nur für König Salomon. Bei ihnen war die Hochgestimmtheit, die Schwärmerei, der Enthusiasmus ohnehin nie recht in Gang gekommen. Es mochte sein, daß ihm deswegen etwas fehlte – ihr nicht. Sie mußte und wollte den einmal gefundenen richtigen Zustand nicht immerfort bestätigen und feiern und aufs neue definieren – er war da, sie fühlte sich wohl und hätte behauptet, daß es ohne dieses Wohlbefinden auch keinen einzigen Tag auszuhalten wäre. In der Seele des anderen unablässig herumzustochern, in seinen Empfindungen zu wühlen wie in einem Korb voll getragener Wäsche, unmöglich und vor allem auch unnötig, zum Glück.

Seltsames Telephon, das es vermochte, so viel Ausdruck in seine Weigerung zu legen, eine Verbindung herzustellen. Erst tutete es vertraut, dann schnitt eine Schere die Tonsequenz scharf ab, darauf raumlose Stille. Hinter diesem Abschneiden steckte ein Wille, ein böser noch dazu. Etwas Fremdes hatte sich zwischen Patrick und sie geschoben. Als am Montag seine Assistentin anrief, wann er wohl im Büro zu erwarten sei, der Vorstand habe ihn nicht erreicht, auch sie sei am Mobiltelephon erfolglos gewesen, überkam sie zum ersten Mal eine große Unruhe. Das legte sich auf die Kehle, auf die Zunge, sie mußte das erst überwinden, bevor sie antworten konnte. Sie rufe sofort zurück, sagte sie, als führe sie noch ein anderes Gespräch. Dann sank sie auf das Bett.

Ihr erster Instinkt war, daß sie ihn schützen müsse – irgendetwas war vorgefallen, er war in schwieriger Lage. Sie wollte seine Komplizin sein, was da auch vorgefallen sein mochte. Zu diesem Zeitpunkt rechnete sie noch nicht mit etwas wirklich Bedrohlichem. Sie kannte aus seiner Studentenzeit seine Neigung, plötzlichen Einfällen zu folgen, was nun schon länger zu kurz kam. Als das Telephon sich wieder meldete, diesmal war es ein Mann aus der Wirtschaftsredaktion einer namhaften Zeitung, hatte sie ihre Version parat: Man erreiche sie nicht zu Hause, sie sei seit Tagen unterwegs und könne keine Auskunft geben. Auch für das Büro war diese Antwort gut genug, neben der beruhigenden Versicherung, ihr Mann werde sich bestimmt im Lauf des Tages melden.

Sie beschloß, sich abzulenken, und machte einen Termin mit Interessenten für ein außergewöhnlich häßliches, großes und teures Haus, einen Walmdach-Bungalow aus den siebziger Jahren. Die Leute waren von dem Haus verzaubert, nein, sie war es, die sie verzauberte, mit den Wassern einer funkelnden, aus den dunklen Höhlen der Sorge sprudelnden Beredsamkeit – sie sprach, als springe sie damit Patrick zur Seite. Es wurde schon ein Termin für den Vorvertrag gesucht, der Preis war gar kein Hindernis mehr, die Leute dankten ihr, als habe sie ihnen ein Riesengeschenk gemacht. Mit wem diesen Erfolg teilen? Fand das Telephon sich angesichts eines solchen Triumphs vielleicht bereit, seine störrische Verweigerung aufzugeben?

Sie ging noch drei Tage ins Geschäft, drei Tage des Schweigens, in denen weder das Büro noch die Zeitung mehr anriefen, als hätten sie sich schon mit Patricks Abwesenheit abgefunden. Er beantwortete keine der Mails, die ihn immer eindringlicher beschworen, sich zu melden, die ihm schließlich befahlen, ein Zeichen zu geben. Weitere Tage verstrichen, bis der Kommissar sein Gespräch mit ihm fortsetzen wollte und dabei erfuhr, er sei derzeit beurlaubt – eine Notmaßnahme des Vorstands, der nun selbst begann, sehr beunruhigt zu sein: Die Gerüchte um Doktor Filters Tod verstummten nicht. Ein Artikel erschien, der sich in Andeutungen damit befaßte, eigentlich nur in einem Nebensatz, im wesentlichen ging es um den Kurs der Bank, die ins Schlingern geraten sei. Es war auch von einem Konflikt mit dem Geldwäschegesetz die Rede und schließlich von der Beurlaubung des unmittelbaren Vorgesetzten des dahingegangenen Doktor Filter.

Da hatte Pilar aber selbst schon die Zugbrücke hochgezogen; sie ließ sich gleichfalls beurlauben und verließ ihre Wohnung nicht mehr. Sie tat tiefe Züge aus der Whiskyflasche und spuckte alles wieder aus. Sie trank Kaffee, bis ihr schlecht wurde und das Herz so raste, daß sie meinte, es mit beiden Händen festhalten zu müssen. Wie eine Fremde sah sie die Zimmer, die sie mit einem durch die Wohnungsmakelei geschärften Blick eingerichtet hatte: bloß nicht nach einem irgendwie zu beschreibenden Stil, vielmehr als eine höchst eigentümliche Collage aus teuren und billigen Fundstücken, Art-déco-Preziosen, Stahlrohr aus den Fünfzigern, Eisentischen aus untergegangenen Montagehallen, Barockspiegeln und italienischen Akten aus den dreißiger Jahren – sie verstand nicht mehr, was die Anhäufung dieses Zeugs eigentlich sollte. Wer war die Frau, die danach auf die Suche gegangen war und sich an ihrem Jagdglück berauscht hatte? Da stand ein Schränkchen mit schwarzen Lackbeinen, die Türen waren von einem Pariser Möbelentwerfer der vierziger Jahre mit Pergament bezogen – es kam ihr auf einmal vor, als sei das Ding mit Menschenhaut bespannt, wie widerlich war dieses Schränkchen. Sie verbot sich jede Spekulation über Patricks Verbleib; was sie fürchtete, vermutete, ahnte, ließ sich nicht in Sprache fassen. Ihre Verzweiflung suchte sich Auswege. Als ihr eine Tasse aus der Hand fiel, brach sie in Tränen aus, eine Zeitungsnachricht ließ sie die Fassung verlieren.

Im Nebenhaus wohnten zwei besonders schöne blonde Kinder, ein Mädchen und ein Junge. Wie wohlhabend die Eltern waren, war an ihren Kleidchen und Jäckchen abzulesen. Sie waren wild, und das hatte Pilar immer gefallen. In der letzten Woche aber hatte der Junge mit den aquamarinblauen Augen seine schwarze Katze mit Benzin übergossen, das Mädchen hatte das sich windende Tier umklammert; dann hatten sie ein Feuerzeug an das nasse Fell gehalten. Aus dem Bericht der Lokalzeitung sprach die Ratlosigkeit: Was machte man mit solchen Kindern? Und was macht der Mensch, der von solchem und ähnlichem täglich erfährt? Es graust ihn, dann wischt er es weg. Aus dem Wohnzimmerfenster sah Pilar die beiden Kinder, wie immer reizend herausgeputzt, in den übergroßen schwarzen Familienwagen einsteigen, sie beobachtete, wie sorgsam sie auf dem Rücksitz angeschnallt wurden. Es war alles wie jeden Tag im Jahr und doch zugleich irreparabel zerstört.

In der Gespensterstille des Wartens ließen sich Gedanken und Vorstellungen nicht wie früher dirigieren: Komm hervor und ergötze mich, oder verschwinde, wenn du mir Unbehagen bereiten willst. Kinder waren ihr gleichgültig gewesen. An der Idealisierung kindlicher Unschuld hätte sie sich allein schon deswegen nicht beteiligt, weil sie sich auch sonst jeder Idealisierung verweigerte – warum den Kindern die Fähigkeit zur Bosheit absprechen, nur weil das den sentimentalen Erwachsenen besser gefiel?

Jetzt rückte ihr die Vorstellung teuflisch böser Kinder zu Leibe. Die Welt hatte sich verdüstert. Die ihr bisher zugewandte Seite der Medaille, goldhell strahlend, hatte sich sanft gedreht – die andere Seite, schwarz, war aber gar keine Fläche, sondern ein unergründlich tiefes Loch. Und durch diese grenzenlose Nacht sprang, raste und drehte sich um sich selbst die Katze, deren Rücken in hellen Flammen stand – sie fühlte den Todfeind im Nacken, wollte ihm entfliehen und trug ihn doch überall mit sich herum. Wenn Pilar, auf dem Sopha liegend, einnickte, das Telephon in der Hand, um sofort Patricks Anruf entgegennehmen zu können, dann sprang ihr die brennende Katze entgegen, fauchend, mit geweiteten Augen, nicht leidend, sondern angriffslustig, als habe das Feuer eine Kraft aus ihr hervorgekitzelt, die ihr vorher unbekannt gewesen war. Sie erwachte verwirrt und bemerkte, daß Tränen über ihre Wangen liefen, ganz von selbst, es war kein körperlicher Aufwand, kein Schluchzen dafür erforderlich. Hatte sie sich so in der Welt getäuscht? Waren die glücklichen Jahre – ja, sie waren doch glücklich, das schien jetzt außer Zweifel – nur eine grausame Inszenierung, damit sie das darauf folgende Unglück um so einschneidender empfand? Das einzige, was sie noch mit der Zeit vor dem Einbruch des Unbegreiflichen verband, war das Telephon, das Hunderte Anrufe von ihr gespeichert hatte und jederzeit bereit war, Patrick den Weg zu ihr zu eröffnen, wo immer er sich aufhielt. Solange er lebte jedenfalls. Diese Einschränkung ließ sie noch mehr erschrecken als das Traumbild der brennenden Katze.

Die Stille im Haus war ihr eigenes Werk gewesen. Eine

Kette von Anrufen hatte sonst ihre Tage durchzogen, aber nachdem sie jede Nummer, sowie sie sich auf dem Display zeigte, weggedrückt hatte, wurden die Versuche, sie zu erreichen, immer seltener. Um so unheimlicher war das Klingeln an der Tür, das sie aus ihrem leichten Schlaf aufschrecken ließ. Pilar hatte keine Zeit zu erwägen, ob sie wirklich öffnen solle. Nach ihren bis eben noch gültigen Maßstäben war sie nicht in dem Zustand, sich anderen Menschen zu präsentieren. Sie trug die Hosen und das Hemd, in denen sie im Haus zu räumen pflegte, ihr Haar stand ab, weil sie mit dem Kopf auf einem Kissen gelegen hatte. Während sie auf dem Weg zur Wohnungstür war, fuhr sie sich mit den Händen durch die Strähnen, eine Bewegung, die mit dem Erwachen einherging wie das Aufschlagen der Augen.

Der Mann, der sich ihr vorstellte, hatte nichts Beunruhigendes an sich. Er war nicht jung, korrekt gekleidet und trug eine Aktentasche. Seine Entschuldigung für die Störung hatte in ihrer Umständlichkeit etwas Zeremonielles, ein Mann der Generation ihres Vaters, die noch «Gnädige Frau» und «Herr Gemahl» gesagt hatte. Er bedaure, sie zu behelligen, da sie mit seinem Anliegen doch nur am Rande zu tun habe, sein Besuch gelte Herrn Doktor Elff, von dem er aber vermute, ihn hier nicht anzutreffen. Seine müden Augen ruhten nicht unfreundlich auf ihr. Entdeckte er in der Ausdruckslosigkeit ihrer Miene den dahinter verborgenen Kummer? Empfand er so etwas wie Rührung gegenüber der Zartheit und Hilfsbedürftigkeit, die einen solch starken Gegensatz bildeten zu den Sachverhalten, die er erforschen sollte?

Er betrat das große Wohnzimmer mit seinen disparaten Dekorationen. Obwohl er im Lauf seiner Arbeit schon vielerart Umgebungen kennengelernt hatte, überraschte ihn der luxuriöse Boheme-Charakter des Zimmers; er hob die Augenbrauen, bemerkte aber auch die Blumensträuße, die seit dem Abendessen dem Verwelken überlassen worden waren. Die unordentliche Decke auf dem Sopha verriet ihm, daß er soeben eine Siesta jäh unterbrochen hatte.

Der Kommissar nahm auf einem tiefen Ledersessel Platz, dessen Seitenteile wie Lautsprecher bespannt waren. Zunächst versuchte er, sich auf der Sesselkante zu halten, dann aber überließ er sich der Konstruktion des Möbels und sank hinein. Seine behaarten Hände wirkten auf den Lehnen etwas krallenartig, die Behutsamkeit, mit der sie im Büro Papier ergriffen, würde Pilar nicht kennenlernen. Aber Papier zog ihn auch hier an. Die geöffnete Flügeltür erlaubte einen Blick in Patricks Bücherzimmer mit hohen, lückenlos gefüllten Regalen und einem Tisch, auf dem sich Neuerscheinungen und die Sendungen der Antiquariate türmten. Daß er schon längst nicht mehr zum Lesen kam, hinderte ihn nicht daran, weiter Bücher zu kaufen, das Studium der Antiquariatskataloge war an die Stelle der eigentlichen Lektüre getreten. War auch der Kommissar ein verhinderter Leser?

«Fachliteratur, Wirtschaftswissenschaftliches vor allem, das ist Pflichtlektüre für mich», erklärte er Pilar in trockenem Ton, der dennoch nichts Geschäftsmäßiges hatte; er war ein würdiger älterer Herr, der bei einer jungen Dame zum Tee war. Tatsächlich bot sie ihm Tee an, aus einem Reflex heraus; er überlegte einen Augenblick, ob er das annehmen solle – durfte er darauf vertrauen, daß sie aus der Küche zurückkehrte? Aber ja, zu Mißtrauen war hier kein Anlaß. Der Kommissar umspannte mit den Händen die Sessellehnen, als wolle er sich ihrer Haltbarkeit versichern; er saß hier gut, aber vom Standpunkt des Verhörpsychologen war dies das ungeeignetste aller Sitzmöbel. Wer so tief saß, wurde dazu verführt, mit dem zufrieden zu sein, was ihm nebenbei mitgeteilt würde.

«Ich hatte ein außerordentlich gutes Gespräch mit dem Herrn Gemahl. Ich habe ihn als einfühlsamen Chef seiner Mitarbeiter erleben dürfen.»

Schon von diesem Gespräch hatte Pilar nichts mehr erfahren. Es gehörte in die Zone des Geheimnisses, dem sie so hilflos gegenüberstand.

«Sie stehen nicht etwa mit ihm in Verbindung ...?»

Das war so beiläufig gefragt, als gehe es um eine Urlaubsbekanntschaft. Pilar, die alte Pilar vor Patricks Verschwinden, war nicht dafür bekannt gewesen, sich von Respektspersonen einschüchtern zu lassen; sie neigte eher dazu, Leuten, die Anspruch auf Autorität erhoben, über den Mund zu fahren. Nun tat der Kommissar alles, um den Eindruck zu verwischen, er sitze als ein Fordernder vor ihr. Sie fand dennoch aus ihrer Verschlossenheit nicht gleich heraus. Es widerstrebte ihr, einem Fremden gegenüber zuzugeben, daß ihr Mann sie so lange ohne Nachricht gelassen hatte. Sie wich seinem Blick aus, der zu sagen schien: Sie können nichts bekennen, was wir nicht ohnehin schon wissen. Ihre Augen fanden sich; Pilar öffnete den Mund und hörte sich, ohne daß sie es beabsichtigt hatte, fragen: «Glauben Sie, daß er noch lebt?»

Ein Kind, dachte der Kommissar. Ihre Stimme hatte belegt geklungen; er wollte Tränen gern vermeiden. In seinem Ressort hatte er mit Tränen von Frauen selten zu tun. Aber die Tränen blieben aus. Sie erwartete den Schlag mit ausgetrockneten, leicht brennenden Augen.

Es sei grundsätzlich schwer, eine solche Frage zu beantworten. Der Kommissar verbarg seine Anteilnahme an ihrer Erschütterung hinter einer würdevollen Miene. Er habe heute morgen seine Frau bei bester Gesundheit verlassen, könne aber natürlich nicht wissen, wie sie sich eben jetzt befinde. Um sie zu besänftigen, hatte er, ohne sich zu schonen, ein Beispiel gewählt, das Abergläubische vermieden hätten; niemand aber war so unempfindlich gegen Aberglauben wie er. Vielleicht entging ihm dadurch auch manches. Der Aberglauben macht aufmerksam auf Zeichen jeder Art.

«Ich bin hier, um Sie im Hinblick auf etwas anderes zu beruhigen. Soweit wir wissen, unternimmt der Herr Gemahl gegenwärtig eine nicht ganz risikolose Reise, aber vermutlich aufgrund eines Mißverständnisses.»

Pilar fiel ihm nicht ins Wort, wie sie es sonst getan hätte, wenn jemand für ihren Geschmack gar zu umständlich seine Gedanken entfaltete, nach dem Prinzip: Sag mir erst das Ergebnis, und nur wenn mich das interessiert, darfst du mir auch die Vorgeschichte erzählen.

Der Kommissar durfte bei seiner historischen Darstellungsweise bleiben. «Sagt Ihnen der Name Edzard ter Nedden etwas? War früher im Vorstand der Bank, verließ sie dann und wurde Partner einer Wirtschaftsprüfungssozietät, die sich neben vielem anderen auch damit befaßt, die Jahresabschlüsse der Bank zu testieren.» Solche personellen Verflechtungen seien nicht wünschenswert, kämen aber immer wieder vor. Er entwarf ein Bild von der Bank, als schildere er die Geschichte der Auflösung eines Staates. Eine dramatische Lage trete ein, wenn Ungenauigkeiten auf höchster Ebene nach unten durchsickerten, so daß, nun ja, der Kommissar hustete, Unkorrektheiten im ganzen Haus zur Regel würden. Schließlich vertraue man darauf, daß von oben gar nicht mehr durchgegriffen werden könne, weil die Autorität untergraben sei. Dann nahe der Tag, an dem ein ehrwürdiges und traditionsreiches Unternehmen in sich zusammenstürze, «unter Entwicklung einer beträchtlichen Staubwolke» – ein unvermutet farbiges Element in seiner Darstellung, gewiß nicht der wirtschaftswissenschaftlichen Fachliteratur entnommen.

Pilar begann sich zu entspannen. Sie saß dem Kommissar auf einem hohen Stuhl gegenüber, einem Barhocker mit schwerem Eisenfuß, der unter ihr beinah verschwand; mit verschränkten Beinen und sehr geradem Rücken schien sie vor dem in der Tiefe liegenden Kommissar zu schweben. Sie hoffte darauf, jetzt etwas über Patrick zu erfahren. Vielleicht tat sich irgendwo in dieser Erzählung die Möglichkeit auf, ihm zu helfen.

Dabei war immer noch nicht von ihm die Rede, nur von diesem Wirtschaftsprüfer ter Nedden, der aber nach seinem Weggang aus der Bank dort einen alten Freund zurückgelassen hatte, einen gewissen Doktor Filter, mit dem zusammen er einst in die Bank eingetreten war. Eine spezielle Leidenschaft habe die beiden verbunden, etwas Altmodisches, das intellektuell trotzdem zu fesseln vermöge, wenngleich nichts sehr Fruchtbares: mit den Kursbüchern alle erdenklichen Bahnverbindungen zu konstruieren – heute schon deswegen viel weniger aufregend als früher, weil überall die kleinen Bahnhöfe geschlossen worden seien.

Ja, davon hatte auch Pilar gehört. Sie nickte folgsam, sie stand jetzt ganz im Bann des weit ausholenden Erzählers.

Inzwischen seien nun die beiden Spielgefährten, wie man sie wegen ihrer gemeinsamen Neigung wohl nennen dürfe, dahingegangen – Edzard ter Nedden sei einem Herzinfarkt erlegen, nicht ganz überraschend für einen überarbeiteten Mann, der viel geraucht habe, was er sich im Gegensatz zu seinem Freund Filter nicht habe abgewöhnen wollen. Übrigens seien sie wohl nur selten zusammengekommen, aber bis zuletzt hätten sie sich auf elektronischem Wege gegenseitig

Kursbuchaufgaben gestellt, zur Erschwerung sei Lateinamerika hinzugenommen worden, das Doktor Filter wahrscheinlich nie selber bereist habe. Und kurz nach dem Hingang von Herrn ter Nedden habe Filter sich das Leben genommen; er habe zu Depressionen geneigt, aber es mehrten sich die Anzeichen, daß er den Freitod nicht aus Kummer über den Verlust des Freundes gewählt habe ... «Doktor Filter war ein Mitarbeiter des Herrn Gemahl», dies war wie eine Fußnote gesprochen. «Sie haben den Namen nie gehört?»

Nein, niemals. Unbegreiflich war ihr jetzt, wie wenig sie sich für Patricks Berufsleben interessiert hatte. Nie hatten sie diese ihr jetzt verkrampft erscheinende Diskretion durchbrochen. Nie hatte sie an seine Verschlossenheit gerührt, sich deshalb sogar noch für taktvoll gehalten. So lautete doch ihr unausgesprochener Pakt: nichts fragen, nur sagen, wonach einem zumute ist, den anderen nicht mit Sorgen belasten, die er ohnehin nicht zerstreuen kann, sich im Zusammensein auf das Heitere, Angenehme beschränken.

Der Kommissar war nicht enttäuscht. Es war, als habe er seine Frage nur gestellt, um sie nicht mit Details zu langweilen, die ihr schon bekannt waren. Ein gewissenhafter, hochintelligenter, wenngleich wohl etwas kauziger Mitarbeiter sei Filter gewesen und doch keine reine Freude für seinen Vorgesetzten, aber das sei erst nach seinem Tod ans Licht gekommen. «Wir vermuten Veruntreuungen in großem Stil, so ingeniös konstruiert, daß es lange nicht aufgefallen ist – vor allem, weil der Wirtschaftsprüfer ihm Hilfestellung geleistet hat.» Es sei zwischen ihnen irgendwann nicht mehr nur um komplizierte Bahnverbindungen gegangen – diese intellektuelle Herausforderung habe offenbar allein nicht mehr gereizt. «Wir ahnen inzwischen, wieviel da abgezweigt worden ist, aber wir haben noch immer keine Spur, wo das Geld geblieben sein könnte – es ist weg, aber das kann nicht sein. Wie es der Bankier Rothschild einst einem enttäuschten Anleger sagte: Ihr Geld ist nicht weg, es ist nur nicht mehr in Ihrer Tasche.»

Nichts zeigte besser als dieser Scherz, daß er in einer anderen Generation verwurzelt war: Rothschild und der «Herr Gemahl» stammten aus derselben inzwischen gründlich verschütteten Vergangenheit.

«Beunruhigen Sie sich nicht», sagte er, als er sah, daß Pilars Augen sich angstvoll weiteten. Nach seinen Erkenntnissen habe der Herr Gemahl von alldem nichts gewußt – sei im Gesellschaftsrecht zwar aufs beste bewandert, für die Winkelzüge solcher Herren habe ihm aber wohl einfach der Überblick gefehlt, er sei eben noch jung – «man läßt neuerdings gern junge Leute in verantwortungsvolle Positionen, aber das birgt auch Risiken». Es war geradezu, als verhehle der Kommissar nicht sein Mitgefühl für die Zurücksetzungen, die der tote Doktor Filter hatte erfahren müssen – blickte er gar auf Ähnliches zurück? «Um es klar zu sagen: Es gibt für eine Beteiligung Ihres Herrn Gemahl an diesen Machinationen nicht den geringsten Anhaltspunkt.»

Sie schwiegen. Der Kommissar hatte mit Nachdruck gesprochen, er wollte, daß Pilar sich seine Worte wirklich einprägte.

Nach einer Weile begann sie, mehr im Selbstgespräch als zu ihm gewandt, sich an einer Frage zu versuchen: «Aber warum dann ... Warum nur ...?»

«Es kommt noch etwas hinzu.» Der Kommissar unterbrach sie, als wolle er sie vor einem falschen Schluß bewahren. Er habe erwähnt, daß die Krankheit eines Unternehmens stets vom Kopf ausgehe – das Wirken des rätselhaften Filter sei für die Bank ohne Zweifel bedrohlich, durch die Beteiligung des

Wirtschaftsprüfers dazu noch peinlich. Noch fataler sei aber, daß man der Bank auf die Spur gekommen sei – wer war man?, fragte sich Pilar, der Kommissar selbst? –, für große Kunden Geld zu waschen. Das sei nur mit Wissen des Vorstands möglich, auch wenn die praktische Umsetzung Mitarbeitern zweiten Ranges obliege. «Das Ganze ist weit mehr als ein Verdacht.» An den wichtigsten dieser Kunden komme man nicht heran – ein Politiker, ein Großunternehmer, eine staatsmännische Figur aus dem Maghreb: «die Sorte Mensch, für die kein Gesetz gilt, nicht einmal das, was sie selbst gemacht hat». Der Kommissar richtete sich in seinem tiefen Ledergrab auf und faßte Pilar ernst ins Auge. «Auch in dieser Sache war Ihr Herr Gemahl nicht federführend, konnte es von seinen Kompetenzen her auch nicht sein – merken Sie sich das gut! Vielleicht war ihm nicht klar, wohinein er verstrickt war. Es ist nicht ausgeschlossen, daß er vollkommen unbelastet ist.» Aber helfen könne er, Licht in die Sache zu bringen. Er sei der einzige, der den Schlüssel zu der Affaire habe.

Wieder machte der Kommissar eine Pause. Beiden war klar, daß es nichts half, nach Patricks Aufklärungen zu rufen, wenn man nicht wußte, wo er sich aufhielt.

«Er ist in Marokko, war es jedenfalls vor zehn Tagen.» Vermutlich suche er diesen einen Kunden auf – «haben Sie einmal den Namen Pcreira von ihm gehört?»

Eine weitere vergebliche Frage, Pilar kam sich zum Verzweifeln nutzlos vor. Der Kommissar ließ sich wieder zurücksinken. Er sprach jetzt leise, Pilar mußte sich vorbeugen, um ihn zu verstehen; es sah aus, als lese sie ihm seine Sätze von den Lippen ab.

«Er wird sich doch irgendwann bei Ihnen melden – oder hat er das schon getan?»

Eine Überrumpelungsfrage. Pilar wurde rot, aber vor

Entrüstung. «Was denken Sie! Ich bin vor Warten schon fast verrückt! Er weiß das Wichtigste nicht.»

«Das Wichtigste?»

«Es fällt mir so schwer, ernste Dinge mit ihm zu besprechen – es ist so ungewohnt – wir waren immer frei – er war frei, und ich war frei – jetzt soll das plötzlich anders sein – wie drückt man das aus?» Sie suchte nach Worten. Schließlich rutschte ihr das vermeintlich Unaussprechliche heraus, sie war verwundert, wie leicht das ging. «Ich bin im zweiten Monat schwanger.»

Der Kommissar war ein Wunder an Selbstbeherrschung. Er zuckte mit keiner Wimper. «Wenn er sich meldet, sagen Sie ihm, daß nichts gegen ihn vorliegt, gar nichts, höchstens Bagatellen ...» Lügen wollte er auch in der heißen Phase der Ermittlung nicht. «Aber daß wir ihn brauchen. Er muß zurückkommen, er muß mit mir sprechen. Es ist ein Fall, der bald Aufsehen erregen wird ... Er hat nichts zu befürchten ...» Dies ließ er verklingen, das Folgende kam wieder wie nebenbei: «Beruflich wird es vielleicht nicht gleich so weiterlaufen wie bisher ... aber er ist noch jung ...»

Da hatte Pilar sich wieder gefangen. «Ich habe ihn nicht geheiratet, weil ich stolz auf ihn sein wollte.» Das klang wie in den eben erst vergangenen, jetzt so fernen Tagen. Vielleicht war es die feine Spur von Trost und Mitleid in der Stimme des Kommissars, die ihren Trotz geweckt hatte.

3

Patrick war seit Khadijas Schauung, so fragmentarisch sie war, schon in Abschiedsstimmung. Ein Zweifel war nicht erlaubt, Monsieur Pereira würde nun sehr bald tätig werden, und dann wurde ein neues Kapitel seines Lebens aufgeschlagen. Die Zeit, die er in Mogador verbracht hatte, würde im Rückblick als Aufenthalt in einer Art Schleuse erscheinen – als eine Nicht-Zeit, eine Saison wie unter Wasser in ungewissem Helldunkel. Aber jetzt, wo das Ende in Sicht war, wollte er diese Wochen auch geschätzt haben; die Unruhe, die Furcht und der Druck des schlechten Gewissens gerieten in Vergessenheit und wichen gespannter Erwartung.

Zugleich würde Monsieur Pereiras Eingreifen die Voraussetzung schaffen, endlich wieder Pilar näherzukommen. Das war inzwischen das Vordringlichste, aber er wollte ihr, nachdem er ihr sein Verschwinden zugemutet hatte, nicht mit leeren Händen gegenüberstehen; sie sollte sehen, daß er zwar fähig gewesen war, ihre gemeinsame Zukunft in der närrischsten Weise aufs Spiel zu setzen, aber daß dieser Irrsinn nun sein Ende gefunden hatte und aus den Scherben schon etwas Neues hervorwuchs. Er glaubte nicht mehr so überzeugt und wollte auch nicht mehr glauben, daß sie ihn gänzlich und endgültig verwerfen würde, wenn er ihr die reizvolle Welt eröffnete, die sich demnächst mit hoher Wahrscheinlichkeit auftat. Sie war doch auch ein klein wenig Spielerin, hatte jedenfalls Gefallen daran, so zu wirken – wer wußte, ob sie nicht auf einmal Vergnügen daran fand, ihm an die Grenzen der Erde zu folgen? Hörte er sie nicht schon sagen: «Ich habe dich nicht geheiratet, um mit dir bis zum Tod in Düsseldorf zu wohnen»? Das klang doch gar nicht unwahrscheinlich? Wenn er im Kaffeehaus – das Café Mogador an der Strandpromenade war sein bevorzugter Aufenthaltsort – sein stummes Telephon in die Hand nahm und das blinde Display ansah, fühlte er sich mehr denn je mit ihr verbunden. Bevor der Dalai Lama zum Lieblingsmaskottchen der Demokraten geworden war, hatte er in Tibet hinter einem geschlossenen Vorhang gethront, ein rotes Seil in seinen Händen, das über die Stufen des Thrones hinabfiel und unter dem Vorhang herauskam: dieses Seilende durften die Pilger küssen und verehren. War es mit seinem schweigenden Telephon, das in sich das ganze Potential der Gegenwart Pilars barg, nicht so ähnlich wie mit dem tibetanischen Seil? Wären die Besucher des Cafés nicht mit ihren Gesprächen und ihren Bierfläschchen beschäftigt gewesen, hätten sie sehen können, wie er sein Telephon andachtsvoll an die Lippen hob.

Der trübe Tag hellte sich auf, die fetten dunkelgrauen Wolken zerrissen und ließen es zwischen den Fetzen hellblau-silbern aufleuchten. Es war Ebbe, das Meer war weit zurückgewichen und hatte den Sandstrand zu einer weiten, sehr festen Fläche werden lassen, nah am Wasser wurde jetzt Fußball gespielt. Von der Terrasse aus schienen die Spieler nur daumennagelgroß – auf diese Distanz verwischten sich die räumlichen Verhältnisse; es sah aus, als bewegten sie sich wie in einem Schattentheater auf einer Linie. Hinter ihnen leuchtete das Wasser aprikosenfarben, schwarz lagen die Purpurinseln im Glanz – ungeachtet ihres prachtverheißenden Namens schroffe Felsen, hinter hohen Mauern war hier bis vor kurzem ein Gefängnis gewesen, die Gefangenen hatten einst das Meer, das sie umgab, rauschen hören, ohne es ein einziges Mal zu sehen. Vor der roten Sonne tauchten die zurückkehrenden Sardinenkutter am Horizont auf, von Möwenschwärmen schwärzlich umgeben. Ob die vereinzelt auf den Sandflächen stehenden Männer, die aufs Meer blickten, sich an diesen Schönheiten erfreuten? Sie suchten die Einsamkeit, um sich ihrer Haschischzigarette zu widmen, und verweilten in einem Zustand, der sie von äußeren Stimmungsreizen unabhängig machte.

Karim, der Meister des Müßiggangs, näherte sich mit ruhigem, aber zielbewußtem Schritt, ein Mann im gelassenen Takt der Pflichterfüllung. Patrick sah ihn nicht ungern kommen. Bevor er sich setzte, begrüßte er die Stammgäste; er kannte hier jeden und ging an alle Tische, den zeremoniell-frommen Gruß «Salam aleikum» vielfältig verschleifend: «Sa'amkum» oder «Sammelkum», «Slamkum», «Saakum», die dazugehörende Geste, die Hand auf dem Herzen, deutete er mit einem lässigen Wischen auf der linken Brustseite an. Er tat gern, als habe er keine Zeit. Um so entspannter ließ er sich im Plastiksessel neben Patrick nieder – die Arbeit war getan, nun genoß er sein Recht auf Erholung und trat ein in die nicht von der Uhr regierte, in die ungemessene Zeit.

Wie stets begann die Plauderei mit Fragen nach dem Befinden: Wie es gehe? Wie man geschlafen habe? Was man gegessen habe? Ob es gut gewesen sei? Und auf jede einigermaßen erfreuliche Auskunft wurde dem Allmächtigen gedankt: «Hamdullillah – Dank sei Gott!», dazu ein inniger Blick zum Himmel. Ohne diese Fragen durfte kein Gespräch beginnen, unter Menschen mußte es gelassen und rituell zugehen, der Mensch war kein Hund, wobei sogar die Hunde eine gewisse Ordnung einhielten, wenn sie nicht gerade in Angriffslaune waren. Erstaunlich überhaupt, daß es sie gab; wenn sie schon keinen Respekt verdienten, warum waren sie dann überhaupt erschaffen worden?

Apropos: Khadija sei mit beiden Kindern verreist. Sie höre nie auf, etwas Neues auszuprobieren, um den Sohn doch noch zu heilen, immer wieder suche sie einen anderen Imam auf – aber was sie von dem wohl erwarte? Wenn Gott wolle, daß der Junge seine Fäden und Schlaufen ruhen lasse und zu sprechen beginne, dann könne er das auch ohne Imam bewirken. Ob Khadija das nicht selber wisse? Jetzt sei es nach Fez gegangen – dort versuche man, die Geisteskranken mit Musik zu heilen: nicht mit sanften Flötenklängen, sondern mit einer dröhnenden Lärmglocke aus Pauken und kreischenden Schalmeien. Darüber habe er reden hören, die Männer am Löwentor erzählten davon.

Etwas anderes fiel ihm ein: «Was sagst du, Monsieur Paris, der du auf der Schule warst: Stimmt das? Die Männer behaupten, vor Millionen Jahren wären die Menschen zehn Meter groß gewesen und hätten ihre Fische der Sonne entgegengehalten, um sie zu braten ... War das so?» War die Sonneneinstrahlung zehn Meter über dem Erdboden wirklich schon so heiß, daß man da oben Fische braten konnte? Diese Frage sprach er nicht aus, sein Gesicht war aber ein offenes Buch. Ihm kam es meist gar nicht auf eine klärende Antwort an, wie Patrick inzwischen wußte – welche Erklärungen und Belehrungen ihm dazu auch einfallen mochten, Karim würde sie nur als vorläufig gelten lassen, seine Art von Intelligenz war mit diesem grundsätzlichen Vorbehalt auf dem neuesten Stand der Wissenschaft. Vor allem ging es darum, sich an den

Fragen zu erfreuen, sie waren Ausdruck des Lebensgenusses. Sie gehörten dazu, wie der Zucker zum Tee oder zum Bier die Oliven. Sie entsprangen der Muße, jenem Zustand, der dem Menschen am angemessensten war. Und auf dem Land gab es keine Muße, nur in der Stadt konnte man immer wieder einmal der Schufterei entkommen, die Beine ausstrecken und sich einem milden Rausch überlassen. «Aber nicht jeden Tag», Karim zeigte sich von der vernünftigen Seite, während er sich das zweite Glas Bier einschenkte, «und auf keinen Fall bis zum Torkeln, Unsinnreden, Krachmachen», solches Betragen lehnte er ab. Da sprach er mit entschiedener Strenge und nahm sich selbst von diesen Vorwürfen nicht aus: Nein, das Schwanken und Auf-der-Straße-Hinfallen, das Lärmmachen und anderes mehr, das sei nur deshalb zu entschuldigen, weil man sich oft selbst nicht mehr daran erinnere – wer sage denn, daß die anderen die Wahrheit sprächen? Er, der immer die Wahrheit sage – bis vielleicht auf einige wenige, unwichtige Ausnahmen –, traue erst einmal niemandem, ausgenommen natürlich Papa, Maman und den Brüdern, und schließlich wandte er sich treuherzig Patrick zu: Ja, ihm traue er ebenfalls, sogar bedingungslos, und das, obwohl Khadija ihn vor ihm gewarnt habe.

Ja, was sollte denn das? Wieso gewarnt? Patrick fragte sich besorgt, ob diese Frau, deren Wirken ihm erst seit der Nacht in Dar Hliliba enthüllt worden war, vor lauter Mißtrauen ihre Polizistenfreunde auf ihn aufmerksam machen werde.

Karim winkte ab. Seine Zeit bei Khadija sei ohnedies bald abgelaufen, obwohl er ihr nichts vorwerfe. Sie sei wie eine Mutter zu ihm gewesen, allerdings auch manchmal so lästig wie eine Mutter. Sowie er den kleinen Lastwagen habe – gebraucht, spottbillig gekauft, er wisse schon, von wem, dreißigtausend Dirham, viel Geld, aber für einen Lastwagen fast geschenkt –, werde er verschwinden. Leider, so mußte er jetzt eingestehen, habe er Khadija ein wenig in seine Karten gukken lassen. Plötzlich habe sie verstanden, was die Kuh solle – nicht nur Milch geben oder ein Kalb gebären; sie stellte in ihrer Körperpracht und mütterlichen Güte vielmehr auch ein Drittel des Lastwagens dar. Nur ein Drittel allerdings, noch nicht einmal zwei Räder. Dennoch habe Khadija eine Szene gemacht, und da sei es unmöglich gewesen, die Wahrheit zu sagen. Er habe kräftig und mit der Hand auf dem Herzen gelogen, anders sei er nicht durchgekommen. Nur so habe er ihren Verdacht, er werde sich das fehlende Geld bei Monsieur Paris erbetteln, zum Schweigen bringen können.

«Sie glaubt, ich schenke dir den Lastwagen?»

Karims Kunst, die explizite Bitte zu vermeiden, war bewunderungswürdig. So hielt es doch auch die große Diplomatie: auf ein Anliegen immer wieder zu sprechen zu kommen, die erwünschte Lösung als bloßes Gedankenspiel zu tarnen, sie der allgemeinen Diskussion aber geschmeidig einzuspeisen und schließlich die Gegenseite das ihr suggerierte Angebot machen zu lassen, ohne selbst die Deckung aufgegeben zu haben. Bei dieser Gelegenheit bekannte Karim, der zukünftige Transportkaufmann, der prospektive Kreditkunde einer Bank, der Ratenzahler und Hausstandsgründer, warum er die Zahl dreißigtausend so oft erwähne: Bis dahin nämlich könne er rechnen – nicht sehr gut, aber immerhin. Mit den vielen Nullen komme er leicht durcheinander.

Patrick zweifelte trotzdem nicht im mindesten an Karims Begabung fürs Geschäft. Auf seine Intuition würde er sich verlassen können; was vorteilhaft sei, das rieche ein geborener Kaufmann.

Karim durfte sich verstanden fühlen. Geschäft sei für ihn nicht ein Hin-und-her-Schieben von Zahlen, sondern ein

Spiel zwischen Menschen, nicht anders als die Verführung in der Liebe. Man dürfe eben nicht so dumm sein wie der junge Schreiner, der als Tagelöhner in die Stadt Khenifra im Atlas gegangen sei.

Wie es sich denn mit diesem Schreiner verhalten habe?

Karim bestellte ein neues Bierfläschchen. Die Geschichte war nach seinem Geschmack. Eine Unterhaltung war auf dem richtigen Weg, wenn sie in eine Geschichte mündete. Es ging um drei Personen, den Schreiner, seinen Chef und dessen achtzehnjährige, unverheiratete Tochter, und diese drei bildeten ein Dreieck. Nun mußte man wissen, was Monsieur Paris nicht wissen konnte: die Frauen von Khenifra waren für ihre Freizügigkeit, sogar Sittenlosigkeit berühmt. Jeden Abend erhielt der junge Schreiner vom Chef seinen Tageslohn ausbezahlt, und jede Nacht kroch die Tochter zu dem Schreiner unter die Decke und hatte mit ihm *le plaisir*, und dafür ließ sie sich den abends empfangenen Tageslohn aushändigen. Und am anderen Morgen übergab sie das Geld als gehorsame Tochter dem Vater – das Geld hatte nur eine kleine Reise gemacht und kehrte in dieselbe Brieftasche zurück, aus der es Stunden zuvor aufgebrochen war. Aus dem Dreieck wurde ein Kreislauf. Und nach sechs Wochen, als der Tagelöhner Khenifra wieder verließ, hatte er nichts, keinen Dirham in der Tasche, alles Geld war weg –

«Obwohl», Karim wurde unversehens von Zweifeln übermannt, «alles kann es ja nicht gewesen sein.» Wovon habe der Schreiner denn seine Zigaretten gekauft? «Ein bißchen gemogelt hat also auch dieser sonst so unschlagbar dumme Mann!»

Nicht sinnfälliger hätten der geisterhafte Fluß und Abfluß des Geldes illustriert werden können. Man mußte diese Ströme eben zu stauen wissen. Leicht war das nicht, wenn man nicht dazu geboren war.

Papa habe es, so Karim jetzt in aufrichtiger Bewunderung, bereits zu etwas gebracht. Sowie ein bißchen Geld ins Haus komme, wie eben gerade bei der Erbsenernte – eine mühselige Arbeit vieler gebeugter Rücken und auf dem Ackerboden tastender Hände, nichts für ihn –, kaufe er wieder ein Grundstück von den umliegenden Gehöften seiner schlechter wirtschaftenden Brüder. Er zahle dort einen Familienpreis, die Brüder machten kein gutes Geschäft, wozu sie ohnehin nicht imstande seien, hätten aber den Trost, daß ihr Boden nicht in fremde Hände falle.

Er zollte dieser stillen Vermehrung des väterlichen Wohlstandes seinen Respekt, obwohl ihm das dazugehörende Leben unerträglich war, das hatte sogar der Vater verstanden, wenngleich mit Sorge. Ihm blieb nicht mehr viel Zeit, die eigene ökonomische Existenz zu organisieren. Seit der offiziellen Verlobung mit Boshra tickte die Uhr. Ein bißchen war die Hochzeit noch hinauszuzögern, dann mußte er seiner Frau eine eigene Wohnung bieten. Das brauchte nur ein kleines Zimmer zu sein, auf jeden Fall aber in einer Stadt, oder die Rückkehr auf den elterlichen Hof wäre unausweichlich, und zwar nicht ruhmvoll mit reicher Beute, sondern mit leeren Händen, eine Wiedereingliederung in das häusliche Patriarchat. Der Gedanke daran verdüsterte ihn nur kurz. Er lebte in der Gegenwart. Die Sonne sank jetzt schnell. Die Fußballspieler auf dem Strand in ihrer zweidimensionalen Bewegung bildeten eine sich beständig verdichtende und wieder auflösende Linie aus schwarzen Körperchen.

Ganze Tage habe er so am Strand zugebracht, sich in eine der spielenden Mannschaften mühelos integrierend, einfach hinzutretend, unaufgefordert, aber sofort aufgenommen, ohne einen der Burschen zu kennen. Und nach dem Spiel strebte man sofort auseinander – köstliche Unverbindlichkeit, warum konnte das nicht immer so weitergehen? Der heutige Tag jedenfalls sei voller Verheißung. Im Souk von Hadraa, eine halbe Omnibusstunde von Mogador entfernt, werde der große Viehmarkt abgehalten. Danach kämen die Bauern und Händler, in den Taschen dicke Scheinbündel, gern nach Mogador, um noch ein bißchen außerfamiliäres Vergnügen zu suchen, bevor sie im häuslichen Harem von der endlich verkauften Kuh berichteten. Dann herrschte, so Karim, eine Bombenstimmung im Hawra, der Bar der Fischer; Sängerinnen und Tänzerinnen traten auf, erst einmal trank man ordentlich, unterhielt sich, schaute und hörte zu, aber dann begann das Tanzen, schließlich trafen auch ein paar Huren ein, der ganze hohe Saal war ein einziges Fest der Musik.

Es fiel ihm nicht schwer, Patrick dafür zu gewinnen, bei diesem Fest hereinzusehen – «nur kurz». Karim wollte möglichen Bedenken vorbeugen. Zutraulich bekannte er, allein sei ihm der Besuch des Hawra zu teuer, er habe dort schon anschreiben lassen, da müsse auch wieder einmal etwas abgetragen werden. In der Gesellschaft von Monsieur Paris werde da doch sicher etwas möglich sein.

Sowie die Sonne verschwunden war, wurde es kalt. Der Aufenthalt auf der Terrasse begann ungemütlich zu werden. Patrick fand es eigentlich etwas zu früh zum Feiern. Seiner Stimmung hätte es eher entsprochen, sich still im Raum seiner Gedanken aufzuhalten und die Chancen der Zukunft abzuwägen. Immerhin, so zuversichtlich wie heute war er schon lange nicht mehr gewesen. Es war geheimnisvoll, wie jeder Tag einen anderen Charakter besaß, obwohl die äußeren Bedingungen sich gar nicht änderten. Der bloße Zeitablauf ließ jeden neuen Tag in einem eigenen Licht erscheinen.

Im Hawra herrschte bereits ein munteres Getümmel. Zu den Stammkunden, die sich hier täglich einfanden, waren die

Bauern hinzugekommen, dunkelbraune Gesichter, schon in jungen Jahren mit scharfen Falten, viele in der grob gewebten naturfarbenen Gandora, einer Art über die Knie reichendem Poncho, an dessen fetter Wolle der Regen abperlte. Auf den Tischen blitzten die smaragdgrünen Bierfläschchen, die auch hier, wenn sie ausgetrunken waren, nicht weggenommen wurden, als gelte es in einem Wettbewerb, die Tischplatte so schnell wie möglich vollständig damit zu füllen. Das Bier wurde sehr kalt serviert, nahezu kristallfrisch, das forderte dazu auf, viel davon zu trinken, und so ließen manche in einem Zug alles in sich hineinlaufen. Hier stand das Bier nicht in großen Gefäßen ab, hier floß es.

Die Musikanten waren schon zur Stelle, als Patrick und Karim eintrafen, ältere Männer mit der Kniegeige und Tamburins, ihr gellender Gesang wurde im Rausch der Gespräche vorerst nicht beachtet. Zwei Frauen kamen hinzu; in bunten Djellabas mit viel Stickerei, das Haar unter dem eng gewundenen Schleier versteckt, der aber hier schnell fiel. Sie bereiteten in der Nähe der Musikkapelle ihren Auftritt vor, indem sie sich einen breiten Gürtel mit Hunderten Glöckchen umlegten. Er saß unterhalb der Taille, vom Hinterteil abgehalten, zu Boden zu rutschen – ein Musikinstrument eigener Art, fürs Ohr, erst recht aber fürs Auge geschaffen, das Klingeln und Rasseln wurde vom Zucken der Hinterbacken hervorgebracht. Die waren unter dem silbrigen Geklingel verborgen und durch das helle Getöse, das sich in die Papageienstimmen der Sänger mischte, akustisch zugleich präsent. Ein langer, dünner Junge mit kleinem Kopf und hochmütigen Augen trug behende die Flaschen herum.

«Der bemerkt uns gar nicht», sagte Karim. «Er sieht nur, wo die Flaschen leer sind, er selber trinkt nicht, er raucht, aber wenn er noch so bedröhnt ist, arbeiten kann er» – das erstaunte ihn zutiefst. Karim verstand nicht, welchen Sinn es hatte, sich zu berauschen, wenn man dann doch arbeiten wollte.

Ein alter Mann mit weißer Haarbürste saß in ihrer Nachbarschaft, «Apostelkopf» hätte man im italienischen Barock sein eindrucksvoll zerfurchtes Gesicht genannt, aber er strahlte in jugendlichem Eifer und war mit zwei jungen Mädchen in rosa und hellgelber Djellaba befaßt, die lächelnd mit ihm sprachen, während er immer weiter telephonierte; sie schienen ihn aufzuziehen, was ihn nur noch heiterer machte.

«Die Huren lieben die alten Männer», sagte Karim, der Patricks Blick mit den Augen gefolgt war. Die beiden waren nach Berberart geschminkt, mit rußschwarzen Augen, die bräunlichen Wangen rot gemalt. «Alte Männer sind großzügiger als die jungen, sie schlagen sie nicht und sind nicht so anstrengend – du verstehst schon ...»

Aber der Apostelkopf hatte es gut vor. Die beiden reichten ihm nicht, so wohl er sich in ihrer Gesellschaft fühlte. Karim lauschte verhohlen zum Nebentisch hinüber.

«Unglaublich! Sieh dir diesen braven Bauern an – die Taschen voller Scheine. Drei Kühe hat er verkauft, und nun will er noch ein drittes Mädchen bestellen, das Appartement hat er eben gerade angemietet, dort soll das Fest weitergehen.»

Der Alte verjüngte sich zusehends, die Vorfreude lachte aus den kleinen, von wildem Runzelwerk umgebenen Augen, und die Mädchen ließen sich davon anstecken. Ihr Spott hatte etwas Gutmütiges – aber sehr viel von seinem Scheinesegen würden sie ihm nicht übriggelassen haben, wenn er am nächsten Morgen zerschlagen in der fremden Wohnung erwachte. Sie sahen dennoch nicht so aus, als würden sie ihn um das, was sie zu bieten hatten, betrügen wollen – was der Alte schaffte, das sollte er auch bekommen, so wirkte das auf die Lauscher am Nebentisch. Schlau hatte der Bauer um den Preis für seine Kühe gefeilscht, um so freigebiger zeigte er sich jetzt. Der lange Junge mit dem kleinen Kopf brachte in Windeseile eine Flasche Wein herbei, kaum daß der Alte gewinkt hatte – Cannabis lähmte ihn nicht, sondern verlieh ihm Flügelschuhe.

Die beiden Frauen mit den Glöckchengürteln hatten längst zu tanzen begonnen, mit ungerührten Gesichtern, als sei ihnen gleichgültig, welche Wirkung ihre Hinterteile, die sich unter den Glöckchen verselbständigt zu haben schienen, bei den Männern hervorriefen. Die Backen vermochten einzeln und zu zweit zu hüpfen, eigenständige Lebewesen, im Sack der Djellaba sich balgende Katzen.

Es gebe Männer, die alles stehen- und liegenließen und mit halbgeöffnetem Mund hinter einer solchen Frau herliefen, wenn sie über den Markt ging, als ahne sie nicht, was da in ihrem Rücken wackelte und schwenkte. In Wahrheit wisse sie es genau – da war Karim sich sicher –, nehme oft sogar ein Medikament, Drdek heiße das, um ein recht imposantes Hinterteil zu bekommen, die Schenkel würden gleichfalls wundervoll fett dadurch: Eine magere, völlig reizlose Frau wurde mit Drdek schon in zehn Tagen zu einem erotischen Idol. Ungefährlich war das nicht, im Fernsehen wurde vor Drdek gewarnt. Karim fand, das sei wie mit dem Rauchen: Keine zukünftige Krankheit könne einem vernünftigen Menschen den Augenblicksgenuß vergällen. Welche Frau verzichte denn freiwillig auf ein solches Zaubermittel, das die Herrschaft über die Seelen der Männer verschaffe, nur weil ein Fernsehdoktor warnte?

Karim, der Philosoph und Soziologe, aber unbeteiligt blieb auch er nicht beim Glöckchenklingeln. Die Frauen wollten jetzt nicht mehr allein tanzen, sie hatten vom Vortanzen genug. Im Hawra galt Damenwahl, und bald sah man einen hünenhaften, auch schon grauhaarigen Mann, einen Satyr mit graurotem Ledergesicht, der sich mit gebeugten Knien vor der Tänzerin klein machte und sie mit werbenden Gesten umtanzte, als wolle er sie auf seinen Schoß ziehen. Sie schien ihn gar nicht zu bemerken. Der Mann mußte erhebliche Kraft in den Beinen haben, er war ihrer wert.

«Nie würde sie mit einem jungen Mann tanzen», sagte Karim. Sein Lächeln war halb ironisch, halb resigniert. «Außer natürlich mit dir, denn du bist Ausländer ...» Für ihn war sie unerreichbar, also schon gleich etwas weniger begehrenswert.

Und da hatte sich die Frau tatsächlich schon aus dem Bannkreis des Satyrs gelöst, der an seinen Tisch zu den Freunden zurückkehrte; seine große Tanzvorführung wurde beklatscht. Sie aber wogte, den Unterkörper gleichsam vor sich hertragend, die Hände mit den Grübchen schlangenhaft und zugleich schlangenbeschwörend in den Lüften, Patrick entgegen, der sich ratlos zu Karim wandte.

Von dem war keine Hilfe zu erwarten. Es war unübersehbar, daß er den Anblick genoß. Immer zeigte er Respekt, sogar Hochachtung dem Gast gegenüber, jetzt jedoch wollte er zu gern wissen, wie Monsieur Paris sich aus der Affaire ziehen würde. Die Beherrschung irgendwelcher Tanzschritte wurde nicht erwartet; Patrick zierte sich denn auch nur kurz und stand auf, denn die Tänzerin gab nicht nach, und alle Augen waren auf ihn gerichtet.

Er tanzte. Er erfand für sich Schritte, die im weitesten Sinn volkstanzmäßig wirken sollten, mit ausgebreiteten Armen, was sonst keiner im Saal tat – die meisten hopsten nur von einem Bein aufs andere und versuchten, in die Nähe der beiden Glöckchenschüttlerinnen und ihres unerforschlichen

Ratschlusses zu gelangen. Die Frau, die sich vor ihm drehte, schien jetzt etwas weniger selbstgenügsam und verschlossen, sie lächelte vieldeutig, vielleicht auch über seine Tanzkünste, aber sie blieb in ihrem professionellen Rahmen. Er hingegen hatte seine Hemmungen verloren. Er fühlte sich in Übereinstimmung mit diesem Land und seinen Menschen; ihm war, als habe er sie verstanden, ohne doch ihre Sprache zu sprechen. Die unerbittliche Glöckchenerzitterin war eine Herrscherin über die Gegenwart und ließ keine Götter neben sich zu. Sorgen und Hoffnungen, Vergangenheit und Zukunft wurden ausgelöscht.

Karim lobte ihn, als er zurückkehrte. Er sei mit Staunen beobachtet worden, allseits habe man beifällig bemerkt, daß ein Europäer so gut mit der Berbermusik zurechtkomme.

Patrick meinte, eine leichte Ironie herauszuhören, die ihn aber in seiner gehobenen Laune nicht beeinträchtigte; nicht nur die Geisteskranken von Fez verwandelten sich unter dem Einfluß der Musik.

Inzwischen war Karim zum Whisky übergegangen, aus eigenem Antrieb; Patrick war das recht, das viele Bier begann in ihm zu schwappen. Sie verließen das Hawra nicht ohne Rotwein und eine große Flasche marokkanischen Whisky mit schottischem Phantasienamen. Wiederum war es Karim, der hierzu den Anstoß gegeben hatte. Er war in eine eigentümliche Gespanntheit geraten, als erwarte er, daß der Abend ihm noch ein Geschenk bescheren werde. In Khadijas Eisschrank lägen noch einige Sardinen, die könnten sie sich gleich braten. Das war erfreulich, erklärte seine gute Laune aber nicht genügend. Der Alkohol, den er in diesen Mengen nicht gewohnt war, eröffnete ihm das Reich des Möglichen. Er war bereit zu jederart Entwicklung, die der Abend noch nehmen mochte. Zwar verkehrte er in den Bars und erlaubte sich hin und wieder ein paar grüne Fläschchen, aber seine Verhältnisse ließen ein gewohnheitsmäßiges Berauschtsein nicht zu – seitdem er mit Khadija und Salma in einem Bett schlief, schon gar nicht, und auf dem Land, das ihn mehr geprägt hatte, als er wahrhaben wollte, war der Alkohol streng verboten, wenn man nicht bereit war, zur Freiheit der rettungslos Verkommenen vorzustoßen. Als sie Khadijas Stadtfestung zustrebten, fand Patrick an Karims Schritt nichts Unsicheres. In Gesellschaft, erst recht bei Musik und Tanz, vertrug er selbst erheblich mehr, als werde der Alkohol wie Benzin verbrannt, wenn die Maschine auf Hochtouren lief. War das auch bei Karim so?

Unbewohnt wirkte Khadijas Haus niemals. Im Halbdunkel hockten Menschen auf den Galerien rings um die Holzkohleöfchen aus Terracotta mit dem Rost oder der Tajine-Schale. Im Hof hing eine Wolke aus gedämpften Stimmen, obwohl der Stein auf seinem Platz im Winkel lag, aber auf Khadijas Etage ließ die Abwesenheit der Herrin des Hauses den Salon frostig und kahl erscheinen. Draußen fiel jetzt ein starker Regen. Die Tropfen trafen hörbar auf die Plastikbahnen, welche die Arkaden gegen die Witterung abschirmten. Karim war mit Eifer dabei, es behaglich werden zu lassen. Er holte Decken und begann, ein Holzkohleöfchen anzuzünden; das gelang nicht sofort, er kauerte darüber und blies in die schwache Glut, atmete dabei Rauch ein und mußte sich aufrichten: Ihm war schwindlig geworden. Als er sich erholt hatte, brachte er Gläser und einen Grillrost, in den, Körper an Körper, zehn Sardinen eingeklemmt waren; mit großen Augen erwarteten die silbernen Fische das Feuer. Er hatte keine Bedenken, Khadijas Salon durch den Whisky zu entweihen – sie war hier die Königin, aber er war ihr Statthalter, in ihrer Abwesenheit galt sein Gesetz.

Ein kratzendes Geräusch kam von der Tür. Karim sah von der Glut auf, die jetzt die meisten Kohlestücke ergriffen hatte, sein Gesicht war rosig beschienen. Er rief eine Frage, eine zaghafte weibliche Stimme antwortete. Es folgte ein Hin und Her der Reden, schließlich öffnete sich die Tür. Rashida stand im Rahmen, ihre Djellaba und das Kopftuch waren durchnäßt. Sie trat ein, blieb aber an der Tür stehen, als sei das Betreten des Raums ihr eigentlich verboten. Sie habe ihren Schlüssel vergessen, Karim übersetzte, seine Augen leuchteten vor Spott und Vergnügen. Sie sei bei einer Freundin gewesen – was das wohl für eine Freundin war! –, die Mutter längst im Bett, sie komme in dieser Regennacht nicht ins Haus. Karim winkte ihr aufmunternd. Sie streifte die Gummisandalen ab und kam auf kleinen, etwas unsauberen, aber schön geformten Füßen ein paar Schritte auf das Kissenlager zu, das die Männer sich zurechtgemacht hatten. Patrick war an den zarten Muff in Khadijas Salon schon gewöhnt, den Teppichstaub, die stets etwas klamme Wolle, die Füße ohne Schuhe – wobei es eher die Socken waren, die einen wahrnehmbaren Geruch verbreiteten, aber jetzt waren sie alle barfuß. Karim sprach beruhigend auf Rashida ein, sie blickte ihn mißtrauisch an, kniete sich dann aber hin und zog sich die geblümte Djellaba über den Kopf. Als ihr Gesicht unter dem Stoff verschwunden war, riß er die Augen weit auf und streckte die Zunge heraus – seine Miene wurde zu einer grotesken Maske des Triumphes und der Gefräßigkeit, niemals hatte Patrick ihn so erlebt. Rashida trug unter ihrer Verhüllung einen engen Ringelpullover und gleichfalls hautenge Trikothosen. Dann löste sie, immer noch mit leicht zusammengekniffenen Augen, auch den Schleier. Ein langsames Auspacken des mehrfach umwundenen Kopfes war das, ihre zusammengedrückten dicken Haare fielen auf die Schultern, sie lockerte sie, indem sie mit ihren Händchen hindurchfuhr. Patrick entdeckte eine andere Frau. Gewiß, die Unterlippe war ein wenig groß geraten, geradezu hängend, aber das Gesicht erschien ihm jetzt viel anziehender, wenn er von dem verschüchterten Ausdruck ihrer kleinen Augen absah.

«Ich habe ihr erklärt, daß sie vor uns beiden ruhig ohne Foulard dasitzen kann. Hier kann sie Vertrauen haben, wir beide sind gleich, wie Brüder. Was sie vor mir tut, kann sie ebensogut auch vor dir tun, da gibt es keinen Unterschied.» Hielt er für möglich, daß sie das überzeugte? Rashida sei ungewöhnlich beschränkt, fügte er hinzu. «Sieh mal, was jetzt geschieht!» Er reichte ihr sein Whiskyglas. Sie roch daran und stieß es von sich. «Zum Glück hat die dumme Gans nichts verschüttet!»

Dumme Gans, das mochte sein, aber ihr Eintreten verwandelte die Stimmung. Es hatte nach einem lässigen Ausklang des kleinen Bier-Exzesses im Hawra ausgesehen, aber von einem Ausklang lag nun nichts mehr in der Luft. Das Abstreifen der Djellaba, worin sie sehr geschickt gewesen war, mit einer einzigen Bewegung, kein Strampeln der Arme im dunklen Sack, hatte ihre Figur sichtbar werden lassen. Haftete ihrem Gesicht wegen der hängenden Unterlippe etwas Beleidigtes, auch Verdrossenes und dadurch Ältliches an, so vermittelte ihr Körper einen ganz anderen Eindruck. Seine Form war klar umrissen, es zerfloß nichts, und obwohl sie keineswegs mager war, saßen die Massen doch alle am richtigen Platz. Eine Stundenglasfigur hatte Rashida, um die Schultern herum schmal, die Brüste nicht auffällig groß, unter dem Ringelpullover standen sie rund und nett hervor, der Bauch schien weich, war nicht durch Fettringe verwischt, nein, es gab einen deutlichen Einschnitt, zwar keine Wespentaille, aber über dem breiten Becken wirkte das beinahe so.

Rashida setzte sich zwischen Karim und Patrick, den sie anzusehen vermied, auf ihr Hinterteil wie auf ein Kissen. Sie verschränkte ihre Beine, so daß ihr Schoß zugleich beschützt und offen war, und wandte sich Karim zu. Der tat einen Schluck aus seinem Whiskyglas und sah sie erwartungsvoll an, aber ihr fiel wohl nichts Rechtes ein, wohin würde dieses Schweigen führen? Unversehens legte Karim die große braune Hand mit den nikotingelben Fingernägeln auf ihren Oberschenkel; umfassen konnte er ihn nicht, aber sich in ihn hineingraben und ihn ein wenig pressen. Eine Weile ließ sie das geschehen, dann schob sie die Hand weg, worauf die sofort wieder da war – weggeschoben, zurückgekehrt und jedesmal ein wenig fester zugreifend. Die Hand lernte gleichsam, wie sie den Schenkel packen wollte, sie war an den ihr bestimmten Ort gelangt, von dem sie sich nicht würde vertreiben lassen. Und tatsächlich lag nicht viel Entschiedenheit in Rashidas Abwehrbewegungen, sie waren schlaff wie die Unterlippe und mehr dazu geeignet, Karim zu reizen, als ihn zurückzuweisen. Ein Spiel? Patrick versuchte, in Rashidas Gesicht zu lesen, das jeden Ausdruck verloren hatte, als kenne sie allzu gut, was sich da anbahnte, empfinde so etwas wie Überdruß, halte es aber auch nicht der Mühe wert, sich mit größerem Aufwand zu wehren. Mit Piepsstimme unterbrach sie Karims Aufforderungen. Patrick übersetzte sich diesen Singsang: «Komm schon» – «hör auf» – «komm schon» – «hör auf», dann beendete Karim den eintönigen Dialog.

«Ich erkläre ihr gerade, daß es nichts ausmacht, daß du dabei bist, sie soll das vergessen – ich sage ihr, daß es für sie das gleiche ist, wer von uns beiden ... Sie hat ein bißchen Angst vor dir, eine einfache arme Frau, kennt keine Ausländer, glaubt, du schlägst sie. Ich sage, nein, er ist wie ich – komm, faß sie auch an!»

Patrick war verlegen – ob er sich jetzt nicht lieber in sein Zimmer zurückziehen solle?

Er war schon dabei, sich aufzurappeln – unentschlossen allerdings, im Blut wirkte inzwischen nicht nur der marokkanische Whisky –, als Karim heftig widersprach: Komme gar nicht in Frage, daß er allein abziehe in das kalte Zimmer, «du bleibst hier!». Er herrschte ihn geradezu an, um alsbald arabisch in gleicher Schärfe fortzufahren. Patrick vermutete, daß er Rashida anklagte, mit ihrer Ziererei höchstes Mißfallen bei Monsieur Paris erregt zu haben, ob sie denn gar nicht wisse, wie man sich benehme? Karim war verändert, die Lässigkeit war von ihm abgefallen. «Je mange sa tête» – ein starker Ausdruck, aus dem Arabischen übernommen? –, als ob er wirklich seine Zähne in das Hirn Rashidas schlagen wolle. Machte seine Strafpredigt, dieser Appell an ihre guten Sitten auch innerhalb der Sittenlosigkeit, Eindruck auf sie?

Sie schien nachdenklich und wehrte sich nicht, als er den Ringelpullover hochschob, das Unterhemdchen darunter gleich mit, und den starren Büstenhalter aufhakte.

«Nimm auch eine in die Hand.»

Karim war der Regisseur, Monsieur Paris leistete Gehorsam. Die Brust lag kühl in seiner Hand, mit angenehmer Schwere. Es kitzelte in seinem Handteller, die Hand fühlte sich wohl dabei, die Brust zu halten; Hand und Brust hatten mit dem Mann und der Frau, zu denen sie gehörten, nichts zu tun; sie waren selbständige, voneinander angezogene Lebewesen, sie wollten gern zusammen sein. Zu diesem Eindruck trug Rashida bei, weil sie, ohne sichtbare Zeichen von Gefallen oder Mißfallen, den Kopf abgewandt hielt, als gehe sie nichts an, was unterhalb ihres Halses geschah. Patrick hatte die mit dem Fernsein von Pilar verbundene Entbehrung bisher kaum empfunden, die Sorgen, die Angst, das schlechte

Gewissen hatten sich dazwischengedrängt, diese Feinde der physischen Lust. Auch war die süße Gewohnheit, sich mit Pilar bei jeder Gelegenheit, täglich, wenn nichts dazwischenkam, in den Armen zu liegen, zu einer solchen Selbstverständlichkeit geworden, daß er sie fast vergessen hatte, wie man sich auch des Atmens und des Herzschlags nicht erinnert. Nun regte sich der Körper, in die Adern ergoß sich fühlbar eine Essenz, die eine wohltuende Spannung in ihm erzeugte – da gab es nichts zu denken, die Körper antworteten einander, sie brauchten für ihr Zusammenwirken keine Köpfe. Er ließ einfach alles geschehen, wie auch Rashida es tat, mit abgewandtem Kopf – haben die wollüstigen Träume nicht immer kopflose Akteure? Nur auf den Torso richtet sich die reine Lust.

Aber Karim war nicht so passiv gesinnt. Er sprach und handelte. In raunendem Tonfall und mit tieferer Stimme als sonst hörte er nicht auf, Rashida einzulullen; es klang wie bei einem Radiosprecher, der einen endlosen Text verliest, als könne Rashida sofort aus dem Bann ausbrechen, wenn einmal Stille eintrete. Sie leistete keinen Widerstand und half sogar, als Karim an ihrer engen Hose zu zerren begann, beim Auspacken des Unterkörpers. Eine Woge ihres Geruchs umgab sie, als die Unterhose abgestreift war. Ihr voller Schenkel leuchtete weiß, Karims braune Hand lag darauf und massierte ihn; es war wie auf pompejanischen Wandbildern, die Frauen immer weißhäutig und Männer immer braunhäutig zeigen, als ob die Geschlechter verschiedenen Völkern angehörten. Auf seinen Druck hin spreizte sie die Schenkel, langsam, wie eine Betäubte. Karim schaute mit abwesendem Blick auf ihr Zentrum, das sie vor einer Weile schon rasiert hatte, es waren bereits wieder Härchen nachgewachsen. Er öffnete mit den Fingern ihre Schamlippen und berührte das rosige Meerestier, das sich dahinter verbarg.

«Wie klein, Monsieur Paris, klein wie bei einem Kind.»

Patrick sah Karim in diesen Anblick versunken; die sanfte, tiefe Radiostimme verlor nichts von ihrer Ruhe, aber es war die Ruhe des ans Ziel Gelangten, der findet, was er erhofft hat und was oft nicht leicht zu erlangen war. Er befand sich in einer Art Rausch der Objektivität. Mit den Fingern weiter in Rashidas Schoß, wandte er sich Patrick zu und sagte in verzauberter Nachdenklichkeit:

«Wenn Gott uns dreien jetzt zusieht, dann legt er uns später auf den Rost wie die Sardinen und brät uns auf dem Feuer ...»

Diese Aussicht stand ihm klar vor Augen, aber sie änderte nichts. Das alles war jeder Art von Freiwilligkeit längst entzogen, das Begonnene mußte seinen Lauf nehmen, selbst wenn es irgendwann auf den feurigen Rost zuführte, eine Fahrt in rasendem Gefährt ohne Chauffeur, man wußte nicht einmal, wann man es bestiegen hatte. Kein Zweifel, daß es Karim mit der Erwartung der ewigen Strafe ernst war, ebenso, daß er nichts tun würde, um sie abzuwenden. Er stürzte ein halbvolles Whiskyglas hinunter und griff Rashida um die Taille. Sie ließ ihn gewähren, aber er brauchte dennoch Kraft, um sie auf den Teppich zu ziehen und auf die Seite zu drehen. Jetzt wurde ihr Hinterteil sichtbar, weiß wie ein vom Himmel gefallener Mond, der erst von nahem das tiefe Tal offenbarte, das ihn durchzog, an manchen Stellen vom Sitzen auf dem kratzigen Teppich leicht gerötet.

«Sie ist Jungfrau, vorn nicht *cassée*.»

Seine Rede bekam etwas Beschwörendes. Was war das, was ein solches Bild immer wieder völlig neu erscheinen ließ, auch wenn man es schon hundertmal so oder ähnlich gesehen hatte, immer noch eine Spur ergreifender, als man es sich in einsamen Träumen ausmalte, mit nichts Vorhergehendem vergleichbar? Alle Erinnerung löschte es aus, eine Gegenwart diktierte, die jede Erfahrung verblassen ließ: Dieser schwere, weich-feste Körper, weiß, in der eigenen Wärme simmernd, erschöpft, nicht ganz jung, von vielen Händen schon betastet, jetzt unverschämt entblößt; Patrick drängte es dazu, diese Haut auf der seinen zu spüren. Er zerrte sein T-Shirt über den Kopf und zog sie an sich, wälzte sie auf sich, ließ sich unter ihr begraben, ihre Brust an die seine gepresst, eine süße Last. Sie aber hielt den Kopf weiter weggedreht, sie weigerte sich, ihn anzusehen, während Karim noch immer leise auf sie einredete. Was sagte er nur alles? Sie wehrte sich nicht, aber sie stimmte auch nicht zu; sie ließ es geschehen, aber sie blieb unbeteiligt – wirklich? Das konnte doch gar nicht sein, jedes Stück ihrer Haut sprach zu der seinen. Er umarmte sie, sie machte schwache Bewegungen, als wolle sie sich ihm entwinden, doch er hielt sie fest. Karim näherte sich ihr von hinten; Patrick sah ihn nicht, er fühlte den Körper nur schwerer werden. Rashida war wie für ihn geschaffen, die gepolsterte Hohlform, in die er sich hineinschmiegte.

Da wurde ihre Gegenwehr stärker. Sie spannte die Muskeln ihrer Arme an, Patrick spürte das unter der üppigen Fülle, er genoß dieses Gefühl; es kam zu einem Kräftemessen. Sie wand sich, er umklammerte sie, sie zappelte und stemmte sich gegen ihn, er fühlte sich herausgefordert – wer war der Stärkere? Köstlich war diese Rangelei; er verstand lange nicht, daß es Rashida ernst war, und auch dann noch lockerte er seine Umarmung nicht – was waren das für Launen, nachdem sie so weit gegangen war? Eine Freude an der physischen Überlegenheit erwachte in ihm, seine Umklammerung wurde eisern. Rashida wand sich, es war nun keine Frage mehr, daß sie aus diesem Eingeklemmtsein zwischen den beiden Männern herauswollte; es hatte wohl mit Karim zu tun, er machte etwas, was sie nicht wollte, und mit einem Mal hatte sie mit plötzlicher Kraftanstrengung und schneller Drehung den Ring gesprengt und Karim abgeworfen. Der hockte verdutzt auf dem Boden, nackt, der knabenhafte Oberkörper ganz haarlos, dafür die Beine in schwarzen Fellstrümpfen steckend, seine Augen glasig, sein Mund halb offen – Rashida aber war auf ihre Beine gelangt, hatte mit einem Ruck ihre Djellaba, die unter Patrick zu liegen gekommen war, an sich gerissen und war in sie hineingeglitten, nackt, wie sie war, und zugleich begann eine Flut von Drohungen auf die Männer herniederzugehen. Sie stand da, in äußerster Empörung.

Ihr Gesicht hatte das Stumpfe, das Ängstliche, das Schlaffe gänzlich verloren. Ihr Zorn war kraftvoll, ihre Augen blieben trocken, sie flammten vor Entrüstung. Von dem, was sie mit erhobener, keineswegs mehr piepsiger Stimme ausrief, verstand Patrick kein Wort, es war an Karim gerichtet, der sie benommen ansah und wohl ebensowenig mitbekam, was sich da explosiv vor ihm ereignete. Was immer sie ihm vorwarf, es erreichte ihn nicht mehr. Eben noch war er Täter gewesen, jetzt weit von jeder Fähigkeit zur Tat entfernt. Neben ihm rollte die leere Whiskyflasche – ausgelaufen, weil Rashida sie umgeworfen hatte, oder von Karim davor schon ausgetrunken? Rashida, die Verwandelte. Sie bewegte sich, unablässig scheltend, rückwärts zur Tür. Als sie sich vorbeugte, um ihre Kleider aufzuheben, die wie Lappen in ihrer Hand hingen, wandte sie die Augen von den Männern nicht ab, als könnten die beiden aufspringen und sich auf sie stürzen. Sie wirkte jetzt größer. Als sie sich nach dem Ringelpullover bückte, sah es aus, als mache sie sich zu einem eigenen Angriff bereit. Ein einziges Wort meinte Patrick zu verstehen, weil es immer wieder auftauchte: «Polis» war wie ein Refrain, «Polis» gab der Flut ihrer Rede die Struktur. Als sie mit dem Rücken gegen die Tür stieß, wagte sie, sich umzudrehen, weil sie die Klinke nicht gleich zu fassen bekam. Es war, als habe sie für möglich gehalten, eingeschlossen zu sein, so heftig rüttelte sie daran, daß die losen Türflügel klapperten. Mit einem Satz war sie draußen auf der Galerie; der Regen war nun stärker zu hören. Ein kühler, feuchter Hauch drang in den Saal.

Sie war verschwunden.

Stille. Die Stille wurde von dem Rauschen und Plätschern noch verstärkt – war das nicht auch das Meer, ein Sturm, der über den Wellen heulte? Patrick wandte sich Karim zu. Der lag auf dem Bauch, die Arme weit von sich gestreckt, in regloser Ohnmacht. Auch ein Pistolenschuß hätte ihn nicht aufgeweckt.

4

Szenenwechsel auf offener Bühne – Khadijas Salon umgab Patrick wie zuvor, dasselbe Licht beschien ihn, vor ihm lag Karim wie ein im Kampf gefallener Krieger, unbewegt und durch nichts zu bewegen, die leere Whiskyflasche neben sich, die geöffnete Rotweinflasche halbleer zwischen den Brokatkissen. Und doch war die Welt mit einem Schlag, genauer: mit einem Wort, eine andere geworden. Wer sich in der Einschätzung seiner Umstände sicher glaubt, muß oft erfahren, wie wenig vonnöten ist, um alles umzuwerfen, was er für wahrscheinlich oder möglich hielt. Eben noch wartete er auf die Antwort des mächtigen, ihm verpflichteten Monsieur Pereira, und er durfte sie erwarten – nur noch eine kleine heilsame Übung in orientalischer Geduld, die Verbindung war hergestellt, bald würde sie Früchte tragen –, und jetzt, nach Rashidas Aufbruch, ihrer Flucht in äußerster Wut, war auf unvorhersehbare Weise alles verloren, worauf er seine Hoffnung gesetzt hatte.

«Polizei!» Der Ruf hallte noch in seinen Ohren.

Kaum daß Rashida verschwunden war, er blickte ihr noch verstört hinterher, da wurde er auch schon von einer Panik ergriffen, die das, was nun geschehen mochte, mit einem Mal vor sein inneres Auge stellte und gebieterisch forderte:

wegzulaufen, augenblicklich Mogador hinter sich zu lassen und sich in Sicherheit zu bringen. Es war ja zwangsläufig, was jetzt bevorstand. Der deutsche Vergewaltiger – seine Ergreifung war nahe. Mit fliegenden Händen zog er sich in seinem Zimmer den Anzug an, in dessen Innentasche immer noch ein genügend dickes Scheinbündel einen vorläufigen Schutz versprach. Die Angst füllte seinen ganzen Körper aus. Jede Faser war voll Angst, was ihn so nüchtern machte, als hätte er nicht stundenlang schlechten Schnaps in sich hineingegossen – betrunken sein war ein Zustand der Seele, der von ihr auch wieder beendet werden konnte.

Als er an der geöffneten Tür zu Khadijas Salon vorbeieilen wollte, hielt ihn Karims Anblick noch einmal fest; er tat einen schnellen Schritt ins Zimmer, nahm eine Decke und breitete sie über den schutzlosen Körper. Er löschte das Licht, als sei auch damit eine Spur verwischt, nahm dann ein paar große Scheine und steckte sie in die Brusttasche der Kunstlederjacke, die dort herumlag, neben das Telephon, Karims täglichen, ja minütlichen Begleiter. Nach keinem Gegenstand würde er früher greifen, wenn er aus seiner Ohnmacht erwachte. War das eine Opfergabe an günstig zu stimmende Götter? In dieser Phase geschah nichts mit Nachdenken, sie war gänzlich von Bewegung bestimmt. Da war es wieder, das Beherrschtsein vom Instinkt, wie zuletzt in Düsseldorf im Kommissariat, dieser schreckenerfüllte Zustand, den er vergessen hatte und der jetzt, frisch und überwältigend, zurückgekehrt war.

Die Hälfte des Hofes lag im Licht des abnehmenden Mondes, die andere im Schatten, die Treppe war dunkel wie ein unterirdischer Schacht, er rutschte sie halb hinunter, obwohl er die fehlenden Stufen inzwischen kannte. Die Straße vor dem Haus war ausgestorben. Die Stadt bot einen völlig anderen Anblick als am Tag, denn die Ladenreihen des

Souks waren verrammelt, die Architektur ihrer Laubengänge zeigte sich unverstellt durch die Warenfülle, die sie tagsüber verdeckte. Die Neonlampen tauchten die kahle Häuserflucht, die auf das Tor Marrakesch zuführte, in unwirkliche Kälte. Patrick eilte durch eine Kulissenstadt; kein Mensch war zu sehen, und doch hielt er sich im Schatten, für den Fall, daß sich eine Polizeistreife näherte. Die drei Männer, die da in einer Toreinfahrt standen und leise miteinander sprachen – waren das Bettler? Nächtliche Trinker? Die allgegenwärtigen, in Zivil gekleideten Polizisten? Sie folgten ihm mit Blicken, aber rührten sich nicht.

Er lief mit Riesenschritten auf das Stadttor zu, er zwang sich, nicht zu rennen, obwohl der Körper das wollte, noch war es vor allem der Körper, der ihm Befehle gab. Es war kalt und naß. Auf der Straße standen Pfützen. Mehrmals trat er in knöcheltiefes Wasser, er bemerkte das kaum. Am Busbahnhof, der in der Richtung des alten Christenfriedhofs lag, wartete eine Geduldsprobe auf ihn – der nächste Bus fuhr erst in gut einer Stunde ab, nach Marrakesch. Patrick hatte sich vorgenommen, in jeden erdenklichen Bus in welche Richtung auch immer einzusteigen, nur weg von hier, nur unauffindbar sein. Marrakesch mit großem Flughafen war nicht schlecht und viel näher als Casablanca – wenn nur die Polizei nicht auf den Gedanken kam, den Busbahnhof abzusuchen.

Er drückte sich an die Bretterwand einer Baracke, beobachtete eine kleine Schar von Reisenden, stoisch in der klammen Nacht wartend, Sack und Pack vor sich, großes Gepäck, wie es nur die Armen mit sich herumschleppen. Er behielt den Zugang zum Busparkplatz, der von einer überhellen im Wind schwankenden Lampe erleuchtet war, gespannt im Auge. Im weißen Lichtkegel sah man den Regen fallen. Wann würde das Polizeiauto vorfahren?

Als er im Bus saß und der Bus nach unbegreiflicher Verzögerung – immer mußte da noch etwas eingeladen werden – endlich abfuhr, ohne daß vorher eine Streife durch den Wagen gegangen war, die jedem der müden Passagiere ins Gesicht gesehen hätte, war das mit einer schier unendlichen Erleichterung verbunden. Wie wenig einem Gesicht mitunter abzulesen ist, was in dem Menschen vorgeht! Sein Nachbar, ein freundlicher alter Mann mit spitzer Djellaba-Kapuze, der ein kleines Gespräch begann – bei den wenigen französischen Brocken, die ihm zur Verfügung standen, versiegte es allerdings gleich wieder –, hätte nicht ahnen können, was das bloße Geräusch des Anfahrens in seinem Nebenmann auslöste.

Dafür meldete sich in der Ruhe der Busfahrt wieder der Kopf. Vergewaltigung, ein düsteres, bedrückendes Wort, neuerdings von größter öffentlicher Erregung begleitet. Jede Art von Ausschweifung wurde konzediert, nur zwei Verbrechen waren übriggeblieben von der einst langen Liste der Verbote: die lüsterne Annäherung an Kinder und die Gewalt gegen Frauen, und da wurden die Maßstäbe beständig verfeinert, schon die Belästigung geriet in die Nähe der Gewaltsamkeit, selbst in der Ehe wollte man sie entdecken und bestrafen. In Ländern wie Marokko war man darüber hinaus empfindlicher geworden gegenüber Ausländern, die das Land besuchten, um sich dort auszutoben. Die Prinzipien der Religion hatten in der Öffentlichkeit wieder an Gewicht gewonnen; die Regierung war beflissen, das Volk nicht zu reizen. Patrick hatte von einem Europäer gelesen, der marokkanische Kinder mißbraucht hatte und dessen Begnadigung so übel aufgenommen worden war, daß der Monarch sich gezwungen sah, sie zurückzunehmen.

War er etwa mit diesem Kerl vergleichbar? Er suchte fieberhaft in seiner Erinnerung: Gab es denn nichts, was ihn entlastete? Rashida war doch zu allem bereit gewesen, was sich aus dem Zusammenhocken entwickelt hatte? Man war einfach in einem natürlichen Magnetismus zusammengeschmolzen – sie vielleicht nicht besonders enthusiastisch bei der Sache, aber zunächst doch keineswegs abweisend? Karim war zielbewußter gewesen. Er hatte früher als er begriffen, was möglich wäre, und war schon in einem Zustand, der Bedenken nicht mehr gestattete. Was sich ergeben hatte, das war ein Ereignis, keine Tat. Drei Menschen waren durcheinandergewirbelt worden, weggetragen von einem Sturm. So war das doch gewesen, oder nicht?

Nein. Auf einmal war in Rashida der Widerstand erwacht – weil Karim sich ihrem Schatz, ihrem verborgenen Kapital, genähert hatte, vielleicht gar dabei war einzudringen? Er hatte das falsch gedeutet, hatte ihren Widerstand zunächst nur als die Fortsetzung lustvoller Rangelei empfunden, und dann war in ihm etwas aufgebrochen, was er noch nicht an sich gekannt hatte: die Lust an der Gewalt – ja, er hatte sie festgehalten und umklammert, ihren Willen physisch zu brechen gesucht; so war das. Es half nichts, sich das nicht einzugestehen. Vielleicht hatte sie gar blaue Flecken auf der weißen Haut davongetragen. Wenn sie den Abend so darstellen sollte – er würde ihr, jedenfalls im geheimen, nicht widersprechen können.

Der amerikanische Senator fiel ihm wieder ein, dem es gelungen war, in einer unkontrollierten halben Stunde sein Leben und alle berechtigten Aussichten auf höchste Ehren restlos zu vernichten. Wie erhaben hatte er sich gegenüber diesem Mann gefühlt, von der sicheren Position eines Menschen aus, der zu «so etwas», zu Unbeherrschtheit und Gewaltanwendung, niemals imstande wäre, der die Kontrolle der Vernunft niemals aufgab, stets das große Ganze im Auge hatte und sich um der eigentlichen Ziele willen immer im Griff behielt. Wenn er nun, am Flughafen, der marokkanischen Polizei in die Hände lief, weil er im Land zur Fahndung ausgeschrieben war, dann käme zu dem, was er sich bereits geleistet hatte, noch ein Höchstmaß an Schande hinzu.

Es war immer noch dunkel, aber je weiter man sich von der Küste entfernte, desto schneller ließ die Kälte nach. Mogador hatte ein Klima für sich; im Innern des Landes herrschten andere Temperaturen. Auf der Hinfahrt am Wasser entlang war Patrick damit beschäftigt gewesen, dem Frieren standzuhalten, und das hatte ihn von Grübeleien wohltuend abgelenkt. Jetzt aber hinderte ihn nichts daran, die Konsequenzen dieses Abends zu durchdenken.

Für Monsieur Pereira war er zu einem Unberührbaren geworden – wahrlich nicht aus moralischer Entrüstung, sondern in der kalten Erkenntnis, daß der junge Mann, der sich in der Bank ein derart starkes Stück geleistet hatte, nun auch noch mit den armseligsten Huren herumzog – einfach unprofessionell, das war in seiner Welt das schärfste Verdikt. Unauffälligkeit, Geräuschlosigkeit, die Tarnkappe der Abstraktion, darauf legte Monsieur Pereira bei all seiner Prachtliebe den höchsten Wert. Seine pompöse Fassade spiegelte den Leuten ein Leben des Genießens vor, aber dahinter wurde das weltumspannende, wenn auch den Blicken entzogene Werk vollbracht. Unvorstellbar, daß er sich mit einem diebischen Sittenstrolch abgab, der überdies lebensgefährlich unerfahren war. Was er selbst schon für greifbar nah gehalten hatte – die Erfüllung von Monsieur Pereiras Versprechen, dieses königlichen Ehrenworts, die Verpflanzung in exotische, alles Geschehene glanzvoll überdeckende Verhältnisse, weniger denn je schwebte ihm Konkretes vor –, war nach einer betrunkenen halben Stunde und ihren Entgleisungen vertan.

Sein Blick auf die Vergangenheit veränderte sich; ihm war, als sei das wirklich Schlimme erst jetzt eingetreten. Das nächtliche Gespräch mit Doktor Filter wurde immer unwirklicher für ihn. Könnte er denn überhaupt beziffern, wieviel da inzwischen über Filters obskure Gesellschaften zu ihm gelangt sei? Der war ein asketischer Spieler gewesen, dem es um die Methode ging und nicht um den Gewinn. Er rechnete bei diesem ungetreuen Verwalter mit strengen Ehrauffassungen, aber wohin hatte er den Anteil seines Komplizen verschoben? Es hätte Filter nicht entsprochen, ein solches Dickicht zu erfinden, um dann doch wieder im Durchsichtigen und Nachweisbaren zu landen.

Er richtete sich in seinem Sitz auf. Ein ganz unerwarteter Gedanke war ihm gekommen. Was, wenn er umsonst davongelaufen wäre? Von Schuldbewußtsein überwältigt, obwohl eine so übermäßig erdrückende Schuld gar nicht vorlag? Es gab junge Männer in ähnlicher Stellung wie er, die mit ihren Internet-Manipulationen Hunderte von Millionen beiseite schafften; flogen sie auf, dann wurden diese meist angenehm aussehenden urbanen Herrschaften eine Weile durch die Medien gezerrt, verbrachten eine überschaubare Zeit in Haft und kehrten daraufhin in die Welt zurück, wo sie keineswegs überall auf Ablehnung stießen, mancherorts sogar gesucht waren. Wie verhielt es sich noch mit den Dieben in Dantes Inferno, seiner Lektüre während langer Studentenjahre, als er die *Divina Commedia* auf das Weiterleben antiker Topoi hin durchkämmt hatte? Im achten Höllenkreis waren sie gefangen, in einer scheußlichen Schlangengrube; die Schlangen würgten sie, fesselten sie, durchbohrten sie – peinigende Bilder. War das Stehlen wirklich so schlimm? In seinen Studententagen gehörte das Bücherklauen beinahe zum guten Ton. Lebten wir nicht in viel flüchtigeren Zeiten als die Völker in Dantes Mittelalter, die sich hinter Burg- und Stadtmauern verschanzten und ihrem Erdboden lebenslang verhaftet waren? Eigentum floß inzwischen hin und her, wurde durch politische Finanzmanipulationen unerhört aufgeblasen oder zunichte gemacht – wer durfte sich, nach den Umstürzen des letzten Jahrhunderts, im sicheren Besitz vermeintlicher Ansprüche sorglos ausruhen? Seine Eltern hatten trotz der dramatischen Geldentwertungen in Deutschland noch die alten Anschauungen gepflegt – wie dankbar mußte er sein, daß sie kurz hintereinander gestorben waren.

Ihnen jetzt gegenüberzutreten zu müssen war eine derart unerträgliche Vorstellung, daß er sie hastig beiseite schob. Man sprach viel von den Leiden der Kinder unter ihren Eltern, aber was war das gegen die Enttäuschung, die Kinder dem Vater bereiten konnten, gegen das Eingeständnis, einen unwürdigen Sohn zu haben? Eltern vermochten ihren Kindern die Vergangenheit zu rauben, Kinder raubten den Eltern die Zukunft. Ein hoffnungsloses Unterfangen wäre es gewesen, den Eltern seine eben erworbene Sicht der Dinge nahezubringen. Dante hatte das Wesentliche der Dieberei besser erfaßt, als es der Vater mit seinen bürgerlichen Ehrbegriffen vermochte. Ihre Strafe bestand eben weniger in den Schlangenbissen als in der unheimlichen Verwandlung, der die Diebe unterworfen wurden: Im Zugriff der Schlangen wurden sie zu Staub und Asche, sie zerfielen und setzten sich dann aus der Asche wieder neu zusammen. Nichts war der Persönlichkeit Filters, des grauen Mannes, angemessener, bestand er doch schon in durchblutetem Zustand aus Asche, hatte ein Aschentemperament, was er berührte, wurde Asche, und Asche waren die Kunstnamen, die er seinem listenreichen Gebäude aufgeklebt hatte: die *Alcam*, die *Vortex*, die *Interflam*, die *Mare Holding*, die *Eclipse Limited*, Scheinnamen, die eine

Bedeutung nur vorspiegelten, in Wahrheit aber nichtig, luftig waren. Hinter diesen Asche- und Staubnamen zerfiel die Wirklichkeit. Eine Befreiung war das, sich die Namenskette im Bus aufzusagen wie einen Zauberspruch ohne ernste Folgen.

Welch eine Einsicht: Etwas Böses erhielt durch das Hinzutreten eines noch viel Böseren einen anderen Platz. Er fühlte sich auf einmal allen Fatalitäten eines Betrugs- oder Veruntreuungsprozesses gewachsen, und sollte er dabei erhebliche Blessuren davontragen. Alles besser, als hier verhaftet zu werden. Das deutsche Gericht erschien ihm wie eine Zuflucht. Was ihn in Deutschland erwartete, wenn ihm doch nur die Gnade der Heimkehr gewährt würde, war vor allem Sicherheit; die Peinlichkeit der Bestrafung war in den großen Rahmen einer Sicherheit zu setzen, der sie erträglich machte.

Schließlich nickte er ein, obwohl es draußen hell wurde, der Bus fuhr der aufgehenden Sonne entgegen. Er war jetzt vierundzwanzig Stunden lang auf den Beinen, mit einer beträchtlichen Ladung Alkohol im Blut, da unterbrach der Körper den Kreislauf seiner Gedanken. Er sank zur Seite, die Sitze waren schmal. Der menschenfreundliche Alte mit der Kapuze, an dessen Schulter sein Kopf lag, weckte ihn nicht. Im Traum sah er sich im offenen Cabriolet eine enge Landstraße dahinbrausen, Pilar an seiner Seite, sie schlief mit wehendem Haar, die riskante Fahrt konnte ihr Vertrauen nicht erschüttern, sie lehnte sich an ihn, er schaltete behutsam, um ihren Schlaf nicht zu stören, war ein Ritter, der eine Jungfrau befreit hat und jetzt mit ihr auf der Flucht ist – sie lächelte im Schlaf, während er die scharfen Kurven nahm. Es war eine Fahrt, bei der allein schon durch Dahinrasen das Ziel erreicht war.

Auf dem Flughafen in Marrakesch schlug sein Herz schon

wieder schneller. Alles war bis dahin unbegreiflich glattgegangen. Ja, es gab gegen Mittag einen Flug nach Deutschland, nein, der war keineswegs ausgebucht, und die sorgfältige Überprüfung seines Reisepasses ergab keine beunruhigenden Erkenntnisse. War Rashida erst am Morgen zur Polizei gegangen, dann hatte er immer noch einen kleinen Vorsprung. Welch ein Glück, daß sein Name nicht bekannt war in Mogador – außer Monsieur Pereira wußte niemand, wo in Marokko er untergetaucht war. Aber ein entsprechendes Signalement könnte ohne Zweifel bald auf allen Flughäfen die Runde machen. Als er bei den Sicherheitskontrollen seinen Gürtel ablegte und die anderen Reisenden sich ebenfalls auf ihre Leibesmitte hinabbeugen sah, das war beinahe wie eine öffentliche Entblößung, dachte er daran, daß er auch in Düsseldorf wahrscheinlich demnächst seinen Gürtel werde abgeben müssen, damit ihm ein Entkommen à la Doktor Filter versperrt war. Aber dieser Gedanke hatte geradezu etwas Tröstliches. Gar zu gern würde er alles, was man von ihm begehrte, schon bald in die Hände deutscher Beamter legen.

Seine Jacke sah er zum Durchleuchten in den dunklen Kasten fahren, sie verschwand in dem schwarzen Loch, beim Eintritt in die Finsternis von Gummistreifen gestreichelt, und nun stockte das Band, die Jacke kam am Ausgang nicht hervor. Was war das? Öffnete sich dort drinnen der Zugang zu einem geheimen Büro, saßen dort Agenten, die seine Jacke besonders gründlich untersuchten und sie gleich einbehielten? Da kam sie schon gemächlich angefahren, so, wie er sie in den Plastikkasten gelegt hatte.

Als im Wartesaal die Tafel eine Verspätung anzeigte, war es mit seiner gespannten Selbstbeherrschung vorbei. Der Schweiß brach ihm aus; er meinte, aufspringen und davonlaufen zu müssen, irgendwohin. Vielleicht war es doch besser, sich nach Tanger durchzuschlagen, um ein Boot nach Spanien zu suchen? Aber bis er Tanger erreicht hätte, wäre das Land für ihn zum Gefängnis geworden. Die Schande – das Wort verließ ihn nicht. Zum Ertrag dieser Erfahrung gehörte die Einsicht, daß der bürgerliche Tod ebenso viele Stufen kennt wie Dantes Hölle.

Auch diese Folter ging vorüber. Im Flughafenbus saß er einem deutschen Ehepaar gegenüber, rüstigen Rentnern, braungebrannt, im Alter hatten sich die groben, schwartigen Gesichter einem Einheitsgeschlecht angenähert. Beide trugen Jeansanzüge, beide kauten hingebungsvoll Kaugummi, bei der Frau mit einer die großen Ohren frei lassenden Duschfrisur ringelte sich ein Goldkettchen zwischen den roten Wülsten des Halses: in ihren Rechten und Ansprüchen ruhende Menschen, fortschrittlich, sexuell befreit, im Bewußtsein ihrer zivilisatorischen Überlegenheit – Deutschland. Es war schon im Bus anwesend, deutsche Kiefer walkten das Gummi und schoben es in den gegerbten Backen hin und her. In dieser mächtigen Gegenwart war das Land, in das er geflohen war, schon halb versunken.

Es dauerte aber immer noch eine quälende halbe Stunde, bevor das Flugzeug abhob. Ihm wurde leicht ums Herz, er hätte, so war ihm, jetzt auch ohne Maschine, allein mit den ausgebreiteten Armen, fliegen können. Wie ausgewechselt blätterte er in der Zeitung, die ihm die Stewardess mit einer Freundlichkeit reichte, die nicht danach fragte, wer da bedient wurde; auch der zukünftige Untersuchungsgefangene durfte sie einfordern. Sieh da, die Affaire Warren Carlock näherte sich ihrem Höhepunkt. Der Pechvogel kämpfte um seine Freiheit, anders als er konnte der das Land nicht hinter sich lassen, weil es sein Heimatland war. Für einen bekannten Politiker gab es keine Zuflucht mehr auf Erden. Sein ganzes

Leben wurde vor dem sensationsdurstigen Publikum ausgebreitet: Wie immer die Sache für ihn ausging, Vizepräsident würde er nicht mehr werden. Patrick las voll Mitgefühl, in das aber bereits eine winzige Spur Herablassung gemischt war – manche Leute hatten eben kein Glück. Ein Photo zeigte das Zimmermädchen, prall und rund, mit gestärktem Schürzchen und Häubchen, dem Geschmack altmodischer Pornofilme entsprechend. Keine Schönheit, aber mit großen dunklen Augen und vermutlich samtiger Haut. Arme Rashida, der Vergleich mit Miss Lopez aus Carolina, viele tausend Kilometer von Marokko entfernt, fiel zu ihren Ungunsten aus. Oder war er ungerecht? Konnte er sich überhaupt noch richtig an ihr Gesicht erinnern? Hätte er sich besser an sie erinnert, wenn er gewußt hätte, was er ihr verdankte?

Der Chip mußte wieder an seinen Platz im Telephon. Das duldete keinen Aufschub, und wenn das Telephonieren noch so strikt verboten war. Und falls es Ärger geben sollte, würde er in dem, was ihn zu Hause erwartete, restlos aufgehen. Er schloß sich im Waschraum ein und drückte Pilars Nummer; noch gestern hätte er sofort ihre lebendige Stimme gehört, aber jetzt hatte sie aufgegeben und ließ das Telephon liegen, statt dessen sprach er eine Nachricht auf, mit vor Beklommenheit belegter Stimme: «Ich komme zurück.» Dann rief er gleich noch einmal an, lauschte der Tonbandstimme auf der Mailbox und nannte die Ankunftszeit, die er beim ersten Mal vergessen hatte, als müsse sie das immer noch und trotz allem interessieren.

Soviel zum Ende der Reise des Patrick Elff. Man könnte von einem Kreislauf sprechen, als sei er, wie bei einem Würfelspiel, nach Überwindung der verschiedensten Stationen wieder an seinem Ausgangspunkt angelangt. Nun ist das Leben kein Würfelspiel, und der Ausgangspunkt ist allein durch das

Verstreichen der Zeit, und seien es nur zwei Wochen, nicht mehr der, den man verlassen hat. Seine Lebensschraube hatte sich gedreht; als ihr Kreis vollendet war, befand er sich auf einer anderen Ebene. Wie das, was ihm dort bevorstand, aussah, das konnte er sich nicht vorstellen, als er, im Korridor stehend, auf das Aussteigen wartete. Um so größer die Überraschung, die seine kühnsten Hoffnungen übertraf. Das war doch gar nicht möglich – das war doch ausgeschlossen – aber es war dennoch wahr: Kaum betrat er festen Boden, noch lange vor der Paßkontrolle, stand da Pilar, von den durchwachten Nächten gezeichnet, ungeschminkt, blaß, mit geröteten Augen. Aber auch der unrasierte und ungewaschene Reisende war nicht präsentabel. Sie standen sich eine Weile stumm gegenüber. In Pilars Augen waren Tränen, nicht rein physiologischer Natur, aber sie lächelte; dann brach sie das Schweigen.

«Es war etwas uncool, daß du dich so lange nicht gemeldet hast.»

An dem drolligen Wort erkannte er, daß es so schlimm nicht werden würde. Nun wurde auch klar, warum sie die Kontrollen überwunden hatte: Sie war nicht allein gekommen. In diskretem Abstand wartete der Kommissar mit verschlossener, aber nicht unfreundlicher Miene.

Er bedaure, die Wiedervereinigung des Paars noch aufhalten zu müssen. Es gelte dringend, die bereits begonnene Unterredung fortzusetzen. «Ich würde gern mehr über Ihre Geschäftsreise erfahren, die Sie, wie zu hören war, nicht im Auftrag der Bank unternommen haben.»

Pilar trat an ihn heran, legte ihm die Arme um den Hals und ging mit ihrem Mund nah an sein Ohr, zu einem Flüstern, das ihn kitzelte. «Wenn wir alles hinter uns haben, gehen wir nach Argentinien.»

5

Die Reise hatte Khadija erschöpft, sie hatte sich und den Kindern ein Höchstmaß an Anstrengung zugemutet. Zwölf Stunden Busfahrt von Mogador nach Fez und sofort nach der Ankunft der Besuch bei dem wundertätigen Imam, der sich besonders mit der Heilung von Geisteskranken hervorgetan hatte und bei dem es stundenlang zu hocken und zu warten galt. Salma wurde quenglig und zappelig, aber der Junge war zum Glück mit seinen Selbstfesselungen beschäftigt und zog die Aufmerksamkeit, auch Bewunderung der mitwartenden Frauen auf sich. Khadija konnte der Versuchung nicht widerstehen, ihn ein wenig vorzuführen: Gewiß, er war verrückt, aber sein Binden und Lösen war dennoch stupend – von ihr düster und zugleich zustimmend beobachtet, verkürzte er sich die Zeit mit immer komplizierteren Verschlingungen und stets darauf folgender, verblüffend müheloser Befreiung. Die Bänder, die seine Handgelenke wie die eines gefangenen Verbrechers umschnürten, so daß sich das Blut staute und die Adern bläulich hervortraten, fielen ab, als habe ein Hexenmeister darauf geblasen. Bei alldem lag sein Kopf im Nacken, die Augen suchten, in fragendem Erstaunen, die Zimmerdecke ab, und vor dem halbgeöffneten Mund bildete sich eine schillernde Speichelblase.

Khadija erwartete von dem Wundermann übrigens weniger eine Heilung ihres Sohnes als die Bestätigung, daß er mit seiner Fesselkunst wie die Vögel mit dem Fliegen und Eierlegen die seiner Persönlichkeit gemäße Daseinsform gefunden habe. Hätte sie nicht selbst zu diesem Schluß kommen können? Einzig in seiner Angelegenheit wollte sie eine weitere Autorität hören. Der Imam war ein rüstiger Greis mit hartem, wie ein Körperteil vom Gesicht abstehendem schwarzen Bart, der vermutlich gefärbt war, es blitzte silbrig am Haaransatz. Nachdem Khadija ihm den Fall dargelegt hatte, faßte er den Sohn ins Auge und stimmte seinen langen eintönigen Gebetsgesang an – Khadija kannte jedes der Worte, die ihm wie Quellwasser über die Lippen rannen, da begann der Junge plötzlich zu blöken und seinen Kopf hin und her zu werfen, als quäle ihn ein Krampf, die aneinandergebundenen Hände ballten sich zu Fäusten. Der Imam traf offenbar etwas in ihm, so unruhig war der Junge selten. Dabei zeigte sich auch seine Körperkraft, denn obwohl er immer nur herumsaß, war er jetzt von Khadija kaum zu halten.

Weihrauchduft erfüllte das Zimmer mit feiner Bitterkeit. Man war hier so weit gekommen, wie es eben möglich war. Sie wäre die letzte gewesen, die die Anstrengung der Reise gereut hätte, Pilgerfahrten mußten physisch fordernd sein; zu solch einem Mann war keine Reise zu weit.

Der Imam zu Hause war inzwischen so schwach, daß sie, die allein ihn verstand, sich fragte, ob er sie verstehe. Längst ersetzte sie vieles, was er schuldig blieb, keiner sollte den zirpenden Greis unberaten verlassen, für das Geld mußte auch eine Leistung erbracht werden. Deshalb behielt sie die Zeremonien bei, die Gebete, die Amulette, die Pulver, die verbrannten Harzbröckchen. Aber sie wußte genau, worauf es in Wahrheit ankam.

Das hatte sich beim Kartenlegen bestätigt. Schon beim Mischen, während sie mit Sphinx-Blick vor sich hin starrte, formten sich im Unsichtbaren – die Karten klatschten leise – die Elemente der Botschaft, nur noch nicht zu etwas Deutbarem zusammenschießend. Wenn die Karten dann einmal nicht so lagen, wie es ihrem inneren Bild entsprach, zögerte sie niemals einzugreifen und hatte dabei nicht die mindesten Bedenken. Sie selbst war es ja, die über das Schicksal entschied – sie war die Parze, die sowohl die Fäden spann als auch über die Schere verfügte, um sie abzuschneiden. «Mein Wille geschehe», das wäre das für sie passende Gebet gewesen, wenn sie es nicht vorgezogen hätte, wortlos zu denken.

Im geheimen war sie einverstanden mit der Verfassung ihres Sohnes. Was nützte ihr ein Kind mit Begabungen und Fertigkeiten, wie Salma sie besaß? Die Kleine war zwar schon in hohem Maß brauchbar, aber das würde doch nur dazu führen, daß sie eines Tages auf sie verzichten müßte, und zwar schon bald; in der Nachbarschaft wohnte ein bärtiger junger Klempner, stets mit gehäkeltem Mützchen und in Djellaba, der alle Gebetszeiten einhielt und den Alkohol mied, ein ernsthafter Jüngling, der über seine Eltern schon wegen Salma hatte vorfühlen lassen: eine bessere Partie als ein Fischer, auch bereit, noch bis zum fünfzehnten Geburtstag der Tochter zu warten. Es gab nichts, was gegen ihn sprach, und Salma, die kleine Teufelin, hatte von dieser Anfrage wohl auch schon Wind bekommen. Eigentlich war sie damit aus dem Haus; das würde der Sohn ihr nicht zumuten, und man sage nicht, daß er kein Gegenüber für sie gewesen wäre. Sie verstand ihn, und er verstand sie, da bedurfte es keines verbalen Austauschs. Die Bänder und Schnüre, mit denen er seine Handgelenke so kunstvoll umschlang, die waren auch um sie gelegt, mit dem Unterschied, daß diese Schlingen festhielten und nie abfallen würden; davon hatte der Besuch bei dem heiligen Mann sie ein weiteres Mal überzeugt.

Und dennoch verließ sie während der Reise nicht die Unruhe. Anstatt nach der spirituellen Sitzung mit den beiden inzwischen todmüden Kindern auszuruhen – eine Cousine des Commandant, in Fez vorteilhaft verheiratet, hatte ihr ein kostenloses Nachtquartier angeboten –, bestieg sie mit ihnen den nächsten Omnibus zurück nach Mogador und ließ sich weitere zwölf Stunden durchschütteln. Der Sohn hatte den Kopf auf ihre Schulter gelegt, Salma lag in ihrem Schoß; so wurde sie warm gehalten, blieb aber wach und ihren Gedanken ausgeliefert. Die Reise war unaufschiebbar gewesen – der Imam stand vor seiner Rückkehr nach Ägypten – und war dennoch zur Unzeit gekommen. Khadija hatte das Gefühl, daß sie sich gerade jetzt keinesfalls von Mogador hätte entfernen dürfen. Das Haus war zwar in der bewährten Aufsicht ihres Vasallen und Statthalters Karim, der sich bisher in dieser Aufgabe glänzend bewährt hatte, aber nun sah es zum ersten Mal so aus, als ob sie Anlaß habe, an der Zuverlässigkeit dieses Zuverlässigen zu zweifeln.

Alles in ihr, so wollte es in der Erinnerung jetzt scheinen, hatte sie gewarnt, die Reise zu unternehmen, ihrem Haus den Rücken zuzukehren und den überwachenden Blick für sechsunddreißig Stunden abzuwenden. Die Gefahr, die sie auf der Heimfahrt immer deutlicher näher rücken fühlte, war zunächst unbestimmt, betraf aber sie höchstpersönlich. Auf einmal war sie davon überzeugt, daß Karim fähig zur Treulosigkeit war. Sie hatte sich einlullen lassen von den schönen Gewohnheiten des Zusammenseins, und Karim hatte mit keinem Zeichen verraten, daß er in diesem Leben etwas vermißte. Sein Schlafbedürfnis war ausschweifend, das war kein Mann, der sich nachts mit Plänen und Projekten hin und her wälzt, die dunklen Kräfte des Daseins besaßen offenbar keine Macht über ihn. Wenn sie ihn ansah, dachte sie an ihre Kindheit, wie sie sich herumgetrieben hatte – als Frau konnte man so etwas nicht fortsetzen, Männer waren da im Vorteil, sie schliefen, wenn es nicht besser kam, auf der Straße, aber wenn eine Frau das tat, war sie verloren.

Karims Freiheitsliebe empfand sie als ebenso anziehend wie bedenklich. Die Kunst, ihn zu halten, bestand darin, ihm das Gefühl der Ungebundenheit zu vermitteln und ihn zugleich immer dichter einzuspinnen. Bis vor kurzem glaubte sie, daß ihr das gelungen sei, da entdeckte sie das Kästchen mit dem silbernen Türkisring – unnötig, hinzuzufügen, daß es sich nach seiner Rückkehr vom Land nicht mehr in der geräumigen Tasche der Kunstlederjacke befunden hatte. Der Ring war zu seiner Adressatin gelangt, und so half es wenig, wenn Karim bei Gelegenheit darauf hinwies – heiter, wie nebenbei, als fühle er sich auf der sicheren Seite –, daß ohne feste Arbeit und gewisse Ersparnisse an Heirat für ihn nicht zu denken sei. Es war, als habe er ihr damit sagen wollen: Es fehlt mir an nichts bei dir, es liegt sich gut in deinem Bett mit der molligen Salma zwischen uns, und es ist schön, in deinem Salon ein Fußballspiel ohne Ton zu verfolgen, bequem hingelümmelt, während du an dem niedrigen Teetisch mit deinen Weibern hockst, die mich nicht anschauen dürfen.

Doch dann war der lange Fremde erschienen, der Mann ohne Gepäck, aber nicht ohne Geld, sein Anzug strahlte für sie etwas Offizielles aus, auch wenn es sein einziger war. Der Stoff war gut, Vergleichbares bekam man gar nicht in Mogador. Und er saß auch anders als die Anzüge ihrer Freunde, die immer zu starr und zu eng oder zu weit waren. Vom ersten Tag an hatte Karim sich um den Gast gekümmert, das war zunächst nicht auffällig. Rühmte er sich nicht geradezu, keine Freunde zu haben? Hundert Menschen kenne er, mit vielen davon sei er in beständigem Gespräch, aber zu keinem habe er Vertrauen – er lachte triumphierend, als habe er die Welt mit ihrer List durchschaut, den einzelnen in Ketten zu legen.

Draußen zog schon seit Stunden die schneebedeckte Bergkette des Atlas vorbei, aber der majestätische Anblick lenkte Khadija, die zerstreut aus dem verschmierten Fenster sah, von ihren Spekulationen nicht ab. Monsieur Paris würde nie ein Freund von Karim werden, so häufig sie auch zusammensteckten. Bald würde er wieder aus Mogador verschwunden sein, aber inzwischen hatte er Karim offenbar auf einen Gedanken gebracht. Auf welchen? Das wußte sie noch nicht, denn ihre bewährten Tricks, beiläufig fragend etwas aus ihm herauszuholen, hatten versagt. Und dann hatte sie alles noch schlimmer gemacht. Als sie sich allein glaubte, hatte sie eine Art Karim-Altar aufgebaut: ein Photo von ihm, er neben einem Ziegenbock für das Opferfest hockend, davor stellte sie eine brennende Kerze und ein Weihrauchgefäß. Als die Weihrauchschwaden aufstiegen, hatte sie leise eine Sure gesungen – zu ärgerlich nur, daß Karim währenddessen plötzlich neben ihr stand, barfuß auf dem Teppich war sein Näherkommen unhörbar gewesen, er mochte sie schon eine Weile beobachtet haben. Er fragte nichts, sie erklärte nichts. Nachdem es soweit gekommen war, so bekannte sie sich jetzt im dämmrigen Bus, hätte sie ihn keinesfalls mehr allein lassen dürfen.

Aber wie wäre das möglich gewesen? Mit der Verheißung, der Imam mit dem schwarzen Bart werde ihm bestimmt etwas Bedeutsames offenbaren, hätte sie ihn jedenfalls nicht zur Mitfahrt verlocken können. Waren sie unter sich, dann verbarg er sein Amüsement nicht mehr. «Was kann mir ein Imam offenbaren? Daß ich sterben werde? Daß ich heiraten werde? Daß ich morgen Hunger habe? Oder was sonst?» Sie verwies ihm solche Reden niemals. Er hatte das Recht dazu, er gehörte einer anderen Menschenart an als sie.

Was vor dem Fenster des Busses vorbeizog, ließ sie kalt, doch was sie nicht sah, das ließ sie die Fassung verlieren. «Ruf ihn nicht an», sprach es leise und fest aus ihrem Innern, aber sie wollte, die Stimme hätte das Gegenteil befohlen. Vorsichtig, um den Sohn nicht zu wecken – wieviel Achtsamkeit brachte sie im Umgang mit ihm auf –, nahm sie ihr Telephon aus den Gewandfalten der weiten Djellaba. Es war klein und lag wie ein Schokoladentäfelchen in ihrer Hand. Wie sie da mit rosigen Fingerbeeren die Tasten drückte, war sie dem technischen Vorgang ganz hingegeben, für ein paar Atemzüge schwieg die Unruhe.

Karim nahm nicht ab. Das wollte noch nichts heißen. Er ging oft nicht ans Telephon, rief aber zurück, wenn er Khadijas Nummer auf dem Display fand. So hatte er es jedenfalls bisher gehalten: Las er ihre Nummer, dann rief er sie zurück – aber was wäre, wenn er die Nummer zwar erkannte, aber keineswegs zurückrief, eben weil es ihre Nummer war? Eine ungeheuerliche Vorstellung, woher kam die auf einmal? Es war ein Fehler gewesen, seine Nummer zu wählen: Bei ihm dudelte jetzt die Telephonmusik, und es war zu spät zu bereuen. Sie ließ das Täfelchen wieder in ihre Djellaba gleiten und sah aus dem Busfenster. Auf ihrem weißen Gesicht – weiß wie Wolken, Federn und Wogenschaum – bildete sich wieder die Schwärzlichkeit rund um die Nasenwurzel, nur ein Schatten wie ein in Wasser verlaufender Tintentropfen.

Eigentlich mußte er nicht wissen, wann genau sie ankam. Bisher war er, wenn sie eine Reise machte, einfach morgens zum Busbahnhof gegangen und hatte dort, wenn es so kam, den ganzen Tag gewartet, so war das bei ihm und vielen anderen Leuten nun einmal üblich. Ob er ihr den Ehrendienst, sie abzuholen, auch diesmal leisten würde? Sie hatte zwar kaum Gepäck, die Tasche mit Kuchen und getrockneten Früchten für die Fahrt war leer, aber auf die Leute machten solche Aufmerksamkeiten Eindruck; am Bus gleich in Empfang genommen zu werden, ehrfürchtig von Karim begrüßt, das sah nach etwas aus. Mit keiner anderen Begleitung als dem Sohn und der Tochter aufzutreten nahm ihrem Anblick viel von seiner Würde. Sie mußte den Jungen an der Hand hinter sich herziehen, denn sein Blick war auch im Gehen stets in die Lüfte gerichtet; wenn sie ihn losgelassen hätte, wäre er stehengeblieben und hätte bis zum Abend stillgestanden. Inzwischen war er einen Kopf größer als Khadija, und wenn sie, neben ihm klein und rundlich, an dem traumverloren tappenden Kalb herumzerrte, waren sie, man wagt es kaum zu sagen, ein komisches Paar.

Ihr Haus fand sie in einem eigentümlich leblosen Zustand vor, aber sie hätte nicht gleich gewußt, was ihr verdächtig vorkam. Im großen Salon waren ein paar Prunkkissen nicht in der richtigen Ordnung; die mochte sie selbst bei ihrem frühen Aufbruch so zurückgelassen haben. Und doch – die Luft war eine andere, hier war etwas vorgefallen. Das Schweigen, das sie im Halbdämmern empfing, war ein verstocktes Schweigen. Als sie ein Kissen zurechtrückte, rollten ihr zwei leere Flaschen entgegen, eine hatte Rotwein enthalten aus den «Celliers de Meknès», die andere marokkanischen Whisky mit schottischem Phantasienamen. Sie hob die Flaschen mit spitzen Fingern ans Licht. Wenn man über Männer herrschen wollte, mußte man es klug anfangen und das eine oder andere zulassen – kroch Karim wirklich einmal spät und mit Alkoholfahne zu ihr ins Bett, verbot sie sich jeden Kommentar, sogar Salma in ihrer Unschuld hatte den Mund zu halten und nicht zu fragen, wonach er rieche. Dann versank er neben ihr mit rasselndem Atem in Reglosigkeit, auf dem Bauch liegend, die Arme wie ein glücklicher Säugling rechts und links von seinem großen Kopf ausgestreckt, und die Kleine schmiegte sich besonders innig an ihn heran. Aber ein Saufgelage in Khadijas Mauern, das war ein Ausbruch der Anarchie, mehr noch, ein Sakrileg.

Sie inspizierte die anderen Zimmer. Bei Monsieur Paris lagen die Decken unordentlich übereinander. Mehr Sachen gab es hier nicht, doch – an der Wand hingen die Jeans, das T-Shirt und der Pullover. So, war er also mit seinem Anzug unterwegs, das kam schließlich vor. Um diesen Mann ging es ihr gar nicht; der Anblick seiner ausgebeulten Hose am Nagel konnte weder ihr Mißtrauen erregen noch sie beruhigen.

Mit Karim war das anders. Sie betrat sein kleines dunkles Zimmer unmittelbar neben dem Abtritt. Er war gewissenhaft auf ihre Einkünfte bedacht und hatte es, schon bevor er in ihrem Bett schlief, nicht geräumiger haben wollen – sollten die größeren Zimmer doch lieber vorteilhaft vermietet werden. Wie wenig er besaß, zeigte sich noch einmal, als sie in einer Plastiktüte wühlte: nur ein paar Kleidungsstücke, die er auf dem Altkleidermarkt für wenige Dirham gekauft hatte, eine einzelne Socke. Er trug ohnehin meist nur Gummischlappen an den nackten Füßen, selbst wenn es, wie jetzt, kalt und naß war, wozu also Strümpfe? Aber die geräumige Kunstlederjacke war weg, auch die besseren Hemden, die sie ihm geschenkt hatte, fehlten, und die Seitentasche des Rucksacks mit den abgerissenen Tragegurten, in dem er sonst seine Schätze aufbewahrte – den Personalausweis mit dem Bild, auf dem er wie zu Tode erschrocken aussah, vom Ernst des Photographiertwerdens tief ergriffen, den Führerschein, drei ausgeblichene Familienphotos und eine Telephonkarte –, war leer, so hartnäckig sie auch darin herumtastete. Sie wollte das Ergebnis ihrer Suche nicht hinnehmen. Sie leerte auch den Rucksack aus und nahm jedes verwaschene, löchrige Unterhemd in die Hand, um es zu schütteln, als könnten Karims Papiere wie bei einem Taschenspieler gleich herausfallen.

Ein Schatten fiel ins Zimmer. Salma stand in der Tür. Mit ihrem runden Gesicht, den prallen Wangen mit den Grübchen, war sie für die Übermittlung schlechter Nachrichten nicht geschaffen. Der Imam oben bewege sich nicht; als sie ihn angefaßt habe, sei er umgefallen.

Tatsächlich fand Khadija den alten Mann, der täglich nach dem Erwachen von Kissen so gestützt wurde, daß er in eine halb sitzende Haltung geriet, auf der Seite liegend, auf den Boden gerutscht. Sein Gesicht war kaum wiederzuerkennen, das Mäulchen wie zu einem zierlichen Gähnen geöffnet, die Zähne hinter den nach innen gesaugten feinledernen Lippen verborgen, der Kopf bestand nur noch aus der Vogelnase, der schwarzen Mundöffnung und den blinden aufgerissenen Augen – hatten sie zuallerletzt überraschend wieder etwas gesehen? Der gekrümmte Körper schien jetzt noch leichter; er war wie eine tote Zikade, unter deren Panzer der Leib schon zu Krümeln zerfallen ist; als werde es in seinem Innern rascheln, wenn man ihn anhob.

Dieser Tod weckte sie aus der angstvollen Benommenheit, die sie seit der Rückkehr in ihre Burg umfangen gehalten hatte. Sie begriff, daß sie an einer Zeitscheide stand; das war vermutlich das eigentliche Ergebnis ihrer Pilgerfahrt. Die Begegnung mit dem heiligen Mann in Fez hatte sie für einen neuen Lebenseinschnitt vorbereiten sollen: Der Imam tot, Karim verschwunden. Von Anbeginn ihres Lebens war sie daran gewöhnt, alles, was ihr zustieß, als für sie bedeutungsvoll aufzufassen. Zufall – ein unnötiges Wort, weil es keine

Wahrheit enthielt; was auch geschah, es mußte geschehen. Das hieß nicht, daß sie sich verpflichtet fühlte, jedem Geschehen zuzustimmen. Daß Karim sich in eine Ehe stürzte, daß Monsieur Paris ihm dabei irgendwie behilflich gewesen war – mit Geld natürlich, nicht mit einer Kuh, mit der hatte sie selbst im Kopf des Herumtreibers den Gedanken an eigenen Besitz keimen lassen –, dieser empörenden Verkettung mußte man nicht dankbar sein. Man – Khadija! – durfte sich im Gegenteil entrüsten, durfte zornig werden, Rache schwören, man durfte sogar Tränen der Scham über die eigene Dummheit vergießen.

Als die Männer den Leichnam des Imams, in ein weißes Tuch gehüllt, kaum zwei Stunden nach seiner Entdeckung durch das Schneckenhaus der Wendeltreppe hinabbeförderten, um ihn in schnellem Schritt, fast rennend, auf den Schultern zum Friedhof zu tragen, als gelte es, ihn in Sicherheit zu bringen, blieb Khadija in ihrem Salon zurück. Sie war unfähig, ihre Gedanken auf die ihr wohlvertrauten Totengebete zu richten, die Wörter entglitten ihr. Zunächst half ihr die Melodie der Verse weiter, dann brach sie das Singen ab – es war schwer zu beten, wenn es im Herzen wallte und kochte.

Rashida trat ein, sie schnippte ihre Sandalen von den nackten Füßen. Mit geneigtem Kopf wartete sie an der Tür, unsicher, ob sie näher kommen dürfe. Obwohl ihr Gesicht im Schatten lag, erkannte Khadija das Schuldbewußtsein. Sie betrachtete sie wortlos, es war wie ein langes, jeden Ausweg vermauerndes Verhör. Auch im Gegenlicht nahm sie wahr, daß Rashidas Augen sich mit Tränen füllten. Im Herunterrinnen fingen sie einen Lichtstrahl auf und blinkten im Dämmer. Daß sie nicht um den Imam weinte, lag auf der Hand.

Wenn Khadija etwas zu erfahren wünschte, behauptete sie stets, über alles schon vollständig unterrichtet zu sein.

Rashida war nicht die Schlaueste, so ausdrucksvoll ihr Körper war, ihrem Mund fehlten die Wörter zu ihrer Verteidigung. Instinktlos war sie freilich nicht; alles warnte sie davor, Karims Sonderrolle im Haus zu mißachten, das mochte sich ungeahnt heftig gegen sie selber wenden. Und daß der lange Fremde Khadija nicht mehr gefiel, das hatte sie zwar mitbekommen, aber darauf wollte sie sich lieber nicht verlassen.

Sie ertrug das Schweigen nicht länger. Keinen Tropfen Wein habe sie angerührt, das platzte aus ihr heraus; alles war besser als der Druck dieses stummen Gerichts. Und als sie daraufhin die Augen Khadijas vor Verachtung schmal werden sah, fügte sie verzweifelt hinzu: Ihr Schatz sei unberührt, niemand habe ihn angetastet. Nicht einen Augenblick dachte sie daran, ihren zornigen Aufbruch zu erwähnen, den Streit, die Drohungen und ihre Flucht durch die kalte Nacht, die Stunden, die sie vor dem Haus ihrer schwerhörigen Mutter, in einen Toreingang gedrückt, im Nieselregen ausgeharrt hatte, bis sich die Tür öffnete. Noch nie in ihrem Leben hatte sie einen solchen Aufstand gewagt wie gestern Nacht; war sie damit zu weit gegangen? Mußte sie deswegen einen noch härteren Vorwurf fürchten?

Zum Glück hatte sie wenigstens nicht versucht, ihre Drohungen wahr zu machen. Sie fühlte sich auch gar nicht dazu berechtigt, die erhabene Staatsmacht für sich in Anspruch zu nehmen; Frauen wie sie taten gut daran, so wenig wie möglich mit der Polizei zu tun zu haben. Was Khadija ihren Frauen einschärfte, war Unauffälligkeit um jeden Preis. Wenn etwas vorfiel, wogegen man sich wehren mußte, war es allein Khadija, die das in die Hand nahm, höchst wirkungsvoll, wie es ihre Verbindung mit irdischen und unirdischen Mächten nahelegte.

Weil Khadija immer noch schwieg, verfiel Rashida auf das

Falscheste: Sie jammerte. Betrunken seien die beiden gewesen, hätten sie zum Mittrinken verleiten wollen.

«Aber sage mir», Khadija wollte dieses erbärmliche Schauspiel sofort beenden, nachdem sich ihre Ahnungen bestätigt hatten, «sage mir: Was hattest du hier überhaupt zu suchen? Wieso bist du nicht verschwunden, als du gesehen hast, daß da Weinflaschen herumstehen?» Schlangengleich erhob sie sich aus ihrem Sitz auf dem Teppich, trat auf Rashida zu und schlug ihr ins Gesicht. Oft kam so etwas nicht vor. Und es war auch keine Befreiung damit verbunden, als fühle sie, daß sie selbst eine Ohrfeige verdient hätte.

Monsieur Paris war fort, daran war nicht mehr zu zweifeln. Vorgestern erst hatte sie von ihm einen hohen Vorschuß auf seine Pension verlangt – eigentlich vor allem, um ihm zu zeigen, daß sie ihm nicht traute. Allein schon die Eilfertigkeit, mit der er sofort einen großen Schein hingelegt hatte, der über die Forderung weit hinausging, war doch verdächtig. Gehörte es sich nicht, um jede Summe, und sei sie noch so bescheiden, ein Weilchen zu feilschen? Sie war jetzt mit allem unzufrieden: daß sie sein Geld sofort eingestrichen, daß sie ihn so lange unter ihrem Dach geduldet, daß sie ihn überhaupt dort aufgenommen hatte. Karim hatte ihn eingeschleppt, den ersten Gast von vielen, dessen Einzug sie bereute – nein, nicht der erste: Der Libyer, der damit haderte, daß sein Schwager immer noch lebte, verkürzte sich die Wartezeit inzwischen mit Saida in Kairo. Sie war an seinem Fett klebengeblieben – Khadija hatte versäumt, ihr den Paß abzunehmen, hatte, selbst noch niemals über die Landesgrenzen gereist, einfach nicht bedacht, daß eine Saida mit Paß so frei war wie ein Vogel. Weggeflogen war sie mit dem dicken Libyer, aber wenn sie eines Tages mit dem sprichwörtlichen oder buchstäblichen blauen Auge wiederkehrte, dann würde sie erleben, welchen Preis eine solche Freiheitsanmaßung kostete.

Mit leisem Hüsteln erschien der Commandant in der Tür. Rashida ergriff die Gelegenheit und huschte hinaus, in der Eile ihre Sandalen zurücklassend – bloß weg aus dem Bannkreis des Gerichts. Der Commandant bemerkte sie kaum; seine Schultern hingen, sein Kopf war geneigt wie nach einem Nackenschlag. Einsam blieb Khadija nicht nach dem Verschwinden Karims und des langen Fremden, aber sie wäre es gern für eine Weile gewesen. Die Neuigkeiten prasselten auf sie ein; schlimme Neuigkeiten, aber es konnte noch schlimmer kommen. In den Augen des Commandant sah sie eine Sorge, die sie an ihm lange nicht wahrgenommen hatte, vielleicht gar – Angst?

Die Frage, ob er einen Tee mit ihr trinke – jene zur Einleitung jedes Gesprächs gebotene zeremonielle Frage –, überhörte er.

Er sei nicht allein gekommen, sagte er mit gedämpfter Stimme, sich dabei nervös umsehend. Auf der Galerie draußen warteten zwei Polizisten, unten beim Haustor zwei weitere. Er sei in offizieller Mission.

Es war jetzt der Repräsentant der Hoheit in Mogador, der ihr gegenüberhockte. Die intime Freundschaft, die sie verband, wollte er deshalb nicht verleugnen, er war bei all seinen Lastern ein anständiger Mann. Seine Lage war bedrükkend, sein phlegmatisch-melancholisches Temperament ließ ihn schnell das Ende voraussehen – seines Amtes, seines Lebens, von allem, was ihn erfreute und berauschte. In den Mauern von Mogador war er ein milder Herrscher; er überließ es seinen Untergebenen, gelegentlich hart draufzuhauen, und sah dem, soweit er es mitbekam, traurig zu. Waren die Durchgeprügelten und ins Loch Gesteckten nicht seine Brüder? Freilich fehlte ihm die wirkliche Souveränität, die sich im Ausnahmezustand erweist. Was er fürchtete, war die Berührung mit den Oberen. Mit dem Provinzgouverneur stand er eigentlich gut, obwohl ihm auch im Umgang mit diesem jovialen Satrapen stets bewußt war, was alles gegen ihn vorlag und nur vorläufig – wie lange noch? – nicht zur Sprache kam. Bei solcher Furchtsamkeit die Konsequenz zu ziehen, brav und gesetzestreu zu leben, darauf kam er aber nicht. Er war, wie er war: nicht zu verändern; keine Sorge vermochte ihn in seinen Gewohnheiten irrezumachen. «Gott kennt mich», seufzte er gelegentlich, wohl wissend, daß ihm das bei irdischen Richtern wenig helfen würde. Doch nun war wie ein Blitz aus dem obersten Wolkenkreis ein Befehl bei ihm eingeschlagen, der die innerste und feinste Organisation seines Daseins betraf.

«Vom Gouverneur?», fragte Khadija, die erkannte, in welchem Zustand ihr Freund sich befand, und selbst sofort ruhig wurde – wem half es, wenn sie beide jetzt die Hände rangen?

«Ach, von viel weiter oben, von ganz, ganz oben, wo man einen wie mich sonst gar nicht wahrnimmt ...»

Khadija mißfielen solche Anwandlungen von Selbstverachtung bei ihm. Sie waren ihr unbegreiflich, für sich selbst ohnehin unvorstellbar.

«Ist es der König?»

Sie kostete es nichts, das auszusprechen, dem Commandant aber fuhr das Wort in die Glieder. Er sah hinter sich, ob Mithörer lauerten, eine Angewohnheit noch aus den Zeiten des verstorbenen Monarchen, die aufzugeben er nicht für sinnvoll hielt, da mochten die Zeitungen schreiben, was sie wollten.

«Schlimmer – ach, der König ...» Seine Stimme sank zum Flüstern. Ihm war befohlen, ohne Lärm, aber augenblicklich den Mann herbeizuschaffen, der offenbar bei ihr wohnte, ohne bei der Polizei gemeldet zu sein – selbstverständlich ohne gemeldet zu sein, es war hier niemand gemeldet, Khadijas Haus war exterritorial, nicht einen einzigen ihrer Gäste hatte sie jemals gemeldet, niemand wußte das besser als der Commandant. «Monsieur Patrick Elff» – er mußte das vom Display seines Telephons ablesen, der Name wollte sich ihm nicht einprägen. «Wo ist –»

Khadija stutzte. Ein Mann dieses Namens sei ihr unbekannt. Ihr Mieter habe Monsieur Paris geheißen.

Es kam zu einem störrischen Streit um den Namen, «Elff» – «nein, Paris» – «Elff» – «nein, Paris», bis der Commandant in wachsender Gereiztheit einlenkte.

«Gut, Patrick oder Paris – Leute wie er verwenden oft falsche Namen.»

«Paris ist kein falscher Name!» Khadijas Ehrenpunkt war getroffen. «Ich selbst habe ihn geschaut!»

Der Commandant, der sonst schon die kleinen Schärfen in ihrer Stimme fürchtete, beendete den Disput mit ungewohnter Entschiedenheit. «Wo ist er – Monsieur Paris, von mir aus?»

«Er ist fort.»

Der Commandant sprang auf. Seine Augen waren zur Zimmerdecke gerichtet, wo er Gott vermutete. «Bitte laß es nicht wahr sein!»

Khadija ließ sich von dem Entsetzen ihres Getreuen anstecken. Welchen Bösewicht hatte sie beherbergt? Jetzt wollte sie von Anfang an geahnt haben, daß er Unheil ins Haus bringe – warum hatte sie darauf nicht geachtet? Sie zeigte dem Commandant das Zimmer: Dort hingen die vom Schneider Aziz passend gemachten Jeans, das T-Shirt und der Pullover. Das sei alles, was von ihm geblieben sei. Der

Commandant spürte im Zimmer herum, hob die Decken auf, unter denen Patrick sich vor der feuchten Kälte vergraben hatte – auch in ihren Falten war nichts verborgen. Der Mann ohne Gepäck hatte nichts besessen, was er hätte vergessen können. Das Zimmer war ohne jede Aussage; jemand konnte darin geschlafen haben, ebensogut aber auch niemand.

«Keiner darf es betreten!» Im Commandant erwachte wieder die Amtsperson; bei akribischer Untersuchung war oft auch in aseptisch leeren Räumen noch etwas zu entdecken. Er begann Khadija streng zu befragen: Wie sah der Mann aus? Ab wann hatte er hier gewohnt? Was hatte er den ganzen Tag über getan? Was hatte er gesagt? Wann war er verschwunden?

Sie wußte, daß sie ohne Wenn und Aber zu antworten hatte. Ein neues Verhältnis zwischen ihnen zeichnete sich ab. Das Fehlen des Meldescheins war noch am leichtesten zu beheben, das meinte Khadija einem gemurmelten Selbstgespräch des Commandant entnehmen zu dürfen. Immerhin war er der Herr über die Formulare.

Er griff mit bebender Hand zum Telephon. Respektvoll, mit gerunzelter Stirn – über der Nasenwurzel wurde es dunkler –, lauschte sie dem Gespräch mit «Casablanca», wie er ihr zuraunte, der Name der Stadt stand für einen mächtigen Mann. Ihr Freund sprach, indem er in einer Verneigung verharrte, als stehe er vor dessen Schreibtisch.

«Habe mich sofort an die angegebene Adresse begeben ... Das Haus umstellt ... Habe keine Minute gezögert ... Der Mann war schon weg ... Mit unbekanntem Ziel abgereist ... Was, zum Flughafen? ... Hat hier unter falschem Namen gelebt ... Die Wirtin, absolut zuverlässige Frau ... Doch, den Ausweis hat er ordnungsgemäß vorgelegt, aber was wollen Sie, Sidi Mohammed, der Analphabetismus ...»

Der Commandant durfte aufatmen. Er hatte alles richtig

gemacht, leider wollte Gott nicht, daß er den großen Herren einen Gefallen tat, aber vorzuwerfen war ihm nichts. Nur der arme Mann, der versäumt hatte, auch die Flughäfen rechtzeitig aufmerksam zu machen, dem ging es jetzt wahrscheinlich weniger gut. Der Commandant seufzte, er hatte ein mitleidiges Herz.

Khadija drängte sich mit ihren aufgeregten Fragen in seine Gedanken.

Ja, Monsieur Paris sei wirklich fort, sitze längst im Flugzeug nach Deutschland, um bloß eine Stunde sei er ihnen zuvorgekommen, der Satan.

Khadija, die sonst niemals zu Überraschende, staunte. Hätte Patrick sich vor ihren Augen in Rauch verwandelt und wäre spiralförmig zur Decke geschwebt, sie hätte nicht verblüffter sein können. Welche Beunruhigung, welche Erregung verpuffte hier einfach. Der Commandant sah sie mit großen Augen an. Dieser Auftrag war etwas Inoffizielles, deshalb natürlich um so brisanter gewesen ... Einen Mann festnehmen, den es nicht gab, den es aber auch festgenommen nicht hätte geben dürfen ...

Sie trennten sich, der Commandant wankte kopfschüttelnd davon. Aus den Nischen hinter den Pfeilern der Arkaden lösten sich die beiden Beamten, die ihn begleitet hatten, in Zivil wie ihr Meister. Khadija kannte sie und nickte ihnen zu, ein Zeichen des Einverständnisses: Wir stehen auf derselben Seite.

Khadija verweilte reglos, von den Ereignissen ganz und gar in Bann geschlagen. Plötzlich stand ihr wieder vor Augen, wie Monsieur Paris sie gefragt hatte, ob ein gewisser Brief den Grand Président erreicht habe – Größtes und Höchstes und Schwerwiegendstes hatte mit Sicherheit in dem gelben Brief gestanden, Geheimnisse, Verrat, Konspiration. Das erklärte das Vorgehen gegen ihn, wie auf Zehenspitzen, von seiten der Polizei, aber zugleich neben der Polizei her – ein bißchen zu behutsam nur, so hatte der Spatz sich aus dem schon zugezogenen Netz befreien können. Sie entschloß sich, über die Séance mit dem Brief und dem goldenen Schwert zu schweigen – in Staatsaktionen mischte man sich nicht ein, auch eine Khadija lebte am sichersten, solange sie sich unter dem Staat hindurchbewegte. Nicht nur Monsieur Paris, auch sie war noch einmal davongekommen.

Davongekommen – sie hielt inne bei diesem Wort. Alle waren sie davongekommen. Und jetzt? Eine Leere breitete sich in ihr aus, wuchs über ihren Körper hinaus, nahm das ganze Zimmer ein. Sie wehrte sich nicht dagegen, sie ließ es geschehen, lenkte sich nicht ab, und es störte auch keiner. Auf einmal fühlte sie, daß in ihrem Innersten ein stecknadelkopfgroßer Punkt schwebte: Und dieser Stecknadelkopf, so klein er war, enthielt in sich zusammengepreßt einen unerträglich werdenden Schmerz. Wenn auf einer erkalteten Erde ein letzter Mensch lebt, wird sein Schmerz das einzige im Weltraum sein, was noch eine Bedeutung hat. Das war ein gänzlich neues Erlebnis für sie, sie hatte den Schmerz in dieser glühenden Reinheit bisher nicht gekannt. Sie weigerte sich zunächst, ihn beim Namen zu nennen, dann stellte der Name sich von selbst ein, flog einfach herbei und verschmolz mit ihm. Und vor ihre Augen trat der Mann mit dem kindlichen Körper und dem großen Kopf, auf dessen Stirn sich schon die Falten abzeichneten, die er von seinem Vater erben würde, mit den großen Händen und den Bauernfüßen, die zu jeder Jahreszeit nackt über den Lehmacker gelaufen waren und aus diesem Lehm gebrannt zu sein schienen.

Wie schwarze Papierfetzen über einem Feuer flogen die Gedanken von Haß und Wut nun um den Schmerzenskern herum: daß sie ihn aus der Gosse gezogen habe, daß sie ihm die Kuh wieder wegnehmen werde, daß sie auf seiner Hochzeit wie die ungeladene böse Fee erscheinen und die Braut verfluchen werde, Fehlgeburten solle es geben, Krankheit und Bankerott ... Sie wußte, daß das mit der Gosse so nicht stimmte – ein Herumstreuner war Karim gewesen, aber er kam aus viel solideren Verhältnissen als sie. Ihr war ja klar, daß man sich von einer solchen Familie nur für eine gewisse Zeit befreien konnte – wenn die Stunde schlug, würde das verirrte Schaf mit fester Hand wieder in den Pferch geführt. Das war so. Ein Aufstand dagegen war sinnlos wie der Kampf gegen den Tod. Sie hatte erlebt und begrüßt, wie Karim, einmal an die Regelmäßigkeit guter Mahlzeiten und gewaschener Wäsche gewöhnt, zu der Ökonomie seiner Voreltern zurückgekehrt war; der Bauernhof lag unter einem hauchdünnen Film von Abenteurertum, der sich jetzt auflöste.

Bei ihr war das anders. Sie behielt alles im Gedächtnis, den Tag, an dem sie rittlings auf der Kanone gesessen und mit der Sonne gesprochen hatte, den von Meerwasser triefenden Said, den Geiz und die Niedertracht Mohammeds mit den heiteren kugelrunden Augen, die er an Salma weitergegeben hatte, den Handel um das große Haus, ihre Burg, ihre Muschel. In all diesen Jahren war ihre Einsamkeit zugleich ihre Stärke gewesen, da hatte niemand gefehlt. Wie unbegreiflich war es, in Abhängigkeit von einem anderen Menschen geraten zu sein – von einem auf den anderen Tag hätte das nie geschehen können. Es war ein Gleiten gewesen, so unmerklich wie das Älterwerden, bis man erwacht und ist alt – oder eben plötzlich erwacht und liebt.

Sie beschloß, ab jetzt allein zu schlafen. Heute noch würde Salma zu dem Dienstmädchen ziehen, das nun auch schon zwanzig war und demnächst das Haus verlassen sollte, um zu heiraten.

Es war jetzt vollständig dunkel geworden. Die Wolken hatten ohnehin den ganzen Tag beinahe auf der Erde gelegen, man hätte kaum lesen können – das war Khadijas Sorge nicht –, aber die Neonspirale anzuknipsen, danach war ihr nicht zumute. Sie hockte auf dem Teppich, kerzengerade, bequem, eine Haltung, in der sie stundenlang verharren konnte, ohne daß die unter ihr zusammengefalteten Beine einschliefen.

Und mit einem Mal war der Unerwartete wieder da, lange abwesend, jetzt willkommen, wie immer nicht gerufen, als sei das ein Pakt zwischen ihnen. Die Schwärze vertiefte sich, sie ballte sich. Er war sehr groß, reichte bis zur hohen Zimmerdecke und streckte langsam, langsam die Arme nach ihr aus. Ihr Dialog war stumm, aber sie hörte ihn in ihrem Innern, nur einzelne Wörter, wie Atemzüge, eindringlich und ruhig.

«Du und ich – nur du und ich.»

Sie nickte. Diese Worte trafen auf den Schmerzenskern, sie schossen unmittelbar in ihn hinein, sie fühlte ihn zerspringen.

«Du und ich – nur du und ich.»

Ich habe dich gemacht, wagte Khadija zu denken. Man darf nicht alles sagen, was man weiß. Zum ersten Mal rang sie sich zu diesem Bekenntnis durch.

Er streckte seine Arme nach ihr aus, Riesenarme wie aus weichem schwarzen Filz, es war nichts Bedrohliches dabei, sie sehnte sich nach der Berührung. Der kleine Kopf neigte sich zu ihr hinab, gesichtslos, nie zuvor war er ihr so nahe gewesen. Die Arme umschlossen sie, weich und zugleich fest. Es blieb dunkel, aber diese Umarmung, ins Farbige übersetzt, war ein leuchtendes Orangerot, das sie sah und nicht sah, und hinzu kam eine beseligende Wärme, ja, Hitze, den ganzen Körper köstlich durchglühende Hitze.

Das für dieses Buch verwendete Papier ist FSC®-zertifiziert.